HEYNE <

W0011673

DAS BUCH

Erstmals legt der Bestsellerautor drei meisterhafte Kurzromane vor:

Vor drei Jahren hat der Anwalt Mack Stafford eine große Summe Geld veruntreut und ist untergetaucht. Nun liegt seine Ex-Frau im Sterben, und sein alter Kumpel Jake Brigance soll ihm dabei helfen, nach Ford County und zu seinen Töchtern heimzukehren. Doch nichts läuft nach Plan.

Seit vierzehn Jahren sitzt Cody in der Todeszelle, obwohl er erst neunundzwanzig ist. Alle Einsprüche gegen das Urteil sowie ein letztes Gnadengesuch wurden abgelehnt. An diesem Tag soll das Urteil vollstreckt werden. Doch Cody hat noch einen letzten Wunsch.

Zwei Brüder führen gemeinsam eine Kanzlei, obwohl sie sich gegenseitig zutiefst verabscheuen. Einig sind sie sich nur in ihrem Hass auf den Vater. Sie spinnen eine Intrige gegen ihn, in der auch die treue Mitarbeiterin Diantha Bradshaw eine tragende Rolle spielen soll – mit verhängnisvollen Folgen.

»John Grisham ist aktuell einer der besten Geschichtenerzähler Amerikas.« *The New York Times Book Review*

DER AUTOR

John Grisham ist einer der erfolgreichsten amerikanischen Schriftsteller. Seine Romane sind ausnahmslos Bestseller. Zudem hat er ein Sachbuch, einen Erzählband und Jugendbücher veröffentlicht. Seine Werke werden in fünfundvierzig Sprachen übersetzt. Er lebt in Virginia.

JOHN GRISHAM

DIE HEIMKEHR

DREI KURZROMANE

Aus dem Amerikanischen
von Bea Reiter, Kristiana Dorn-Ruhl
und Imke Walsh-Araya

WILHELM HEYNE VERLAG
MÜNCHEN

Die Originalausgabe erschien unter dem Titel
Sparring Partners bei Doubleday,
a division of Penguin Random House LLC, New York

Penguin Random House Verlagsgruppe FSC® N001967

Vollständige Taschenbuchausgabe 02/2024
Copyright © 2022 by Belfry Holdings, Inc.
Copyright © 2022 der deutschsprachigen Ausgabe by
Wilhelm Heyne Verlag, München,
in der Penguin Random House Verlagsgruppe GmbH,
Neumarkter Str. 28, 81673 München
Übersetzung: Bea Reiter (Die Heimkehr/Homecoming),
Kristiana Dorn-Ruhl (Erdbeermond/Strawberry Moon),
Imke Walsh-Araya (Sparringspartner/Sparring Partners)
Redaktion: Oliver Neumann
Umschlaggestaltung: Nele Schütz Design
unter Verwendung von shutterstock/Jrossphoto
Satz: satz-bau Leingärtner, Nabburg
Druck und Bindung: GGP Media GmbH, Pößneck
Printed in Germany

ISBN 978-3-453-44190-3
www.heyne.de

INHALT

DIE HEIMKEHR

1

Es war einer dieser nasskalten, windigen und trostlosen Montagnachmittage im Februar, an denen sich eine düstere Stimmung über das Land legte und Winterdepressionen überhandnahmen. Im Gericht fanden keine Verhandlungen statt. Das Telefon klingelte nicht. Kleinkriminelle und weitere potenzielle Mandanten hatten andernorts zu tun und kamen nicht auf den Gedanken, sich einen Anwalt zu suchen. Wenn hin und wieder doch jemand in die Kanzlei kam, waren es eher Leute, die im Urlaub zu viel ausgegeben hatten und wegen ihrer Kreditkartenschulden Rat suchten. Sie wurden kurzerhand nach nebenan oder auf die andere Seite des Clanton Square oder sonst wohin geschickt.

Jake saß oben an seinem Schreibtisch und machte kaum Fortschritte mit dem Stapel von Papierkram, den er seit Wochen, ja Monaten vor sich herschob. In den nächsten Tagen waren weder Verhandlungen noch Anhörungen angesetzt, und es wäre eine gute Gelegenheit gewesen, um zu bearbeiten, was liegen geblieben war – die »Fischakten« mit dem öden Kleinkram, die so genannt wurden, weil sie umso mehr stanken, je länger sie herumlagen und Staub ansetzten. Jeder Anwalt hatte solche Fälle, die er irgendwann mal angenommen hatte und nach einer Weile nur noch verschwinden lassen wollte. Eine Kleinstadtkanzlei hatte den großen Vorteil, dass einen jeder kannte – insbesondere dann, wenn sie in dem Ort lag, in dem man geboren worden war. Für Jake war es wichtig, dass er angesehen und beliebt war und einen guten Ruf hatte. Wenn die Nachbarn in Schwierigkeiten gerieten, wollte *er* der Mann sein, den sie anriefen. Der Nachteil war, dass solche

Fälle immer banal und selten lukrativ waren. Ablehnen konnte er trotzdem nicht. Der Klatsch war unerbittlich, und ein Anwalt, der seine Freunde im Stich ließ, blieb nicht lange im Geschäft.

Jakes trübsinnige Gedanken wurden von Alicia unterbrochen, seiner aktuellen Teilzeitsekretärin, die sich über die Gegensprechanlage auf seinem Schreibtisch meldete: »Jake, hier ist ein Paar, das mit Ihnen sprechen möchte.«

Ein Paar. Verheiratet also, aber mit dem Wunsch, bald unverheiratet zu sein. Noch eine Scheidung, die nichts einbringen würde. Jake warf einen Blick in den Terminkalender, obwohl er genau wusste, dass er für diesen Tag keinen Eintrag finden würde.

»Haben sie einen Termin?«, fragte er, um Alicia daran zu erinnern, dass sie ihn nicht mit der Laufkundschaft behelligen sollte.

»Nein. Aber sie sind nett und sagen, dass es sehr dringend ist. Sie wollen nicht gehen, ohne mit Ihnen gesprochen zu haben. Es dauert nur ein paar Minuten, sagen sie.«

Jake hasste es, auf diese Weise in seinem Büro überfallen zu werden. Wenn mehr los gewesen wäre, hätte er sich geweigert und die beiden rausgeworfen. »Sehen sie so aus, als hätten sie Geld?« Die Antwort war immer Nein.

»Na ja, auf mich machen sie schon den Eindruck, wohlhabend zu sein.«

Wohlhabend? In Ford County? Interessant.

»Sie sind aus Memphis und auf der Durchreise, aber wie ich schon sagte: Sie behaupten, es sei sehr wichtig.«

»Wissen Sie, um was es geht?«

»Nein.«

Wenn die beiden in Memphis lebten, war es mit Sicherheit keine Scheidung. Jake ging in Gedanken eine Liste mit Möglichkeiten durch: Testament der Großmutter, Land in Familienbesitz, vielleicht ein Sohn an der Ole Miss, den man mit Drogen erwischt hatte. Da er gelangweilt und neugierig war und eine Entschuldigung brauchte, um mit dem Papierkram aufzuhören, fragte er: »Haben Sie ihnen gesagt, dass ich gerade an einer Telefonkonferenz mit einem Dutzend Anwälte teilnehme, um einen Vergleich auszuhandeln?«

»Nein.«

»Haben Sie ihnen gesagt, dass ich gleich einen Termin beim Bundesgericht drüben in Oxford habe und nur ein paar Minuten für sie erübrigen kann?«

»Nein.«

»Haben Sie ihnen gesagt, dass ich vollauf mit meinen anderen Terminen beschäftigt bin?«

»Nein. Es ist ziemlich offensichtlich, dass die Kanzlei leer ist und das Telefon nicht klingelt.«

»Wo sind Sie gerade?«

»In der Küche, damit ich ungestört mit Ihnen reden kann.«

»Also gut. Kochen Sie frischen Kaffee und führen Sie die beiden in den Konferenzraum. Ich bin in zehn Minuten unten.«

2

Das Erste, was Jake auffiel, war ihre Sonnenbräune. Die beiden waren offensichtlich irgendwo im Warmen gewesen. Niemand sonst in Clanton war im Februar so braun gebrannt. Das Zweite war der schicke Kurzhaarschnitt der Frau, elegant, mit ein paar grauen Strähnen und eindeutig teuer. Dann fiel ihm das modische Sakko auf, das der Mann trug. Anders als die übliche Laufkundschaft waren beide gut angezogen und hatten ein gepflegtes Äußeres.

Er gab ihnen die Hand, während sie sich vorstellten. Gene und Kathy Roupp aus Memphis. Ende fünfzig, sehr sympathisch, mit einem strahlenden Lächeln, bei dem perfekte Zähne gezeigt wurden. Jake konnte sich die beiden problemlos auf einem Golfplatz in Florida vorstellen, wo sie, beschützt von hohen Mauern und Sicherheitspersonal, ein schönes Leben führten.

»Was kann ich für Sie tun?«, erkundigte er sich.

Gene lächelte. »Ich sag's nicht gern, aber wir sind keine potenziellen Mandanten«, begann er.

Jake blieb locker und überspielte das mit einem vorgetäuschten Lächeln und einem Schulterzucken, als wollte er sagen: *Was soll's? Ein Anwalt muss ja nicht für seine Zeit bezahlt werden.* Er würde den beiden zehn Minuten und eine Tasse Kaffee geben, bevor er sie rauswarf.

»Wir sind gerade von einem vierwöchigen Urlaub in Costa Rica zurückgekommen, eines unserer Lieblingsländer. Sind Sie dort schon mal gewesen?«

»Nein. Aber ich habe gehört, dass es toll ist.« Jake hatte nichts dergleichen gehört, aber was hätte er sonst sagen sollen? Er würde nie zugeben, dass er die Vereinigten Staaten in seinem achtunddreißigjährigen Leben genau ein Mal verlassen hatte. Auslandsreisen waren für ihn nur ein Traum.

»Wir sind sehr gern dort, es ist ein richtiges Paradies. Schöne Strände, Berge, Regenwald, fantastisches Essen. Einige unserer Freunde haben sich Häuser gekauft – Immobilien sind ziemlich günstig. Die Leute sind sehr angenehm, gebildet, fast alle sprechen Englisch.«

Jake hasste Small Talk über Urlaub, weil er nie wegfuhr. Die Ärzte aus Clanton waren am schlimmsten – sie prahlten ständig mit angesagten neuen Hotels.

Kathy brannte darauf, sich am Gespräch zu beteiligen. »Man

kann dort hervorragend Golf spielen, es gibt unglaublich tolle Plätze«, warf sie ein.

Jake spielte kein Golf, weil er Clantons Country Club nicht beigetreten war. Unter den Mitgliedern waren zu viele Ärzte, Aufsteiger und Familien mit geerbtem Geld.

Er lächelte, nickte und wartete, dass einer der beiden die Unterhaltung fortsetzte. Aus einer Tasche, die er nicht sehen konnte, holte Kathy ein Pfund Kaffee in einer glänzenden Dose hervor. »Ein kleines Geschenk für Sie«, sagte sie. »San Pedro Selection. Einfach unglaublich. Wir bringen immer Unmengen davon mit.«

Jake nahm den Kaffee, um nicht unhöflich zu wirken. Statt mit Bargeld waren seine Rechnungen schon mit Wassermelonen, frisch geschossenem Wild, Brennholz, Autoreparaturen und mehr Tauschwaren und Dienstleistungen beglichen worden, als ihm lieb war. Sein bester Anwaltskumpel, Harry Rex Vonner, hatte einmal einen John-Deere-Rasentraktor als Honorar akzeptiert, allerdings war der Mäher nach kurzer Zeit kaputtgegangen. Ein anderer Anwalt, der inzwischen nicht mehr praktizierte, hatte von einer Mandantin in einer Scheidungssache sexuelle Gefälligkeiten erhalten. Als er den Fall verlor, legte sie Beschwerde wegen Verstoß gegen die Standespflichten ein und behauptete, es sei eine »unzulängliche Leistung« gewesen.

Jake bewunderte die Dose und versuchte, den Aufdruck in Spanisch zu entziffern. Ihm fiel auf, dass die Besucher ihren Kaffee nicht angerührt hatten, und plötzlich fragte er sich, ob die beiden Kenner waren und sein übliches Gebräu ihren Ansprüchen nicht gerecht wurde.

»Vor zwei Wochen waren wir in einer Öko-Lodge, bei der wir Stammgäste sind«, fuhr Gene fort. »Hoch oben in den Bergen, mitten im Regenwald, ein kleines Hotel mit nur dreißig Zimmern und einer unglaublichen Aussicht.«

Wie oft wollten die beiden denn noch das Wort »unglaublich« benutzen?

»Während wir draußen gefrühstückt und die Klammeraffen und Papageien beobachtet haben, ist ein Kellner an unseren Tisch gekommen, um Kaffee nachzuschenken. Er war sehr nett –«

»Die Leute dort sind so wahnsinnig nett. Und sie lieben Amerikaner«, warf Kathy ein.

Wie sollte es auch anders sein.

Gene nickte. »Wir haben uns eine Weile mit ihm unterhalten, er sagte, er heiße Jason und stamme aus Florida, lebe aber schon seit zwanzig Jahren in Costa Rica. Beim Mittagessen haben wir wieder mit ihm gesprochen. Danach sind wir uns öfter über den Weg gelaufen, und jedes Mal haben wir nett geplaudert. Am Tag vor unserer Abreise hat er uns zu einem Glas Champagner in einer kleinen Baumhaus-Bar eingeladen. Er hatte frei und sagte, die Getränke gingen auf ihn. Die Sonnenuntergänge in den Bergen sind unglaublich, und wir amüsierten uns großartig, als er plötzlich ernst wurde.«

Gene legte eine Pause ein und sah Kathy an, die ihm sofort zu Hilfe kam: »Er sagte, er müsse uns etwas erzählen, etwas streng Vertrauliches. Er heiße gar nicht Jason, und er sei auch nicht aus Florida. Dann hat er sich entschuldigt, weil er nicht ehrlich zu uns war. Er sagte, sein richtiger Name sei Mack Stafford, und er stamme aus Clanton, Mississippi.«

Jake versuchte, sich nichts anmerken zu lassen, was ihm aber nicht gelang. Ihm klappte die Kinnlade herunter.

Die Roupps beobachteten seine Reaktion gespannt. »Ich gehe davon aus, dass Sie Mack Stafford kennen«, stellte Gene fest.

Jake atmete heftig aus und war sich nicht sicher, was er sagen sollte. »Ich fasse es nicht.«

»Er sagte, Sie seien alte Freunde«, fügte Gene hinzu.

Jake war so schockiert, dass er nach Worten rang. »Ich bin froh, dass er am Leben ist.«

»Dann kennen Sie ihn also gut?«

»Oh ja, sogar ziemlich gut.«

3

Drei Jahre zuvor war die Stadt von der spektakulären Nachricht erschüttert worden, dass Mack Stafford, ein bekannter Anwalt mit einer Kanzlei am Clanton Square, durchgedreht war. Er hatte Insolvenz angemeldet, sich von seiner Frau scheiden lassen und mitten in der Nacht seine Familie verlassen. Das Gerede hielt wochenlang an, alle möglichen Geschichten machten die Runde, und als sich der Staub endlich legte, sah es so aus, als würden die Gerüchte zur Abwechslung einmal stimmen.

Mack hatte siebzehn Jahre lang praktiziert, und Jake kannte ihn gut. Er war ein mittelmäßiger Anwalt mit passablem Ruf. Wie die meisten von ihnen kümmerte er sich um die Routinefälle jener Mandanten, die in seiner Kanzlei vorbeikamen, und schaffte es gerade so, sich über Wasser zu halten. Seine Frau, Lisa, war stellvertretende Rektorin der Highschool von Clanton und bezog ein festes Gehalt. Ihrem Vater gehörte das einzige Zementwerk im County, weshalb ihre Familie ein oder zwei Klassen besser war als andere, allerdings immer noch weit unter den Ärzten angesiedelt wurde. Lisa war ganz nett, aber arrogant, weswegen Jake und Carla nie richtig warm geworden waren mit ihr.

Nachdem Mack sich davongemacht hatte und langsam klar wurde, dass er tatsächlich spurlos verschwunden war, sickerte von irgendwoher durch, dass er die Stadt mit Geld verlassen hatte, das genau genommen nicht ihm gehörte. Lisa bekam bei der Scheidung alles, aber die Schulden des Paars waren fast genauso hoch wie das gemeinsame Vermögen. Mack lud Akten, Mandanten und juristische Probleme auf Harry Rex ab, der Jake ganz im Vertrauen mitteilte, dass er in bar dafür bezahlt worden war. Außerdem hatte Mack Geld für Lisa und die beiden Töchter dagelassen. Lisa hatte keine Ahnung, wo es herkam.

Die Tatsache, dass Mack seine Flucht sorgfältig geplant hatte, heizte die Spekulationen darüber an, dass er etwas Unrechtes getan hatte. Veruntreuung von Mandantengeldern wurde für das Wahrscheinlichste gehalten. Jedem Anwalt wurde von Mandanten Geld anvertraut, selbst wenn es nur für kurze Zeit war, und der schnellste und am häufigsten vorkommende Weg zu einem Berufsverbot bestand darin, hin und wieder etwas davon abzuzweigen. Es gab jede Menge legendärer Fälle, in denen Anwälte der Versuchung erlegen waren und erhebliche Summen aus Treuhandfonds, Vormundschaftskonten und Vergleichszahlungen in die eigene Tasche gesteckt hatten. In der Regel versuchten sie, für eine Weile unterzutauchen, doch irgendwann erwischte man sie, entzog ihnen die Zulassung und schickte sie ins Gefängnis.

Doch Mack wurde nie geschnappt, und man hörte nie wieder etwas von ihm. Nach ein paar Monaten fing Jake an, Harry Rex zu fragen, ob er etwas von Mack gehört habe, und das immer bei einem Bier. Ganz sicher nicht, antwortete sein Freund stets. Unter den Anwälten in Clanton wurde er zur Legende. Mack war die Flucht gelungen. Er hatte eine unglückliche Ehe und eine trostlose Karriere hinter sich gelassen und sonnte sich irgendwo am Strand, mit einem Glas Rum in der Hand. Zumindest stellten sich das die Anwälte, die zurückgeblieben waren, so vor.

4

»Wir hatten den Eindruck, dass er hier etwas Unrechtes getan hat, aber er hat nicht darüber gesprochen«, fuhr Kathy fort. »Wenn ein Mann wie er an einem derart exotischen Ort lebt, einen falschen Namen benutzt und so weiter, geht man doch davon aus, dass er eine ziemlich bewegte Vergangenheit hat. Aber wie gesagt, er hat uns nicht viel über sich erzählt.«

»Als wir wieder zu Hause waren, haben wir Nachforschungen angestellt und ein paar Artikel in den Lokalzeitungen gefunden, aber es war alles ziemlich allgemein«, ergänzte Gene. »Seine Scheidung, die Insolvenz und die Tatsache, dass er verschwunden ist.«

»Mr. Brigance, würden Sie uns sagen, ob Mack sich etwas zuschulden hat kommen lassen? Ist er auf der Flucht?«, fragte Kathy.

Jake hatte nicht vor, zwei Fremden, die er vermutlich kein zweites Mal sehen würde, Vertrauliches zu enthüllen. Genau genommen wusste er nicht einmal, ob Mack eine Straftat begangen hatte. Er wich der Frage aus. »Ich glaube nicht. Es ist kein Verbrechen, sich scheiden zu lassen und wegzuziehen.«

Die Antwort war vollkommen unzureichend. Sie hing für ein paar Sekunden in der Luft, dann beugte sich Gene vor und fragte: »Haben wir etwas Unrechtes getan, als wir uns mit ihm unterhalten haben?«

»Natürlich nicht.«

»Beihilfe oder so etwas in der Art?«

»Auf keinen Fall. Wirklich nicht. Sie brauchen sich keine Sorgen zu machen.«

Die beiden seufzten erleichtert.

»Aber die naheliegende Frage ist: Warum sind Sie hier?«, sagte Jake.

Die beiden warfen sich einen wissenden Blick zu, dann griff Kathy in ihre Handtasche. Sie zog einen unfrankierten braunen Briefumschlag heraus und gab ihn Jake, der ihn argwöhnisch entgegennahm. Die Klappe war mit Klebeband und Heftklammern versiegelt.

»Mack hat uns gebeten, bei Ihnen vorbeizugehen und Grüße von ihm auszurichten. Außerdem sollen wir Ihnen das hier geben. Wir haben keine Ahnung, was es ist«, erklärte Gene.

Kathy wurde wieder nervös. »Das geht doch in Ordnung, oder? Wir sind nicht in irgendetwas Ungesetzliches verwickelt?«, fragte sie.

»Natürlich nicht. Niemand wird je etwas davon erfahren.«

»Er hat gesagt, Sie seien vertrauenswürdig.«

»Das ist richtig.« Jake wusste zwar nicht, warum Diskretion von ihm erwartet wurde, aber er wollte die beiden nicht beunruhigen.

Gene gab ihm einen Zettel. »Das ist unsere Telefonnummer in Memphis. Mack möchte, dass Sie uns in ein paar Tagen anrufen und einfach Ja oder Nein sagen. Das ist alles. Nur Ja oder Nein.«

»Okay.« Jake nahm das Stück Papier und legte es neben den Umschlag und die Dose mit dem Kaffee. Kathy trank endlich einen Schluck aus ihrer Tasse. Ihr Gesicht blieb regungslos.

Die Roupps hatten ihren Auftrag erfüllt und verabschiedeten sich. Jake versicherte ihnen, dass er striktes Stillschweigen wahren und niemandem von ihrem Gespräch erzählen werde. Er begleitete sie zum Ausgang und ging mit ihnen nach draußen, wo sie in einen teuren BMW stiegen und davonfuhren.

Dann eilte er in den Konferenzraum zurück, schloss die Tür und riss den Umschlag auf.

5

Der Brief war auf einfachem weißen Papier getippt, zweimal gefaltet und enthielt einen kleineren Umschlag, der im Falz steckte.

Er hatte folgenden Wortlaut:

Hallo Jake,

inzwischen kennst du meine neuen Freunde, Gene und Kathy Roupp aus Memphis. Nette Leute. Ich komme gleich zur Sache. Ich möchte mit dir reden, hier in Costa Rica. Ich will nach Hause kommen, weiß aber nicht, ob das möglich ist. Jake, ich brauche deine Hilfe. Ich bitte dich und Carla darum, Urlaub zu machen und mich zu besuchen, nächsten Monat während des Spring Break. Ich nehme an, dass Carla immer noch unterrichtet, und die Schulen dürften ihre Frühjahrsferien für die zweite Märzwoche ansetzen. Ich werde für euch sechs Übernachtungen in der Terra Lodge arrangieren, einem fantastischen Hotel für Ökotouristen. Es wird euch bestimmt gefallen. Anbei eintausendachthundert Dollar in bar, das ist mehr als genug für zwei Hin- und Rückflüge von Memphis nach San José in Costa Rica. Dort wird ein Wagen warten und euch herbringen. Die Fahrt dauert etwa drei Stunden und ist sehr schön. Zimmer, Mahlzeiten, Ausflüge, alles geht auf mich. Ein Traumurlaub. Wenn ihr hier seid, werde ich euch finden, dann reden wir. Was Diskretion angeht, bin ich inzwischen Experte, und ich versichere dir, dass niemand von unserem Treffen erfahren wird. Je weniger du anderen über den Urlaub erzählst, desto besser. Ich weiß, dass die Leute in dieser furchtbaren Stadt nichts lieber tun, als zu tratschen.

Jake, bitte tu mir den Gefallen. Es wird sich mit Sicherheit für dich lohnen, allein schon wegen der unvergesslichen Reise.

Lisa geht es nicht gut. Du kannst mit Harry Rex darüber reden, aber bitte verpflichte das Großmaul zur Verschwiegenheit.

Ich werde nichts tun, was dich in Gefahr bringen könnte.

Denk darüber nach. Ruf in ein paar Tagen Gene an, und sag entweder Ja oder Nein.
Ich brauche dich.
Mack

Der kleine Umschlag enthielt das Geld und eine Hochglanzbroschüre der Terra Lodge.

6

An einem Montag war der gefährlichste Ort im Stadtzentrum von Clanton zweifellos die Kanzlei von Harry Rex Vonner. Aufgrund seines wohlverdienten Rufs als fiesester Scheidungsanwalt im County zog er Mandanten an, die so viel Geld hatten, dass sich ein Kampf darum lohnte. Der Montag war aus verschiedenen Gründen explosiv: schlechtes Benehmen am Samstagabend oder zu viel Zeit zu Hause, in der über alles Mögliche gestritten wurde, oder ein konfliktgeladenes Sonntagsessen mit den Schwiegereltern zu viel. Es gab jede Menge Zündstoff, und die genervten und miteinander streitenden Ehegatten wollten sich so schnell wie möglich einen Rechtsbeistand sichern. Gegen Mittag war die Kanzlei ein Pulverfass. Die Telefone klingelten ununterbrochen, und ständig kamen bestehende und neue Mandanten herein, mit und ohne Termin. Die gestressten Sekretärinnen versuchten, für Ordnung zu sorgen, während Harry Rex entweder herumtrampelte und alle anblaffte oder sich in seinem bunkerähnlichen Büro versteckte, um dem Chaos zu entgehen. An einem Montag kam es häufiger vor, dass er aus seinem Hinterzimmer stürmte und Mandanten oder andere Besucher hochkant hinauswarf.

Sie fügten sich immer, weil Harry Rex dafür bekannt war, unberechenbar zu reagieren. Auch diesen Ruf hatte er völlig zu Recht. Vor ein paar Jahren war eine der Sekretärinnen in sein Büro geeilt und hatte gesagt, sie habe gerade mit einem Ehemann telefoniert, der unterwegs in die Stadt sei, mit einer Waffe in der Hand. Harry Rex ging zu seinem Schrank und griff sich seine Lieblingsflinte, eine Browning Pumpgun Kaliber 12. Als der Ehemann seinen Pick-up in der Nähe des Gerichtsgebäudes parkte und auf die Kanzlei zuging, lief Harry Rex auf den Bürgersteig hinaus und gab zwei Schüsse in den Himmel ab. Der Ehemann trat den Rückzug an, stieg in seinen Wagen und verschwand. Die Schüsse dröhnten wie Haubitzen über den Clanton Square. Büros und Geschäfte leerten sich, als die Leute nach draußen rannten, um herauszufinden, was geschehen war. Jemand rief die Polizei. Als Sheriff Ozzie Walls vor der Kanzlei hielt, hatten sich zahlreiche Schaulustige auf dem Rasen vor dem Gericht versammelt, in sicherer Entfernung. Ozzie betrat die Kanzlei und sprach mit Harry Rex. Das Abfeuern einer Schusswaffe in der Öffentlichkeit war zwar eine Straftat, aber in einer Kultur, in der das Recht auf Waffenbesitz durch die Verfassung garantiert war und in jedem Fahrzeug mindestens zwei Gewehre, Pistolen oder Revolver mitgeführt wurden, wurde diesem Gesetz nur selten Geltung verschafft. Harry Rex berief sich auf Notwehr und schwor, das nächste Mal tiefer zu zielen.

Nach Einbruch der Dunkelheit am Montag ging Jake um den Stadtplatz herum, schlich sich in eine kleine Gasse und betrat die Kanzlei durch die Hintertür, damit er das Chaos am Eingang vermeiden konnte. Harry Rex saß an seinem Schreibtisch und lächelte sogar. »Was zum Teufel machst du denn hier?«, wollte er wissen.

»Wir müssen uns ein Bier teilen«, erwiderte Jake.

Es war ihre Umschreibung für: *Wir müssen reden, jetzt, und es ist streng vertraulich.* Harry Rex schloss die Augen, holte tief Luft und fragte leise: »Um was geht es?«

»Mack Stafford.«

Noch ein tiefer Atemzug, dann ein ungläubiger Blick.

»Wir treffen uns um acht im Riviera«, sagte Jake.

Zu Hause küsste und umarmte er Carla, die gerade das Abendessen zubereitete und ein Hühnchen in den Ofen schob. Er ging nach oben und vergewisserte sich, dass Hanna über ihren Hausaufgaben saß. Dann warf er einen Blick ins Zimmer von Luke, der ruhig unter seinem Bett spielte. Als er wieder in der Küche war, bat er seine Frau, sich an den Frühstückstisch zu setzen, und gab ihr den Brief. Während sie ihn las, schüttelte sie immer wieder den Kopf und fing an, sich mit dem Fingernagel auf die Zähne zu tippen, eine Angewohnheit, die vieles bedeuten konnte.

»Was für ein widerlicher Mensch«, sagte sie schließlich.

»Ich habe Mack immer gemocht.«

»Er hat Frau und Kinder verlassen und ist einfach verschwunden. Und hat er nicht auch Geld von seinen Mandanten gestohlen?«

»Das erzählt man sich jedenfalls. Er ist vor drei Jahren untergetaucht, hat aber seine Frau genau genommen nicht verlassen. Sie haben sich scheiden lassen. Ist sie krank?«

»Jake, ich bitte dich. Lisa hat seit einem Jahr Brustkrebs. Das weißt du doch.«

»Ich muss es vergessen haben. So viele Leute haben Krebs. Wenn ich mich recht erinnere, konntest du sie nie richtig leiden.«

»Stimmt.« Carla warf noch einen Blick in den Brief. »Sieh mal nach den Kartoffeln.«

Jake ging zum Herd und rührte die Kartoffeln im Topf um. Dann füllte er ein Glas mit Leitungswasser und kehrte an den Tisch zurück.

»Warum will er mit dir reden? Sein Anwalt war doch Harry Rex, oder?«

»Richtig, und ich glaube, er ist es immer noch. Vielleicht weil Harry Rex Flugangst hat und Mack wusste, dass er nicht kommen würde. Es ist nichts Falsches daran, wenn wir nach Costa Rica fliegen, es ist nicht illegal.«

»Das ist nicht dein Ernst.«

»Warum denn nicht? Eine Woche alles inklusive in einem Luxushotel in den Bergen.«

»Nein.«

»Komm schon, Carla. Wir waren seit Jahren nicht mehr richtig im Urlaub.«

»Wir waren noch nie richtig im Urlaub, wenn du unter Urlaub verstehst, in ein Flugzeug zu steigen und irgendwohin zu fliegen.«

»Eben. Das ist eine einmalige Gelegenheit.«

»Nein.«

»Warum nicht? Der Mann braucht Hilfe. Er will nach Hause kommen und sich vielleicht mit seiner Familie aussöhnen. Es wäre doch nicht schlimm, nach Costa Rica zu fliegen und mit ihm zu reden. Mack ist ein netter Kerl.«

»Er hat zwei Töchter, die er einfach im Stich gelassen hat.«

»Stimmt, und das ist nicht in Ordnung. Aber vielleicht will er alles wiedergutmachen. Gib ihm eine Chance.«

»Ist er auf der Flucht?«

»Ich weiß es nicht. Ich treffe mich um acht mit Harry Rex und werde ihn einiges fragen. Gerüchten zufolge hat Mack eine Menge Geld an sich genommen und die Stadt verlassen, aber ich kann mich nicht erinnern, etwas von einer Anklage oder so gehört zu haben. Er hat Insolvenz angemeldet, die Scheidung beantragt und sich in Luft aufgelöst. Die meisten Anwälte in der Stadt waren neidisch auf ihn. Ich natürlich nicht.«

»Natürlich nicht. Ich kann mich noch gut an den Klatsch erinnern. In Clanton wurde monatelang über nichts anderes mehr geredet.«

Jake schob ihr die Hotelbroschüre hin. Sie griff danach.

7

Das Riviera war ein kleines Motel im Fünfzigerjahre-Stil. Es hatte zwei Seitenflügel mit winzigen Zimmern, von denen einige angeblich stundenweise zu mieten waren, und eine schmuddelige Bar, in der sich Anwälte, Banker und Geschäftsleute trafen, um über Dinge zu sprechen, die nicht belauscht werden sollten. Jake war seit Jahren nicht dort gewesen und bekam ein paar neugierige Blicke ab, als er eintrat. Er lächelte dem Barkeeper zu, bestellte zwei Bier vom Fass und brachte sie zu einem Tisch in der Nähe der Jukebox. Fünfzehn Minuten lang nippte er an einem der beiden Gläser, während er wartete. Harry Rex kam immer zu spät, vor allem, wenn er auf einen Drink verabredet war. Es war ein Leichtes, ihn *in* eine Kneipe zu bekommen, aber für gewöhnlich bestand das Problem darin, dass er nicht wieder gehen wollte. Mit seiner dritten Frau lief es nicht gut, und er zog es vor, möglichst wenig Zeit zu Hause zu verbringen.

Harry Rex trudelte um 20.20 Uhr ein und unterhielt sich kurz mit drei Männern an einem Tisch, an dem er vorbeiging. Manchmal bekam man den Eindruck, dass er alle und jeden kannte.

Er ließ sich Jake gegenüber auf einen Stuhl fallen, griff nach seinem Glas und trank es halb leer. Jake wusste, dass es nicht sein erstes Bier an diesem Abend war. Harry Rex hatte einen mit Bud Light gefüllten Kühlschrank in seinem Büro, und jeden

Abend, wenn der letzte Mandant gegangen war, zischte er ein paar.

»Willst du mir mal wieder einen Mandanten abjagen?«, fragte er.

»Eher nicht. Ich bezweifle, dass Mack einen neuen Anwalt sucht.«

»Erzähl mir, was du weißt.«

»Wann hat er die Stadt verlassen? Vor drei Jahren? Hast du seitdem was von ihm gehört?«

»Keinen Pieps. Als ich das letzte Mal mit ihm gesprochen habe, stand er in meinem Büro und hat sich die Scheidungspapiere angesehen. Er hat ihr alles gegeben, einschließlich fünfzigtausend in bar. Das steht so in der Scheidungsvereinbarung. Nash war ihr Anwalt, er hat mir später erzählt, dass die beiden während ihrer Ehe zu keiner Zeit fünfzigtausend in bar besessen hatten, nicht einmal annähernd. Er hatte mit Freda gesprochen, Macks ehemaliger Sekretärin, und sie hatte keine Ahnung, wo das Geld hergekommen ist. Sie sagte, die beiden hätten es in den meisten Monaten gerade so geschafft, ihre Rechnungen zu zahlen.«

»Also: Wo ist das Geld tatsächlich hergekommen?«

»Langsam.« Noch ein großer Schluck. »Das Bier ist ja warm. Wie lange steht es hier schon rum?«

»Na ja, ich habe es geholt, als ich wie vereinbart um Punkt acht Uhr hier war. Kein Wunder, dass es jetzt nicht mehr so kalt ist wie vorhin.«

Harry Rex kämpfte sich von seinem Stuhl hoch, ging zur Theke und bestellte noch zwei Bier. Er kam zurück, stellte die Gläser auf den Tisch und fragte: »Er hat also Kontakt mit dir aufgenommen?«

»Ja.« Jake erzählte ihm die Geschichte von Gene und Kathy Roupp und ihrem Überraschungsbesuch am Vormittag. Dann gab er Harry Rex den Brief, und sein Freund begann zu lesen. Nach einer Weile hob er den Blick und sagte: »Du weißt, dass Lisa Brustkrebs hat? Nash hat es mir vor ein paar Monaten gesagt.«

»Ja, ich weiß es.«

Jake machte sich nur selten die Mühe, dem Klatsch hinterherzujagen. In dieser Hinsicht verließ er sich voll und ganz auf Harry Rex. Der hatte den Brief zu Ende gelesen und griff nach seinem Glas. »Ich frage mich, warum er *mir* keinen Urlaub angeboten hat.«

»Es könnte an deiner Flugangst liegen.«

»Vermutlich. Außerdem kann ich mir nicht vorstellen, eine Woche lang mit Millie zu verreisen. Gehst du auf den Deal ein?«

»Carla sagt Nein, aber sie wird ihre Meinung schon noch ändern. Es ist doch nichts dabei, oder?«

»Ich sehe da kein Problem. Mack ist ja nicht auf der Flucht.«

»War da nicht was mit der Anklagejury, die in der Sache rumgestochert hat?«

»Stimmt. Ich dachte, es könnte brenzlig werden, als der Bezirksstaatsanwalt angefangen hat, Fragen zu stellen. Das FBI ist sogar ein paarmal bei mir vorbeigekommen.«

»Das hast du mir nie erzählt.«

»Es gibt vieles, was du nicht weißt.«

»Und wo ist jetzt das Geld hergekommen?«

»Ich habe keine Ahnung. Wirklich nicht. Mack hat immer versucht, etwas dazuzuverdienen, weil seine Kanzlei praktisch pleite war und seine Frau große Träume hatte.«

»Hat er dich eigentlich bezahlt?«

»Jake, mein Lieber, ich werde immer bezahlt. Ja, Mack hat mir fünftausend in bar gegeben. Ich habe keine Fragen gestellt.«

»Und im Insolvenzverfahren wurde er entlastet?«

»Richtig. Dabei habe ich ihn auch vertreten. An Vermögenswerten war nicht viel da und Bargeld sowieso nicht. Mack gehörte nicht einmal das Hemd, das er auf dem Leib trug, zumindest nicht offiziell. Lisa hat bei der Scheidung alles bekommen. Das Gebäude, in dem die Kanzlei war, wurde von der Bank zwangsversteigert. Einen Monat nach seinem Verschwinden ist das FBI nach Clanton gekommen und hat rumgeschnüffelt, aber die Jungs haben nur ihre Zeit verschwendet.«

»Was wollten sie?«

»Das wussten sie nicht. Sie hatten nichts, schließlich hatte niemand Anzeige erstattet. Irgendwie waren ihnen Gerüchte zu Ohren gekommen, nach denen sich Mack mit geklautem Geld aus dem Staub gemacht hatte, aber dafür gab es keine Zeugen. Ich hatte den Eindruck, dass die Ermittlungen reine Formsache waren.«

»Dann gibt es also keine Anklage und keine ausstehenden Haftbefehle? Mack wird nicht gesucht?«

»Meines Wissens nicht. Das soll jetzt nicht heißen, dass er aus dem Schneider ist. Wegen der Scheidung würde ich mir keine Gedanken machen. Nach dem, was ich gehört habe, ist die Arme vermutlich bald tot. Wenn er Geld versteckt hat, wäre Insolvenzbetrug vielleicht ein Problem. In der Sache könnten immer noch Ermittlungen gegen ihn angestellt werden.«

»Wer sollte gegen ihn ermitteln?«

»Eben. Wen interessiert's? Mack wurde entlastet. Ich kann nicht glauben, dass er zurückkommen will. Deine Runde.«

Jake ging zur Theke und holte zwei weitere Bier. Nachdem er einen Schluck getrunken hatte, begann er zu lachen. »Harry Rex, sei ehrlich: Wie oft hast du an Mack gedacht und insgeheim davon geträumt, alles hinzuwerfen und dich wie er irgendwo an einen Strand zu legen?«

»Mindestens tausendmal. Erst letzte Woche habe ich wieder mal an ihn gedacht.«

»Ich glaube, diesen Traum hatten wir alle, allerdings kann ich mir nicht vorstellen, Carla und die Kinder zu verlassen.«

»Du hattest bei der Auswahl deiner Angetrauten ja ein gutes Händchen. Was man von mir nicht behaupten kann.«

»Kannst du dir vorstellen, warum Mack zurückwill?«

»An diesem Punkt kommst du ins Spiel, Jake. Du musst mit ihm reden. Mach diesen Traumurlaub und verschwinde für eine Woche von hier. Viel Spaß!«

»Und ich habe deiner Meinung nach nichts zu befürchten, wenn ich Macks Angebot annehme?«

»Nein. Es wird dich bestimmt niemand beschatten. Nimm das Geld, kauf die Flugtickets und schau dir mit Carla zusammen die Berge von Costa Rica an. Ich wünschte, ich könnte mitkommen.«

»Ich schicke dir eine Postkarte.«

8

Postkarten wurden der Terra Lodge nicht gerecht. Das Hotel lag dreihundert Meter über dem Pazifik an einem Berghang, und Jake und Carla, die sich mit einem Drink in der Hand auf dick gepolsterten Liegen am Pool niedergelassen hatten, starrten wie gebannt auf das Meer. Am Himmel über ihnen stand keine einzige Wolke, die Sonne brannte auf sie herunter und wärmte ihre durchgefrorenen Glieder. Bei ihrem Abflug in Memphis waren sie von Schneeregen überrascht worden. Jake fragte sich zum ersten Mal, warum jemand dieses Paradies verlassen wollte.

Nachdem sie eingecheckt hatten, waren sie zu ihrem Haus geführt worden, einem von lediglich dreißig, die es in der Lodge gab. Es bestand aus drei Räumen, hatte ein Strohdach, eine Außendusche, ein kleines Tauchbecken und eine Klimaanlage, die nicht gebraucht wurde, und war von einem üppig bewachsenen tropischen Garten umgeben. Ricardo, ihr neuer Freund, würde innerhalb von Sekunden zur Stelle sein. Einer Preisliste an der Tür des Badezimmers war zu entnehmen, dass eine Übernachtung sechshundert Dollar kostete.

»Ich weiß nicht, wie viel Einfluss Mack hier hat, aber es muss eine ganze Menge sein«, sagte Jake.

»Dieses Hotel ist fantastisch«, erwiderte Carla, während sie eine riesige Badewanne untersuchte, in der drei Leute Platz hatten. Ihr Widerwille, den kostenlosen Urlaub anzunehmen, verflog in dem Moment, als sie das Meer sah.

Ricardo begleitete sie zum Pool, brachte ihre Drinks und erklärte, das Abendessen werde um sieben serviert, an einem für sie reservierten Tisch mit Blick auf den Sonnenuntergang, den sie nie vergessen würden. Nach dem ersten Drink sprang Jake in den Infinitypool. Er legte die Arme auf den Rand, genoss das warme Salzwasser und starrte staunend auf den glitzernden blauen Pazifik.

Ihre Flitterwochen waren eine billige Pauschaltour in die Karibik vor elf Jahren gewesen, Jakes erste und einzige Auslandsreise. Carlas Eltern waren finanziell besser gestellt, daher war sie einmal mit einer Studentengruppe einen Monat lang in Europa unterwegs gewesen. Doch mit dem hier war das alles nicht zu vergleichen.

Am späten Nachmittag kamen die anderen Gäste, alles Erwachsene, zum Pool und sahen sich den beeindruckenden Sonnenuntergang an. Das Abendessen wurde auf einer Terrasse in der Nähe serviert – gebackener Hummer mit frischem Biogemüse, das auf dem hoteleigenen Bauernhof die Straße hinunter angebaut wurde. Danach wechselten sie in die Sky Lounge, eine Open-Air-Bar unter dem mit funkelnden Sternen übersäten Himmel, und tanzten zur Musik einer einheimischen Band.

Am nächsten Morgen schliefen sie so lange, dass sie fast das Boot für die Walbeobachtung verpasst hätten, einen großen, umgebauten Ponton, auf dem auch Frühstück, Mittagessen und Drinks serviert wurden. Den Tag verbrachten sie in der Sonne, auf der Suche nach Walen. Der Kapitän entschuldigte sich, weil sie nur Delfine sahen.

Am späten Abend, als sie erschöpft im Bett lagen, sprach Carla schließlich das Offensichtliche an. »Keine Spur von Mack, oder?«

»Nein. Noch nicht. Aber ich habe das Gefühl, dass er ganz in der Nähe ist.«

Den dritten Tag verbrachten sie auf dem Rücken von Pferden, die nicht zu Jakes bevorzugten Transportmitteln zählten, aber die Gruppe war enthusiastisch und der Fremdenführer ein guter Unterhalter. Er redete ununterbrochen, während er seinen Schützlingen exotische Vögel, Klammeraffen und Blumen zeigte, die sonst nirgendwo auf der Welt zu finden waren. Sie machten an heißen Quellen und Wasserfällen Rast und nahmen ihr Mittagessen mit drei Gängen und Wein am Rand eines Vulkans ein. Fast tausend Meter über dem Meeresspiegel war die Aussicht auf den Pazifik sogar noch spektakulärer.

Am vierten Tag standen vormittags Wildwasserrafting und nachmittags nervenzerfetzendes Ziplining auf dem Programm, unterbrochen von einem köstlichen Brunch mit tropischen Früchten und Rumpunsch am Flussufer. Am späten Nachmittag, als sie duschten und sich für die Strapazen des Abendessens zurechtmachten, klingelte das Telefon. Jake, der nach sechs Stunden im Sattel tags zuvor mit Problemen im Schritt zu kämpfen hatte, humpelte mühsam hinüber und meldete sich.

Es war Mack. Endlich. Sie hatten ihn fast schon vergessen.

»Hallo, Jake. Ich freue mich, deine Stimme zu hören.«

»Geht mir genauso.« Jake nickte Carla zu, die lächelte und wieder ins Bad ging.

»Ich hoffe, du und deine Frau amüsiert euch gut.«

»Und wie. Vielen Dank für deine Gastfreundschaft. Hier kann man es schon mal eine Woche aushalten.«

»Stimmt. Ich dachte mir, ihr könntet morgen eine kleine Pause vertragen. Daher habe ich einen Tag im Wellnesscenter des Hotels arrangiert, mit allen möglichen Behandlungen. Carla wird es gefallen. Könnten wir beide uns zum Mittagessen treffen?«

»Das passt in meinen Terminkalender gerade noch so rein.«

»Schön. Wie schmeckt dir das Essen bis jetzt?«

»Fantastisch. Ich habe nicht mehr so gut gegessen, seit es letzte Woche bei Claude's Catfish gegeben hat.«

»Ich kann mich gut an Claude erinnern. Wie geht es ihm?«

»So wie immer. In Clanton hat sich nicht viel geändert.«

»Das denke ich mir. Jake, am Eingang des Hotels siehst du einen Wegweiser für den Barillo Trail und daneben einen schmalen Pfad. Du gehst etwa achthundert Meter durch den Regenwald, dann triffst du auf einen Wegweiser für ein Café namens Kura. Die Tische stehen alle draußen, wegen der schönen Aussicht. Ich habe einen davon für dreizehn Uhr reserviert.«

»Ich werde da sein.«

»Und Carla sollten wir bei unseren Gesprächen besser nicht dabeihaben. Sie hat doch sicher nichts dagegen, oder?«

»Nein, überhaupt nicht.«

»Sie wird vollauf mit den Behandlungen im Wellnesscenter und Mittagessen am Pool beschäftigt sein.«

»Ich bin sicher, dass sie mich nicht vermissen wird.«

»Gut. Ich kann es kaum erwarten, dich zu sehen.«

»Geht mir genauso.«

9

Mack hatte nicht erwähnt, dass es auf dem Barillo Trail steil nach oben ging. Nach wenigen Minuten hatte Jake das Gefühl, einen Berg zu besteigen, was genau genommen auch so war. Die achthundert Meter kamen ihm eher wie drei Kilometer vor, und er blieb zweimal stehen, um zu verschnaufen. Er war völlig außer Atem und frustriert darüber, dass er mit seinen achtunddreißig Jahren so schlecht in Form war. Die Zeiten, in denen er beim Highschool-Football unaufhörlich Sprints hingelegt hatte, waren schon lange vorbei.

Am Café waren keine Autos zu sehen, lediglich ein paar Fahrräder. Jake schwitzte, als er an der Bar vorbei auf die Terrasse hinausging. Mack wartete an einem Tisch unter einem großen bunten Sonnenschirm. Sie gaben sich die Hand und setzten sich.

»Du siehst gut aus«, sagte Mack. Seine Aussprache war präziser als früher, es war ihm nicht mehr anzuhören, dass er aus den Südstaaten kam.

»Du auch.« Jake war sich nicht sicher, ob er seinen Freund erkannt hätte, wenn er ihn auf der Straße getroffen hätte. Mack war jetzt fünfundvierzig und trug seine von grauen Strähnen durchzogenen Haare erheblich länger als vor ein paar Jahren. Sein ordentlich gestutzter Bart war mehr grau als dunkelbraun. Mit seiner runden Schildpattbrille hätte man ihn durchaus für einen gut aussehenden College-Professor halten können. Und er war viel schlanker, als Jake ihn in Erinnerung hatte.

»Vielen Dank für den Urlaub und die Gastfreundschaft. Das Hotel ist unglaublich.«

»Bist du das erste Mal in Costa Rica?«

»Ja. Und hoffentlich nicht das letzte Mal.«

»Du bist jederzeit willkommen, Jake, als mein Gast.«

»Du musst den Besitzer kennen.«

»Ich bin der Besitzer. Einer von dreien. Ökotourismus ist hier groß im Kommen. Ich habe mich vor einem Jahr eingekauft.«

»Dann wohnst du hier in der Nähe?«

»Mal hier, mal da.« Es war seine erste ausweichende Antwort, die erste von vielen. Jake hakte nicht weiter nach.

»Wie geht's der Familie?«, erkundigte sich Mack.

»Könnte nicht besser sein. Carla unterrichtet immer noch, Hanna geht jetzt in die dritte Klasse und wird wahnsinnig schnell groß. Luke ist ein Jahr alt.«

»Von Luke habe ich noch nie gehört.«

»Wir haben ihn adoptiert. Lange Geschichte.«

»Von denen habe ich einige.«

»Davon gehe ich aus.«

»Ich vermisse meine Mädchen.« Ein Kellner kam mit einer Karaffe Wasser zu ihnen und fragte, ob sie einen Drink bestellen wollten. Jake war offen für alles, nickte aber erleichtert, als Mack sagte: »Nur Wasser.«

Nachdem der Kellner gegangen war, fragte Jake: »Wie heißt du hier? Ich bin sicher, dass dich niemand mit Mack anspricht.«

Mack lächelte und trank einen Schluck. »Na ja, ich habe mehrere Namen, aber hier heiße ich Marco.«

Jake nippte an seinem Glas und wartete auf eine Erklärung. »Okay, Marco, erzähl mir von dir.«

»Brasilianer mit deutschen Wurzeln. Deshalb sehe ich nicht so aus wie ein Einheimischer. Ich komme aus dem Süden Brasiliens, da unten gibt es jede Menge Deutsche. Geschäftsmann mit Investitionen in Mittelamerika. Ich reise viel.«

»Was für ein Name steht in deinem Reisepass?«

»Welchen meinst du?«

Jake lächelte und nahm noch einen Schluck. »Ich werde jetzt

nicht weiter nachfragen, außerdem schätze ich, dass ich nur das erfahren werde, was du mir erzählen willst. Richtig?«

»Richtig. In den letzten drei Jahren ist viel passiert, und was dich angeht, ist das meiste davon unwichtig.«

»Okay.«

»Hast du mit Harry Rex gesprochen?«

»Natürlich. Ich habe ihm deinen Brief gezeigt. Er ist eingeweiht.«

»Wie geht's dem alten Sack?«

»So wie immer. Allerdings glaube ich, dass er mit jedem Tag fieser wird.«

»Das hätte ich jetzt nicht für möglich gehalten. Aber wir reden später über ihn.«

Der Kellner kam wieder, und Mack bestellte Krabbensalat für beide. Als er weg war, beugte er sich vor und sagte: »Du weißt ja, dass ich mich mitten in der Nacht aus dem Staub gemacht und das Land verlassen habe. Die erste Station war Belize, dort habe ich etwa ein Jahr lang gelebt. Das Land hat mir gefallen, die ersten drei Monate habe ich damit verbracht, zu viel zu trinken, Mädchen nachzujagen und mich am Strand zu sonnen. Aber mit der Zeit wurde das langweilig. Ich bin oft angeln gewesen, Grätenfische, auch Kurznasenmakrelen und Tarpune. Dann habe ich einen Job als Angelguide angenommen, das hat eine Menge Spaß gemacht. Ich war immer vorsichtig und habe auf Touristen, Gäste im Hotel, Angler, jemanden von zu Hause geachtet. Es ist erstaunlich, was man alles mitbekommt, wenn man aufmerksam zuhört. Ein Südstaatenakzent, und schon war ich alarmiert. Ich habe die Gästebücher im Hotel durchgesehen, weil ich wissen wollte, wer anreist, und mich von allen ferngehalten, die aus Mississippi kamen. Es waren nur sehr wenige, die meisten Angler, mit denen ich auf eine Tour ging, reisten aus dem Nordosten an. Ich habe mich nicht darauf verlassen, bin aber davon ausgegangen, dass ich sicher war. Ich legte mir einen Bart zu, ließ mich von der Sonne braun brennen, nahm zehn Kilo ab, trug immer eine Mütze oder einen Hut.«

»Dein Akzent ist anders.«

»Ja, und das war gar nicht so einfach. Ich rede oft mit mir selbst, aus vielen Gründen, und bin immer am Üben. Jedenfalls gab es einen Zwischenfall, und ich beschloss, Belize zu verlassen.«

»Was ist passiert?«

»Eines Abends kam eine Gruppe etwas älterer Männer zum Abendessen ins Hotel. Sie übernachteten nebenan, waren zum Angeln angereist, hatten einen schönen Urlaub. Alle aus dem Süden. Einen von ihnen habe ich erkannt, einen Richter aus Biloxi. Der Ehrenwerte Harold Massey. Hattest du mal mit ihm zu tun?«

»Nein, aber der Name kommt mir bekannt vor. Mississippi ist klein.«

»Richtig. Zu klein, wenn du mich fragst. Ich stand gerade an der Bar und flirtete mit einem Mädchen, ganz in der Nähe der Restaurant-Terrasse. Wir hatten Blickkontakt, und er musterte mich ziemlich ausführlich. Ich war mir immer sicher, dass die meisten Anwälte und Richter in Mississippi von meinem Verschwinden gehört haben. Irgendwann stand er auf und ging an mir vorbei zu den Toiletten. Für meinen Geschmack starrte er mich etwas zu lange an. Ich ließ mir nichts anmerken, geriet aber in Panik. Deshalb schlich ich mich aus der Stadt, verließ Belize und wechselte nach Panama, wo ich einige Monate blieb. Jake, ein Leben auf der Flucht ist ziemlich beschissen.«

»Woher weißt du, dass Lisa krank ist?«

Mack lächelte, zuckte mit den Schultern und lehnte sich zurück. »Ich habe einen Maulwurf zu Hause, einen alten Freund aus der Highschool, der ein Mädchen aus Clanton geheiratet hat. Du weißt ja, Gerüchte verbreiten sich schnell.«

»Harry Rex hat geschworen, dass er keinen Kontakt zu dir hatte.«

»Stimmt. Ich habe mir gedacht, wenn mich jemand finden will, beobachtet er meinen Anwalt. Es gibt keinen Kontakt zu irgendjemandem, der einen Fehler machen könnte. Bis jetzt.«

»Wer könnte nach dir suchen?«

»Deshalb bist du hier, Jake. Ich will nach Hause, aber ich kann es nicht riskieren, erwischt zu werden.«

Ihre Bestellung wurde serviert, große Bambusteller mit Krabbensalat auf Blattgemüse. Sie begannen zu essen. »Warum ich?«, fragte Jake schließlich.

»Weil ich dir vertraue. Von den meisten anderen unserer Kollegen kann ich das nicht behaupten. Wie viele Anwälte gibt es zurzeit in Clanton?«

»Keine Ahnung. Dreißig, vierzig, vielleicht auch mehr. Sie kommen und gehen. Anders als die meisten anderen Städte in Mississippi stirbt Clanton nicht. Es blüht und gedeiht nicht gerade, aber es schlägt sich tapfer.«

»Als ich gegangen bin, waren es fast fünfzig, viel zu viele, als dass auch nur einer von uns ein ordentliches Auskommen gehabt hätte. Und den Anwälten, die ich kannte, habe ich nicht vertraut, nur dir und Harry Rex.«

»Die Besten der Besten, ohne Zweifel.«

»Lebt Lucien noch?«

»Oh ja. Ich gehe ihn oft besuchen.«

»Ich konnte den Scheißkerl nie leiden.«

»Da bist du eindeutig in der Mehrheit.«

Sie lachten auf Luciens Kosten, während der Kellner ihre Gläser auffüllte. »Und was genau ist jetzt mein Auftrag?«

»Es gibt keinen. Ich möchte lediglich, dass du und Harry Rex dafür sorgt, dass niemand auf mich wartet, wenn ich nach Hause komme. Mir sind Gerüchte von einer Anklage zu Ohren gekommen.«

»Harry Rex und ich haben uns lange unterhalten, nachdem ich deinen Brief bekommen habe. Er glaubt, dass die Anklagejury zusammengetreten ist und sich über deinen Fall, wenn man es denn so nennen will, beraten hat, aber nichts dabei herausgekommen ist. Einen Monat später ist das FBI aufgetaucht und hat herumgeschnüffelt. Die Jungs haben mit Harry Rex geredet, sind aber wieder gegangen. Er hat seit über zwei Jahren nichts von ihnen gehört.«

Mack runzelte die Stirn und legte die Gabel aus der Hand. »Das FBI?«

»Sie sind die Scheidungsakte durchgegangen und haben sich deine Unterlagen angesehen, oder besser gesagt, das, was sie noch finden konnten. Die fünfzigtausend in bar, die an Lisa gegangen sind, haben Fragen aufgeworfen. Niemand schien zu wissen, wo das Geld hergekommen ist. Den Gerüchten zufolge hast du Geld unterschlagen und bist dann aus der Stadt getürmt.«

Jake unterbrach sich und nahm einen Bissen von seinem Krabbensalat. Es war der perfekte Augenblick für Mack, die gewaltigen Lücken in der Geschichte zu schließen, aber er entschied sich dafür, es nicht zu tun. »Harry ist der Meinung, dass das FBI nicht wiederkommt?«, fragte er stattdessen.

»Ja, es sieht ganz danach aus. Ich glaube nicht, dass es etwas gibt, weshalb er sich Sorgen macht, aber der Insolvenzbetrug könnte ein Problem sein. Offenbar hast du von irgendwoher Geld bekommen und versäumt, es zusammen mit deinen übrigen Vermögenswerten anzugeben.«

Mack schien keinen Appetit mehr zu haben. »Und die Scheidung?«

»Die ist seit Langem rechtskräftig, und Harry Rex bezweifelt, dass Lisa Interesse daran hat, noch einmal einen Rosenkrieg zu beginnen. Zumindest nicht in ihrem Zustand. Aber wenn du Vermögenswerte vor ihr versteckt hast, könnte das ein Problem sein. Marco, ich habe den Eindruck, als würde ich unser Gespräch allein bestreiten.«

»Ich höre dir sehr aufmerksam zu und nehme jedes deiner Worte zur Kenntnis. Seit ich Clanton verlassen habe, denke ich jeden Tag stundenlang darüber nach, was ich zurückgelassen habe. Ich versuche, mir jedes nur mögliche Szenario vorzustellen, in dem jemand nach mir suchen könnte.«

»Harry Rex ist fest davon überzeugt, dass es kein solches Szenario gibt.«

»Und du? Was ist deine Meinung?«

»Mack, ich werde dafür bezahlt, meine Meinung zu sagen, aber ich bin nicht dein Anwalt. Ich werde nichts mit dieser Sache zu tun haben, aber es wäre hilfreich, wenn ich die Fakten kennen würde. Ich werde sie an Harry Rex weiterleiten, streng vertraulich natürlich.«

Mack schob seinen Teller weg und faltete die Hände vor sich auf der Tischplatte. Er sah sich um, wie beiläufig, ohne misstrauisch zu wirken. Mit leiser Stimme begann er zu erzählen: »Ich hatte vier Fälle, vier Mandanten, alle Holzfäller, die sich mit dem gleichen Kettensägenmodell verletzt hatten. Einer der Männer verlor ein Auge, einer seine linke Hand, einer einige Finger, der vierte kam mit einer großen Narbe auf der Stirn davon. Zuerst dachte ich, die Sicherheitseinrichtungen der Kettensäge wären defekt gewesen. Die Verfahren sahen vielversprechend aus, führten aber zu nichts. Ich versuchte, zu bluffen und den Hersteller zu einem Vergleich zu drängen, was mir nicht gelang. Dann verlor ich das Interesse daran, und die Akten verstaubten. Du weißt, wie das ist. Monate und Jahre vergingen. Und dann bekam ich ganz plötzlich einen Anruf aus New York, von einer großen Kanzlei, Durban & Lang. Ihre Mandantin, eine Schweizer Firma, wollte einen schnellen, vertraulichen Vergleich schließen, um die Sache aus den Büchern zu bekommen. Einhunderttausend pro Fall, dazu noch einmal der gleiche Betrag für Anwalts- und Verfahrenskosten. Eine halbe Million, Jake, einfach so. Ein wahr gewordener Traum. Da ich nie Klage eingereicht hatte, gab es keine Unterlagen darüber, bis auf die Akten in meiner Kanzlei und die in New York. Die Versuchung war groß. Meine Ehe war am Ende, schon lange, und mit einem Mal passte alles. Es war der perfekte Zeitpunkt für ein perfektes Verbrechen. Ich konnte mir das Geld schnappen, mich scheiden lassen und die Kanzlei aufgeben. Ein Leben hinter mir lassen, in dem ich, gelinde gesagt, unglücklich war.«

Jake hatte seinen Krabbensalat zur Hälfte aufgegessen und schob den Rest weg. Der Kellner kam und räumte den Tisch ab.

»Ich brauche einen Drink. Möchtest du ein Bier?«, fragte Mack.

»Gerne.«

»Kennst du Imperial, das Bier, das hier gebraut wird?«

»Oh ja. Das nehme ich.«

Mack bestellte zwei Bier vom Fass und starrte auf das Meer unter ihnen. Jake wartete, bis das Bier kam. Er trank einen Schluck, wischte sich den Schaum von der Oberlippe und fragte: »Was ist mit den vier Mandanten?«

Mack wurde aus seinem Tagtraum gerissen. Er griff nach seinem Glas. »Einer war tot, einer nicht aufzutreiben«, sagte er nach einem großen Schluck. »Die beiden, die ich finden konnte, waren mehr als gewillt, fünfundzwanzigtausend in bar zu nehmen und niemandem etwas davon zu erzählen. Ich habe die Papiere unterschrieben und das Geld übergeben.«

»Ich bin sicher, dass die Unterschriften beglaubigt werden mussten.«

»Deshalb habe ich sie auch beglaubigt. Erinnerst du dich noch an Freda, meine ehemalige Sekretärin?«

»Aber natürlich.«

»Ich hatte sie kurz vorher gefeuert, und dann habe ich ihre Unterschrift und den Stempel auf den Dokumenten gefälscht. Die Unterschriften der beiden Mandanten, die ich nicht auftreiben konnte, habe ich ebenfalls gefälscht. Niemand wusste etwas davon. Den Anwälten in New York war es egal. Sie waren einfach froh, dass der Papierkram erledigt war und die Fälle abgeschlossen werden konnten.«

»Wegen der Fälschungen machst du dir keine Sorgen?«

»Jake, ich mache mir wegen allem und jedem Sorgen. Wenn man etwas Unrechtes getan hat und auf der Flucht ist, sieht man ständig über die Schulter und fragt sich, wer einen verfolgt.«

»Verstehe. Du bist also mit etwa vierhunderttausend Dollar getürmt?«

»Richtig.«

»Beeindruckend.«

»Was war das höchste Honorar, das du je erhalten hast?«

»Na ja, für die Verteidigung von Carl Lee Hailey habe ich tausend Dollar bekommen.«

»Deine Sternstunde.«

»Hast du einen Mann namens Seth Hubbard gekannt?«

»Nicht persönlich, aber ich weiß, wer er war. Besitzer eines großen Sägewerks.«

»Genau. Nach seinem Tod wurde das Testament angefochten. Ich habe die rechtliche Vertretung seines Nachlasses übernommen und dafür im Laufe zweier Jahre etwa einhunderttausend Dollar in Rechnung gestellt.«

»In den siebzehn Jahren, in denen ich als Anwalt praktiziert habe, war mein höchstes Honorar zwanzigtausend Dollar für einen schweren Verkehrsunfall. Plötzlich hatte ich zwanzig Mal so viel vor mir liegen, wie einen Topf voll Gold. Ich konnte der Versuchung nicht widerstehen.«

»Bereust du es?«

»Und wie. Nur Feiglinge rennen weg. Es war falsch, alles war falsch. Ich hätte in Clanton bleiben, die Scheidung durchziehen und wenigstens eine kleine Rolle im Leben meiner Töchter spielen sollen. Meine Mutter habe ich auch zurückgelassen. Ich habe sie seit drei Jahren nicht gesehen.«

»Was hast du vor?«

»Na ja, ich möchte Lisa wiedersehen und mich bei ihr entschuldigen. Das wird vermutlich nicht klappen, aber ich werde mich bemühen. Und ich will zumindest versuchen, den Kontakt zu Margot und Helen wiederherzustellen. Sie sind jetzt siebzehn und sechzehn und verlieren vielleicht bald ihre Mutter. Du und Harry Rex kommt in meinen Plänen ebenfalls vor. Ich will euch nicht in diese Sache hineinziehen, ihr sollt euch nur ein wenig umhorchen. Wenn es keine Anklage gibt und auch keine geplant ist und wenn kein Haftbefehl auf mich ausgestellt wurde, werde ich in die Staaten fliegen. Ich werde nicht in Clanton bleiben, das kommt nicht infrage. Wahrscheinlich werde ich mich in Memphis verstecken, jenseits der Staatsgrenze. Und beim geringsten Anzeichen von Schwierigkeiten werde ich wieder verschwinden. Jake, ich gehe nicht ins Gefängnis, das kann ich dir versprechen.«

»Das wirst du nicht geheim halten können. Sobald du irgendwo in Ford County auftauchst, werden es am nächsten Morgen alle wissen.«

»Stimmt, aber niemand wird mich sehen. Ich werde nachts kommen und nachts wieder gehen. Die beiden Mandanten, die die fünfundzwanzigtausend in bar bekommen haben, heißen Odell Grove und Jerrol Baker. Harry Rex soll sie suchen. Baker war mit

Crystal Meth zugedröhnt, als er die Vereinbarung für den Vergleich unterschrieben hat, er könnte also tot oder wieder im Gefängnis sein. Ich glaube nicht, dass sie Schwierigkeiten machen werden.«

»Und die beiden anderen?«

»Doug Jumper ist mit Sicherheit tot. Travis Johnson hat das County vor Jahren verlassen.«

Jake hatte sein Bier ausgetrunken und lehnte sich zurück. »Wie sieht dein Zeitplan aus?«

»Ich habe keinen. Du und Harry Rex schnüffelt ein paar Wochen rum. Wenn die Luft rein ist, tauche ich irgendwann auf. Deine Kanzlei bekommt dann einen Anruf von mir.«

»Und wenn wir spitzkriegen, dass es Probleme geben könnte?«

»Schickt ihr mir einen Eilbrief ans Hotel, adressiert an Marco Larman.«

»Das ist fast schon Beihilfe.«

»Aber nur fast. Jake, du brauchst nichts zu tun, was dir widerstrebt. Ich verspreche dir, dass du meinetwegen keinen Ärger bekommen wirst.«

»Ich glaube dir.«

»Wem hast du von der Reise erzählt?«

»Harry Rex und meinen Eltern. Sie passen auf Hanna und Luke auf. Sonst weiß niemand davon, wir haben nur gesagt, dass wir für ein paar Tage nicht da sind.«

»Großartig. Bleib bei der Geschichte. Jake, ich bin dir wirklich sehr dankbar.«

»Vielen Dank für den Urlaub. Wir werden ihn nie vergessen.«

»Gern geschehen, und falls ihr wiederkommt, seid ihr natürlich meine Gäste.«

10

Nachdem Carla einen ganzen Tag lang massiert und gepflegt worden war, brauchte sie Bewegung. Sie verließen das Hotel am frühen Morgen, auf Fahrrädern und ohne Begleitung, und fuhren
auf gut markierten Wegen durch den Regenwald. An den Aus-
sichtspunkten hielten sie an und machten Fotos, meist mit dem
Meer im Hintergrund, dann setzten sie sich in den Eingang einer
Höhle und tranken Mangosaft. Nach zwei Stunden, als sie am
Ende ihrer Kräfte waren und eine Stelle suchten, an der sie eine
längere Rast einlegen konnten, trafen sie zufällig die Schweden.
Olga und Luther waren ebenfalls Gäste im Hotel, aber nur selten
am Pool zu sehen, was daran lag, dass sie entweder auf einen Berg
radelten oder wanderten oder eine Kajaktour auf einem reißen-
den Fluss unternahmen. Die beiden waren mindestens dreißig
Jahre älter als Jake und Carla, schlank und drahtig und in hervor-
ragender körperlicher Verfassung. Sie aßen nur Obst und Gemüse, tranken keinen Alkohol und hatten zwei Nächte in einer
Hütte in der Krone eines sehr hohen Baums geschlafen, an dem
man hinaufklettern musste, einen Rucksack mit Bettzeug, Pro-
viant und Wasser auf dem Rücken. Sie behaupteten von sich, er-
fahrene Ökotouristen zu sein, und waren schon überall gewesen.
Jake und Carla beneideten Leute, die viel in der Welt herumge-
kommen waren, ganz zu schweigen von der Tatsache, dass die
Schweden mit ihren siebzig Jahren so fit waren, dass sie bestimmt
noch dreißig Jahre leben würden.

Nachdem die beiden davongefahren waren, sagte Jake: »Ich
brauche ein Bier. Immer wenn ich diese Leute sehe, muss ich an
Alkohol denken.« Er lag auf einem überdachten Picknicktisch
am Ufer eines kleinen Flusses und streckte alle viere von sich.

»Trink einen Schluck von deinem Mangosaft. Haben wir

eigentlich unser Gespräch über Mack und seine Pläne zu Ende gebracht?«

»Ich glaube schon. Seine Pläne sind nicht sehr konkret. Er vermisst sein altes Zuhause und will seine Mutter und die Mädchen besuchen.«

»Ja, darüber haben wir uns unterhalten.«

»Glaubst du, Lisa wird es erlauben?«

»Ich kann nicht in die Zukunft sehen. Wenn sie gesund wäre, würde sie ihm sicher das Leben schwer machen. Aber ich kann mir nicht vorstellen, was er Margot und Helen sagen will.«

»Hallo, Mädchen, ich bin wieder da. Habt ihr mich vermisst?«

»Das dürfte kein leichtes Gespräch werden. Na, Cowboy, wie geht's deinen Weichteilen?«

»Der Sattel meines Fahrrads ist noch unbequemer als der auf dem Pferd.«

»Jetzt stell dich nicht so an.«

Als sie einen Gipfel – oder eine Stelle hoch oben in den Wolken – erreicht hatten, gab Jake schließlich auf. Sie kehrten um, sausten den Berg hinunter und kamen gerade noch rechtzeitig für ein spätes Mittagessen im Hotel an. Den Nachmittag verbrachten sie am Pool, wo Ricardo für ständigen Getränkenachschub sorgte.

Das letzte Abendessen war genauso wie die anderen – unter freiem Himmel auf der Terrasse, mit dem Pool in der Nähe, einem beeindruckenden Sonnenuntergang und gut aufgelegten Gästen.

Ihre Woche im Paradies war vorbei. Beim Einschlafen lauschten sie dem leisen Surren der Deckenventilatoren aus Korbgeflecht und dem Krächzen der Aras im Regenwald.

Ricardo weckte sie wie vereinbart um sechs Uhr und brachte ihnen ein paar Snacks für die Fahrt. Dann verstaute er ihre Sachen auf einem Gepäckkarren und begleitete sie zum Empfang, wo bereits ein Kleinbus auf sie wartete.

»Ich gehe schnell zum Empfang und kümmere mich um die Rechnung«, sagte Jake.

»Nein, Mr. Jake, das ist bereits erledigt«, erwiderte Ricardo.

»Aber das Essen und die Getränke?«

»Alles bezahlt, Mr. Jake.«

Jake hatte nichts anderes erwartet, trotzdem fühlte er sich verpflichtet, danach zu fragen. Er gab Ricardo ein großzügiges Trinkgeld, dann brachen sie nach San José auf.

11

Zwei Monate vergingen, ohne dass Mack etwas von sich hören ließ. Harry Rex machte Odell Grove ausfindig und stellte wie erwartet fest, dass sich bei ihm nicht viel verändert hatte. Er und seine beiden Söhne arbeiteten nach wie vor am Westrand von Ford County als Holzfäller und blieben für sich. Grove besaß zwei Hektar Buschwald und wohnte mit seiner Frau in einem Trailer. Seine Söhne hatten ihre eigenen Trailer ein Stück die Straße hinunter. Jerrol Baker verbüßte eine Haftstrafe von zehn Jahren, nachdem er beim Meth-Kochen erwischt worden war. Unter dem Vorwand, nach Informationen in einem Fall von Unterschlagung zu suchen, setzte sich Harry Rex mit dem FBI in Verbindung und erfuhr, dass der Beamte, mit dem er nach Macks Verschwinden gesprochen hatte, nach Pittsburgh versetzt worden war. Dann überredete er einen anderen Beamten, einige Nachforschungen anzustellen, und erhielt schließlich die Auskunft, dass es keine laufenden Ermittlungen zu einem Mann namens J. McKinley Stafford aus Clanton gab.

Jake verabredete sich mit Sheriff Ozzie Walls zum Mittagessen bei Claude's und schaffte es irgendwie, bei ihrer Unterhaltung auf Mack Stafford zu kommen. Ozzie sagte, niemand habe je wieder etwas von ihm gehört und es gebe keine laufenden Ermittlungen gegen ihn. Aus irgendeinem Grund hielt er die Gerüchte, nach denen Mack Geld gestohlen hatte, für falsch.

Carla unterrichtete die dritte Klasse an der Grundschule von Clanton, und ihr Vorgesetzter war mit Lisa Stafford befreundet. In den letzten zehn Jahren hatte Lisa als stellvertretende Rektorin der Highschool gearbeitet. Zurzeit war sie krankgeschrieben, und ihr Gesundheitszustand verbesserte sich nicht. Am letzten Schultag Ende Mai hatten Lisas Kollegen im Lehrerzimmer eine kleine Party zu ihren Ehren veranstaltet. Sie wurde als hager und blass beschrieben und trug einen hübschen Schal, um ihre Glatze zu verbergen. Niemand rechnete damit, dass sie im Herbst wiederkam.

Die Wochen vergingen, Jake und Harry Rex redeten immer seltener über Mack. Sie nahmen keine Verbindung zu ihm auf, weil es nichts zu berichten gab. Und unter vier Augen kamen sie überein, dass es das Beste wäre, wenn er wegbliebe. Macks Anwesenheit in Mississippi würde ihr Leben nur kompliziert machen, seines erst recht. Sie waren fest davon überzeugt, dass niemand nach ihm suchte, doch seine Rückkehr würde vielleicht Prozesse in Gang bringen, die weder er noch sie kontrollieren konnten.

Die Komplikationen begannen an einem Donnerstag um die Mittagszeit herum mit einem Anruf in der Kanzlei. Alicia nahm ihn entgegen und fragte bei Jake nach, der oben an seinem Schreibtisch saß. »Ein gewisser Marco Larman. Er sagt, Sie würden seinen Anruf erwarten. Nie von ihm gehört.«

»Stellen Sie ihn durch.«

Jake schluckte schwer und starrte die blinkende Taste an seinem Telefon an. Dann lächelte er und sagte zu sich: »Was soll's.

Vielleicht wird es ja ganz lustig.« Er drückte auf die Taste und meldete sich. »Jake Brigance.«

»Mr. Brigance, hier ist Marco Larman«, sagte Mack etwas steif, als würde jemand mithören.

»Hallo, Marco. Was kann ich für Sie tun?«

»Könnten Sie und Mr. Vonner morgen Nachmittag nach Oxford kommen und sich auf einen Drink mit mir treffen?«

Das wäre Freitagnachmittag. Jake machte sich nicht die Mühe, einen Blick in seinen Terminkalender zu werfen, weil er wusste, dass er keinen Eintrag finden würde. Freitagnachmittage mit schönem Wetter bedeuteten, dass sämtliche juristischen Angelegenheiten in Clanton zum Erliegen kamen. Harry Rex würde nicht im Gerichtssaal stehen, weil im Umkreis von achtzig Kilometern kein Richter zu finden sein würde. Und falls er wider Erwarten einen Termin hatte, würde er ihn sofort absagen, um bei dem Abenteuer dabei sein zu können.

»Kein Problem. Wann und wo?«

»So gegen siebzehn Uhr. An der Bar des Ramada Inn.«

»Okay. Sie sind also schon in den Staaten?«

»Wir reden morgen.«

12

Jake bestand aus zwei Gründen darauf, dass *er* nach Oxford fuhr. Erstens war Harry Rex am Steuer genauso gefährlich wie im Gerichtssaal. Er war entweder zu schnell oder zu langsam unterwegs, ignorierte selbst grundlegende Verkehrsvorschriften und bekam beim geringsten Fehlverhalten anderer Autofahrer einen Wutanfall. Zweitens war es Freitagnachmittag, und Harry Rex hatte bereits einige Bud Light intus. Jake lehnte das angebotene Bier ab, dann konnte es losgehen.

»Um ehrlich zu sein, finde ich das Ganze irgendwie lustig. So ein Mandantengespräch haben wir nicht jeden Tag«, sagte er kurz hinter der Stadtgrenze von Clanton.

Harry Rex kaute auf einer nicht angezündeten schwarzen Zigarre herum, die in seinem Mundwinkel hing. »Ich glaube, der Junge ist einfach nur dumm. Er hat einen klaren Schnitt gemacht, niemand weiß, wo er ist, und jetzt will er zurückkommen. Damit handelt er sich doch nur Probleme ein. Was will er denn hier machen? Eine Kanzlei eröffnen?«

»Ich glaube nicht, dass er vorhat, in Clanton zu leben. Er hat Memphis erwähnt, irgendeinen Ort in einem anderen Bundesstaat.«

»Großartig. Als wenn seine Probleme an der Staatsgrenze zu Ende wären.«

»Er erwartet keine Probleme.«

»Schon klar, aber die Wahrheit ist doch, dass er nicht weiß, was ihn erwartet. Jetzt ist alles ruhig, aber von Lisas Familie könnte Ärger drohen.«

»Ihre Eltern sind anständige Leute. Sie machen sich mehr Sorgen um Lisas Gesundheit als darum, Mack Stafford eins auszuwischen.«

»Das würde man meinen, aber niemand kann vorhersagen, was passieren wird.«

»Inwiefern könnten sie Mack Schwierigkeiten bereiten?«

»Ich bezweifle, dass sie viel für ihn übrighaben. Wahrscheinlich werden sie zwei Mädchen im Teenageralter großziehen müssen, und das ist etwas, was sie für ihre besten Jahre mit Sicherheit nicht geplant haben. Alles nur, weil ihr gerissener Ex-Schwiegersohn Geld unterschlagen und sich aus dem Staub gemacht hat. Ich wäre stinksauer auf ihn. Du nicht?«

»Vermutlich schon.«

»Halt da drüben an dem Getränkemarkt. Ich brauche ein kaltes Bier.«

»Du hast doch eins.«

»Das ist nicht kalt.«

»Wie viele hast du schon intus?«

»Du klingst wie meine Frau.«

»Dann hör mit dem Saufen auf.«

Sie nörgelten eine Stunde aneinander herum, bis Oxford in Sicht kam. Fünf Minuten vor siebzehn Uhr fuhr Jake im Westen der Stadt auf den Parkplatz des Ramada Inn. Er kannte die Bar aus seiner Collegezeit, war aber seit Jahren nicht dort gewesen. Die Studenten waren nicht mehr da, in der Bar herrschte gähnende Leere. Sie besorgten sich ein Bier und suchten sich einen Tisch in einer Ecke. Fünfzehn Minuten verstrichen, doch Mack tauchte nicht auf.

»Er muss sich wohl erst wieder an die Zivilisation gewöhnen«, murmelte Harry Rex, als wäre er selbst stets pünktlich. Er zündete sich noch eine Zigarre an und blies den Rauch an die Decke. Plötzlich stand Mack vor ihnen, wie aus dem Nichts, und gab ihnen zur Begrüßung die Hand. Er wollte sich unbedingt so hinsetzen, dass er die Tür im Auge behalten konnte. Harry Rex verdrehte die Augen, Jake sagte nichts dazu. Dann widmeten sie sich ihrem Bier und machten Witze über Gewichtsschwankungen, andere Frisuren, Bärte, Kleidung. Harry Rex war beeindruckt von Macks veränderter Erscheinung – die tiefe Bräune, der Bart, die längeren Haare, die modische Brille, eine andere als jene, die er vor zwei Monaten getragen hatte. Für Mack dagegen war das Aussehen von Harry Rex keine Überraschung. Bei ihm habe sich wenig verändert und nichts verbessert. Sie lachten lauthals und tranken noch einen Schluck Bier.

Schließlich wurde Jake ernst. »Wie bist du ins Land gekommen?«, wollte er wissen.

»Ganz legal, mit einem Reisepass.«

»Jake hat erzählt, dass du jetzt Brasilianer bist«, warf Harry Rex ein.

»Das stimmt. Ich besitze die brasilianische und die panamaische Staatsangehörigkeit, allerdings ist mein Spanisch nicht sehr gut. Meinen amerikanischen Pass habe ich auch noch, und ich gehe davon aus, dass er funktioniert. Riskieren wollte ich es aber nicht.«

»Man kann sich eine Staatsbürgerschaft kaufen?«, fragte Jake fassungslos. Er hatte noch nie darüber nachgedacht. »Ist es wirklich so einfach?«

»Kommt auf das Land an und auf die Summe, die man dafür zahlt. So schwierig ist es nicht.«

Sie ließen es sich durch den Kopf gehen. Es gab so viele Fragen, so viele Informationen, die ihnen fehlten, doch nur Mack wusste, was als Nächstes geplant war.

»Wie sicher fühlst du dich hier in Mississippi?«, fragte Harry Rex.

»Ich bin vor zwei Tagen in unserem schönen Staat angekommen und nach Greenwood gefahren, um meine Mutter zu besuchen. Danach bin ich sofort wieder abgereist.« Und wohin? Mack beließ es dabei und sagte nichts mehr. Sie wollten wissen, wo er jetzt wohnte oder abgestiegen war, aber anscheinend wollte er es ihnen noch nicht verraten.

»Dann machst du dir also keine Sorgen?«

»Nein. Warum sollte ich? Es gibt keine laufenden Ermittlungen gegen mich. Niemand sucht nach mir, richtig?«

Harry Rex stieß eine Rauchwolke aus. »Na ja, garantieren können wir nichts«, sagte er. »Aber es sieht ganz danach aus, als hätte man die Bluthunde noch nicht von der Leine gelassen.«

»Seit wir uns vor zwei Monaten in Costa Rica gesehen haben, hat sich daran nichts geändert, aber sicher ist es nicht«, fügte Jake hinzu.

»Schon klar. Ich weiß, dass es ein Restrisiko gibt.«

»Mack, was genau hast du vor?«, wollte Harry Rex wissen.

»Ich muss meine Mädchen sehen. Ich bezweifle, dass Lisa etwas mit mir zu tun haben will, und das verstehe ich auch. Es beruht auf Gegenseitigkeit. Aber sie hat eine enge Beziehung zu den Mädchen, und wenn sie stirbt, wird das ein schwerer Schlag für die beiden sein. Ich hätte sie nie verlassen sollen.«

»Du willst das Sorgerecht haben?«, fragte Jake mit hochgezogenen Augenbrauen.

»Nicht, solange Lisa lebt. Wer weiß, vielleicht geschieht ja ein Wunder, und sie wird wieder gesund. Aber was soll werden, wenn sie stirbt? Ich bin mir nicht sicher, ob die Mädchen bei ihren Großeltern leben wollen. Dann helfe ihnen Gott.«

»Warum glaubst du, dass sie bei dir leben wollen?«, fragte Harry Rex.

»Und warum glaubst du, dass du zwei Teenager großziehen willst?«, meinte Jake mit einem Schmunzeln.

»Ein Schritt nach dem anderen«, erwiderte Mack. »Als Erstes werde ich versuchen, mich mit Lisa zu treffen, einfach nur, um Hallo zu sagen. Dann werde ich versuchen, ein Gespräch mit den Mädchen zu führen, damit wir uns wieder näherkommen. Es wird schmerzhaft und unangenehm und vermutlich einfach nur furchtbar sein, aber irgendwo müssen wir anfangen. Es gibt hier noch eine finanzielle Seite, mit der ich mich beschäftigen muss. Die beiden werden bald aufs College gehen.«

Sie machten eine Pause, während Harry Rex seine Zigarre noch einmal anzündete und wieder eine dicke Wolke an die Decke schickte. Jake nippte an seinem Bier und konnte sich nicht vorstellen, in welche Richtung sich das Gespräch entwickeln würde. Schließlich sagte Mack: »Jake, ich möchte, dass du dich mit der Familie in Verbindung setzt und ihr mitteilst, dass ich wieder da bin und mich gern mit Lisa treffen würde.«

»Warum ich?«

»Entweder du oder Harry Rex – aber du hast ein besseres Gespür dafür, wie man mit heiklen Angelegenheiten umgeht.«

Harry Rex nickte zustimmend. Er hatte keine Lust, sich mit Lisa und deren Familie herumzuschlagen.

»Sprich weiter«, meinte Jake.

»Am besten rufst du Dr. Pettigrew an, Lisas Schwager. Ich konnte Dean noch nie ausstehen, so wie alle meine angeheirateten Verwandten, aber vielleicht ist das ja alles Schnee von gestern.«

»Hättest du wohl gern«, knurrte Harry Rex.

»Ja, hätte ich gern. Dean ist recht vernünftig und eigentlich kein schlechter Kerl. Ruf ihn an und sag ihm, dass ich wieder in der Gegend bin und Lisa sehen möchte.«

Harry Rex runzelte die Stirn. »Und was kommt nach ›Hallo‹? Ich würde jedenfalls nicht im selben Raum sein wollen.«

»Wirst du auch nicht, also halt dich da raus. Lass das meine Sorge sein, okay?«

Harry Rex nahm einen großen Schluck von seinem Bier und wischte sich den Schaum von der Oberlippe.

»Du bist nicht mein Anwalt, Jake, nur ein alter Freund«, fuhr Mack fort. »Und die Bunnings hassen dich nicht mit der gleichen Inbrunst wie mich und Harry Rex.«

Harry Rex nahm es gelassen. Das brachte sein Beruf mit sich, und es war ihm völlig egal.

»Wo soll das Treffen mit Lisa stattfinden?«, fragte Jake.

»Ich weiß es nicht. Ihre Ärzte schränken vielleicht ein, wo sie hingeht und wen sie trifft. Dean weiß sicher Bescheid. Ruf ihn an, das wird dann hoffentlich zu einem zweiten und dritten Anruf führen. Aber bei der Sache wird nichts einfach sein.«

»Du hast es erfasst«, warf Harry Rex ein.

»Die Familie wird Fragen haben«, meinte Jake. »Wie lange wirst du bleiben? Bist du für immer zurückgekommen? Wo wohnst du? Warum bist du damals verschwunden? Wie viel Geld hast du mitgehen lassen? Solche Sachen eben. Du kannst nicht einfach dort aufkreuzen und sagen: ›Hallo, hier bin ich.‹«

Mack nickte und griff zu seinem Bier. Er sah zur Tür, was ihm wohl zur Gewohnheit geworden war, aber es kam niemand herein. »Ich lebe aus dem Koffer, übernachte in Hotels und dergleichen. Keine feste Adresse für die nächste Zeit. Ich werde nicht in Ford County bleiben, so viel schon mal zur Beruhigung, und ohne die Zustimmung der Familie werde ich keinen Versuch unternehmen, Lisa und die Mädchen zu sehen. Versprich ihnen das, Jake.«

»Was immer du willst.«

»Du weißt aber schon, dass es rauskommen wird, oder? Der Tratsch wird Sonderschichten einlegen«, warnte Harry Rex.

»Ja, weiß ich. Ich kenne Clanton. Dort ist immer jede Menge Klatsch im Umlauf, auch wenn absolut nichts passiert. Ich bin sicher, dass die Gerüchteküche am Brodeln war, als ich verschwunden bin.«

Jake und Harry Rex mussten grinsen, als sie sich daran erinnerten. Dann lachte Jake und begann zu erzählen: »Eines Morgens waren wir im Chancery Court, im Gerichtssaal von Richter Atlee, der die Prozessliste durchgehen wollte. Der übliche Zirkus, jede Menge Anwälte. Der alte Stanley Renfrow aus Smithfield steht auf und sagt: ›Euer Ehren, ich habe einen Scheidungsfall, bei dem Mr. Stafford die Gegenseite vertritt, aber er ruft mich einfach nicht zurück. Gerüchten zufolge hat er die Stadt verlassen. Hat ihn vielleicht einer der Anwesenden gesehen?‹ Ein paar von uns wechseln Blicke und grinsen. ›Mr. Renfrow, ich glaube nicht, dass seine Telefonanlage noch funktioniert‹, antwortet Richter Atlee. ›Allem Anschein nach hat Mr. Stafford das Licht ausgemacht und das Weite gesucht. Er wurde seit Wochen nicht mehr gesehen.‹

›Und was ist mit meinem Scheidungsfall?‹

›Ich glaube, Mr. Vonner hat seine alten Akten übernommen.‹

›Okay. Euer Ehren, wie kann man einfach so seine Kanzlei aufgeben?‹«

›Ich weiß es nicht. Es ist noch nie vorgekommen.‹

›Ich wäre sehr froh gewesen, wenn mir vor dreißig Jahren jemand erklärt hätte, wie man das macht.‹

Wir sind in lautes Gelächter ausgebrochen, dann haben wir miteinander geflüstert und uns gefragt, wo du stecken könntest. Niemand wusste etwas.«

»Stanley Renfrow mit seinem Stottern«, sagte Mack. »Ich habe ihn gut gekannt und kann ehrlich sagen, dass ich ihn keine Sekunde vermisst habe.«

»Wen hast du denn vermisst?«, wollte Jake wissen.

»Euch beide. Das war's dann aber schon.«

»Mack, wir haben damals zehn Anwälte gebraucht, um für dich einzuspringen, nachdem du verschwunden warst«, beschwerte sich Harry Rex.

»Netter Versuch, aber ich weiß es besser. Ein paar Freunde und meine Familie haben mich vielleicht vermisst, aber meinen Mandanten ist mit Sicherheit nicht aufgefallen, dass ich nicht mehr da bin.«

Jake lachte. »Die Gerüchte wollten einfach nicht verstummen. Kaum ließen sie mal nach, behauptete jemand, dich gesehen zu haben, und dann ging es wieder los.«

»Jemand hat mich gesehen?«, wunderte sich Mack. »Das kann nicht sein. Jedenfalls nicht, soviel ich weiß. Das erste Jahr habe ich in Belize verbracht, und ich bin mir so gut wie sicher, dass mich niemand gesehen hat. Einmal wäre ich fast erkannt worden, aber das war niemand aus Ford County.«

»Wo bist du dann hin?«, fragte Harry Rex.

Mack lächelte, trank einen Schluck Bier und blickte in den im Halbdunkel liegenden Raum. »An viele Orte«, sagte er nach einer langen Pause. »Irgendwann werde ich es euch erzählen, aber nicht jetzt.«

13

Dr. Dean Pettigrew war einer von drei Orthopäden in Clanton. Vor zwanzig Jahren hatte er Stephanie Bunning geheiratet, eine hübsche Studentin, die er an der Ole Miss kennengelernt hatte. Sie kam aus einer bekannten Familie in Clanton und wollte unbedingt dort leben. Er stammte aus Tupelo, eine Stunde Fahrt entfernt, und für ihn war es nah genug bei seiner Familie. Er arbeitete hart, war sehr erfolgreich und lebte mit seiner Frau und seinen beiden Söhnen in einem großen modernen Haus am Fairway von Loch 14 des Country Clubs, umgeben von der Hautevolee der Stadt. Praktisch alle Ärzte Clantons hatten sich ganz in der Nähe angesiedelt, hinter bewachten Mauern.

Nachdem er am Samstagmorgen achtzehn Löcher gespielt hatte, fuhr Dean mit seinem Golfwagen nach Hause und wurde von Stephanie darüber informiert, dass Jake Brigance angerufen habe. Soweit sie sich erinnern konnten, hatte sich Jake noch nie telefonisch bei ihnen gemeldet. Sie kannten Jake und Carla, verkehrten aber nicht in denselben Kreisen. Dean war Arzt, daher dachte er zuerst, dass Jake, ein Anwalt, über eine mögliche Schadenersatzklage wegen eines Behandlungsfehlers mit ihm sprechen wollte.

Es war eine reflexartige Reaktion, doch er verwarf diesen Gedanken sofort wieder. Jake war allseits beliebt und verklagte keine Ärzte, zumindest keine, die in Clanton wohnten. Aber bei Anwälten wusste man nie.

Dean machte es sich in dem Ledersessel in seinem Arbeitszimmer bequem und griff zum Telefonhörer. Nach ein paar Minuten leicht angestrengten Small Talks sagte Jake: »Dean, ich komme gleich zur Sache. Ich habe gestern Mack Stafford getroffen. Er ist wieder in der Gegend.«

Dean hätte fast den Hörer fallen gelassen und brachte für ein oder zwei Sekunden kein Wort heraus. »Okay. Wir haben gehofft, dass er für immer verschwunden ist.«

»Ja, mich hat es auch überrascht. Ich bin nicht sein Anwalt, nur ein Freund. Und ich würde jetzt nicht mit Ihnen reden, wenn er mich nicht darum gebeten hätte.«

»Das kann ich mir denken. Was hat er vor?«

»Na ja, Mack würde sich gern mit Lisa treffen.«

»Das soll wohl ein Scherz sein.«

»Nein, ich meine es ernst. Wie ich schon sagte: Ich bin nur der Überbringer der Nachricht.«

Stephanie hörte mit. Sie schlich ins Arbeitszimmer und setzte sich in die Nähe ihres Mannes, der sie mit gerunzelter Stirn ansah und den Kopf schüttelte. »Ich kann mir nicht vorstellen, dass Lisa ihn wiedersehen will«, erwiderte Dean.

»Das verstehe ich.«

»Weiß er, dass sie krank ist?«

»Ja. Aber fragen Sie mich nicht, wie er davon erfahren hat.«

»Wo ist er gewesen?«

»Südlich von hier. Mehr ist mir nicht bekannt.«

»Ich weiß nicht, was ich sagen soll.« Stephanie schüttelte ungläubig den Kopf.

Nach einer langen Pause sagte Jake: »Darf ich Sie fragen, wie es ihr geht?«

Dean seufzte. »Nicht gut. Die letzte Runde Chemo hat nicht angeschlagen. Viel mehr kann man eigentlich nicht tun. Diese Angelegenheit wird ihrer Gesundheit nicht gerade förderlich sein.«

»Der Meinung bin ich auch. Dean, hören Sie, den Anruf, um den Mack mich gebeten hat, habe ich gemacht. Alles andere liegt jetzt bei Lisa.«

»Worüber will Mack mit ihr reden?«

»Ich weiß es nicht. Er will sich mit Lisa treffen und dann vielleicht mit den Mädchen.«

»Das gibt nur Ärger.«

»Ich weiß.«

»Ich kann mir nicht vorstellen, dass Lisa ihn sehen will, und ich bin mir sicher, dass sie ihn von den Mädchen fernhalten wird.«

»Dafür habe ich vollstes Verständnis.«

Wieder entstand eine Pause, dann sagte Dean: »Lisa und die Mädchen kommen heute zum Abendessen zu uns. Ich werde die Familie über Ihren Anruf informieren müssen.«

»Natürlich. Es tut mir leid, dass ich in diese Sache hineingezogen werde.«

»Danke, Jake.«

Lisa kam am späten Nachmittag, zusammen mit ihren zwei Töchtern, Margot und Helen. Es ging ihr nicht gut, sie war schwach und zerbrechlich. Auto fahren konnte sie nicht mehr, aber mit ihren siebzehn Jahren war Margot gern bereit, sich ans Steuer zu setzen. Die Mädchen zogen schnell ihre Bikinis an und sprangen in den Pool. Ihre beiden Cousins, die Söhne der Pettigrews, waren in Oxford, bei einem Baseballspiel der Ole Miss.

Lisa setzte sich lieber in den Schatten der Veranda, wo ein schwerer Deckenventilator für eine kühle Brise sorgte. Stephanie brachte Limonade und setzte sich neben ihre Schwester. Dean gesellte sich zu ihnen, und sie sahen zu, wie die Mädchen sich vom Sprungbrett stürzten. Obwohl Margot nur ein Jahr älter war als Helen, wirkte sie schon sehr erwachsen und reif und hätte als Zwanzigjährige durchgehen können. Ihr Bikini bestand fast nur aus schmalen Stoffstreifen und bedeckte Deans Ansicht nach viel zu wenig, was ihren Großeltern, die in etwa einer Stunde eintreffen würden, gar nicht gefallen dürfte. Dean wusste, dass es seiner Nichte völlig egal war, was sie dachten, nachdem sie es letztes Jahr mehrfach darauf angelegt hatte, die beiden zu enttäuschen. Helen war die Ruhigere der beiden, manchmal sogar schüchtern, und immer noch so mager wie eine Zwölfjährige. Die Mädchen und ihre Mutter waren durch Macks skandalöse Tat und sein plötzliches Verschwinden schwer gedemütigt worden. Die ganze Familie war gedemütigt worden.

Im letzten Jahr, als es selbst nach mehreren Behandlungen nicht gelungen war, Lisas sehr aggressive Krebserkrankung zu stoppen, hatte sich die Familie insgeheim darüber beraten, was mit den Mädchen geschehen sollte. Es gab nur zwei Möglichkeiten, von denen keine auf große Begeisterung traf. Entweder sie würden bei ihren Großeltern leben oder zu den Pettigrews in deren großzügiges Haus ziehen. Im Grunde genommen wollte niemand die beiden haben, vor allem nicht Margot. Ungeachtet dessen mussten die Mädchen nicht befürchten, auf der Straße zu landen, ihre Verwandten würden sich um sie kümmern.

Gab es eine dritte Möglichkeit? War Mack zurückgekommen, um die Mädchen nach dem Tod ihrer Mutter bei sich aufzunehmen? Dean bezweifelte es. Mack hatte sie im Stich gelassen, und es schien undenkbar zu sein, dass er sich in Clanton niederließ und versuchte, Vater zu sein.

»Wir sollten es hinter uns bringen, bevor eure Eltern hier sind«, sagte Dean. »Lisa, vor ein paar Stunden habe ich einen Anruf von Jake Brigance bekommen. Er hat Kontakt zu Mack, der wieder in der Gegend ist.«

»Dieser Scheißkerl«, fluchte Lisa trotz ihres schlechten Gesundheitszustandes.

»Oder noch Schlimmeres. Er will sich mit dir treffen. Und die Mädchen will er auch sehen.«

»Er will was?«

»Du hast richtig verstanden.«

»Seit wann ist er wieder da?«

»Ich weiß es nicht, und ich glaube auch nicht, dass er sich in der Stadt aufhält, aber er ist in der Nähe. Die Details sind eher vage.«

»Kann man ihn denn nicht verhaften?«

»Darüber haben wir nicht gesprochen. So weit sind wir nicht gekommen.«

Lisa stellte ihr Limonadenglas auf einen Beistelltisch, schloss die Augen und atmete tief durch. Sie sah furchtbar aus, und Dean und Stephanie tat es in der Seele weh, sie so leiden zu sehen. Sie wusste, dass sie sterben würde, und jetzt auch noch das. Die letzten zehn Jahre waren die Hölle gewesen. Die zerrüttete Ehe mit einem Mann, der immer viel und hart gearbeitet, aber nie genug verdient hatte. Sein regelmäßiger Griff zur Flasche. Sein spektakuläres Verschwinden. Die wilden Gerüchte, nach denen das Geld, mit dem er sich davongemacht hatte, seinen Mandanten gehöre. Die Monate und Jahre ohne Kontakt. Die Erkenntnis, dass der Schuft weg war und nicht wiederkommen würde. Lisa machte ihn für ihren schlechten Gesundheitszustand verantwortlich. Die Demütigung und der Stress, zwei Teenager allein großzuziehen, hatten ihren Tribut gefordert. Sie hatte es so satt zu weinen und versuchte, ihre Gefühle in Schach zu halten, doch ihr kamen die

Tränen. Sie schniefte, biss sich auf die Lippen und wischte sich schnell übers Gesicht.

Lisa öffnete die Augen und lächelte ihre Schwester an. Dann sah sie Dean an. »Ich nehme an, du sollst Jake mit einer Antwort zurückrufen.«

»Ja.«

»Die Antwort ist Nein. Wir haben nichts zu bereden. Die Scheidung war praktisch schon vollzogen, als er sich aus dem Staub gemacht hat. Und zum Glück ist sie seitdem rechtskräftig. Ich will nichts von ihm hören oder sehen. Er hat nichts zu sagen, und es gibt nichts, worüber wir reden müssten. Falls er Kontakt mit den Mädchen aufnimmt oder versucht, sich mit ihnen zu treffen, werde ich die Polizei rufen und ihn, wenn nötig, vor Gericht bringen.«

Dean lächelte. »Das war deutlich«, meinte er.

14

Am frühen Montagmorgen stand Jake auf und schlich sich aus dem Schlafzimmer. Er ging nach unten in die Küche und schaltete die Kaffeemaschine ein, duschte im Bad des Gästezimmers im Keller und zog sich an. Dann holte er die Zeitungen von Memphis, Tupelo und Jackson aus der Einfahrt und setzte sich mit einer Tasse Kaffee und den Morgennachrichten an den Frühstückstisch. Um 5.45 Uhr kehrte er ins Schlafzimmer zurück, tätschelte Carla den Hintern, küsste sie auf die Wange, versicherte ihr, dass er sie liebe, und ging. Sie zog sich die Decke über den Kopf und dachte wie immer, dass ihr Mann verrückt war, weil er den Tag so früh begann. Nach einem kurzen Blick in die Zimmer von Hanna und Luke verließ er das Haus. Sieben Minuten später hatte er den

Clanton Square erreicht und parkte vor seiner Kanzlei. Um Punkt sechs Uhr betrat er den Coffeeshop, wo Dell gerade mit einigen Farmern an einem Tisch herumalberte und Fabrikarbeitern an einem anderen Tisch deftige Beleidigungen an den Kopf warf. Außer Jake trug niemand Anzug und Krawatte. Er setzte sich auf seinen Stammplatz zu Andy Furr, der als Automechaniker in der Chevrolet-Werkstatt arbeitete. Dell schenkte ihm Kaffee ein und streifte ihn dabei mit ihrem ausladenden Hintern, was zu ihrem Morgenritual gehörte. Marshall Prather, einer der Deputys, sprach ihn an: »Jake, haben Sie schon gehört, dass Mack Stafford wieder in der Stadt ist?«

Die Geschwindigkeit, mit der sich Gerüchte in der Stadt verbreiteten, erstaunte Jake immer wieder. Er beschloss, sich dumm zu stellen, weil er wissen wollte, was man sich so erzählte.

»Das ist ein Witz, oder?«

»Nein, ich glaube nicht. Anscheinend hat ihn jemand gesehen. Er will sich wohl mit seiner Frau aussöhnen.«

»Waren Sie damals nicht sein Anwalt?«, wollte einer der Farmer wissen.

»Oh nein. Meines Wissens hat sich Harry Rex um seine Angelegenheiten gekümmert. Wer hat ihn denn gesehen?«

»Keine Ahnung«, meinte Prather. »Ich habe gehört, dass man sich das gestern beim Gottesdienst der Baptisten erzählt hat.«

»Tja, dann muss es ja wahr sein.«

»Wird er denn nicht von der Polizei gesucht?«, fragte Andy Furr.

»Ich habe keine Ahnung.«

»Marshall, weißt du was darüber?«, erkundigte sich Furr.

»Nein, aber ich werde es herausfinden.«

»Damals hat er doch einen Haufen Geld geklaut und ist abgehauen, oder?«

»Wenn man den Gerüchten glaubt«, meinte Jake.

»Gerüchte gibt's bei uns nicht. Unser Klatsch stimmt immer«, rief Dell von der Theke herüber.

Das brachte ihr ein paar Lacher von den Gästen ein. Der Coffeeshop war eine berüchtigte Brutstätte für Gerüchte, die manchmal nur deshalb in die Welt gesetzt wurden, weil jemand wissen wollte, wie schnell sie es um den Stadtplatz schafften, bevor sie als stark veränderte Version wieder zurückkamen. Jake amüsierte sich köstlich darüber, dass Mack in Wirklichkeit von niemandem gesehen worden war. Offenbar hatten die Bunnings bei der First Baptist Church, deren getreue Mitglieder sie schon zeit ihres Lebens waren, durchsickern lassen, dass Mack Kontakt mit ihnen aufgenommen hatte. Dies hatte zweifellos die gesamte Gemeinde in Aufruhr versetzt und bewirkt, dass in der Sonntagsschule und beim Gottesdienst wilde Gerüchte in Umlauf gebracht wurden. Jake ging davon aus, dass danach Hunderte Telefonanrufe geführt worden waren und die Geschichte eine eigene Dynamik entwickelt hatte. Und irgendwann hatte dann jemand – eine Person, die nie identifiziert werden würde – das gewagte Detail hinzugefügt, dass Mack gesehen worden war.

Bis Montagmittag, nachdem die Geschichte die Runde in der Stadt gemacht hatte und entsprechend ausgeschmückt worden war, würde es mit Sicherheit jemanden geben, der sich mit Mack unterhalten hatte.

Einer der Farmer war vor Jahren von Mack verklagt worden und nicht gut auf ihn zu sprechen. Das brachte das Gespräch auf das Thema Klagen, noch dazu leichtfertige, und die Notwendigkeit einer weiteren Reform des Schadenersatzrechts. Jake widmete sich seinem Frühstück und sagte nichts.

Bald wurde wieder über das Wetter geredet, und Mack war vergessen, zumindest fürs Erste.

15

Punkt zehn Uhr marschierte Herman Bunning in die Kanzlei Sullivan & Sullivan und eröffnete der Sekretärin am Empfang, dass er einen Termin habe. Sie bot ihm einen Stuhl an, den er jedoch höflich ablehnte. Er habe nicht vor zu warten. Er habe seinen Anwalt am Abend zuvor angerufen und einen Termin vereinbart. Wenn er pünktlich sein könne, dann gelte das auch für den Anwalt. Bunning trat an das große Fenster und starrte auf das Gerichtsgebäude. Er versuchte sich daran zu erinnern, wann er Walter Sullivan das letzte Mal um juristischen Beistand gebeten hatte. Angesichts Sullivans Stundenhonorar von zweihundert Dollar hoffte er, dass der Besuch kurz ausfallen würde.

Seine Firma, Clanton Redi-Mix, war seit über fünfzig Jahren in Familienbesitz. Da die Nachfrage nach Beton in einer so kleinen Stadt wie Clanton nicht gerade groß war, hatte das Unternehmen nur wenige juristische Probleme. Bunning hatte noch nie jemanden verklagt und war auch noch nie verklagt worden, bis auf gelegentliche Verkehrsunfälle, an denen einer seiner Lastwagen beteiligt gewesen war. Walter setzte wasserdichte Verträge auf und behielt sämtliche rechtlichen Angelegenheiten im Auge. Die meisten erfolgreichen Geschäftsleute in Clanton verließen sich auf Walter, genauso wie die Banker, Versicherungsgesellschaften, Eisenbahnen, großen Farmer oder besser gestellte Privatpersonen.

Genau deshalb hassten Jake und die anderen Anwälte in der Stadt die Kanzlei Sullivan. Sie hatte Mandanten, die zahlen konnten.

Eine Sekretärin tauchte auf, Bunning folgte ihr nach hinten in das große Büro. Das Angebot eines Kaffees akzeptierte er, mit einem Stück Zucker, bitte, dann nahm er Walter gegenüber Platz, der an einem riesigen Schreibtisch saß.

»Ich habe nichts gefunden«, sagte Walter. »Ozzie hat gesagt, dass es keinen ausstehenden Haftbefehl gibt. Die Anklagejury ist damals zwar ein paarmal zusammengetreten, aber es lagen keine richtigen Beweise vor.« Er hob einen Stapel Unterlagen hoch und fuhr fort: »Ich habe Kopien des Scheidungsantrags und der Scheidungsurkunde, außerdem seinen Insolvenzantrag. Viel mehr lässt sich nicht auftreiben.«

»Wem sagen Sie das«, knurrte Herman. »Der Junge hat nie richtig Geld verdient. Die beiden haben von der Hand in den Mund gelebt, und ich weiß gar nicht mehr, wie oft ich ihnen aus der Patsche helfen musste.«

»Wie geht es Lisa?«

»Noch genauso wie gestern Abend, als Sie nach ihr gefragt haben.«

Walter nickte und erinnerte sich wieder an Hermans Hang zur Direktheit. »Das tut mir leid.«

»Danke. Walter, erzählt man sich unter euch Anwälten denn nicht, dass Mack irgendwie zu Geld gekommen ist, das ihm nicht gehörte, und dann die Stadt verlassen hat? Das hätte doch Hand und Fuß, oder nicht? Wie hätte er sich ohne Geld aus dem Staub machen können? Und warum hätte er das tun sollen? Lisa hat das Haus, die Autos, die Bankkonten und dergleichen bekommen, was sowieso alles auf Pump finanziert war, aber er hat auch noch fünfzigtausend in bar draufgelegt. Der Junge hatte keine Rücklagen. Wenn er plötzlich so viel Geld für Lisa übrig hatte, muss man ja wohl annehmen, dass es da vermutlich noch viel mehr gab, das er versteckt hatte. Verstehen Sie, was ich meine?«

»Ja, natürlich.«

»Und wenn er seine Anderkonten oder was auch immer geplündert hat, um sich das Geld zu beschaffen, hat er es doch ganz bestimmt nicht bei seinen Vermögenswerten angegeben, als er die Scheidung beantragt hat.«

»Und beim Antrag auf Insolvenz auch nicht. Das ist der schwerwiegendere Vorwurf.«

»Großartig. Und wie beweisen wir es?« Die Sekretärin kam herein und reichte beiden Männern eine Tasse Kaffee. Dann ging sie wieder und zog die Tür hinter sich zu. Herman trank einen Schluck und schmatzte anerkennend mit den Lippen.

»Nur, damit wir uns richtig verstehen, Herman: Sie wollen Mack vor Gericht bringen?«

»Und ob ich das will. Er hat meine Tochter und meine Enkelinnen im Stich gelassen und ist mit dem Geld getürmt. Er war ein lausiger Ehemann, Walter, aber das habe ich Ihnen ja schon erzählt. Hat zu viel getrunken und nie ordentlich verdient. Faul war er nicht, aber von Jura hat er nie etwas verstanden.«

»Ich habe Mack gut gekannt, Herman, und ihn gemocht.«

»Am Anfang mochte ich ihn ja auch, aber dann ist ihre Ehe den Bach runter. Am College war er Mitglied der Delta-Studentenvereinigung, und Sie wissen ja, wie diese Jungs sind. Sie sind einfach anders.«

»Ich weiß, ich weiß.«

»Also: Wie können wir Mack den Insolvenzbetrug nachweisen?«

»Herman, warum der Aufwand?«

Die Frage ärgerte den Mandanten, und er wurde kurz wütend. Dann lächelte er und sagte: »Weil er ein Gauner ist und ein schlechter Mensch. Weil es meine Tochter vermutlich nicht bis zum Jahresende schaffen wird, mit etwas Glück vielleicht bis zum Sommer, und zwei Mädchen im Teenageralter hinterlassen wird, die Honey und ich dann großziehen müssen. Und das werden wir auch tun, wir werden es schaffen, aber geplant haben wir das ganz sicher nicht. Die beiden werden eine Menge Geld und Nerven kosten, und, na ja, eigentlich wollte ich mich demnächst zur Ruhe setzen. Aber das kann warten. Wenn Mack Geld hat, steht es jedenfalls Lisa und den Mädchen zu.«

»Wie viel wollen Sie ausgeben, um es herauszufinden?«

»Wie viel wird es kosten?«

»Ich werde einen Privatdetektiv beauftragen müssen, der erste Ermittlungen anstellt. Was die anwaltliche Tätigkeit angeht, bin ich mir nicht sicher, aber es dürften einige Stunden anfallen.«

»Wie viel insgesamt?«

»Zehntausend.«

Herman verzog das Gesicht, als hätte er Magenkrämpfe, rutschte auf seinem Stuhl herum und knirschte mit den Zähnen. »Ich hatte eher an fünftausend gedacht«, meinte er schließlich.

Walter war Honorarverhandlungen nicht abgeneigt, weil er mit weiteren potenziellen Mandanten rechnete. Wenn Mack noch andere betrogen hatte, hatten diese Personen vielleicht ebenfalls Ansprüche. Und wenn Walter eine Goldgrube gefunden hatte, war es besser, die Oberhand zu behalten. Walter kritzelte etwas auf einen Notizblock, wobei er die Stirn runzelte, als würden die Zahlen nicht aufgehen wollen. »So etwas mache ich eigentlich nicht. Ich kann es übernehmen, aber es ist viel Arbeit. Sagen wir siebentausendfünfhundert.«

»Das ist immer noch zu viel, aber ich will mich nicht streiten.«

»Okay, dann stellen Sie mir bitte einen Scheck aus.«

»Morgen ist er in der Post.« Herman warf einen Blick auf die Uhr. Bis jetzt hatte ihr Gespräch weniger als fünfzehn Minuten gedauert. Das waren dann fünfzig Dollar, richtig? Er würde sich Walters monatliche Rechnung genau ansehen, wenn sie eintraf, um Dauer und Honorar zu überprüfen.

Herman bedankte sich für den Kaffee und verließ das Büro.

Auf der anderen Seite des Clanton Square hatte es sich Jake gerade an seinem Schreibtisch bequem gemacht, als der Anruf kam.

»Guten Morgen, Jake. Hier ist Walter Sullivan«, sagte eine Stimme, die er kannte.

Zurzeit gab es keine einzige Akte in Jakes Kanzlei, an der jemand aus der Kanzlei Sullivan auch nur das geringste Interesse haben könnte. Der Anruf kam ihm suspekt vor, aber es war nichts Ungewöhnliches, dass ihn jemand aus dem Nichts kontaktierte.

»Guten Morgen. Was verschafft mir die Ehre?«

»Sie wissen ja, dass wir Herman Bunning und sein Unternehmen schon seit einer Ewigkeit vertreten.«

Aber natürlich, Walter. Ihr bekommt alle Firmenmandate in der Stadt.

»Er hat gerade die Kanzlei verlassen. Sie können sich sicher vorstellen, dass die Familie zurzeit unter Schock steht. Was können Sie mir über Mack sagen?«

»Walter, ich bin nicht sein Anwalt. Sie müssen sich mit Harry Rex unterhalten.«

»Und was würde er mir sagen?«

»Nichts.«

»Das habe ich mir gedacht. Sie haben keine Ahnung, wo Mack sich gerade aufhält?«

»Absolut keine. Warum interessieren Sie sich dafür?«

»Es ist mir völlig egal, wo er ist. Ich soll nur die Warnung weitergeben, dass er sich von Lisa und den Mädchen fernhalten soll.«

»Na großartig. Diese Warnung habe ich bereits von Dr. Pettigrew bekommen, und zwar laut und deutlich. Ich habe sie an Mack weitergegeben. Er hat sie gehört. Ich bezweifle ernsthaft, dass es etwas gibt, was Sie beunruhigen müsste. Mack hat nicht vor, Ärger zu machen.«

»Das ist schwer zu glauben.«

»Die Nachricht ist angekommen, Walter. Entspannen Sie sich.«

»Bis dann.«

Jake dachte lange über den Anruf nach. Die Vorstellung, dass Mack Stafford seinen Töchtern irgendwie schaden könnte, war geradezu lächerlich. Sullivan hatte ihn einschüchtern wollen, was typisch für ihn war. Seine Kanzlei hatte Geld und Macht und keine Skrupel, beides einzusetzen.

Er erinnerte sich daran, wie Harry Rex vor nicht allzu langer Zeit eine seiner Grillpartys veranstaltet hatte, in seiner Jagdhütte in den Wäldern südlich der Stadt. Er hatte jeden Anwalt und jeden Richter eingeladen, selbst diejenigen, die er nicht ausstehen konnte, außerdem Ozzie mit seinen Deputys und die Stadtpolizei von Clanton. Fast alle Mitarbeiter des Gerichts waren gekommen, dazu noch Ermittler, Gerichtsboten und -zusteller, sogar Fahrer von Abschleppwagen. Es gab Bier vom Fass und jede Menge Grillfleisch. Auf der Veranda spielte eine Bluegrass-Band. Das Timing von Harry Rex war perfekt – an dem Tag war im County nichts anderes los gewesen – und der Andrang gewaltig. Er hatte eine hemdsärmelige Redneck-Party haben wollen, und genau das hatte er auch bekommen. Jake und Carla hatten Mack und Lisa getroffen und versucht, sich länger mit ihnen zu unterhalten. Es war offensichtlich, dass sie sich in einer solchen Umgebung nicht wohlfühlte. Der Country Club war weit weg. Später hatte Jake sie allein auf der hinteren Veranda sitzen sehen, mit einer Dose Diätlimonade in der Hand. Sie hatte völlig fehl am Platz gewirkt. Nach der Party hatte er das Gerücht gehört, dass sie gegangen war, ohne Mack Bescheid zu geben. Er hatte sich von einem Freund nach Hause bringen lassen.

In Clanton war allgemein bekannt gewesen, dass die Ehe der beiden unglücklich war, vor allem, weil Lisa große Träume hatte, die Mack nicht erfüllen konnte. Stephanie und Dr. Pettigrew wurden immer wohlhabender und zogen von einem großen Haus in ein noch größeres um. Die Staffords wurden abgehängt.

Jakes Tagträume wurden vom nächsten unerwarteten Anruf unterbrochen. Es war Dumas Lee, der neugierige und sehr hartnäckige Chefreporter der *Ford County Times*.

»Das überrascht mich jetzt aber, Dumas«, sagte Jake.

»Ich habe gehört, dass Mack wieder da ist«, stieß Dumas hervor, als wäre er etwas ganz Großem auf der Spur. »Was können Sie mir dazu sagen?«

»Mack wer?«

»Sehr witzig. Eine meiner Quellen hat mir erzählt, dass Sie Kontakt zu Mack hatten. Sie haben sich mit ihm getroffen.«

Dumas behauptete immer, eine Quelle zu haben, egal, ob es eine gab oder nicht. »Kein Kommentar.«

»Jake, was soll das? Das können Sie besser.«

»Kein Kommentar.«

»Okay, ich werde Ihnen jetzt eine einfache Frage stellen, die sich mit Ja oder Nein beantworten lässt. Wenn Sie ›kein Kommentar‹ sagen, ist klar, dass die Antwort Ja sein muss. Haben Sie sich letzten Monat mit Mack Stafford getroffen?«

»Kein Kommentar.«

»Anders formuliert, Sie haben sich mit ihm getroffen.«

»Was auch immer, Dumas. Ich habe genug von Ihren Spielchen. Mack kann kommen und gehen, wie er will. Er wird nicht polizeilich gesucht.«

»Er wird nicht polizeilich gesucht. Das gefällt mir. Kann ich das so drucken?«

»Natürlich.«

»Danke, Jake.«

»Gern geschehen.«

16

Macks verhängnisvoller Entscheidung, das Geld an sich zu nehmen, zuerst die Scheidung und dann Insolvenz zu beantragen,
seine Kanzlei zu schließen, alles Lisa zu überschreiben, sich von
ihr und den Mädchen zu verabschieden und anschließend zu verschwinden, war ein einziger Telefonanruf vorausgegangen. Eines
Tages hatte ein New Yorker Anwalt namens Marty Rosenberg in
der Mittagspause angerufen und eine hohe Summe angeboten,
um ein paar alte, fast vergessene Fälle von Mack abzuschließen,
die bereits Staub angesetzt hatten. Mack ging selbst ans Telefon,
weil Freda, seine Sekretärin, gerade nicht da war. Wenn sie an
ihrem Schreibtisch gesessen und von den Vergleichsverhandlungen gewusst hätte, dann hätte Macks Leben nicht so eine drama-
tische Wendung genommen. Freda hatte sich fünf Jahre lang um
alles gekümmert, was zu den Aufgaben einer Sekretärin in einer
Kleinstadt-Kanzlei gehörte – Telefone, Schreibarbeiten, Mandanten, Buchhaltung und so weiter.

Mack hatte sie noch am selben Tag gefeuert, sie war beleidigt
abgezogen. Er hatte ein paar Bier getrunken und war ziemlich an-
geheitert in die Kanzlei zurückgekommen. Freda blaffte ihn ge-
reizt an, weil er zwei Termine am Nachmittag versäumt hatte. Es
war ihm egal. Sie begannen zu streiten und warfen sich ein paar
Dinge an den Kopf, die besser nicht gesagt worden wären. Er feuerte sie mit sofortiger Wirkung und gab ihr dreißig Minuten, um
ihren Schreibtisch auszuräumen und zu verschwinden. Nach Einbruch der Dunkelheit verließ er die Kanzlei und ging in eine Bar.
Als er schließlich nach Hause kam, wartete Lisa auf der Veranda
vor dem Haus, in vollem Kampfmodus. Mack rutschte auf einer
vereisten Stelle der Einfahrt aus, schlug sich den Kopf und verbrachte zwei Tage im Krankenhaus. Während er ans Bett gefesselt

war, kehrte Freda in die Kanzlei zurück und ging Geschäftsbücher und Akten durch. Sie rechnete nicht damit, viel zu finden, und stellte fest, dass sie mit ihrer Vermutung richtiglag. Mit Macks geschäftlichen Angelegenheiten kannte sie sich besser aus als er. Wie bei den meisten Anwälten in Clanton üblich, beglichen seine Mandanten, die er an den Stadt- und Bezirksgerichten vertrat, ihre Rechnungen in bar, was sich problemlos aus den Büchern heraushalten ließ. Freda sah sich Macks Akten unter anderem deshalb an, weil sie sich vergewissern wollte, dass es keine inoffiziellen Unterlagen über die in bar gezahlten Honorare gab. Außerdem wollte sie herausfinden, ob er Bankkonten hatte, von denen Lisa nichts wusste, doch sie fand keinerlei Hinweise darauf, dass er Geld versteckt hatte. Freda hatte immer eine Aufstellung seiner aktuellen Fälle geführt, von der sie eine Kopie für sich anfertigte. Die Liste mit den anhängigen Verfahren war nicht gerade beeindruckend. Als Mack sich aus dem Staub gemacht hatte, hörte sie Gerüchte, denen zufolge er einige Mandanten betrogen und Geld unterschlagen hatte. Zu der Zeit hatte er drei Vormundschaften übernommen, für die insgesamt zweiundzwanzigtausend Dollar auf seinem Anderkonto eingegangen waren. Das Treuhandkonto für Immobilien wies einen Saldo von dreihundertfünfzig Dollar auf. Bei Macks Verschwinden waren die Gelder alle noch da gewesen.

Die einzige mögliche Quelle für größere Honorarzahlungen waren vier alte Produkthaftungsfälle, die Mack übernommen, aber jahrelang vernachlässigt hatte. Die Kettensägenfälle, eine potenzielle Goldgrube, zumindest seiner Meinung nach. Freda hatte sie fast schon vergessen, allerdings erinnerte sie sich noch gut daran, wie sie vor einer halben Ewigkeit seine Drohbriefe an den Hersteller getippt hatte. Als Macks Interesse an den Fällen erlahmte, wurden die Fälle nach ganz unten in den Stapel einsortiert.

Während Mack im Krankenhaus lag, verschaffte sich Freda die Verbindungsdaten für den Anschluss der Kanzlei, bei denen ihr die geheimnisvollen Anrufe von und bei einer New Yorker Kanzlei auffielen. Sie machte sich Notizen und bewahrte sie auf. Etwa einen Monat nach Macks Verschwinden bekam sie Besuch von zwei FBI-Beamten, die ihr ein paar Fragen stellten, aber es war offensichtlich, dass die beiden nur der Form halber ermittelten. Sie war zwar immer noch wütend, weil sie gefeuert worden war, aber da sie dem FBI nichts schuldig war, sagte sie nichts.

Freda verließ Clanton und zog schließlich nach Tupelo, wo sie als Anwaltsassistentin für eine große, auf Immobilienrecht spezialisierte Kanzlei arbeitete. Am Dienstagnachmittag saß sie gerade an ihrem Schreibtisch, als ein Privatdetektiv auftauchte. Schmal geschnittenes Sakko, nachlässig gebundene Krawatte, Stiefel mit spitzen Kappen, Waffe an der Hüfte. Es war auf den ersten Blick klar, in welcher Branche er arbeitete. Während ihrer Zeit als Anwaltssekretärin hatte sie Hunderte dieser Typen gesehen, und sie konnte sie schon von Weitem erkennen.

Er stellte sich als Buddy Hockner vor, gab ihr seine Visitenkarte und sagte, er stelle Ermittlungen für einen Anwalt in Clanton an.

»Welcher Anwalt?« Freda hatte sie alle gekannt.

»Walter Sullivan.«

Dann konnte es sich nicht um eine schmutzige Scheidung oder einen Feld-Wald-und-Wiesen-Autounfall handeln. Bei einem Mandat der Kanzlei Sullivan ging es vermutlich um erheblich mehr Geld. Sie konnte sich nicht vorstellen, was Walter Sullivan von ihr wollte.

»Ich erinnere mich an ihn«, sagte sie. »Was kann ich für Sie tun?«

Buddy ließ sich, ohne zu fragen, auf den Stuhl fallen, der auf der anderen Seite ihres Schreibtischs stand.

»Setzen Sie sich doch«, meinte Freda.

»Hatten Sie vor Kurzem Kontakt zu Ihrem alten Chef, Mack Stafford?«

»Falls dem so wäre – warum sollte ich es Ihnen erzählen?«

»Ich komme in Frieden.«

»Das sagen sie alle.«

»Mack ist wieder da. Hat er sich bei Ihnen gemeldet?«

Freda fand das witzig. Sie lächelte, es war das erste Mal in ihrem Gespräch. »Ich habe nichts mehr von Mack gehört, seit er mich gefeuert hat. Und das war vor fast drei Jahren. Hören Sie, ich habe viel zu tun und würde lieber nicht an meinem Arbeitsplatz über diese Sache reden.«

»Verstehe. Kann ich Ihnen nach Feierabend einen Drink ausgeben?«

»Aber nur einen. Ich bin nicht sehr gesprächig.«

Zwei Stunden später trafen sie sich in einer Kneipe im Stadtzentrum. Sie setzten sich in eine dunkle Ecke und bestellten Drinks. Buddy legte die Karten auf den Tisch und versicherte ihr, dass er nichts zu verbergen habe. Er arbeite hin und wieder für Mr. Sullivan, der im Auftrag von Lisas Familie in Macks schmutziger Wäsche wühlen solle. Die Bunnings vermuteten, dass Mack Geld unterschlagen und bei den Scheidungs- und Insolvenzanträgen nicht angegeben habe.

Freda tat es leid, als sie hörte, dass es Lisa schlecht ging. Die beiden waren nicht befreundet gewesen, aber gut miteinander ausgekommen, was in Macks Umfeld eine beachtliche Leistung war.

»Mack hatte nie Geld. Es gab nichts zum Stehlen«, sagte sie.

Buddy zog ein Blatt Papier aus der Tasche und gab es ihr. Es war die Kopie eines bankbestätigten Schecks über fünfzigtausend Dollar, gezogen auf eine Bank in Memphis, zahlbar an Lisa. »Das war Teil der Scheidungsvereinbarung, so ungefähr das Einzige von Wert, was sie bekommen hat«, erklärte er.

Freda schüttelte den Kopf. »So viel Geld hatte Mack doch gar nicht. Auf dem Scheckkonto der Kanzlei lagen immer ungefähr fünftausend Dollar, manchmal auch weniger. Er hat mir dreißig-tausend im Jahr gezahlt, ich habe nie eine Gehaltserhöhung be-kommen, und es gab Jahre, in denen ich fast so viel verdient habe wie er.«

»Hatte Mack ein Konto bei einer Bank in Memphis?«

»Soviel ich weiß, nicht. Seine Bankgeschäfte hat er in Clanton erledigt, obwohl er es gehasst hat. Es gefiel ihm überhaupt nicht, dass jemand bei der Bank wusste, wie pleite er wirklich war.«

»Wo ist das Geld dann hergekommen?«

Freda hatte es Mack immer übel genommen, dass er einfach verschwunden war und seine Frau und seine beiden Töchter im Stich gelassen hatte. Nachdem er sich aus dem Staub gemacht hatte, war sie selbst in die Sache hineingezogen worden. In Clan-ton hatte man sich erzählt, dass sie an seinen Schwindeleien be-teiligt gewesen sein sollte und dergleichen. Das war einer der Gründe, weshalb sie weggezogen war. Sie schuldete Mack gar nichts. Er hatte ihr fristlos gekündigt und dann auch noch zugese-hen, wie sie ihren Schreibtisch ausgeräumt hatte.

Sie trank einen Schluck von ihrem Wodka Soda und sagte: »Ich habe die Verbindungsdaten für den Anschluss in der Kanzlei, aber fragen Sie mich nicht, woher. An dem Tag, an dem er mich gefeuert hat, kam ein Anruf von einer New Yorker Anwaltskanz-lei, um 12.10 Uhr, als ich gerade in der Mittagspause war, deshalb hat Mack ihn selbst angenommen. Danach hat er offenbar die Kanzlei verlassen und sich ein paar Bier genehmigt. Als er um siebzehn Uhr wieder da war, hatten wir unseren Streit. Er hatte zwei Termine versäumt, was sonst nie vorkam, weil er auf die Mandanten angewiesen war. Ich habe Mack nie wiedergesehen, und jetzt will ich ihn auch nicht sehen.«

Freda griff in ihre Handtasche und holte ebenfalls ein Blatt Papier hervor. »Das ist eine Kopie der Mandantenliste, alle offenen Fälle. Ich habe vier davon markiert, die Kettensägenfälle. Ganz oben steht der Name Marty Rosenberg, daneben seine Telefonnummer. Er ist der Anwalt in New York, von dem ich annehme, dass er in meiner Mittagspause angerufen hat. Ich weiß nicht, worüber die beiden gesprochen haben, aber es hat gereicht, um Mack durchdrehen zu lassen. Ganz sicher bin ich mir nicht, aber Mr. Rosenberg dürfte den Rest der Geschichte kennen.«

17

In der Woche war nicht viel los in Clanton. Als die *Ford County Times* vor Tagesanbruch am Mittwoch ausgeliefert wurde, war auf der unteren Hälfte der Titelseite ein Artikel mit der Schlagzeile »Ist Mack Stafford wieder in der Stadt?« abgedruckt. Da Dumas Lee der Verfasser war, wurde in dem Artikel behauptet, mehrere »ungenannte Quellen« hätten bestätigt, dass der ehemalige Anwalt Mack Stafford wiederaufgetaucht sei. Gesehen habe ihn niemand, zumindest wolle das niemand offiziell zugeben. Beim überwiegenden Teil des Artikels ging es um Macks Vergangenheit: die siebzehn Jahre in seiner Kanzlei, seine Scheidung und Insolvenz, sein geheimnisvolles Verschwinden. Sheriff Walls wurde zitiert mit »Meines Wissens gibt es keine laufenden Ermittlungen«. Als er gefragt wurde, ob es stimme, dass eine Anklagejury wegen des bizarren Falls zusammengetreten sei, gab Ozzie keinen Kommentar ab. Der Text wurde von zwei Schwarz-Weiß-Fotos begleitet. Eines zeigte Mack in Anzug und Krawatte und stammte aus dem Anwaltsverzeichnis, auf dem anderen war Jake in einem dunklen

Anzug beim Verlassen des Gerichtsgebäudes zu sehen. Unter Jakes Foto stand fett gedruckt: »Er wird nicht polizeilich gesucht.«

Jake las den Artikel bei seinem ersten Kaffee und verfluchte sich innerlich, weil er mit Dumas gesprochen hatte. Es war dumm, dem Reporter etwas zu geben, was auch nur annähernd zitierfähig war. Die Andeutung war klar: Jake hatte etwas mit der Sache zu tun und war vermutlich Macks Anwalt.

Seinem Frühstück im Coffeeshop sah er mit Bangen entgegen. Es ausfallen zu lassen kam nicht infrage. Er hatte die Erfahrung gemacht, dass die Gerüchteküche dadurch nur noch mehr angeheizt wurde.

18

Am späten Mittwochvormittag rief Walter Sullivan das New Yorker Büro von Durban & Lang an, eine Megakanzlei mit Tausenden Anwälten, die weltweit tätig waren. Er fragte nach Mr. Marty Rosenberg und bekam von einer seiner Sekretärinnen die Antwort, ihr Chef sei nicht zu sprechen, was Walter natürlich erwartet hatte. Er sagte, dass er per Fax einen Brief schicken werde, der den Grund seines Anrufs erkläre, und sich freuen würde, wenn Mr. Rosenberg ein paar Minuten erübrigen könne, um die Sache am Telefon zu besprechen. Nachdem er aufgelegt hatte, schickte er den Brief ab. Er hatte folgenden Wortlaut:

Sehr geehrter Mr. Rosenberg,
ich bin Anwalt in Clanton, Mississippi, und auf der Suche nach Informationen hinsichtlich eines möglichen Vergleichs in einem Produkthaftungsfall von vor ungefähr drei Jahren. Ich glaube, Ihre Kanzlei vertritt eine

Schweizer Firma namens Littleman AG, *zu der ein als Tinzo Group*
bekannter Unternehmensbereich mit Sitz auf den Philippinen gehört.
Tinzo hat neben vielen anderen Produkten auch Kettensägen hergestellt,
die angeblich defekt waren. Mehrere Kläger aus der hiesigen Gegend beauf-
tragten einen Anwalt aus Clanton, J. McKinley Stafford, oder einfach
Mack, wie er hier genannt wird, nach Unfällen mit besagten Kettensägen
Schadenersatzansprüche geltend zu machen. Mack gab seine Kanzlei auf
und verließ die Stadt kurze Zeit, nachdem Sie mit ihm gesprochen hatten.
Ich brauche ein paar Minuten Ihrer Zeit. Bitte rufen Sie mich an, sobald
es Ihnen möglich ist. Ihre Sekretärin hat meine Nummer.

Mit freundlichen Grüßen
Walter Sullivan

Der Mittwoch verging, keine Nachricht aus New York. Um neun
Uhr am nächsten Morgen stellte Walters Sekretärin den Anruf zu
ihm durch. »Guten Morgen, Mr. Sullivan, wie läuft's denn so bei
Ihnen im Süden?«, begann Marty.

»Könnte nicht besser sein, Mr. Rosenberg. Vielen Dank für den
Rückruf.«

»Keine Ursache. Meine Frau kommt aus Atlanta, gelegentlich
verbringen wir ein paar Tage dort.«

»Großartige Stadt«, erwiderte Walter. Atlanta war New York in
vielerlei Hinsicht näher als Clanton.

»Ich habe Ihren Brief erhalten, und eine meiner Assistentinnen
hat die Akte herausgesucht.« Walter konnte sich richtig vorstellen,
wie Horden von Assistenten vor der Tür des erfolgreichen Anwalts Schlange standen. »Was kann ich für Sie tun?«, erkundigte
sich Marty.

»Na ja, es sieht so aus, als hätte unser gemeinsamer Bekannter
Mr. Stafford einen Vergleich ausgehandelt und dann die Stadt

verlassen. Könnten Sie mir bestätigen, dass es tatsächlich einen Vergleich in dieser Sache gegeben hat?«

»Oh je.« Marty atmete hörbar aus, als würde es sich um ein heikles Thema handeln. »Wir vertreten die Schweizer Firma, Littleman, immer noch, und ja, sie hat Tinzo vor ein paar Jahren übernommen. Damals gab es einige dieser Produkthaftungsfälle in Tinzos Büchern, aber keiner hat es vor einen Richter geschafft. Die Schweizer wollten keine Altlasten. Sie mögen unser Schadenersatzsystem nicht, was ich ihnen auch nicht verübeln kann, daher sollten wir solche Fälle, soweit vorhanden, loswerden. Sie wurden einfach bei mir auf dem Tisch abgeladen, mit der Anweisung, Angebote zu machen. Ich fürchte, das ist alles, was ich dazu sagen kann. Die Vergleiche waren vertraulich, wie Sie sich ja denken können, und meine Mandantin hat zu keiner Zeit die Haftung anerkannt.«

»Verstehe. Wäre es denn möglich, Kopien der Vergleichsvereinbarungen zu bekommen?«

»Du meine Güte, nein. Die Schweizer sind extrem verschwiegen. Sie würden der Herausgabe von Details nie zustimmen. Warum, weiß ich nicht, schließlich ist es schon so lange her, außerdem war es sowieso nur eine Kleinigkeit. Littleman hatte letztes Jahr einen Umsatz von vierzehn Milliarden, und bei diesen Fällen ging es um Peanuts. Aber so arbeiten sie nun mal. Wir reden hier nicht über eine Straftat, oder?«

»Ganz gewiss nicht Ihrerseits. Ihre Mandantin hat nichts Unrechtes getan.«

»Natürlich nicht. Wen vertreten Sie?«

»Mr. Staffords Ex-Frau. Es gab eine Scheidung. Wir wissen es zwar nicht genau, aber anscheinend hat er Geld versteckt.«

»Wäre nicht das erste Mal«, erwiderte Marty lachend. Walter fühlte sich verpflichtet mitzulachen.

»Dann ist es also nicht möglich, die Vergleichsvereinbarungen einzusehen?«, versuchte er es noch einmal.

»Nur mit einer Vorladung, Mr. Sullivan. Nur mit einer Vorladung.«

»Verstehe. Wir kümmern uns drum. Danke, dass Sie sich Zeit für mich genommen haben.«

»Gern geschehen. Schönen Tag noch.« Marty hatte aufgelegt. Er hatte sicher noch etwas zu tun.

19

Jake setzte wieder einmal ein einfaches Testament auf, für ein älteres Ehepaar, das fast nichts zu vererben hatte. Die beiden waren Mitglieder seiner Kirchengemeinde, und Jake kannte die Familie schon seit Jahren. Seine Sekretärin meldete sich über die Gegensprechanlage. »Jake, ich habe eine junge Frau in der Leitung, die ihren Namen nicht nennen will. Sie sagt, es sei dringend«, informierte sie ihn.

Sein erster Gedanke war: *Sagen Sie ihr, ich habe zu tun.* Jeder Kleinstadtanwalt war Ziel ähnlicher Anrufe, und sie bedeuteten immer Ärger. Vor Jahren, als er frisch von der Uni gekommen war, hatte er einmal einen solchen Anruf abgelehnt und später herausgefunden, dass die Frau sich vor ihrem gewalttätigen Ehemann versteckte. Der Kerl hatte sie gefunden, verprügelt und war dafür ins Gefängnis gegangen. Jake hatte sich lange Vorwürfe gemacht.

»In Ordnung«, erwiderte er und nahm den Hörer ab.

»Mr. Brigance, ich heiße Margot Stafford«, sagte eine leise Stimme. »Ich bin Macks ältere Tochter.«

»Hallo, Margot.« Jake kannte sie nicht persönlich, aber vor einigen Jahren hatten er und Carla mit ein paar Freunden, deren Tochter im Basketballteam der Highschool war, ein Spiel besucht. Margot hatte ebenfalls mitgespielt, und das sehr gut, und jemand hatte ihn darauf hingewiesen, dass sie Macks Tochter war. »Was kann ich für Sie tun?«

»Ist dieses Gespräch vertraulich?«

»Ja, ist es.«

»Gut. Ich würde gern wissen, ob Sie Mack gesehen haben.«

Nicht »mein Vater«, sondern »Mack«.

»Ja, ich habe mit ihm gesprochen.«

»Dann ist er also tatsächlich wieder im Land?«

»Ja.«

»Wäre es möglich, dass wir uns treffen?«, sagte sie nach einer langen Pause. »Irgendwo unter vier Augen. Meine Mutter hat keine Ahnung von diesem Anruf.«

»Ich bin sicher, dass Mack Sie gerne sehen würde, Margot. Und ich glaube schon, dass ich ein Treffen arrangieren kann, wenn Sie das wollen.«

»Vielen Dank. Ähm, und wo könnten wir uns treffen?«

Jake dachte über die ungewöhnliche Bitte nach, aber ihm wollte kein geeigneter Ort einfallen. »Wie wäre es mit meiner Kanzlei? Clanton Square?«, schlug er schließlich vor.

»Ich weiß nicht. Dort könnte uns doch jemand sehen.«

»Nein. Es gibt eine Hintertür.« Hinter der kleinen Küche befand sich ein zweiter Eingang, den Jake häufig benutzte, um unliebsamen Mandanten aus dem Weg zu gehen. Die Tür führte zu einer kleinen Gasse hinter der Kanzlei, die Gasse zu einem Labyrinth aus engen Durchgängen, in denen er manchmal auf andere Anwälte traf, die vor ihrer Arbeit oder schlecht gelaunten Sekretärinnen flohen.

Er gab Margot eine Wegbeschreibung, und sie vereinbarten ein Treffen für Freitag, vierzehn Uhr.

20

Der für den nördlichen Bezirk von Mississippi zuständige Bezirksstaatsanwalt konnte im Bundesgericht in Oxford über eine ganze Etage von Büroräumen verfügen. Sein leitender Staatsanwalt war Judd Morrissette, der jüngere Bruder von Walter Sullivans bestem Freund aus dem Jurastudium. Am Donnerstagmorgen ließ sich Walter von Harriet, seiner Sekretärin und Fahrerin, im Cadillac nach Oxford fahren. Wenn er außerhalb von Clanton zu tun hatte, setzte sich Walter nicht selbst ans Steuer. Er sagte, so habe er mehr Zeit zum Arbeiten – Aktenstudium, wichtige Telefongespräche, Nachdenken über eine Verhandlungstaktik –, doch die Wahrheit war, dass Walter in der Regel ein Nickerchen machte, während seine Fahrerin Kilometer um Kilometer zurücklegte und im Radio leise Countrymusik lief.

Er kannte Judd Morrissette schon seit Jahren, und die ersten fünfzehn Minuten verbrachten sie damit, sich das Neueste zu erzählen und über alte Freunde zu reden. Als sie schließlich auf Mack zu sprechen kamen, überraschte Judd seinen Freund mit einer Geschichte über einen alten Fall, bei dem er, Judd, einen Buchmacher aus Greenwood angeklagt hatte. Sein Verteidiger war Mack Stafford, der in der Stadt aufgewachsen war. Judd hatte Mack also schon vor Jahren einmal getroffen und wie jeder andere Anwalt im County von seinem plötzlichen Verschwinden gehört.

Walter erklärte, dass er im Auftrag »der Familie« herausfinden wolle, wie und warum Mack damals die Stadt verlassen habe.

Macks ehemaliger Schwiegervater, Herman Bunning, sei ein lang-jähriger Mandant und fest davon überzeugt, dass Mack bei der Scheidung Geld vor seiner Tochter versteckt habe. Und falls es tatsächlich so gewesen sei, habe er das mit Sicherheit auch bei sei-ner Insolvenz getan.

Dann sprachen sie kurz mit gesenkter Stimme über Lisas Ge-sundheitszustand. Ihr gehe es nicht gut, und niemand rechne mit einer Besserung, gab Walter Auskunft.

Judd hörte sich die Ausführungen zur Sache an und machte sich höflichkeitshalber ein paar Notizen, hatte aber zunächst wenig Interesse daran. Insolvenzbetrug war einfach nicht sehr span-nend. Der Fall, falls es denn einen gab, war inzwischen drei Jahre alt. Das eigentliche Opfer lag im Sterben. Es hörte sich an wie Schwierigkeiten innerhalb der Familie, und dem wollte Judd lieber aus dem Weg gehen.

»Wir haben einen der vier Kläger ausfindig machen können«, sagte Walter. »Ein Mann namens Odell Grove. Der Arme hat bei dem Unfall mit der Kettensäge ein Auge verloren. Mit meinem Privatdetektiv wollte er nicht reden, aber dem FBI gegenüber ist er vielleicht aufgeschlossener.«

»Und deine Theorie wäre?«

»Stafford hat in den Fällen einen schnellen Vergleich geschlos-sen, das meiste oder weitaus mehr als seinen Anteil von dem Geld für sich behalten, es bei der Scheidung und der Insolvenz nicht angegeben und sich aus dem Staub gemacht.«

»Wie viel?«

»Das weiß ich noch nicht. Ich habe mit einem Anwalt in New York gesprochen, der die Vergleiche für den Hersteller ausgehan-delt hat, irgendeine Schweizer Firma, aber er wollte mir nicht viel sagen. Wenn du das FBI hinschickst, wird er erheblich gesprächi-ger sein.«

Judd lachte. »Stimmt, die Jungs bringen jeden zum Reden.«

»Sobald wir die Vergleichsvereinbarungen haben, wird sich alles zusammenfügen. Dann werden wir wissen, um welche Summe es geht und wie viel Mack für sich behalten hat.«

Judd konnte sich für die Idee erwärmen. »Das dürfte sogar ziemlich einfach sein. Wir suchen die Kläger und finden heraus, was für eine Vereinbarung sie mit Mack getroffen hatten. Gleichzeitig beschaffen wir uns den Papierkram aus New York. Ich werde mit dem FBI reden.«

21

In Ford County gab es nur einen einzigen Ort zum Mittagessen, bei dem Jake absolut sicher war, dass man dort keinen Anwalt, ob mit oder ohne Zulassung, erkennen würde: ein Lebensmittelgeschäft mit angeschlossenem Coffeeshop namens Sawdust. Das rustikale Restaurant wurde von Holzfällern und Farmern besucht, ausnahmslos Weiße, weil die Schwarzen schon immer weggeblieben waren. Jake war erst einmal hier gewesen, mit Harry Rex zusammen, der dort nach einem Zeugen in einem Scheidungsfall mit Körperverletzung gesucht hatte. Mack Stafford hatte noch nie im Sawdust gegessen, und er konnte sich nicht einmal mehr daran erinnern, wann er das letzte Mal daran vorbeigefahren war.

Sie trafen sich um 11.30 Uhr auf dem mit Kies bestreuten Parkplatz, früh genug, um den Ansturm um die Mittagszeit zu vermeiden. Auf dem Weg zum Eingang blieben sie stehen, um sich zwei Schwarzbären anzusehen, die in einem Käfig neben dem Gebäude eingesperrt waren. An einem schiefen Fahnenmast flatterte eine Konföderiertenflagge im Wind.

Jake warf einen Blick auf Macks Wagen, einen kistenförmigen Volvo DL, der unzählige Kilometer gelaufen sein musste. »Schönes Auto«, lobte er.

»Von Rent-A-Wreck. Für sechs Monate geleast, alles in bar, Versicherung war dabei.«

»Sehr diskret.«

»Und wie.«

»Kennzeichen aus Tennessee.«

»Zurzeit wohne ich in Memphis in einem sehr kleinen Apartment, das niemand finden wird. Auch das habe ich bar bezahlt.«

Die Eingangstür führte in einen vollgestopften Lebensmittelladen mit knarrenden Holzdielen, einer niedrigen Decke, von der geräuchertes Fleisch herabhing, und einem halben Dutzend altersschwacher Schaukelstühle um einen Kanonenofen, der gerade nicht in Betrieb war. Sie nickten der Kassiererin hinter der Theke zu und betraten den Coffeeshop, einen großen Anbau mit Linoleumboden, der sich offenbar nach hinten absenkte. An den Wänden hingen Football-Spielpläne für die Ole Miss, Mississippi State und Southern Miss sowie die Junior Colleges und Highschools. Kaum hatten sie sich an einen kleinen Tisch in der Ecke gesetzt, kam auch schon eine Kellnerin angerannt.

»Wie geht es uns heute?«, flötete sie.

»Großartig. Wir sind am Verhungern.«

»Das Tagesgericht ist Rindereintopf mit Jalapeño-Maisbrot. Ganz hervorragend.«

Jake war einverstanden und nickte. »Eistee, ohne Zucker.«

»Für mich das Gleiche«, sagte Mack. Die Kellnerin ging, ohne sich etwas aufgeschrieben zu haben.

Mack zog es vor, mit dem Rücken zur Wand zu sitzen, damit er die Tür im Blick hatte. Er trug eine Baseballmütze, die er tief ins Gesicht gezogen hatte, und schon wieder eine neue Brille. Die

Chance, im Sawdust erkannt zu werden, war in etwa so hoch wie die, im Regenwald von Costa Rica erkannt zu werden.

»Seit wann bist du wieder da?«, fragte Jake.

»Das ist jetzt mein elfter Tag.«

»Wie war die Rückkehr bis jetzt?«

»Ziemlich schwierig, würde ich sagen. Ich freue mich sehr, dass ich meine Mutter wiedersehen kann. Ich bin manchmal in Greenwood und besuche sie. Sie ist fast achtzig, aber bei guter Gesundheit, fährt auch immer noch Auto. Helen und Margot hat sie nicht mehr gesehen, seit ich weg bin, das ist noch so eine boshafte Aktion gegen mich. Es werden immer mehr. Jake, das war eine beschissene Entscheidung von mir. Einfach so zu verschwinden. Damals hatte ich schlicht genug von allem, ich wollte weg von Lisa, weg von meiner Arbeit als Anwalt, aber man kann nicht mir nichts, dir nichts vor den Leuten davonlaufen, die man liebt. Ich hätte mich scheiden lassen, die Kanzlei aufgeben, nach Memphis oder Jackson ziehen und mir einen anderen Job suchen sollen, Immobilien oder Chevrolets verkaufen, irgendetwas. Ich hätte es geschafft, ich hätte selbst mit Rasenmähen mehr Geld verdient als mit meiner Kanzlei.«

Zwei große Plastikbecher mit Eistee landeten vor ihnen auf dem Tisch. »Zitrone gibt's da drüben«, meinte die Kellnerin mit einem Wink hinter sich.

»Es ist noch nicht zu spät«, sagte Jake. »Du kannst es noch einmal versuchen, schließlich bist du noch kein alter Knacker.«

»Mal sehen. Ich versuche schon, mich anzupassen, aber das ist manchmal ganz schön schwierig. Außerdem habe ich immer noch Angst davor, dass es plötzlich an der Tür klopft.«

»Das halte ich für nicht sehr wahrscheinlich.«

Mack trank einen Schluck Eistee. »Ich kann nicht glauben, dass Margot einfach so bei dir angerufen hat. Ich frage mich, was sie will.«

»Vielleicht will sie einfach nur ihren Vater sehen. Ihre Mutter liegt im Sterben. Ihre Welt bricht zusammen. Hattet ihr ein enges Verhältnis?«

»Für mich war es eine typische Vater-Tochter-Beziehung. Eigentlich nichts Besonderes. Die Mädchen haben immer mehr Zeit mit ihrer Mutter verbracht als mit mir, und das war auch für alle in Ordnung so. Jake, wenn ich ehrlich bin, habe ich alles getan, um möglichst oft außer Haus zu sein. Unsere Ehe war schon am ersten Tag vorbei, und um sie zu retten, haben wir beschlossen, zwei Kinder zu bekommen, was kein so seltener Fehler ist. Wie oft hast du das schon von deinen Scheidungsmandanten gehört?«

»Mindestens hundertmal.«

»Es hat nicht funktioniert. Nichts hat funktioniert.«

»Ich sage es nur sehr ungern, Mack, aber vielleicht wird alles einfacher für dich, wenn Lisa tot ist. Meinst du nicht auch?«

»Viel schlimmer kann es nicht kommen. Für die Mädchen wird es ein schwerer Schlag sein. Als ich die beiden das letzte Mal gesehen habe, hatten sie ein sehr enges Verhältnis zu ihrer Mutter, aber damals waren sie gerade erst in die Pubertät gekommen. Wer weiß, was seitdem alles passiert ist.«

»Wirst du versuchen, das Sorgerecht zu bekommen?«

»Dafür ist es noch zu früh. Ich will keinen Ärger machen. Außerdem sind die Mädchen alt genug, um selbst zu entscheiden, bei wem sie leben möchten. Bei mir oder bei ihren Großeltern. Ich vermute, Herman wird erbittert darum kämpfen, die Mädchen bei sich zu behalten. Ich bin nicht gerade das, was man einen sympathischen Vater nennt. Wenn sie bei den Bunnings bleiben, werde ich mir irgendwo in der Nähe eine Wohnung nehmen und versuchen, ihr Vertrauen wiederzugewinnen. Es wird ein langer Weg sein, aber irgendwo muss ich ja anfangen.«

Jake nippte an seinem Glas und wusste nicht, was er sagen

sollte. Einige Farmer in Overalls kamen herein und setzten sich unter lautem Gerede an einen Tisch, den sie wohl als ihr Eigentum betrachteten.

»Kennst du einen von denen?«, flüsterte Mack.

»Nein. Ich finde es immer wieder erstaunlich, dass ich nicht alle dreißigtausend Einwohner dieses Countys persönlich kenne.«

Die Kellnerin brauchte keine fünfzehn Sekunden, um sich den Unmut der Farmer zuzuziehen, und kurz darauf beschwerten sie sich über den schlechten Service. Sie trat den Rückzug in die Küche an. Jemand erwähnte das Spiel der Cardinals am vergangenen Abend, und dann wurde nur noch über Baseball geredet.

Mack hörte dem Gespräch zu und lächelte. »Manchmal ist es schwer zu glauben, dass ich wieder da bin«, sagte er. »Im ersten oder zweiten Jahr unten im Süden habe ich nie darüber nachgedacht, nach Hause zurückzukehren. Ich habe versucht, die Vergangenheit auszulöschen, aber je länger ich weg war, desto mehr Heimweh habe ich bekommen. Einmal war ich in einem Angelcamp in Belize und habe einen Mann gesehen, der eine Mütze mit dem Logo der Auburns trug. Das war im Oktober, und plötzlich habe ich die Footballspiele an der Ole Miss vermisst. Die Picknicks auf dem Campusgelände. Die Partys vor und nach den Spielen. Ich habe meine Freunde aus dem Studium vermisst, und meine Mutter ganz besonders. Dann haben wir angefangen, uns Briefe zu schreiben. Ich war vorsichtig und habe sie über Panama geschickt. Es hat richtig gutgetan, etwas aus meiner alten Heimat zu hören. Je öfter ich ihre Briefe gelesen habe, desto sicherer war ich mir mit meiner Entscheidung zurückzukommen.«

»Woher hast du gewusst, dass Lisa krank ist?«

»Jemand hat es meiner Mutter erzählt. In Greenwood wohnt ein Freund der Familie, der Verbindungen nach Clanton hat. Einige der Neuigkeiten sind durchgesickert.«

Die Kellnerin stellte zwei große Servierplatten vor sie auf den Tisch, mit dampfenden Schüsseln, die genug Eintopf für eine kleine Familie enthielten, und dicken, buttergetränkten Scheiben Maisbrot. Jake und Mack unterbrachen ihr Gespräch und begannen zu essen. An den Tisch neben ihnen setzten sich ein paar Einheimische. Einer von ihnen warf einen langen Blick auf Mack, verlor dann aber das Interesse.

Als sie gegessen hatten, zahlten sie an der Theke. Mack ließ seinen Volvo am Sawdust stehen und fuhr die fünfzehn Minuten nach Clanton bei Jake mit. »Was empfindest du gerade? Nostalgie? Erleichterung? Begeisterung darüber, wieder hier zu sein?«, fragte Jake, kurz bevor sie den Clanton Square erreichten.

»Nichts dergleichen. Und ich habe mit Sicherheit keine schönen Erinnerungen an diesen Ort. Ich war unglücklich hier, und mit zweiundvierzig bin ich weg, weil ich den Gedanken daran, dass mein Leben genau so weitergehen wird, bis ich sechzig oder siebzig bin, nicht mehr ertragen konnte.«

»Den Gedanken hatte ich auch schon mal.«

»Natürlich. Den hat jeder. Und es ist kein Ende in Sicht, weil man sich nicht zur Ruhe setzen kann, das kann man sich einfach nicht leisten.«

»Willst du zu deiner alten Kanzlei?«

»Nein. Was ist jetzt in dem Gebäude?«

»Ein Frozen-Jogurt-Laden. Gar nicht mal schlecht.«

»Von dem Teil des Platzes würde ich mich lieber fernhalten.«

Jake parkte in einer Seitenstraße. Sie schlichen sich in eine kleine Gasse und hatten nach wenigen Sekunden die Hintertür erreicht, die in seine Küche führte. Der Vordereingang der Kanzlei war auf Jakes Anweisung hin verriegelt worden. Alicia erwartete sie. Sie lächelte, stellte sich aber nicht vor, auch das auf Jakes Anweisung hin. Außerdem war ihr aufgetragen worden, auf keinen Fall den

Namen Mack Stafford zu erwähnen. Sie nickte und deutete auf die geschlossene Tür des kleinen Konferenzraums im Erdgeschoss.

Mack ging darauf zu und holte tief Luft.

22

Margot stand am Fenster und starrte durch die Jalousien nach draußen. Sie drehte sich nicht um, als er hereinkam. Offenbar hatte sie ihn nicht gehört.

Mack schloss die Tür, ging auf seine Tochter zu und blieb ein paar Meter von ihr entfernt stehen. Er erwartete eine linkische Umarmung, gefolgt von einer bemühten Unterhaltung. Er rechnete mit Tränen und Entschuldigungen und hoffte auf ein wenig Vergebung.

Sie war viel größer als früher und hatte lange dunkle Haare, die ihr bis auf die Schultern fielen. Und sie war immer noch sehr schlank. Lisa hatte darauf geachtet, kein Gramm zuzunehmen, und stets aufgepasst, was die Mädchen aßen. Das hatte sich ausgezahlt.

Mack hatte sich vorgenommen, seine Gefühle zu unterdrücken. All die Erinnerungen, die Fotos von kleinen Mädchen mit Pferdeschwänzen, hübschen Kleidern und Ballettkostümen. Die Gutenachtgeschichten, der erste Tag im Kindergarten, der gebrochene Arm, der neue Hund. Er hatte diese Bilder so lange ausgeblendet, dass er überzeugt war, sie für immer vergessen zu können. Doch als er seine Tochter sah, zitterten seine Knie, und die Stimme versagte ihm. Er schluckte schwer, biss die Zähne zusammen und zwang sich dazu, sich zusammenzureißen. Von ihr hing eine Menge ab.

Schließlich drehte sich Margot um und sah ihn an. In ihren Augen standen Tränen. »Warum bist du zurückgekommen?«

»Ich hatte auf eine Umarmung gehofft.«

Sie schüttelte kaum merklich den Kopf. »Keine Umarmung, Mack. Noch nicht«, sagte sie ohne jede Gefühlsregung.

Er wunderte sich darüber, dass er von seiner Tochter »Mack« genannt wurde, aber mit Überraschungen hatte er schließlich gerechnet.

Margot starrte ihn kalt an, und die Tränen in ihren Augen schienen zu versiegen. Sie wies auf einen Stuhl am Tisch, der auf seiner Seite stand, und sagte: »Setz dich da hin, ich nehme den Stuhl hier.«

Mack nahm wortlos Platz, sie setzte sich ebenfalls, mit dem Tisch zwischen ihnen. Er musterte ihr Gesicht und war begeistert von dem, was er sah. Sie betrachtete ihn und war anscheinend nicht sehr beeindruckt. Die großen braunen Augen, vollen Lippen und perfekte Haut hatte sie von Lisa, die hohen Wangenknochen und das runde Kinn von ihm. Da Margot noch kein einziges Mal gelächelt hatte, konnte er nichts über den Zustand ihrer Zähne sagen. Er erinnerte sich mit Grausen daran, dass der Kieferorthopäde ein Vermögen gekostet hatte, als sie ungefähr zwölf gewesen war. Er hoffte inständig, dass die Zähne perfekt waren.

»Was soll der Bart?«, fragte sie in einem Ton, der darauf schließen ließ, dass sie kein Fan davon war.

»Ich hatte das Gesicht satt.«

»Teil der Tarnung?«

»Ja, klar, zusammen mit der Brille.«

»Du siehst viel älter aus, als ich dich in Erinnerung habe.«

»Danke. Du aber auch. Wie geht es deiner Mutter?«

»Warum fragst du?«

»Weil ich mal mit ihr verheiratet war und mir Sorgen mache.«

Sie schüttelte spöttisch den Kopf und wandte den Blick ab. »Sie ist sehr krank und wiegt nur noch sechsunddreißig Kilo. Ich nehme dir nicht ab, dass es dich wirklich interessiert.«

Mack nickte und bewunderte ihren Mut. Er hatte alles verdient, was sie ihm über den Tisch hinweg an den Kopf warf. »Und Helen? Wie kommt sie damit klar?«

»Mack, liegt dir wirklich etwas an uns?«

»Weißt du, ich finde, ›Dad‹ klingt besser als ›Mack‹, daher wäre mir lieber, du würdest mich ›Dad‹ nennen.«

»Warum? Versuchst du, wieder Vater zu sein? Das mit dem Vatersein hast du aufgegeben, als du verschwunden bist. Du hast nicht das Recht, dich Vater zu nennen.«

»Das ist ziemlich hart. Ich bin dein Vater, zumindest biologisch.«

»Emotional bist du es nicht. Damit hast du Schluss gemacht, als du uns im Stich gelassen hast. Aber jetzt bist du wieder da. Also: Was hast du vor?«

»Nichts. Ich bin wieder da, weil ich es leid bin, auf der Flucht zu sein, weil es falsch war, von hier wegzugehen, und weil ich dir sagen wollte, dass ich mich geirrt habe. Ich habe einen Fehler gemacht, Margot, einen großen Fehler, und dafür entschuldige ich mich. Ich kann die letzten drei Jahre nicht wiedergutmachen, aber wenigstens kann ich in den nächsten drei, den nächsten fünf, den nächsten zehn Jahren für euch da sein. Ich bin zurückgekommen, weil ich gehört habe, dass Lisa krank ist, und ich mache mir Sorgen um dich und Helen. Ich erwarte nicht, dass du mich mit offenen Armen willkommen heißt, aber gib mir etwas Zeit, dann werde ich dir beweisen, dass ich es ernst meine.«

Ihre Lippen begannen zu zittern, und in ihren kalten Augen standen wieder Tränen. Es dauerte nur einen Moment, bis sie sich wieder unter Kontrolle hatte. »Du ziehst wieder in die Stadt?«

»Ich weiß noch nicht, was ich tun werde, aber ich werde nicht nach Clanton zurückkommen.«

»Und wo sollen wir hin, wenn Mom stirbt? Pflegeeltern? Ein Vormund? Wie wäre es mit einem netten Waisenhaus?«

Mack bewunderte seine Tochter. Sie war schlagfertig und zäh und hatte seinetwegen wohl die Hölle durchgemacht. Es gab kein emotionales Wiedersehen, stattdessen drängte sie Mack in die Ecke und drosch auf ihn ein.

»Was ist mit den Bunnings?«, fragte er.

Sie verdrehte ungläubig die Augen und schüttelte den Kopf. »Oh, das ist vermutlich schon beschlossene Sache. Wie du ja sicher noch weißt, hat Hermie alle unter seiner Fuchtel und ist der unangefochtene Herrscher. Da wir nirgendwo anders hinkönnen, ist es natürlich selbstverständlich, dass wir in das große Haus ziehen und uns an seine Regeln halten.«

»Hermie?«

»So nenne ich ihn, hinter seinem Rücken natürlich. Helen macht das nicht. Sie ist immer noch die perfekte Tochter und nennt ihn ›Opi‹.«

Eine lange Pause entstand, in der sich Mack den Spitznamen »Hermie« auf der Zunge zergehen ließ und wünschte, er hätte den Mut gehabt, seinem ehemaligen Schwiegervater gegenüber respektloser zu sein.

»Ich habe dich nach Helen gefragt«, sagte er schließlich.

»Oh, ihr geht's gut. Sie ist sechzehn und ungefähr auf dem Entwicklungsstand einer Zehnjährigen. Sie weint jeden Morgen, weil ihre Mutter krank ist, und anschließend verbringt sie fast den ganzen Tag damit, vor Selbstmitleid zu zerfließen. Du redest anders als früher.«

»Ich habe mir den Südstaatenakzent abtrainiert, das gehörte zur Tarnung.«

»Klingt irgendwie unecht.«

»Danke.«

Margot griff nach ihrer Handtasche. »Was dagegen, wenn ich rauche?«, sagte sie. Es war keine Frage. Sie holte eine Packung heraus, schüttelte geschickt eine dieser langen dünnen Frauenzigaretten heraus und zündete sie mit einem Feuerzeug an. Ihre fließenden Bewegungen ließen darauf schließen, dass sie jede Menge Übung hatte.

»Wann hast du mit Rauchen angefangen?«

»Vor einem Jahr oder so. Wann hast du mit Rauchen angefangen?«

»Als ich fünfzehn war. Nach dem Jurastudium habe ich damit aufgehört.«

»Ich werde irgendwann aufhören, aber im Moment ist es cool. Ich rauche sowieso nur eine Schachtel am Tag.«

»Deine Mutter stirbt an Krebs, und du hast mit Zigaretten angefangen.«

»Soll das eine Frage sein? Sie hat Brustkrebs, nicht Lungenkrebs. Und Bier trinke ich auch gerne.«

»Sonst noch was?«

»Willst du mit mir über Sex reden?«

»Wir wechseln besser das Thema.«

Margot lächelte und wusste ganz genau, dass er schockiert war. Sie nahm einen tiefen Zug und blies eine Rauchwolke an die Decke. »Kannst du dir vorstellen, wie furchtbar das ist, vierzehn Jahre alt zu sein und vom eigenen Vater verlassen zu werden, einem Mann, den man liebt und bewundert, einem Mann, den man für jemand Wichtigen hält, weil er ein bekannter Anwalt in der Stadt ist? Einem Mann, der zu deinem Leben gehört, der fast immer da ist, wo ein Vater sein soll, zu Hause, in der Kirche, der Schule, der Familie. Überall dort, wo die anderen Väter immer noch sind, bis auf meiner. Kannst du dir vorstellen, wie das ist?«

»Nein. Es tut mir leid.«

»Ich weiß, dass es dir leidtut. Mack, du bist so ein Scheißkerl. Ich hätte noch eine ganze Menge ähnlicher Bezeichnungen für dich.«

»Her damit. Ich bestreite es doch gar nicht. Soll ich gehen?«

»Na los. Das machst du doch immer. Flüchten. Wenn es schwierig wird, machst du dich aus dem Staub.« Margot war energisch und stark, wischte sich aber eine Träne aus dem Gesicht. Sie zog hektisch an ihrer Zigarette, während sie sich wieder fing.

Er war der Erwachsene, daher sagte er nicht, was ihm durch den Kopf ging. »Margot, ich werde nicht wieder verschwinden, es sei denn, man zwingt mich dazu. Ich habe mich entschuldigt, mehr kann ich nicht tun. Ich freue mich sehr, dich zu sehen, und ich würde dich gern wiedersehen. Und Helen auch«, sagte er schließlich mit ruhiger Stimme.

»Ich habe eine Frage an dich, Mack. Als du damals mitten in der Nacht abgehauen bist, hast du da vorgehabt, uns wiederzusehen?«

Er holte tief Luft und starrte auf das Fenster. Sie wartete. Die dünne Zigarette lag zwischen zwei Fingern, bereit für den nächsten Zug. Ihr wütender Blick traf ihn mit voller Wucht.

»Ich weiß nicht, was ich damals gedacht habe. Kannst du dich noch an den Abend erinnern, an dem ich betrunken nach Hause gekommen und auf der vereisten Einfahrt ausgerutscht bin, mir den Kopf aufgeschlagen habe und im Krankenhaus gelandet bin?«

»Als ob ich das je vergessen könnte. Wir waren so stolz auf dich.«

Was für eine Klugscheißerin, dachte er, ließ es aber dabei bewenden. Eigentlich war es sogar lustig. »Eure Mutter hat euch eingeredet, ich wäre Alkoholiker und deshalb ein schlechter Vater.«

»Den Eindruck hatte ich nicht.«

»Oh, danke schön. Bei den Bunnings reichen zwei Flaschen Bier, um in einer Entzugsklinik zu landen. Lisa hat nach Unterstützung gesucht und dafür gesorgt, dass du und Helen von meiner Trinkerei wusstet. Ihrer Familie und ihren Freunden hat sie auch davon erzählt.«

»Stimmt, und ich fand das nicht gut.«

Danke, meine Liebe. »Um deine Frage zu beantworten: Als ich die Stadt verlassen habe, wollte ich nur weg, sonst nichts. Ich war sicher, dass ich euch wiedersehen würde, aber geplant war es nicht. Jedenfalls nicht damals. Ich wollte einfach nur woandershin und mein Leben wieder auf die Reihe bekommen. Ich hatte keinen richtigen Plan, außer Lisa zu verlassen.«

»Hast du sie je geliebt?«

Mit dieser Frage hatte Mack nicht gerechnet. Er starrte wieder zum Fenster. »Ich dachte, ich würde sie lieben, ganz am Anfang, aber das legte sich sehr schnell, und dann war nichts mehr übrig. Du weißt ja, dass wir sehr unglücklich miteinander waren.«

»Warum wart ihr unglücklich?«

»Es gibt immer mindestens zwei Seiten, Margot. Ich bin sicher, dass du die andere gehört hast, laut und deutlich. Lisa war unzufrieden mit mir und meiner Karriere. Ich versuchte, eine Kanzlei aufzubauen, was, wie ich herausfand, in einer Kleinstadt wie Clanton ziemlich schwierig ist. Sieh dich doch mal hier am Stadtplatz um, es gibt so viele Anwälte. Lisa wollte immer nur mehr. Sie stammt aus einer wohlhabenden Familie, und ihre Eltern haben sie verwöhnt. Stephanie heiratete einen Arzt, und es dauerte nicht lange, bis sie in ein größeres Haus umzogen. Lisa achtete genau darauf, was die beiden kauften, redete über jede Reise, die sie unternahmen. Ihre Eltern bevorzugten Stephanie und Dean und stellten häufig Vergleiche an, vor allem ihre Mutter. Ich habe ihre

Erwartungen nie erfüllt, ich war nie gut genug. Wie du ja sehr gut weißt, sind sie strenggläubige Baptisten und erwarteten von mir, mindestens dreimal in der Woche zum Gottesdienst zu gehen.«

»Daran hat sich nichts geändert.«

»Das hatte ich auch nicht angenommen. Für mich war das zu viel. Ich hatte die Nase voll von ihrer Heuchelei, ihrem Materialismus, ihrem Rassismus, und das alles im Namen Gottes. Ich versuchte, ihnen aus dem Weg zu gehen, und Lisa und ich lebten uns auseinander. Wir wollten nicht vor euch beiden streiten, daher wurde es mit der Zeit zur Gewohnheit, euch etwas vorzuspielen und uns gegenseitig zu ignorieren. Wir waren beide sehr unglücklich. Das war meine Seite der Geschichte. Unsere Ehe war vorbei, sie und ich wollten einen Schlussstrich. Dann bot sich eine Gelegenheit, und ich bin weggerannt.«

Margot legte den Kopf schief und nahm einen langen Zug von ihrer Zigarette, wie eine schöne Schauspielerin in einem Krimi. Es war eine erotische Geste, die sie perfekt beherrschte. Sie schob die Unterlippe vor und atmete Rauch aus, der an die Decke stieg. »Helen hat natürlich nichts gemerkt, aber ich wusste schon mit zehn, dass da etwas nicht stimmt«, sagte sie. »Vor Kindern kann man nicht viel geheim halten.«

»Ich habe dich sicher oft in Verlegenheit gebracht.«

Sie verdrehte die Augen, als wollte sie sagen: *Wenn du wüsstest,* und legte ihre Zigarette in den Aschenbecher. »Ja, hast du, aber es war nicht alles schlecht. Es hat mir die Augen geöffnet und mich eine Menge über die Menschen gelehrt. Die reichen Kids, meine alte Gang, haben den Klatsch hinter meinem Rücken genossen, die abfälligen Kommentare, die spitzen Bemerkungen, die sie zu Hause gehört hatten. Die Kids aus der Mittelklasse wollen mit den reichen Kids abhängen, daher haben sie genauso reagiert. Die armen Kids haben mit ihren eigenen Problemen schon genug zu tun. Und die schwarzen Kids halten es sogar für cool, dass mein Vater das System ausgetrickst hat und damit durchgekommen ist. Sie wissen, wie es ist, wenn man von anderen beurteilt wird, daher tun sie es nicht. Mit ihnen kann man viel Spaß haben. Wie gesagt, ich habe eine Menge über die Menschen gelernt, und das meiste davon war nichts Gutes. Es klingt komisch, aber vielleicht sollte ich mich sogar bei dir bedanken, Mack.«

»Gern geschehen.«

»Du warst schon immer ein Klugscheißer.«

»Tut mir leid.«

»Du brauchst dich nicht zu entschuldigen. Das habe ich von dir. Mom behauptet immer, dass ich die geborene Klugscheißerin bin, genau wie mein Vater.«

»Das ist das Netteste, was sie seit Jahren über mich gesagt hat.«

»Siehst du.« Und dann lächelte sie zum ersten Mal. Ihre teuren Zähne waren blendend weiß.

Beide schwiegen für eine Weile. Es gab so viel zu sagen, aber sie hatten schon deutliche Fortschritte gemacht.

Margot nahm ihre Handtasche. »Ich muss gehen. Ich habe Mom gesagt, dass ich ein paar Besorgungen mache. Sie will uns immer in der Nähe haben.«

»Und sie hat keine Ahnung, dass wir uns treffen?«

»Nein, natürlich nicht. Sie würde sich fürchterlich aufregen, wenn sie es wüsste. Sie und Hermie haben uns aufgetragen, sofort zu melden, wenn du auch nur den geringsten Versuch anstellst, Kontakt mit uns aufzunehmen.«

»Das überrascht mich nicht.« Mack hatte befürchtet, dass das Treffen ein Trick der Familie war, um die Gerüchte zu bestätigen, denen zufolge er wieder in der Gegend war. Nun, da er gesehen worden war, konnten sie ihren nächsten Schachzug planen, was immer es auch sein mochte. Doch diese Befürchtungen hatten sich zerstreut. Seine schöne Tochter war sehr direkt und ehrlich. Er konnte ihr vertrauen.

»Ich werde an dich und Helen denken. Und an Lisa auch«, sagte er. »Die nächsten Wochen werden schwierig sein.«

»Tja, dann sollte ich wohl Danke sagen. Mack, ich bin es leid, immer nur zu weinen. Ich liebe meine Mutter, und wenn sie stirbt, werde ich mit ihr sterben, aber irgendwann werde ich aufwachen und wieder zu leben anfangen. Und es wird ganz bestimmt nicht hier sein.«

»Hast du dir schon überlegt, wo du hinwillst?«

Sie schüttelte den Kopf, als hätte sie genug. »Nein, eigentlich nicht. Aber darüber reden wir nächstes Mal.«

»Dann sehen wir uns also wieder?«

»Na klar.« Margot stand auf und ging zur Tür. Dann blieb sie stehen und sah ihn an. »Das nächste Mal bin ich vielleicht so weit, dass ich dich umarmen kann.«

»Ich hab dich lieb, Margot.«

Sie öffnete die Tür und ging ohne ein Wort.

23

Einer der vier Special Agents im Büro des FBI in Oxford war ein Frischling namens Nick Lenzini, der ganz unten in der Hackordnung stand. Arrogant und von Long Island stammend, hätte er sich nach Abschluss seiner Ausbildung in Quantico nicht träumen lassen, ausgerechnet in Mississippi zu landen. Aber er wusste sehr gut, dass so etwas im Bureau die Regel war. Er hatte vor, seine fünf Jahre abzusitzen und sich dann so schnell wie möglich auf einen wichtigeren Posten versetzen zu lassen. Die Akte landete auf seinem Schreibtisch, nachdem sich alle drei seiner Kollegen für nicht zuständig erklärt hatten. Sie waren viel zu sehr mit dem Kampf gegen Terror, Hassgruppen, Cyberkriminalität und Drogenkartelle beschäftigt. Insolvenzbetrug hatte keine Priorität.

Lenzini sah sich den Fall an, bei dem es um einen Mann namens Stafford ging, dann fuhr er nach Clanton und besorgte sich bei der Geschäftsstelle des zuständigen Gerichts eine Kopie der Scheidungsakte. In der Stadtbibliothek durchsuchte er die Archive der *Ford County Times* und fand drei Artikel über das Verschwinden Staffords. Er war vorsichtig, trug Freizeitkleidung und sagte niemandem, dass er vom FBI war. Völlig zu Recht ging er davon aus, dass selbst das geringste Anzeichen seiner Anwesenheit Gerüchte schüren und das falsche Signal an Stafford senden würde, wo auch immer sich dieser gerade versteckte.

Lenzini war begeistert, als sein Chef einen Trip nach New York genehmigte. Er konnte seine Familie besuchen, aber was noch wichtiger war, er bekam die Gelegenheit, mit erfahrenen Beamten aus dem Büro in Manhattan zusammenzuarbeiten.

Zwei dieser Beamten begleiteten ihn, als er ein hohes Gebäude im Finanzdistrikt von Manhattan betrat. Sie fuhren mit dem Lift nach oben ins siebzigste Stockwerk und betraten die vergoldete Welt von Durban & Lang, zurzeit die drittgrößte Anwaltskanzlei der Welt. In dem repräsentativ eingerichteten Empfangsbereich wartete bereits ein Anwaltsassistent auf sie, dem sie zu einem Konferenzraum mit einer atemberaubenden Aussicht auf den New Yorker Hafen folgten. Marty Rosenberg begrüßte sie herzlich, eine Sekretärin bot Kaffee an.

Nachdem sie Platz genommen hatten, übernahm Marty das Kommando und ließ seinen Charme spielen. Er begann mit: »Bitte entschuldigen Sie, wenn ich mich mit dieser Sache etwas schwertue, aber ich muss die Anordnungen meiner Mandantin befolgen, der Littleman AG. Ein großartiges Unternehmen, das nichts zu verbergen hat. Die Sache ist eigentlich ganz einfach. Es geht um einen Vergleich in einigen ziemlich zweifelhaften Produkthaftungsfällen von vor einigen Jahren. Ich habe mir die Vorladung angesehen. Sämtliche Unterlagen sind hier.«

Er wies auf einen Stapel Akten in der Mitte des Tisches.

»Wir haben Kopien für Sie gemacht. Ich bin sicher, dass es Fragen gibt.«

Lenzini räusperte sich. »Danke, Mr. Rosenberg«, sagte er. »Vielleicht könnten Sie uns eine kurze Zusammenfassung geben, bevor wir uns durch den Papierkram wühlen.«

»Aber gewiss doch. Wir haben einhunderttausend Dollar pro Fall gezahlt, insgesamt waren es vier, und weitere einhunderttausend für Anwalts- und Verfahrenskosten. Alles in allem eine halbe Million. Ich hatte direkt mit Mr. Stafford zu tun, es war ganz einfach. Er schien recht erpicht darauf zu sein, das Geld zu bekommen.«

»Sie haben ihm das Geld überwiesen?«

»Ja, auf ein Konto bei einer Bank in Memphis. Die Vergleichsvereinbarungen habe ich nach Clanton geschickt, und er hat sie unterschreiben lassen, angeblich von seinen vier Mandanten. Die Unterschriften sind in den Dokumenten, ordnungsgemäß beglaubigt und so, er hat sie zurückgeschickt, umgehend, wenn ich das hinzufügen darf. Ich habe alles überprüft und die Zahlung freigegeben. Bis jetzt habe ich nichts mehr in dieser Sache gehört.«

»Gibt es eine Kopie der Überweisung?«

»Ja. Wir haben alles für Sie kopiert, einschließlich der ersten Forderungsschreiben von Mr. Stafford, die schon vor langer Zeit bei uns eingegangen sind. Es ist alles da.«

»Danke, Mr. Rosenberg. Wir werden die Unterlagen mitnehmen und durchsehen.«

»War mir ein Vergnügen, meine Herren. Dem FBI bin ich immer gern behilflich.«

Der Kaffee wurde hereingebracht, sie unterhielten sich für eine Weile. »Jetzt mal ganz unter uns«, sagte Marty. »Ich habe gehört, dass Mr. Stafford kurze Zeit nach dem Vergleich ganz plötzlich die Stadt verlassen hat.«

Die FBI-Beamten erstarrten. Mr. Rosenberg hätte nicht so viel über die Ermittlungen wissen dürfen.

»Allem Anschein nach, ja«, erwiderte Lenzini zögernd. »Hatten Sie denn Grund zur Annahme, dass etwas nicht mit rechten Dingen zuging?«

»Absolut keinen. Diese Vergleiche waren für meine Mandantin lediglich eine Formalität, eine sehr großzügige Art, ein paar alte Akten zu schließen. Littleman hätte den Klägern keinen Cent zahlen müssen, und Mr. Stafford hat keinerlei Interesse daran gezeigt, die Forderungen seiner Mandanten durchzusetzen.«

»Gab es denn noch andere Schadenfälle in Zusammenhang mit diesem Produkt?«, fragte Lenzini, der Zeit schinden wollte. Er fand es bedauerlich, solch prächtig ausgestattete Räume so schnell wieder verlassen zu müssen.

Marty legte die Fingerspitzen aneinander und versuchte sich zu erinnern. »Ja, anscheinend gab es landesweit einige Dutzend. Schauen Sie, es geht um eine Kettensäge. Die ist selbst in der Hand von Experten ein gefährliches Produkt. Da fällt mir ein, wir sind irgendwo vor Gericht gegangen, Indiana oder so. Der arme Kerl verlor eine Hand, wollte zwei Millionen. Die Geschworenen hatten Verständnis für ihn, entschieden aber trotzdem für Littleman. Beim Umgang mit einer Kettensäge geht man davon aus, dass ein gewisses Risiko besteht.«

Es hatte etwas Surreales an sich, hoch über der Wall Street zu sitzen, Kaffee aus teurem Porzellan zu trinken und dann ausgerechnet über Kettensägen zu sprechen.

Marty warf einen Blick auf die Uhr und wurde plötzlich woanders gebraucht. Die Beamten verstanden den Wink und bedankten sich. Dann sammelten sie die Unterlagen zusammen und wurden zum Fahrstuhl gebracht.

24

Aus Langeweile suchte sich Mack einen Job als Barkeeper gegen Bezahlung in bar, kein Papierkram, fünf Dollar die Stunde plus Trinkgeld. Es war eine College-Kneipe mit angeschlossenem Restaurant namens Varsity Bar & Grill, in der Nähe der Memphis State. Die Studenten gaben zwar nicht viel Trinkgeld, aber dafür war ihnen egal, wer ihre Drinks mixte. Sie waren mindestens fünfundzwanzig Jahre jünger als Mack, und sie interessierten sich nicht dafür, wo er herkam oder wer er war. Keiner von ihnen war je in Clanton, Mississippi, gewesen.

Mack ging davon aus, dass die Wahrscheinlichkeit, von jemandem erkannt zu werden, gleich null war. Dem Besitzer und den anderen Barkeepern gegenüber benutzte er den Namen Marco.

Es dauerte nur wenige Tage, bis Marco praktisch die Leitung der Kneipe übernommen hatte, was in erster Linie daran lag, dass er pünktlich kam, fleißig war, wenn der Laden voll war, länger blieb, wenn es sein musste, und nicht in die Kasse griff. Er war um Klassen besser als die anderen Barkeeper, von denen die meisten Studenten waren, und unterhielt sich gern mit den Gästen. Marco hatte das Mixen von Getränken gelernt, als er in Costa Rica in einer Strandbar gearbeitet hatte. Mit Erlaubnis des Besitzers nahm er ein paar bunte tropische Cocktails mit billigem Rum ins Angebot, die vor allem bei den Studentinnen auf Begeisterung stießen. Er verlängerte die Happy Hour, engagierte Calypso- und Reggae-Bands für die Wochenenden und peppte die Speisekarte mit stark gewürztem Fingerfood auf, was dazu führte, dass das Varsity sogar noch beliebter wurde.

Mack zog in eine Zweizimmerwohnung über einer Garage um, die an ein altes Haus im Stadtzentrum von Memphis angebaut war. Der Besitzer des Varsity kannte den Vermieter und gab eine Empfehlung für Mack ab. Das Apartment war eine Bruchbude, aber für zweihundert Dollar im Monat, Nebenkosten eingeschlossen, erwartete er auch nicht viel. Es war nur vorübergehend, und es gab nirgendwo etwas Schriftliches darüber.

In der Regel stand er früh auf, selbst wenn er lange gearbeitet hatte, und fuhr dann fast jeden Morgen neunzig Minuten nach Süden durch das Delta nach Greenwood, um mit seiner Mutter zu frühstücken. Es gab noch vieles, worüber sie reden mussten, aber sie machten Fortschritte. Nach ungefähr einer Stunde bei ihr machte er kleine Ausflüge ins Landesinnere und besuchte alte Freunde aus seinem Jurastudium und seiner Zeit als Anwalt. Er rief nie vorher an. Wenn sie zu tun hatten, ging er wieder, ohne seinen Namen zu hinterlassen. Wenn sie Zeit hatten, trank er den angebotenen Kaffee und beantwortete ihre Fragen. Alle freuten sich, ihn wiederzusehen, und gestanden, ihn manchmal darum beneidet zu haben, aus Clanton geflohen zu sein. Nachdem sie ein paar Scherze gemacht und sich so lange unterhalten hatten, wie es der Terminplan erlaubte, brach er wieder auf, mit dem Versprechen, in Kontakt zu bleiben.

Gegen Mittag war Marco wieder im Varsity, bestellte Bier und Spirituosen, füllte die Kühlschränke auf, mischte die Fruchtsäfte, bestückte die Theke und zählte Trink-, Stiel- und Schnapsgläser, von denen jeden Abend mehrere zu Bruch gingen. Nachdem er zwei Wochen in der Kneipe gearbeitet hatte, gab ihm der Besitzer grünes Licht dafür, die Speisekarte zu überarbeiten.

Der aktuelle Koch würde bald gefeuert werden, was er allerdings noch nicht wusste. Marco hatte ihn im Visier. Der Koch stahl Lebensmittel und schmuggelte sie durch die Hintertür hinaus. Wenn Marco genug Beweise hatte, würde er mit dem Besitzer reden.

25

Freda hatte keine große Lust, noch einmal etwas mit Buddy Hockner trinken zu gehen. Beim ersten Mal hatte sie sich nicht richtig wohlgefühlt, außerdem hatte sie ihm schon alles gesagt, was sie über Macks letzte Tage in der Stadt noch wusste.

Aber Buddy wollte sich einfach nicht am Telefon abwimmeln lassen, und als er ihr sagte, das FBI wolle mit ihr reden, blieb ihr nichts anderes übrig, als einzuwilligen. Die meisten Bürger, vor allem die gesetzestreuen, sind schockiert, wenn sie mit dem FBI konfrontiert werden, und sagen erst einmal Nein. Buddy erklärte ihr, welche Möglichkeiten es gab: Entweder kam das FBI in die Kanzlei, in der sie arbeitete, und sorgte dort für Aufsehen, oder sie vereinbarten ein diskretes Treffen, irgendwo, wo niemand sie kannte.

Nick Lenzini hatte die kluge Entscheidung getroffen, Buddy Hockner als Vermittler einzusetzen. Buddy kam aus der Gegend und kannte Freda bereits. Wenn Nick einfach so in die Kanzlei geplatzt wäre, seine Dienstmarke vorgezeigt und sich so verhalten hätte, wie es auf Long Island üblich war, hätte Freda mit Sicherheit nicht positiv reagiert.

Und deshalb trafen sie sich in einer Hotelbar am Stadtrand von Tupelo. Buddy und Freda bestellten etwas Alkoholisches, Lenzini nahm mit einem Softdrink vorlieb, weil er im Dienst war. Er ließ seinen Charme spielen, als er sich bei Freda bedankte, und versicherte ihr, dass das FBI sie nicht als Verdächtige sehe.

Buddy lauschte mit weit aufgerissenen Augen. Er war begeistert, mit einem richtigen FBI-Beamten zusammenarbeiten zu können und mittendrin in dem Fall zu sein.

»Ich war letzte Woche in New York«, sagte Nick, »und habe mich mit den Anwälten getroffen, einer Großkanzlei. Als ich sie mit einer Vorladung unter Druck gesetzt habe, haben sie nachgegeben und uns mit Kopien sämtlicher Unterlagen versorgt.« Er klopfte auf einen fein säuberlich ausgerichteten Stapel Dokumente, der etwa zweieinhalb Zentimeter dick war. »Möchten Sie mal einen Blick hineinwerfen?«

Freda zuckte mit den Schultern und trank einen Schluck. Buddy lächelte sie an.

Nick nahm eine der Vergleichsvereinbarungen vom Stapel. »Die hier ist für Odell Grove, Kläger Nummer eins. Er sollte sechzigtausend Dollar bekommen. Auf der letzten Seite ist seine Unterschrift und Ihre Beglaubigung. Würden Sie es sich bitte anschauen?«

»Ich kann Ihnen versichern, dass ich niemals eine Unterschrift von Odell Grove beglaubigt habe. Ich kenne ihn überhaupt nicht«, sagte Freda, noch bevor sie sich irgendetwas angesehen hatte.

Sie gingen die vier Vergleichsvereinbarungen durch. Freda räumte ein, dass, wer auch immer ihre Unterschrift gefälscht habe, seine Sache ziemlich gut gemacht habe. Alle drei gingen davon aus, dass es Mack Stafford gewesen war, einfach, weil es keinen anderen Verdächtigen gab, der auch nur im Entferntesten etwas mit der Sache zu tun hatte. Sämtliche Beglaubigungen waren mit einem abgelaufenen Stempel versehen und mit Fredas gefälschter Unterschrift bestätigt worden.

»Als ich gefeuert wurde, habe ich meinen Stempel mitgenommen, er ist immer noch in meinem Besitz. Ein paar der abgelaufenen Exemplare habe ich in einer Schublade im Archiv aufbewahrt. Allem Anschein nach hat Mack einen davon benutzt, was in New York niemandem aufgefallen ist.«

»Ich musste mir ein Vergrößerungsglas besorgen, um den Stempel lesen zu können«, gab Nick zu.

»So genau sieht niemand hin. Wie Sie wissen, steht man direkt vor der Notarin, wenn man etwas beglaubigen lässt. Das ist reine Routine.«

»Was ist denn die Strafe für die Fälschung einer Beglaubigung?«, fragte Buddy.

»Bis zu fünf Jahre«, erwiderte Nick. »Multipliziert mit vier, außerdem hat er vielleicht auch die Unterschriften der Kläger gefälscht. Aber das wissen wir noch nicht.«

»Und wer wird ihn anklagen?«, wollte Freda wissen, die plötzlich besorgt klang.

Nick legte die Vergleichsvereinbarung weg. »Keine Ahnung. Das werden wir erfahren, wenn wir wissen, in welche Richtung die Ermittlungen gehen. Ich werde Sie später noch bitten, eine Aussage zu unterzeichnen, in der alles protokolliert ist, worüber wir gerade gesprochen haben.«

Freda zögerte. »Okay, aber ich werde nicht vor Gericht erscheinen. Ich will nicht gegen Mack aussagen. Wird er wirklich ins Gefängnis müssen?«

Nick runzelte die Stirn und sah sich um. Sie stellte Fragen, die er nicht beantworten konnte. »Ich weiß es nicht. Wie gesagt, wir werden erst einmal die Ermittlungen zu Ende bringen müssen. Ich muss Sie bitten, dieses Gespräch vertraulich zu behandeln, okay? Falls Mack wieder im Land ist, könnte er unter Umständen wieder verschwinden, wenn er spitzkriegt, dass Sie geredet haben.«

Freda nickte mit finsterer Miene und war versucht, dem jungen Mann von Long Island zu erklären, wie schnell ein Gerücht in Clanton die Runde machte, ließ es dann aber bleiben.

»Und Sie haben keinen der vier Kläger je getroffen?«, fragte Nick.

»Nein. Ich glaube nicht, dass diese Männer oft in die Stadt gekommen sind. Aber ich kann mich noch gut daran erinnern, wie ich vor Jahren die ersten Briefe an den Hersteller getippt habe.«

»Die Briefe habe ich hier. Alle vier sind vom 17. April 1984.«

»Vor sieben Jahren«, erwiderte sie. »Ich dachte, es wäre länger her.«

»Nach den ersten Briefen ist nicht viel passiert. Wissen Sie noch, warum Mack das Interesse an den Fällen verlor?«

»Nein, eigentlich nicht. Mack übernahm keine Produkthaftungsfälle wie diese. Wenn ich mich recht erinnere, hat er versucht, sie an eine größere Kanzlei abzutreten, aber daraus hat sich nichts ergeben. Dann hat er sie einfach vergessen. Und ich auch.«

»Und von den Vergleichen wissen Sie nichts?«

»Nein, überhaupt nichts. Wie gesagt, er hat mich gefeuert, und ich habe die Kanzlei sofort verlassen.«

Nick zog den Reißverschluss seiner Aktentasche zu und ließ sie auf seinem Schoß liegen. Das Gespräch war zu Ende.

26

Für das FBI gab es in Ford County nicht viel zu tun, daher waren auch nur selten Beamte vor Ort. Der Anruf von Special Agent Lenzini wurde von einer Sekretärin entgegengenommen und an Sheriff Ozzie Walls weitergeleitet. Lenzini hatte lange überlegt, ob er anrufen sollte, da es sein erster offizieller Kontakt mit jemandem in Clanton war. Er erklärte dem Sheriff, dass er eine Routineermittlung durchführe, die aber sehr heikel sei. Diskretion sei unbedingt erforderlich und so weiter.

Ozzie war neugierig geworden und gern bereit zu helfen, schließlich brachte das FBI Abwechslung in den Alltag. Als er fragte, welcher Art die Ermittlung sei, wich Lenzini aus und sagte: »Die Sache könnte mit Drogen zu tun haben. Morgen werde ich Ihnen alles erklären.«

Am nächsten Tag fuhren Ozzie und einer seiner Deputys, Marshall Prather, in die Kleinstadt Karaway. Dort trafen sie sich am späten Vormittag mit Lenzini in einem Coffeeshop auf der Main Street. Sie setzten sich in eine Nische, so weit weg von potenziellen Lauschern wie möglich. Die meisten der älteren Herren an den Nebentischen, die Kaffee tranken und über Politik redeten, waren sowieso schwerhörig.

Lenzini unterrichtete sie über seine Ermittlungen zu Mack Stafford und bat um ihre Hilfe. Er habe überprüft, dass Jerrol Baker, einer der vier Kläger, im Gefängnis saß. Travis Johnson und Doug Jumper habe er nicht ausfindig machen können.

»Doug ist tot«, gab Prather Auskunft. »Der Junge ist vor ein paar Jahren bei einem Autounfall in der Nähe von Tupelo ums Leben gekommen. Mein Cousin kennt die Familie.«

Lenzini machte sich Notizen. »Dann hätten wir noch Odell Grove. Wissen Sie, wo er sein könnte?«, fragte er.

»Ja, er wohnt ganz in der Nähe«, erwiderte Prather. »Arbeitet immer noch als Holzfäller, zusammen mit seinen Söhnen.«

Sie kamen zu dem Schluss, dass es das Beste wäre, wenn Prather am späten Nachmittag bei Odell vorbeifuhr, weil dieser dann vermutlich zu Hause war. Ein FBI-Beamter im dunklen Anzug war vielleicht nicht so willkommen wie ein Deputy aus Clanton. Bei seinen zwei Wahlen zum Sheriff hatte Ozzie in den Bezirken um Karaway gute Ergebnisse eingefahren, aber er war schwarz und daher grundsätzlich vorsichtig, wenn er irgendwo tief im Wald an eine Haustür klopfte.

Auf der Fahrt zurück nach Clanton sagte Ozzie: »Jake hat nach Mack Stafford gefragt. Er wollte wissen, ob der Fall noch offen ist. Ich habe Nein gesagt. Und dann hat er mich gebeten, ihm Bescheid zu geben, wenn ich etwas höre.«

»Werden Sie es ihm sagen?«, fragte Prather.

»Himmel, nein. Das sind strafrechtliche Ermittlungen. Es geht ihn nichts an. Außerdem ist er ja nicht einmal Macks Anwalt.«

»Ist Mack von jemandem gesehen worden?«

»Nicht, dass ich wüsste. Jede Menge Gerüchte, aber man sollte nicht alles glauben, was man hört.«

»Jedenfalls steckt er jetzt bis zum Hals in der Scheiße, weil ihm das FBI auf der Spur ist.«

»Das sehe ich auch so«, sagte Ozzie. »Dann haben die Gerüchte über Mack wohl gestimmt. Er hat Geld genommen, das ihm nicht gehörte, und ist abgehauen. Ich habe es nie geglaubt.«

»Ich habe den Kerl immer für ziemlich durchtrieben gehalten, so wie die meisten Anwälte hier in der Gegend.«

»Genau. Außerdem hat er sich Harry Rex als Anwalt genommen. Das ist immer ein schlechtes Zeichen.«

»Irgendwann sollte mal jemand diesen Drecksack einbuchten.«

Sie amüsierten sich köstlich, auf Kosten von Harry Rex.

Am späten Nachmittag parkte Deputy Prather seinen Streifenwagen am Rand einer Schotterstraße und ging zu Fuß zu einem Trailer, der schon bessere Tage gesehen hatte. In einem mit Maschendraht eingezäunten Gehege direkt daneben kläfften vier oder fünf aufgeregte Beagles und warnten jeden im Umkreis von mehreren Hundert Metern, allerdings war das nächste Haus nicht einmal zu sehen. Vor Jahren hatte jemand eine Veranda an den Trailer angebaut. Als Prather auf die Haustür zuging, wartete Odell bereits auf ihn. Wie die meisten Männer, die ihre Tage damit verbrachten, Bäume zu fällen und Holz herumzuschleppen, hatte er muskulöse Schultern und einen breiten Brustkorb. Er trug ein sauberes weißes T-Shirt, das sich über seinen kräftigen, behaarten Oberarmen spannte. Odell trat auf die Veranda hinaus und murmelte ein knappes »Hallo«.

»Hallo, Odell. Marshall Prather, vom Sheriff's Department.«

»Ich weiß, wer Sie sind, Prather.« Er stieß einen kurzen Pfiff aus, und die Hunde hörten sofort zu bellen auf.

Odell kam die Treppe herunter, die beiden gaben sich die Hand. »Was führt Sie zu mir?«, fragte er unbekümmert.

»Mack Stafford. Können Sie sich noch an ihn erinnern? Der Anwalt.«

»Da klingelt was. Hat er was angestellt?«

»Das ist noch nicht raus. Vor ein paar Jahren hat er Sie bei einem Vergleich vertreten, richtig?«

Odell deutete auf die schwarze Klappe über seinem linken Auge und lächelte. »Er war mein Anwalt und wollte die Kettensägenfirma auf eine Riesensumme verklagen. Passiert ist aber nicht viel.«

»Gab es einen Vergleich? Haben Sie Geld bekommen?«

»Ein paar Dollar, aber er hat gesagt, es ist alles vertraulich. Woher wissen Sie davon?«

Prather hatte die Vergleichsvereinbarung mitgebracht, vier zusammengeheftete Seiten. Er blätterte nach ganz hinten und zeigte auf die Unterschrift. »Haben Sie das unterschrieben?«

Odell nahm die Vereinbarung und starrte die Unterschrift eine Weile an. »Ja, das ist meine, das stimmt schon.«

»Haben Sie vor einer Notarin unterschrieben?«

»Einer was?«

»Unter Ihrer Unterschrift ist ein Stempel, und darunter sehen Sie die Unterschrift einer Notarin. Eine Frau. War sie dabei, als Sie unterschrieben haben?«

»Nein. Nur ich und Mack. Ich habe mich vor einer Fernfahrerkneipe mit ihm getroffen. Er war allein.«

»Wie viel Geld haben Sie bekommen?«

»Ich hab doch nichts Unrechtes getan, oder?«

»Nein, aber es besteht die Möglichkeit, dass Mack mit dem Gesetz in Konflikt geraten ist.«

»Dann muss ich aber nicht drüber reden, richtig?«

»Müssen Sie nicht, jedenfalls jetzt noch nicht. Aber wenn Sie es nicht tun, wird in ein paar Tagen das FBI hier sein und Fragen stellen. Vielleicht müssen Sie dann auch nach Clanton zu einer Vernehmung kommen.«

Odell steckte sich einen Zahnstocher in den Mund und fing an, darauf herumzukauen, während er überlegte. Prather nahm ihm die Papiere aus der Hand, blätterte zur zweiten Seite und sagte: »Das ist die Vergleichsvereinbarung. Haben Sie sie gelesen?«

Odell schüttelte den Kopf und zerbiss den Zahnstocher.

»Hier steht, dass Sie zugestimmt haben, den Fall für eine Summe von einhunderttausend Dollar beizulegen. Wie viel hat Mack Ihnen gegeben?«

»Schwören Sie, dass ich nichts Unrechtes getan habe?«

»Ich schwöre. Das FBI geht davon aus, dass Mack Ihnen ein

bisschen Bargeld gegeben hat und das meiste von dem Geld für sich behalten hat.«

»Dieser verdammte Scheißkerl.«

»So sieht's aus. Er hatte vier von diesen Fällen.«

»Einen von denen hab ich zu ihm geschickt. Ein Junge namens Jerrol Baker. Er hat eine Hand verloren.«

»Richtig. Jerrol sitzt in Parchman. Drogen.«

»Hab ich gehört.« Odell schüttelte den Kopf. »So ein Scheißkerl«, murmelte er.

»Wie viel haben Sie bekommen?«

Odell holte tief Luft. »Fünfundzwanzigtausend, alles in bar. Er hat gesagt, niemand würde je davon erfahren. Angeblich war es ein schneller Vergleich, der sofort passieren musste, keine Chance auf mehr Geld. Ich musste ihm versprechen, mit niemandem darüber zu reden. Dreckskerl.«

Prather gab ihm die Unterlagen zurück und sagte: »Die Kopie ist für Sie. In Paragraf vier, zweite Seite, steht der Betrag: Einhunderttausend.«

»Wo ist der Rest?«

»Das weiß nur Mack. Sie sollten sich vielleicht einen Anwalt nehmen, um das zu überprüfen.«

»Ich brauch keinen Anwalt. Ich hab einen Baseballschläger unterm Bett liegen.«

»So etwas würde ich Ihnen nicht empfehlen. Damit machen Sie sich eine Menge Ärger, den Sie nicht gebrauchen können.«

»Wo ist er?«

»Keine Ahnung, aber Gerüchten zufolge ist er wieder in der Stadt.«

»Werden Sie ihn ins Gefängnis stecken?«

»Das weiß ich noch nicht. Im Moment hat das FBI nur ein paar Fragen.«

»In Ordnung, Prather. Halten Sie mich auf dem Laufenden.«

»Mach ich.«

Sie gaben sich die Hand, dann ging Prather wieder zu seinem Wagen.

27

Auch das zweite Treffen fand in Jakes kleinem Konferenzraum im Erdgeschoss statt und begann ohne Umarmung. Mack wartete bereits, als Margot hereinkam, zehn Minuten zu spät. Sie lächelten sich an, mehr gab es nicht zur Begrüßung. Dieses Mal hatte sie ihre dunklen Haare zu einem Pferdeschwanz gebunden und trug eine schicke Designerbrille, mit der sie noch hübscher aussah. Sie setzten sich einander gegenüber, den Tisch zwischen sich. »Was dagegen, wenn ich rauche?«, fragte sie.

»Was, wenn ich Ja sage?«

Sie überlegte kurz. »Na ja, ich würde vermutlich trotzdem eine rauchen.«

»Das habe ich mir schon gedacht. Nur zu. Es ist deine Lunge.«

Sie holte eine Packung Slim-Zigaretten aus ihrer Handtasche und zündete sich eine an.

»Darf ich dich fragen, wie es deiner Mutter geht?«

»Klar, du kannst mich alles fragen. Und ich auch. Abgemacht?«

»Abgemacht.«

»Na ja, ihr Zustand wird nicht besser. Sie erzählt uns nicht alles, was die Ärzte sagen, aber ich höre eine ganze Menge. Es wird keine weitere Chemotherapie geben. Dafür ist sie zu schwach.«

»Wie kommst du damit zurecht?«

Margot nahm einen Zug von ihrer Zigarette und wischte sich eine Träne aus dem Auge. »Ich bin okay«, sagte sie mit zitternder Stimme. »Ich muss stark sein, weil Helen es nicht ist. Sie sitzt den ganzen Tag bei Mom im Zimmer, liest ihr vor, betet, weint. Aber ich kann nicht zu Hause bleiben. Ich habe es so satt, ich muss da raus.«

»Ging mir genauso.«

»Sehr witzig. Allerdings habe ich nicht die Möglichkeit, vor meinen Problemen davonzulaufen. Du hast dich wirklich beschissen verhalten, Mack.«

»Das weiß ich, und ich dachte, ich hätte mich dafür entschuldigt.«

»Hast du, und ich akzeptiere deine Entschuldigung, aber ein paar schöne Worte hier und da können das, was du getan hast, nicht ungeschehen machen.«

»Was soll ich deiner Meinung nach tun?«

»Du sollst da sitzen und dir anhören, was ich dir an den Kopf werfe. Dann geht's mir gleich viel besser.«

»In Ordnung.«

Sie blies eine Rauchwolke an die Decke. Mack fiel auf, dass ihre Hände zitterten und Tränen in ihren Augen standen. Sie tat ihm unendlich leid, und er fühlte sich richtig schlecht. Sie schniefte. Dann klang ihre Stimme wieder fester. »Bist du eigentlich je mit Hermie ausgekommen?«

»Hermie … Ich hatte keine Ahnung von dem Spitznamen. Unser Verhältnis war ganz okay, aber nur, weil wir miteinander auskommen mussten. Ganz zu Anfang meiner Karriere hatte ich noch den Ehrgeiz, mehr Geld zu verdienen als Herman. Du weißt, wie viel Wert sie auf Status legen.«

»Wem sagst du das? Sie reden immer noch darüber, wenn jemand ein größeres Haus als sie hat. Letzte Woche hat sich Honey

ernsthaft Sorgen gemacht, weil eine ihrer Freundinnen einen na-
gelneuen Mercedes von ihrem Mann geschenkt bekommen hat.
Soll ich dir ein Geheimnis verraten, Mack?«

Er schmunzelte. »Ich finde es irgendwie witzig, von meiner
Tochter Mack genannt zu werden. Klar, erzähl mir das Geheimnis.«

»Sie haben kein Geld.«

Mack konnte ein Lächeln nicht unterdrücken. »Ach ja? Und
warum nicht?«

»Vor zwei Jahren hat ein Unternehmen aus Tupelo versucht,
Hermie auszuzahlen und seine Firma zu übernehmen, für einen
guten Preis. Er hat abgelehnt und gesagt, er wird die andere Firma
aufkaufen. Du weißt, wie arrogant er ist. Aber er hat es nicht auf
die Reihe gekriegt. Und dann haben die Leute aus Tupelo ein Zementwerk im Süden der Stadt gebaut, die erste Konkurrenz, mit
der Hermie es zu tun hatte.«

»Er hatte jahrzehntelang ein Monopol.«

»Tja, jetzt nicht mehr. Das neue Werk ist mit niedrigeren Be-
tonpreisen an den Start gegangen, und seitdem liefern sich die
beiden einen mörderischen Wettbewerb. Hermie glaubt, dass sie
ihn in den Bankrott treiben wollen, damit sie den Markt übernehmen können, wenn er pleite ist. Es könnte durchaus so kommen.
Es gibt Anzeichen dafür, dass die beiden den Gürtel enger schnallen. Hermie hat seine Jagdhütte am See verkauft, und sie denken
darüber nach, auch das Strandhaus in Destin zu Geld zu machen.
Er wirkt zurzeit unheimlich gestresst. Der Arme wird seine Tochter verlieren, und sein Firmenimperium droht in die Brüche zu
gehen.«

»Du hörst eine ganze Menge.«

»Du weißt doch, wie sonntags das Mittagessen bei ihnen ab-
läuft. Sie reden viel und glauben, die Kids sind so dumm, dass sie
nichts davon verstehen. Und da Mom so krank ist, verbringe ich

gerade mehr Zeit bei den beiden, als mir lieb ist. Ich habe Honey sehr gern, und wir verstehen uns auch gut, aber Hermie ist jetzt viel öfter zu Hause, und wenn er telefoniert, vergisst er, dass jemand lauschen könnte.«

»Hast du sonst noch etwas gehört?«

»Du willst den Klatsch haben? Vor zwei Tagen gab es einen Riesenkrach. Das wird dich sicher interessieren.«

»Schieß los.«

»Wir hatten mal wieder eines dieser fürchterlichen Gespräche, in denen es um das Leben nach Mom ging. Sie war auch da, im Wohnzimmer, und hat gesagt, unsere Großeltern sollen das Haus verkaufen und das Geld für unser Studium anlegen. Ich habe gesagt, dass ich im Haus bleiben will. Helen und ich kommen auch allein zurecht, und ich will auf gar keinen Fall bei Hermie wohnen. Die Erwachsenen sind natürlich ausgeflippt bei dem Gedanken daran, dass zwei Mädchen im Teenageralter allein leben, und das auch noch in Clanton. Was sollen bloß die Leute in der Stadt denken? Es hat rein gar nichts gebracht. Alle haben sich verrückt gemacht, wie immer, es war fürchterlich. Aber jetzt steht unwiderruflich fest, dass das Haus verkauft wird.«

»Das kann ich eigentlich nachvollziehen. Ich wäre auch dagegen, euch beide allein leben zu lassen.«

»Warum? Nächstes Jahr werde ich aufs College gehen, allein leben und mit Sicherheit nicht zurückkommen.«

»An welches College denkst du?«

»Keine Ahnung. Ich werde mir irgendwo ein Praktikum für den Sommer suchen, damit ich nicht hier sein muss. Und dann werden wir weitersehen. Hermie hat verlauten lassen, dass er für ein Studium an der State oder der Ole Miss aufkommen wird, aber mehr nicht. Es muss in Mississippi sein. Wie viel das Haus einbringt, wissen wir erst, wenn es verkauft ist, aber es wird bestimmt keine

Riesensumme sein. Es gibt eine Hypothek, außerdem sind ein paar Reparaturen fällig. Klingelt da was bei dir, Mack?«

»Ich erinnere mich gut an das Haus. Es war Lisa immer zu klein, und ich wollte kein Geld dafür ausgeben. Es war keins da. Und handwerklich war ich nicht sehr begabt.«

»Ich will hier weg. Aus Clanton. Aus Mississippi. Aus dem Süden.«

Sie drückte ihre Zigarette im Aschenbecher aus.

»Und wohin?«, fragte er.

»In den Westen. Kalifornien, vielleicht Colorado. Ich will irgendwo Kunst studieren, weit weg von hier. Nach Moms Tod werde ich eine Weile bei Hermie und Honey leben müssen, und danach werde ich aus Ford County verschwinden und nie zurückkommen. Die arme Helen wird wohl hierbleiben müssen, aber sie ist noch nicht so weit, dass sie abhauen will. Ich schon.«

»Ein Kunststudium?«

»Ja, ein Kunststudium. Etwas anderes, Mack, etwas richtig Verrücktes. Alle Mädchen, die ich kenne und die früher mal meine Freundinnen waren, können es gar nicht mehr erwarten, einer Studentinnenvereinigung beizutreten und sich einen Ehemann zu suchen. Dann können sie wieder nach Clanton oder Tupelo ziehen, Kinder kriegen, im Country Club rumhängen und so wie ihre Mütter leben. Aber ich nicht, Mack. Ich verschwinde von hier.«

Er war von ihrer rebellischen Art gerührt und konnte ein Lächeln nicht unterdrücken. »Ich mache dir einen Vorschlag. Du suchst dir eine Kunstakademie im Westen aus und sorgst dafür, dass sie dich annehmen, und ich helfe mit den Studiengebühren. Was hältst du davon?«

Sie schlug die Hände vor den Mund und schloss für einen Moment die Augen, als könnte sie nicht glauben, dass vielleicht ein Traum wahr werden würde. »Das würdest du tun?«, fragte sie leise.

»Das ist das Mindeste, was ich tun kann.«

Margot schien der gleichen Meinung zu sein. »Ich war noch nie in den Bergen«, flüsterte sie.

Eine weitere traurige Erinnerung an früher. Als die Mädchen klein waren, hatte Familienurlaub immer bedeutet, für eine Woche ins Strandhaus der Familie nach Florida zu fahren. Lisa hatte davon geträumt, andere Länder zu sehen, wie ihre Schwester, doch so weit hatten sich ihre Kreditkarten nie ausreizen lassen.

In diesem Augenblick schwor sich Mack, seinen beiden Mädchen die Welt zu zeigen.

»Du machst Folgendes«, sagte er. »Du quetschst so viel Geld aus Hermie raus wie nur möglich, und beim Verkauf des Hauses nimmst du, was du kriegen kannst. Wenn dann noch etwas für die Studiengebühren fehlt, werde ich das übernehmen.«

»Und wenn Hermie mit der Faust auf den Tisch schlägt und mir keinen Cent gibt?«

»Margot, ich sagte doch, dass du auf eine Kunstakademie gehen kannst.«

Ihre gereizte Spannung legte sich ein wenig, als sie sich entspannte und lächelte. Allmählich wurde ihr klar, dass der gute alte Mack vielleicht ihr Fahrschein aus Clanton war.

»Ich weiß nicht, was ich sagen soll«, meinte sie schließlich.

»Du brauchst gar nichts zu sagen. Du bist meine Tochter, und ich schulde dir sehr viel.«

Margot schüttelte noch eine Zigarette aus der Packung und starrte ihn an, während sie ihr Feuerzeug hob und sie anzündete.

»Ich habe eine Idee«, fuhr Mack fort. »Es ist Sommer, und du solltest dir eigentlich Colleges ansehen, richtig?«

»Richtig.«

»Nächsten Samstag sagst du Lisa, dass du nach Memphis fährst, um dir das Rhodes College anzusehen. Das ist ein sehr hübsches privates College mitten in der Stadt. Ich wohne in der Nähe. Wir könnten uns zum Mittagessen treffen.«

»Sie werden ausflippen, wenn ich allein nach Memphis will.«

»Margot, du bist siebzehn und machst bald deinen Abschluss an der Highschool. Ich bin schon mit fünfzehn nach Memphis gefahren. Setz dich durch.«

»Die Idee gefällt mir, aber Hermie wird ausrasten, weil es ein privates College ist.«

»Das ist doch nur ein Vorwand, um die Stadt zu verlassen. Wer weiß? Vielleicht gefällt dir Rhodes sogar.«

»Es ist zu nah. Ich will möglichst viel Abstand zwischen mich und Clanton bringen.«

»Dann treffen wir uns also zum Mittagessen?«

»Ich versuch's.« Margot sah auf die Uhr und griff nach ihrer Handtasche. »Ich muss gehen. Ich soll ein paar Besorgungen für Mom machen.«

»Ahnt sie etwas?«

»Ich glaube nicht. Du warst ein paar Tage Gesprächsthema Nummer eins, weil sie in Panik geraten sind, aber das hat sich inzwischen gelegt. Bis jetzt hat dich noch niemand in Clanton gesehen.«

»Das ist auch gut so. Und ich habe es satt, mich hier mit dir zu treffen. In dieser Stadt bekomme ich Gänsehaut.«

»Dann sind wir ja schon zu zweit.«

28

Der neue Bezirksstaatsanwalt für den 22. Gerichtsbezirk war Lowell Dyer aus der kleinen Stadt Gretna in Tyler County. Das FBI
interessierte sich wenig für Ford County und noch viel weniger
für Tyler County, daher war Dyer ziemlich aufgeregt, als er einen
FBI-Beamten im Gerichtsgebäude des County begrüßte. Am Telefon hatte Special Agent Nick Lenzini keinen Hinweis darauf gegeben, was der Grund seines Besuchs war. Er kam allein und
wurde mit Kaffee und Keksen im Konferenzraum empfangen.
Dyer und sein Assistent, R. R. Musgrove, standen ihm voll und
ganz zur Verfügung.

Lenzini informierte sie darüber, dass er Ermittlungen zum
Verschwinden von Mack Stafford anstelle, und fragte, wie viel
Dyer über den Fall wisse. Dyer und Musgrove waren überrascht,
als sie erfuhren, dass nach Stafford gesucht wurde. Sie hatten ihn
gekannt und gingen davon aus, dass er für immer verschwunden
war. Soweit sie wussten, hatte es nie Ermittlungen gegeben. Kurz
gesagt, sie wussten nichts.

Lenzini hörte ihnen mit einem selbstgefälligen Lächeln zu, als
hätten sie tatenlos herumgesessen und ein eindeutig kriminelles
Fehlverhalten übersehen. Jetzt war es am FBI, den Amateuren zu
Hilfe zu kommen und der Sache auf den Grund zu gehen. Er
schilderte die Sache mit Tinzos Kettensägen, die vier Fälle, die
Stafford übernommen hatte, die klägliche Vernachlässigung der-
selben und so weiter. Er machte viel Aufhebens um die Tatsache,
dass er nach New York City geflogen war und sich dort mit seinen
Kollegen vom FBI getroffen hatte und dass sie alle zusammen
die Empfänger der Vergleichszahlungen und die entsprechenden
Schriftstücke ausfindig gemacht hatten. Dann fing er an, einige
Unterlagen aus seiner Aktentasche hervorzuholen.

Der erste Hefter enthielt die von Odell Grove unterzeichnete Vergleichsvereinbarung. Die Unterschrift war echt, die Beglaubigung gefälscht. Der von Odell unterschriebene Vertrag über die Erbringung von Rechtsleistungen sicherte Stafford vierzig Prozent eines geleisteten Schadenersatzes zu. Odell hatte fünfundzwanzigtausend Dollar bekommen, ihm hätten aber sechzigtausend zugestanden.

Der zweite enthielt die Vergleichsvereinbarung von Jerrol Baker, der zurzeit im Gefängnis saß. Lenzini hatte ihn dort besucht und seine Aussage aufgenommen. Die Unterschrift – nicht sehr leserlich, weil dem Mann nach dem Unfall mit der Kettensäge der größte Teil seiner linken Hand fehlte und er nicht mehr so gut schreiben konnte – stammte von ihm, aber auch in diesem Fall war die Beglaubigung durch Freda Wilson gefälscht worden. Jerrol hatte keine sechzigtausend Dollar, sondern fünfundzwanzigtausend in bar erhalten.

Der dritte enthielt die Vergleichsvereinbarung von Travis Johnson, Verbleib unbekannt. Gefälschte Unterschrift, gefälschte Beglaubigung. Der vierte enthielt die Vergleichsvereinbarung von Doug Jumper, verstorben. Ein Handschriftenexperte des FBI hatte die Unterschriften geprüft und war sicher, dass Mack Stafford alle Unterschriften auf den Vergleichsvereinbarungen von Johnson und Jumper gefälscht hatte. Es bestand wenig Zweifel daran, dass er die gesamten zweihunderttausend Dollar behalten hatte.

Alles in allem hatte Stafford mit seinen betrügerischen Machenschaften vierhunderttausend Dollar eingenommen, erheblich mehr als die zweihunderttausend, auf die er von Rechts wegen Anspruch hatte – vierzig Prozent der halben Million, die Marty Rosenberg auf das Bankkonto in Memphis überwiesen hatte.

»Sie können es nennen, wie Sie wollen«, sagte Lenzini, »Veruntreuung oder Diebstahl, ganz zu schweigen von den Fälschungen.

Wir haben es mit einem Verbrechen zu tun, bei dem es um zweihunderttausend Dollar geht. Und es fällt nicht unter Bundesrecht, sondern unter die Gesetze des Staates Mississippi. Mit anderen Worten, der Fall gehört Ihnen.«

»Warum interessiert sich dann das FBI dafür?«, wollte Dyer wissen.

»Bei Insolvenzbetrug gilt Bundesrecht. Die Dokumente sprechen für sich, meine Herren. Die Fälle sind eindeutig, Stafford kann sich unmöglich herauswinden. Er hat die Unterschriften gefälscht, Odell Grove und Jerrol Baker ausgezahlt und den Rest des Geldes für sich behalten.«

»Und Sie glauben, dass er wieder im Land ist?«, fragte Musgrove, während Dyer durch die Vergleichsvereinbarungen blätterte.

»Na ja, gesehen haben wir ihn nicht. Haben Sie eine Quelle in der Stadt?«

»Eigentlich nicht, nur den üblichen Klatsch. Ich kenne Jake Brigance ziemlich gut. Letzte Woche habe ich ihn zufällig getroffen, aber er wollte mir nichts sagen.«

Lenzini warf einen Blick in seine Unterlagen und runzelte die Stirn. »Wir haben die Fluggesellschaften überprüft, im letzten Monat ist niemand unter diesem Namen in den Vereinigten Staaten angekommen. Ich bin sicher, dass er einen anderen Namen benutzt.« Er legte die Dokumente auf den Tisch, trank einen Schluck Kaffee und sagte mit ernster Miene: »Meine Herren, ich muss ja wohl nicht betonen, wie heikel diese Sache ist. Wenn Sie Ihre Anklagejury zusammenrufen …«

»Sie meinen, *falls* ich die Anklagejury zusammenrufe«, wurde er von Dyer unterbrochen.

»Aber Sie werden doch sicher …«

»Mr. Lenzini, für unsere Anklagejury bin *ich* zuständig. Ich entscheide, ob und wann sie zusammengerufen wird, und zwar ohne Anweisung des FBI. Der Bezirksstaatsanwalt in Oxford würde sicher nicht wollen, dass ich ihm bei seiner Anklagejury reinrede.«

»Natürlich nicht, Mr. Dyer, aber wir haben es hier mit schweren Verbrechen und eindeutigen Fällen zu tun.«

»Es sieht ganz so aus, aber wir werden selbst Ermittlungen anstellen und auf deren Grundlage entscheiden. Ich bin mir sicher, dass wir Anklage erheben werden, aber auf unsere Weise.«

»Wie Sie wollen. Nur wie ich schon sagte, es handelt sich hier um eine heikle Situation, weil wir es mit einem Mann zu tun haben, der weiß, wie man untertaucht.«

»Schon klar«, blaffte Dyer.

»Wir müssen sehr genau darauf achten, mit wem wir über Stafford reden.«

»Auch das ist klar«, fuhr Dyer ihn wieder an.

Als Lenzini weg war, sahen sich Dyer und Musgrove eine halbe Stunde lang die Unterlagen an, und das, was sowieso schon klar war, wurde noch klarer. Beide kannten Mack seit Jahren. Sie waren nicht mit ihm befreundet, wollten sich aber nicht in einen Fall hineinziehen lassen, bei dem einer ihrer Kollegen im Gefängnis landen würde. Es war offensichtlich, dass die Opfer, die Mandanten, die um ihr Geld betrogen worden waren, nichts von Macks Machenschaften gewusst hatten, bis sie vom FBI darüber informiert worden waren.

Doch je länger sie über die Sache redeten, desto besser gefiel sie ihnen. Es war eine nette Abwechslung von ihrer übrigen Klientel aus Meth-Kochern, Drogenhändlern, Autodieben und prügelnden Ehemännern. Sie hatten nur selten mit einem Fall zu tun, bei dem es um eine Wirtschaftsstraftat ging, ganz zu schweigen von einer, die so unverfroren war. Mack hatte seine Mandanten bestohlen, und als Repräsentanten des Bundesstaates Mississippi war es ihre Pflicht, dieses Verbrechen aufzuklären und den Täter seiner gerechten Strafe zuzuführen.

Die Herausforderung bestand darin, das Ganze geheim zu halten.

29

An einem drückend heißen Samstag hatte Mack gerade Schicht im Varsity, und während er die Handvoll Gäste bediente, behielt er den Parkplatz der Kneipe im Auge. Um genau dreizehn Uhr sah er einen Wagen, den er sehr gut kannte, aus der Highland Street kommen und vor dem Eingang parken.

Es war ein Mercury Cougar, Modelljahr 1983, den er zwei Jahre vor seinem Verschwinden gekauft hatte. Lisa hatte das Auto natürlich bei der Scheidung bekommen, zusammen mit allem anderen, und offenbar war es inzwischen an seine Tochter weitergegeben worden. Margot stieg aus und schien vor Aufregung darüber, gleich eine College-Kneipe zu betreten, ganz aus dem Häuschen zu sein. Sie war fürs College angezogen und trug enge Jeans, Sandalen und eine tief ausgeschnittene Bluse, die fast schon sittenwidrig war. Er nahm sich vor, kein Wort über ihre Kleidung zu verlieren.

Mack erwartete sie an der Tür, dann gingen sie in den hinteren Teil des Restaurants. Er winkte einen Kellner herbei, einen, den er nicht leiden konnte und der seiner Tochter anzügliche Blicke zuwarf. Sie bestellten Cheeseburger und Eistee.

»Bekomme ich kein Bier?«, fragte Margot. Es war ihr erster Versuch, ihn zu provozieren.

»Du bist siebzehn, junge Dame. Laut Gesetz musst du einundzwanzig sein, außerdem bist du mit dem Auto unterwegs.«

»Ich habe einen Ausweis, auf dem steht, dass ich vierundzwanzig bin. Willst du ihn mal sehen?«

»Nein. Ich verbringe die Hälfte meiner Arbeitszeit damit, falsche Ausweise zu überprüfen. Wo hast du ihn her?«

»Das werde ich dir nicht sagen.«

»Hätte ich mir denken können.«

»Mack, alle haben einen.«

»Ich bin also immer noch Mack?«

»Mack gefällt mir besser. Du warst sowieso nie der Vatertyp.«

»Wie geht es deiner Mutter?«

Das Lächeln verschwand, Tränen schossen ihr in die Augen. Der Eistee wurde serviert, in großen Gläsern, und Margot trank einen Schluck. Dann starrte sie aus dem Fenster und sagte: »Es hat sich eigentlich nichts geändert, bis auf die Tatsache, dass sie nicht viel isst. Sie ist sehr schwach und angegriffen, es ist richtig schlimm.« Ihre Lippen zitterten. Dann schloss sie die Augen und legte eine Hand auf den Mund. Mack strich ihr über den Arm und flüsterte: »Es tut mir so leid.«

Der Moment ging vorbei. Margot drückte den Rücken durch, lächelte und biss die Zähne zusammen. Sie ließ sich nicht unterkriegen. Mack war stolz auf sie.

»Ich mache es ihr natürlich nicht leichter«, sprach sie weiter. »Gestern habe ich sie gefragt, ob ich allein nach Memphis fahren kann. Ich habe gesagt, ich hätte einen Termin mit jemandem von der Zulassungsstelle von Rhodes und so weiter. Was ja auch stimmt. Sie war dagegen und hat mir verboten, allein zu fahren. Gestern Abend waren wir zum Essen bei Hermie und Honey, und sie hat den beiden erzählt, dass ich allein nach Memphis will. Sie sind ausgeflippt, wie immer. Man hätte denken können, ich will nackt durch die Stadt laufen. Das Ganze hat sich zu einem handfesten Streit entwickelt. Ich habe sie daran erinnert, dass ich meinen Führerschein seit zwei Jahren habe und schon nach Tupelo gefahren bin, mit Freunden, mehrmals sogar. Hermie hat vor Wut gekocht und behauptet, ich würde gar nicht wissen, wie ich zum Rhodes College komme. Also habe ich ihn gefragt, wo in dieser riesigen Stadt das College ist. Er musste raten, lag komplett daneben, und dann habe ich es ihm gesagt: Highway 78 bis nach Memphis, exakt siebenundachtzig Kilometer von hier, dann auf dem 78 bleiben, nachdem er zur Lamar Avenue wird, nach rechts auf den South Parkway abbiegen, in Richtung Norden an der Union und der Poplar vorbeifahren, nach links abbiegen und etwa einen Block auf der Summer Avenue Richtung Westen fahren, dann kommt der Zoo auf der linken und Rhodes auf der rechten Seite. Es war alles richtig. Helen hat gelacht. Und Mom hat gelächelt. Den kleinen Umweg nach hier zum Varsity – nach links auf die Park, auf der Highland nach Norden, auf der Southern zwei Blocks nach Osten –, um mich mit dir zu treffen, habe ich natürlich nicht erwähnt. Dann wären sie komplett ausgerastet.«

»Ich bin immer noch in Ungnade?«

»Noch viel schlimmer. Hermie hat sich von meinen Navigationskünsten jedenfalls nicht beeindrucken lassen und mir verboten, allein nach Memphis zu fahren. Ich habe dann beschlossen, mich zu wehren, weil er mich endlich mal respektieren soll. Helen und ich werden bald unter seiner Fuchtel leben müssen, und bei dem Gedanken daran wird mir jetzt schon schlecht. Er ist nicht mein Vater, und er wird auch nicht mein Chef sein.«

Mack musste lächeln. *Gutes Mädchen.*

»Jedenfalls gab es Streit.«

»Wer hat gewonnen?«

»Einen Streit in der Familie gewinnt niemand, das solltest du wissen. Alle verlieren. Ich habe das Haus heute Morgen ganz früh verlassen. Am Clanton Square habe ich angehalten, Mom angerufen und ihr gesagt, dass ich auf dem Weg nach Memphis bin. Sie meinte nur, ich soll vorsichtig sein.«

»Dann wissen deine Großeltern also nicht, dass du gefahren bist?«

»Inzwischen wissen sie es sicher. Versteh mich nicht falsch, Mack. Ich habe meine Großeltern sehr gern, aber ich kann mir nicht vorstellen, bei ihnen zu leben. Ich bete jeden Tag darum, dass Mom noch ein paar Monate durchhält. Ich weiß, es ist ein egoistisches Gebet, aber das sind schließlich die meisten, findest du nicht auch?«

»Vermutlich.«

Zwei große Teller mit Cheeseburgern und Pommes frites wurden serviert, und beide waren kurz mit Salzstreuer und Ketchupflasche beschäftigt. Der Kellner war sehr aufmerksam und wollte mit Margot flirten. Mack warf ihm einen finsteren Blick zu und hätte ihm fast einen Rüffel erteilt.

»Du bist sicher, dass niemand von unserem Treffen weiß?«, fragte er, als der Kellner gegangen war.

»Na ja, *ich* habe niemandem davon erzählt. Wie das bei dir ist, weiß ich natürlich nicht.«

»Keiner vermutet etwas?«

»Nein. Vor einem Monat warst du noch Stadtgespräch, aber das hat sich inzwischen gelegt. Neulich habe ich gehört, wie Hermie zu Honey gesagt hat, soweit er weiß, hat dich noch niemand in Clanton zu Gesicht bekommen.« Sie aß ein halbes Kartoffelstäbchen und kaute endlos lange darauf herum. »Dann wohnst du jetzt also in Memphis?«

»Vorläufig.«

»Wie sehen deine Pläne aus?«

»Ich wüsste nicht, dass ich welche habe. Ich werde mich für eine Weile hier herumdrücken, bis feststeht, dass es sicher ist.«

»Sicher? Warum das denn?«

»Zuerst muss ich wissen, dass niemand nach mir sucht. Ich habe Dreck am Stecken und möchte nicht, dass das rauskommt.«

»Hab ich mir schon gedacht. Du hast Geld geklaut und bist damit abgehauen, richtig?«

»So in etwa. Ich bin nicht stolz darauf.«

»Aber du hast das Geld behalten, oder? Warum gibst du es nicht den Leuten zurück, von denen du es gestohlen hast?«

»So einfach ist das nicht.«

»Bei dir ist nichts einfach, Mack. Alles ist so kompliziert.«

Mack biss in seinen Burger und sah sich im Restaurant um, damit er nicht antworten musste. Zwei Collegestudenten an der Theke starrten seine Tochter an. »Ja, Margot, ich habe es geschafft, mein Leben ausgesprochen kompliziert zu machen«, sagte er schließlich. »Ich würde die Vergangenheit lieber ruhen lassen und über dein Leben reden, College und solche Sachen. Das ist erheblich aufregender.«

»Wann willst du mir sagen, was wirklich passiert ist?«

»Wenn du einundzwanzig bist, werde ich dich im College besuchen, wir werden zusammen Abend essen, mit Alkohol, und ich werde dir sämtliche meiner Missetaten beichten. In Ordnung?«

»Okay. Aber bis dahin wird es mir vermutlich egal sein.«

»Hoffentlich nicht. Hast du dich schon für ein College entschieden?«

»Ich bin noch am Suchen. Rhodes hört sich ganz gut an, aber es ist nicht weit genug von Clanton weg. Hermie hat sich gestern Abend so aufgeregt, und da hat er klargemacht, dass ›die Familie‹, wie er es inzwischen gern nennt, als hätte er das Sagen und würde alle wichtigen Entscheidungen für uns treffen, da Mom ja schon auf dem Sterbebett liegt ... Jedenfalls hat er gesagt, dass ›die Familie‹ mir kein Studium an einem privaten College finanzieren wird. Er hält es für lächerlich, weil es so viele gute staatliche Colleges in Mississippi gibt. Ich glaube, es liegt eher daran, dass er sich die Studiengebühren für ein privates College nicht leisten kann.«

»Das ist schwer zu glauben.«

»Mack, ich sag's dir, das Geld wird immer knapper. Meine Großeltern stehen unter Druck. Und ich versteh das auch voll. Ihre Tochter liegt im Sterben. Demnächst erben sie zwei Teenager, die eigentlich niemand haben will. Hermies Firma hat Konkurrenz bekommen. Anstatt einen gemütlichen Ruhestand zu planen, müssen sie sich mit dem beschäftigen, was in den nächsten Jahren auf sie zukommen wird, und was sie da sehen, gefällt ihnen absolut nicht.«

»War denn nicht die Rede davon, dass ihr bei den Pettigrews leben sollt?«

Margot verdrehte die Augen. »Verschon mich bloß damit. Lieber bleibe ich in einem Obdachlosenwohnheim. Die beiden sind komplett unmöglich.« Sie nahm sich noch ein Kartoffelstäbchen. Mack fiel auf, dass sie mit den Tränen kämpfte. Das arme Mädchen war ein emotionales Wrack.

»Alles okay?«, fragte er.

»Ich fühle mich bombig, Mack. Es ist ein schönes Gefühl zu wissen, dass man unerwünscht ist. Wenn Mom tot ist, werden wir unser Zuhause verlassen müssen und gezwungen sein, in einem fremden Haus zu leben, wo wir nicht hingehören. Und daran trägst du eine Mitschuld.«

»Ja, du hast recht, und darüber haben wir auch schon gesprochen.«

Sie holte tief Luft, biss die Zähne zusammen und wischte sich die Tränen aus dem Gesicht. »Stimmt. Tut mir leid.«

»Du brauchst dich nicht zu entschuldigen.«

»Es geht wohl nicht, dass du wieder nach Clanton ziehst und uns rettest, oder?«

»Nein, jedenfalls nicht jetzt. Ich kann dort nicht leben, und ich habe ernsthaft Zweifel daran, dass ich dort sicher wäre. Außerdem würde Hermie sämtliche Anwälte der Stadt anheuern, um mich fernzuhalten.«

»Hast du Hermie je leiden können?«

»Eigentlich nicht.«

Margot hatte nur den Rand ihres Burgers angeknabbert und ein paar Pommes frites zu sich genommen, doch sie war mit dem Essen fertig. Sie schob ihren Teller ein paar Zentimeter von sich weg in die Mitte des Tisches und sah sich im Restaurant um. »Mack, ich muss dir was erzählen«, sagte sie in gedämpftem Ton. »Mom ist gern bei meinen Großeltern und setzt sich dort auf die Veranda unter die Ventilatoren. Das ist erheblich weniger deprimierend, als bei uns zu Hause rumzuhocken, deshalb sind wir zurzeit oft bei ihnen. Ich fahre sie hin, sie und Helen gehen mit Honey auf die Veranda, und dann warten alle, bis der Tag vorbei ist. Hermie ist meistens auch da. Letzte Woche habe ich gehört, wie er zweimal das FBI erwähnt hat. Ich habe keine Ahnung, warum.«

Mack schluckte schwer und sah sich um. »Mit wem hat er da geredet?«

»Keine Ahnung. Er hat telefoniert und offenbar nicht gewusst, dass ich im Haus war. Irgendwie merkwürdig, findest du nicht auch?«

»Es gibt mir auf jeden Fall zu denken.«

»Ich halte die Ohren offen.«

Jede Erwähnung des FBI machte Mack nervös. Er ließ es sich nicht anmerken, hatte aber auch keinen Appetit mehr.

Margot sah auf ihre Uhr. »Ich glaube, ich gehe jetzt besser. Um dreizehn Uhr habe ich meinen Termin.«

»Soll ich mitkommen?«

»Du meinst, wie ein richtiger Dad? Vater und Tochter sehen sich zusammen Colleges an?«

»So ungefähr.«

Sie grinste. »Na klar, Paps. Ich fühle mich geehrt.«

»Du fährst. Ich will wissen, wie du mit dem Stadtverkehr zurechtkommst.«

»Besser als du.«

»Das werden wir ja sehen.«

30

Sieben Stunden, nachdem sie das Haus verlassen hatte, kam Margot zurück. Ihr schien, als wären es Tage gewesen. Sie konnte nicht glauben, dass eine gemütliche Fahrt nach Memphis und zurück so aufregend, so befreiend sein konnte. Als sie die Grenze zu Ford County überquerte, bremste sie auf achtzig Stundenkilometer ab und ignorierte den Verkehr hinter sich. In Clanton fuhr sie an einem Fast-Food-Restaurant vorbei, das ein beliebter Treffpunkt ihrer Freunde war, und suchte nach einem bekannten Gesicht, konnte aber keines entdecken.

Seit Monaten lebte sie mit Tod und Verlust, und das Martyrium war noch nicht vorbei. An einem Samstagnachmittag in einem dunklen kleinen Haus zu sitzen und auf das Unabänderliche zu warten, war das Letzte, was sie wollte. Die Familie hatte endlich akzeptiert, dass sich Lisas Gesundheitszustand nicht mehr bessern würde und dass die Ärzte alles getan hatten und aufgaben. Das Warten war brutal; die Ungewissheit, wann es vorbei sein würde; das Grauen, mitansehen zu müssen, wie sie mit jedem Tag dünner und blasser wurde und sich Stück für Stück ihrem Grab näherte; die panische Angst vor einem Leben ohne sie. Ihr Verfall wurde auf seltsame Art gemessen: Letzten Monat hatte sie noch fahren können, letzte Woche hatte sie noch in der Küche gestanden und Kekse gebacken, gestern hatte sie es nur mit Mühe aus dem Bett geschafft. Bald würden sie die Krankenschwester holen, ihre Babysitterin von früher, die Lisa in den letzten Tagen beistehen würde. Es war alles schon von den Bunnings arrangiert worden. Margot und Helen sollten anrufen und ihre Großeltern darüber informieren, dass der Moment gekommen war.

Helen saß im Wohnzimmer vor dem Fernseher. »Sie hat sich hingelegt. Es war ein ruhiger Tag«, sagte sie mit gedämpfter Stimme.

Margot ließ sich neben ihre Schwester auf das Sofa fallen. »Ist sie wütend auf mich?«, fragte sie.

»Nein. Sie hatte einen guten Tag. Wir waren die meiste Zeit drüben bei Honey auf der Veranda, aber das hat sie sehr angestrengt.«

»Sind sie sauer?«

»Zuerst waren sie's, aber Mom hat sie beruhigt und gesagt, dass sie sich abregen sollen und dass du allein zurechtkommst. Wie war Rhodes?«

»Schön, ein tolles College. Nette Leute. Aber ziemlich klein.«

»Ich kann nicht glauben, dass du nächstes Jahr aufs College gehen wirst.«

»Ich auch nicht.«

»Kann ich mitkommen?«

Beide grinsten, doch der heitere Moment war vorbei, als sie Lisas Stimme hörten. Sie gingen zu ihrer Mutter, die sich im Bett aufgerichtet hatte und lächelte. Margot umarmte sie behutsam. Lisa klopfte auf die Kissen neben sich, und die Mädchen setzten sich zu ihr. Sie wollte alles über Rhodes College und die Fahrt nach Memphis wissen. Margot erzählte jedes noch so kleine Detail, bis auf den Umweg zum Varsity und das Mittagessen mit Mack natürlich. Sie holte die bunten Broschüren, die sie vom College bekommen hatte, und schilderte das Gespräch mit einem der Dozenten. Rhodes kam definitiv in die engere Wahl. Lisa sagte, wegen der Studiengebühren würden sie sich später Gedanken machen.

Einerseits war es eine Erleichterung, Lisa so begeistert darüber zu sehen, dass ihre Älteste demnächst aufs College ging, andererseits war es herzzerreißend, dass sie es nicht mehr erleben würde. Margot nannte einige andere Colleges, die sie in den nächsten Wochen besuchen wollte, alle weiter entfernt von Clanton. Lisa bestärkte sie darin. Sie war sicher, dass ihre Eltern alles dafür tun würden, den Mädchen eine gute Ausbildung zu ermöglichen, egal, was es kostete. Margot hatte auch noch Macks Versprechen, das Ass in ihrem Ärmel, über das sie nicht sprechen konnte.

Als Lisa wieder einnickte, schlichen sich die Mädchen aus dem Zimmer. Helen begann zu weinen. »In den letzten fünf Tagen hat sie kaum was gegessen«, sagte sie schluchzend.

Sie diskutierten darüber, ob sie ihre Großeltern anrufen sollten, entschieden sich aber dafür, noch zu warten. Es wurde eine lange Nacht, da Lisa unruhig war und über starke Schmerzen klagte. Die Mädchen wichen kaum von ihrer Seite und schliefen immer nur kurz, wenn ihre Mutter wach war. Bei Tagesanbruch rief Margot ihre Großmutter an und brachte sie auf den neuesten Stand. Zwei Stunden später kam die Krankenschwester und erhöhte die Morphindosis. Die Bunnings schauten auf dem Weg in die Kirche vorbei und unterhielten sich flüchtig mit Lisa, die gerade wach und ansprechbar war. Die beiden verpassten keinen Gottesdienst und machten nicht einmal für ihre sterbende Tochter eine Ausnahme.

Selbstverständlich baten sie im Gottesdienst um Gebete für Lisa und verkündeten die traurige Nachricht, dass sich der Gesundheitszustand ihrer Tochter immer weiter verschlechtere. Es gab nicht viel, was eine Schar Baptisten derart in Aufruhr versetzte wie die Rituale anlässlich eines kurz bevorstehenden Todes, und um fünfzehn Uhr am Sonntagnachmittag wurden die ersten Aufläufe und Eintöpfe geliefert. Die meisten Besucher waren so rücksichtsvoll, vor der Veranda stehen zu bleiben, die Speisen zu übergeben und sich mit einer tränenreichen Umarmung wieder zu verabschieden, doch einige der aufdringlicheren Gemeindemitglieder verschafften sich Zugang zum Haus. Dort lungerten sie dann mit einem Pappteller in der Hand in der kleinen Küche herum und versuchten, einen Blick in den Flur vor den Schlafzimmern zu erhaschen. Mehrere der älteren Klatschweiber, echte Routiniers in Sachen Beerdigungen, fragten Honey sogar, ob sie mit Lisa sprechen könnten. Honey wusste sehr genau, dass es ihnen nur um das Aussehen ihrer Tochter ging, damit sie losziehen und jedem erzählen konnten, wie ausgemergelt Lisa wirke. Honey lehnte strikt ab und bezog sogar Stellung im Gang, um etwaige Eindringlinge abwehren zu können.

Helen blieb im Schlafzimmer und hielt Wache an der Seite ihrer Mutter. Margot, die es in dem Raum nicht mehr aushielt, übernahm den Eingang und begrüßte jeden Besucher mit einem breiten, traurigen Lächeln, das komplett vorgetäuscht war, was aber nur sie selbst wusste. Sie spielte die Dame des Hauses, und Hermie, der sie tags zuvor wegen der Fahrt nach Memphis hatte zurechtweisen wollen, strahlte vor Stolz, als seine häufig so widerspenstige Enkelin die Massen verzückte. Der Tag verstrich quälend langsam, während sich das Essen in der Küche stapelte, doch gegen achtzehn Uhr brachen die Ersten auf, um den zweiten Gottesdienst des Tages zu besuchen.

Die Krankenschwester zog vorübergehend in Helens Zimmer. Die Mädchen schliefen zusammen in Margots Bett und wechselten sich in der Nacht damit ab, nach Lisa zu sehen und sich im Flüsterton mit der Krankenschwester zu unterhalten. Am Montagmorgen war ihre Mutter nicht mehr ansprechbar, und ihre Atmung wurde immer flacher.

31

Am Dienstagmorgen verließ Nick Lenzini das Büro des FBI in Oxford, um kurz nach Clanton zu fahren, wo er erfuhr, dass Lisa Stafford gestorben war. Zwei Stunden später parkte er in der Nähe des Gerichts und schlich sich in die Kanzlei Sullivan. Sein Treffen mit Walter war für 11.30 Uhr angesetzt.

»Mein Beileid zum Tod von Mrs. Stafford«, sagte Nick, nachdem Kaffee gebracht worden war. »Ich weiß, dass sie eine Freundin von Ihnen war.«

»Vielen Dank«, erwiderte Walter. »Ein nettes Mädchen. Ich habe sie schon als Baby gekannt. Unsere Kanzlei vertritt ihre Familie seit dreißig Jahren. Großartige Menschen.«

»Was wird jetzt aus ihren Töchtern werden?«

»Oh, die Familie wird zusammenrücken und das Beste daraus machen.«

»Keine Spur von Mack?«

Walter seufzte und trank einen Schluck Kaffee. »Das wollte ich Sie auch fragen. Wie ist der letzte Stand?«

»Haben Sie mit Judd Morrissette geredet?«

»Nicht in den letzten zwei Wochen.«

»Er will die Anklagejury zusammenrufen. Unsere Ermittlungen sind im Prinzip abgeschlossen. Der Fall scheint eindeutig zu sein. Das Problem ist, wir können Mack nicht finden. Das ist einer der

Gründe, warum ich hier bin. Sie haben nicht zufällig eine Idee, wo er sein könnte?«

»Ist das nicht Aufgabe des FBI?«

»Ja, natürlich. Wir suchen nach ihm, aber die Bluthunde haben wir noch nicht losgeschickt. Angesichts seines Hangs zum Verschwinden würde der Bezirksstaatsanwalt gern wissen, wo er ist, bevor Anklage erhoben wird.«

»Das ist bestimmt nicht verkehrt. Und nein, ich kenne niemanden, der Mack gesehen hat, seit er angeblich wiederaufgetaucht ist. Aber man kann sicher davon ausgehen, dass er sich irgendwo in der Nähe aufhält. Seine Mutter lebt doch noch in Greenwood, richtig?«

»Ja, und wir behalten sie im Auge. Steht der Termin für die Beerdigung schon fest?«

»Ja, Samstag um vierzehn Uhr.«

»Mack wird wohl nicht dort auftauchen.«

Walter lachte. »Mr. Lenzini, ich kann Ihnen versichern, dass die First Baptist Church an diesem Samstag der letzte Ort ist, an dem Sie Mark Stafford finden werden.«

»Da dürften Sie recht haben. Ist es in Ordnung, wenn wir trotzdem kommen und uns auf die Galerie setzen?«

»Sünder sind immer willkommen. Die Öffentlichkeit wurde nicht ausgeschlossen.«

32

Am Sonntagmorgen, einen Tag nach Lisas Beerdigung, betrat Lucien Wilbanks Jakes Kanzlei durch die Hintertür. Dazu benutzte er einen Schlüssel, den er seit Jahrzehnten bei sich trug. Einerseits war es Jakes Kanzlei, andererseits nicht. Die Kanzlei Wilbanks & Wilbanks war in den 1940ern von Luciens Großvater gegründet worden. Lucien hatte sie geleitet, bis er 1979 die Zulassung als Anwalt verloren hatte, ein Jahr nachdem er Jake Brigance eingestellt hatte, der damals gerade mit seinem Studium fertig gewesen war.

Lucien gehörten die großzügigen Büroräume immer noch, er hatte sie Jake gegen eine moderate Miete überlassen. Zu ihrer Vereinbarung gehörte auch, dass Lucien kommen und gehen konnte, wie es ihm beliebte. Er hatte einen kleinen, fensterlosen Raum im Erdgeschoss behalten, weit weg von Jakes großem Büro im ersten Stock, und blieb für sich, während er die Sonntagszeitungen las, seine Pfeife rauchte und Kaffee und Bourbon trank. Die Sonntagvormittage waren ihm am liebsten, weil der Clanton Square verlassen dalag, die Geschäfte geschlossen waren, kein Verkehr herrschte und alle in der Kirche saßen. Lucien hatte organisierte Religion mit vierzehn Jahren aufgegeben.

Er war gerade in dem Konferenzzimmer, das Mack und Margot für ihre Treffen benutzt hatten, als er um Punkt 9.14 Uhr ein Geräusch hörte. Er sah auf die Uhr, obwohl er genau wusste, dass Jake beim Gottesdienst war und bis auf ihn niemand sonst an einem Sonntag in die Nähe der Kanzlei gekommen wäre. Da Lucien praktisch in der Kanzlei aufgewachsen war, kannte er jedes Fenster, jeden Gang, jedes Versteck. Er ging in den Kopierraum und spähte durch die Jalousie nach draußen in die kleine Gasse, die hinter der Häuserreihe verlief. Zu seiner Überraschung entdeckte er zwei Männer in marineblauen T-Shirts, die auf der Rückseite mit CUSTOM ELECTRIC bedruckt waren. Beide trugen schwarze Gummihandschuhe und schwarze Schuhüberzieher.

Es war einiges faul an der Sache. Erstens, Lucien hatte sein gesamtes Leben in Clanton verbracht und noch nie etwas von einer

Firma dieses Namens gehört. Zweitens, niemand arbeitete an einem Sonntagvormittag. Drittens, wenn Jake die Firma beauftragt hatte, warum versuchten die Männer dann, sich durch die Hintertür zu schleichen? Viertens, sie sahen immer wieder über die Schulter, als würden sie etwas Unrechtes tun. Fünftens, Handwerker in Clanton trugen nie Gummihandschuhe und Schuhüberzieher.

Den beiden Männern gelang es, die Tür zu öffnen, dann betraten sie die Küche. Lucien zog sich in die Schatten zurück und lauschte. Sie flüsterten miteinander, während sie schnell das Erdgeschoss durchquerten. Lucien, der sich zwischen zwei Bücherregale drückte, bemerkten sie nicht. Dann eilten sie nach oben, öffneten und schlossen leise alle Türen, schlichen die Treppe wieder herunter und blieben neben dem Schreibtisch der Sekretärin stehen. Sie klappten ihre Werkzeugkoffer auf und trafen einige Vorkehrungen. Neben dem Kopierraum stand ein großer Schrank, in dem sich die Kabel zu sämtlichen technischen Installationen befanden – Thermostate, Klimageräte, Telefone, Sicherungskästen, Stromzähler.

Lucien rührte sich nicht vom Fleck und hörte zu. Die Männer unterhielten sich im Flüsterton über Telefonleitungen, Funkempfänger und Sender und benutzten Fachwörter, die ihm unverständlich waren. Sie arbeiteten schnell und effektiv – offenbar waren sie gut ausgebildet –, und um 9.31 Uhr verschwanden sie wieder. Lucien erhaschte noch einen Blick auf die beiden, als sie durch die Hintertür ins Freie traten und hinter sich abschlossen. Er wartete ein paar Minuten, ging langsam in die Küche und sah sich die Tür an. Auf der Arbeitsplatte stand eine Kanne Kaffee, die teilweise von einer Rolle Küchenpapier verdeckt wurde. Wenn die Männer die Kanne gesehen hätten, wäre ihnen aufgefallen, dass gerade jemand Kaffee gekocht hatte. Eigentlich hätten sie ihn riechen müssen.

Er goss sich noch eine Tasse ein und ging zu seinem Schreibtisch zurück. Wer steckte hinter Custom Electric? Die Stadtpolizei hatte nicht die Mittel, es herauszufinden. Die State Police schon, aber zurzeit gab es in Jakes Kanzlei nichts, was für sie interessant gewesen wäre. Lucien kannte so gut wie alle Fälle, da er und Jake jede Woche darüber sprachen und mit großem Vergnügen die Mandanten durchgingen. Betrog Jake seine Frau? Oder betrog Carla ihn? Beides war höchst unwahrscheinlich. Jake und Carla liebten sich über alles, und Lucien würde gar nicht auf die Idee kommen, dass einer der beiden fremdging. Könnte ein anderer Anwalt so viel kriminelle Energie besitzen, dass er Jakes Telefone anzapfen ließ? Ein derart ungeheuerliches Verhalten würde zum Verlust der Zulassung führen, womit sich Lucien nur allzu gut auskannte. In seiner Zeit als Anwalt und jetzt als außenstehender Beobachter war ihm noch nie zu Ohren gekommen, dass eine Kanzlei eine andere verbotenerweise abgehört hatte.

Es musste das FBI sein. Sie waren Mack Stafford auf der Spur und gingen davon aus, dass Jake wusste, wo er sich aufhielt.

Lucien war zuerst erschrocken, dann fand er es lustig. Jake konnte sich einen Spaß daraus machen, das FBI mithören zu lassen.

Er las seine Zeitungen zu Ende und blätterte in alten Fachbüchern. Dann rauchte er eine Pfeife, setzte sich auf den Balkon vor Jakes Büro und starrte das Gerichtsgebäude an. Um zwölf Uhr genehmigte er sich ein großes Glas Jack Daniel's. Nach einem einstündigen Nickerchen fuhr er um vierzehn Uhr zu Jakes Haus, in der Annahme, dass die Familie um diese Zeit mit dem Mittagessen fertig war. Carla bat ihn herein, doch er setzte sich lieber auf die hintere Veranda, in den Schatten. Jake gesellte sich zu ihm, und nachdem Carla Eistee gebracht und die Tür hinter sich zugezogen hatte, schilderte Lucien, was sich am Vormittag zugetragen hatte.

Jake war fassungslos und konnte sich nicht vorstellen, warum das FBI oder sonst jemand seine Telefone abhören sollte. Genau genommen hatte er im Moment so wenig zu tun, dass er überlegte, einen weiteren Kredit bei seiner Bank zu beantragen.

»Dann muss es Mack sein, richtig?«, fragte Lucien.

Jake regte sich fürchterlich darüber auf, dass seine Privatsphäre verletzt wurde. Als er wieder klar denken konnte, wollte er spontan einen Privatdetektiv damit beauftragen, die Telefonleitungen zu überprüfen und alles zu bestätigen. Lucien hielt davon nichts, weil er keine Zweifel hatte an dem, was passiert war. Und warum noch jemanden in die Sache hineinziehen? Dieser Jemand würde vielleicht reden. Es sei am besten, einfach mitzuspielen und darauf zu achten, was man am Telefon sage. Das Büro sei nicht verwanzt worden, nur die Telefone.

»Man kann getrost davon ausgehen, dass sie hier auch mithören. Sie sollten Carla warnen«, warnte Lucien.

»Natürlich«, erwiderte Jake, dem vor dieser Unterhaltung graute.

»Und Sie müssen Harry Rex davon erzählen.«

»Sie können doch nicht die Telefone von Macks Anwalt anzapfen, oder doch?«

»Sie können und sie werden. Dem FBI kann man nicht trauen. Man kann niemandem trauen.«

»Soll ich es Mack sagen?«

Lucien nippte an seinem Glas und überlegte. »Damit wäre ich vorsichtig. Informieren Sie Harry Rex, dann soll er entscheiden.«

»Informieren *Sie* ihn. Ich habe Angst, ein Telefon zu benutzen. Sagen Sie ihm, dass wir uns um siebzehn Uhr bei Ihnen auf der Veranda treffen.«

Sobald Lucien gegangen war, kam Carla heraus und fragte: »Was sollte das denn?«

»Du wirst es nicht glauben.« Jake erzählte ihr alles – und sie glaubte es nicht. Seine Warnungen kamen nicht gut an. Geh davon aus, dass immer jemand mithört, an sämtlichen Telefonen, einschließlich denen in unserem Haus. Benutze sie so wie immer, verhalte dich ganz normal, aber sprich nicht über heikle Angelegenheiten. Und was immer du tust, erwähne weder Mack Stafford noch jemanden aus seiner Familie.

Auch Carla war wütend über die Verletzung ihrer Privatsphäre und wollte eine Bestätigung dafür haben, dass die Telefone abgehört wurden. Die Wanzen seien mit Sicherheit illegal, und sie bestehe darauf, dass etwas unternommen werde. Jake versprach, der Sache auf den Grund zu gehen, er brauche nur etwas Zeit. Auch er sei fassungslos. Er und Harry Rex würden sich bei Lucien treffen und dann entscheiden, was zu tun sei.

Doch als sie sich am Nachmittag bei Lucien trafen, konnten sie sich nicht darüber einig werden, wie sie reagieren sollten. Sie gingen davon aus, dass auch die Telefone von Harry Rex abgehört wurden, und er war bereit zum Krieg. Die Abhöraktion war rechtswidrig, er wollte die Regierung verklagen. Lucien war dafür, Ruhe zu bewahren, und glaubte, dass sie das Wissen um die Wanzen zu ihrem Vorteil nutzen konnten, oder zumindest dazu, das FBI an der Nase herumzuführen.

33

Jake führte das erste Telefonat am Montagmorgen und damit das erste mit potenziellen Zuhörern mit der Geschäftsstelle des Gerichts auf der anderen Straßenseite. Es war eine Routinesache. Bei den nächsten drei Anrufen versuchte er, sich an die Möglichkeit zu gewöhnen, dass jemand mithörte. Er achtete darauf, was er sagte, und versuchte, ganz normal zu klingen. Es war immer noch schwer zu glauben. Er ging nach unten in die Küche und goss sich noch eine Tasse Kaffee ein. Auf dem Weg nach oben blieb er vor dem Schrank neben dem Kopierraum stehen, starrte das Gewirr aus Telefonleitungen und Kabeln an und ohrfeigte sich innerlich, weil er keine Ahnung von der Technik hatte, die in seiner Kanzlei installiert war. Irgendwo da drin war eine Wanze verborgen. Er berührte nichts und kehrte in sein Büro zurück. Um genau elf Uhr, wie vereinbart, rief er Harry Rex an. Sie besprachen einen Baurechtsstreit, den sie seit etwa drei Monaten bearbeiteten. Wie immer machte Harry Rex keinerlei Anstalten, seine Ausdrucksweise zu zügeln, egal, ob vielleicht gerade jemand zuhörte.

Dann sagte Jake: »Es ist etwas passiert. Du bist doch allein, oder?«

»Selbstverständlich bin ich allein. Ich habe mich in meinem Büro eingeschlossen. Es ist Montagmorgen, und die Hälfte meiner Mandanten da draußen hat entweder eine Schusswaffe oder ein Messer dabei. Was willst du?«

»Mack hat sich bei mir gemeldet.«

Eine lange Pause, in der sowohl Jake als auch Harry Rex grinsten, während sie sich einen jungen FBI-Beamten mit Kopfhörer vorstellten, der fast schon eingeschlafen war und bei der Erwähnung von Macks Namen ruckartig in die Höhe schoss.

»Wo ist er?«, fragte Harry Rex in verschwörerischem Ton.

»Er hat gesagt, dass er in einem billigen Apartment im Süden von Tupelo wohnt. Wir sollen heute Nachmittag hinfahren und uns auf einen Drink mit ihm treffen.«

»Wo ist er die ganze Zeit gewesen?«

»Was das angeht, war er nicht sehr gesprächig, aber er hat etwas von einem Trip nach Florida gesagt. Jetzt ist er wieder da und hat sich einen Job gesucht.«

»Einen Job? Was will er denn damit? Ich dachte, er hätte genug mitgehen lassen.«

Harry Rex hielt das für clever, eine Art indirektes Eingeständnis, dass sein Mandant etwas gestohlen hatte. Jake schmunzelte. Fast hätten die beiden gekichert, weil sie es so lustig fanden.

»Darüber haben wir nicht geredet, aber anscheinend ist ihm langweilig, und er will etwas zu tun haben. Er wird in Jimmy Fullers Kanzlei als Anwaltsassistent arbeiten.«

»Fuller? Warum will er für einen Gauner wie Fuller arbeiten?«

»Ich mag Jimmy. Jedenfalls will sich Mack um achtzehn Uhr im Merigold mit uns treffen.«

»Ich habe vier Stapel Scheiße auf meinem Schreibtisch liegen und heute Vormittag noch eine fiese Scheidungsverhandlung.«

»Seit wann bereitest du dich auf eine Verhandlung vor?«

»Vor meiner Tür sitzt eine ganze Horde flennender Frauen, die alle wollen, dass ich ihnen die Hand halte.«

»Das ist nichts Neues. Wir können nicht Nein sagen. Ich hole dich um 16.30 Uhr ab.«

»Also gut.«

Aufgrund seiner gewaltigen Leibesfülle und angeborenen Schwerfälligkeit stieg Harry Rex nicht einfach ein, sondern ließ sich schwer wie Blei auf den Beifahrersitz fallen, was den Wagen zum Schaukeln brachte. Sobald er die Tür zugeknallt hatte, fragte er: »Glaubst du, dass dein Auto auch verwanzt ist?«

»Das bezweifle ich«, erwiderte Jake.

»Ich finde es irgendwie schräg, mit dem FBI als Mithörer zu telefonieren.«

»Wem sagst du das.«

»Ich brauche ein Bier.«

»Es ist 16.30 Uhr.«

»Du hörst dich an wie meine Frau.«

»Welche?«

»Willst du jetzt bis Tupelo an mir rumnörgeln?«

»Vermutlich. Weißt du, welche Strafe jemandem droht, der Ermittlungen des FBI behindert?«

»Na klar. Und du?«

»Ja. Ich habe heute Nachmittag recherchiert, und ich glaube, uns kann nichts passieren. Wir greifen nicht in die Ermittlungen ein, falls es überhaupt welche gibt. Wir spielen bloß Katz und Maus mit dem FBI.«

»Hört sich harmlos an, aber wir dürfen uns natürlich nicht erwischen lassen.«

»Wir fahren nach Tupelo, auf einen Drink mit Mack, gegen den, soweit wir wissen, nicht ermittelt wird. Wir haben nicht mit dem FBI gesprochen und wissen nicht, was die Jungs vorhaben. Deshalb sind wir aus dem Schneider. Bis jetzt.«

»Okay, aber warum machen wir das hier?« Harry Rex deutete auf eine Tankstelle. »Halt da an. Soll ich dir ein Bier mitbringen?«

»Nein. Ich muss fahren.«

»Na und? Schaffst du es nicht, mit einem Bier in der Hand zu fahren?«

»Ich will es lieber nicht ausprobieren. Wir machen das, weil wir herausfinden wollen, ob das FBI in der Kneipe auftaucht, damit wir eine Bestätigung dafür haben, dass wir abgehört werden.«

»Genial. Und woher weißt du, ob und wann das FBI in der Kneipe auftaucht? Willst du die Jungs nach ihrem Dienstausweis fragen?«

»So weit bin ich mit meiner Planung noch nicht. Ich nehme eine Diät-Cola.«

Harry Rex wälzte sich aus dem Wagen und ging in die Tankstelle.

34

Das Merigold war eine von drei beliebten Kneipen auf der Westseite von Tupelo. Es lag in Lee County, in dem Verkauf und Konsum von Alkohol erlaubt waren. Sämtliche anderen Countys im Umkreis von achtzig Kilometer waren staubtrocken. Wenn Einwohner der kleinen, ländlich gelegenen Ortschaften dieser Countys etwas trinken wollten, blieb ihnen nichts anderes übrig, als in die große Stadt zu fahren. Waren sie wieder zu Hause, unterstützten die meisten von ihnen nach wie vor das Verkaufsverbot für sämtliche alkoholischen Getränke.

Um achtzehn Uhr standen dreizehn Fahrzeuge auf dem asphaltierten Parkplatz seitlich des Gebäudes. Der Haupteingang war vom Highway aus nicht zu sehen, sodass die Gäste fast unbemerkt in die Kneipe huschen konnten. Von den dreizehn Fahrzeugen waren sechs Limousinen, sechs waren Pick-ups, und eines war ein weißer Lieferwagen. Eine schnelle Überprüfung der Kennzeichen hatte ergeben, dass die Gäste aus vier verschiedenen Countys kamen. In dem Lieferwagen saßen zwei Techniker des FBI, die die Aufnahmegeräte bedienten, eine Minolta XL mit Langstreckenlinse und ein hochauflösender Videorecorder von Sony. Durch die Einwegscheiben des Transporters filmten und fotografierten sie jeden, der in die Kneipe ging oder herauskam.

Der Lieferwagen hatte allerdings ein Problem: An den Außenseiten prangte der Schriftzug CUSTOM ELECTRIC, dazu noch einige Telefonnummern. Jake und Harry Rex grinsten, als sie es sahen. Sie konnten kaum glauben, dass sie so viel Glück hatten und dass das FBI derart schlampig war.

»Sieh an, sieh an«, sagte Jake, während er sein Auto parkte. »Sie sind schon da.«

»Nicht in die Kameras lächeln«, warnte Harry Rex, als sie

ausstiegen und in die Kneipe gingen. Sie suchten sich einen Tisch mit vier Stühlen in einer Ecke und setzten sich mit dem Rücken zur Wand. Eine Kellnerin kam, sie bestellten Bier und Pommes frites. Eine Jukebox in der Nähe spielte Countrysongs. Das Merigold gehörte zu den gepflegteren Lokalen und war nicht für schlechtes Benehmen seiner Gäste bekannt. Jake war im Laufe der Jahre ein paarmal hier gewesen. Harry Rex besuchte die Kneipe bei jeder sich bietenden Gelegenheit. Sie ignorierten die anderen und gaben vor, ein ernstes Gespräch zu führen. Um 18.15 Uhr warf Jake einen Blick auf die Uhr und schaute sich um. Er konnte niemanden entdecken, der aussah wie ein Elektriker. Einige der Männer trugen Krawatten.

Nick Lenzini saß allein an einem Tisch, nippte an einem Softdrink und tat so, als würde er Zeitung lesen. Er kannte weder Jake noch Harry Rex, doch die Techniker im Lieferwagen hatten ihn über Funk verständigt, als die beiden hereingekommen waren. Er war ganz begeistert von der Aussicht, endlich Mack Stafford zu Gesicht zu bekommen, schaffte es aber, gelangweilt zu wirken. Mit einem selbstzufriedenen kleinen Lächeln erinnerte er sich daran, wie er so lange auf einen Bundesrichter eingeredet hatte, bis ihm dieser die Genehmigung für das Anzapfen der Telefonleitungen gegeben hatte.

Jake und Harry Rex tranken Bier aus großen Gläsern, aßen Pommes frites und schienen sich von Minute zu Minute mehr aufzuregen. Keine Spur von Mack.

Immer mehr Gäste kamen herein, und das Merigold war fast voll. Um 18.30 Uhr ging Jake zur Toilette und kam dabei an Nicks Tisch vorbei. Ihre Blicke trafen sich für eine Sekunde, und Jake dachte, dass der Mann vom FBI sein könnte – gepflegte Erscheinung, dunkler Anzug, keine Krawatte, leicht fehl am Platz wirkend. Als er zurück war, holte er noch zwei Bier von der Theke und stellte sie vor Harry Rex auf den Tisch. Beide sahen auf die Uhr und runzelten die Stirn. Wen auch immer sie treffen wollten, er verspätete sich. Um neunzehn Uhr zahlten sie und verließen die Kneipe, wobei sie so viel Missmut wie möglich zeigten. Der Lieferwagen stand immer noch auf dem Parkplatz. Jake ließ den Motor an, während Harry Rex zum Autotelefon griff und die Nummer von Custom Electric eingab. Was auch immer das für eine Firma gewesen war, den Anschluss gab es nicht mehr.

Beim Wegfahren lachten sie schallend und waren sicher, dass sie das FBI ausgetrickst hatten, ohne sich strafbar gemacht zu haben. Als sie sich wieder beruhigt hatten, berieten sie, was sie als Nächstes tun sollten. Das FBI war auf der Suche nach Mack, und das konnte nur bedeuten, dass eine Anklage in Arbeit war.

35

Am nächsten Tag fuhr Jake zum Haus der Staffords, um einen Schokoladenkuchen abzugeben, den Carla gebacken hatte, dazu noch ein Gesteck von ihrem Lieblingsblumenladen. Margot öffnete ihm die Tür und bat ihn in die Küche, in der ihre Großmutter Honey saß. Jake sprach den beiden sein Beileid aus. Das Haus wirkte so trist und traurig wie ein Beerdigungsinstitut. Die beiden bedankten sich und boten Kaffee und Kuchen an. Eigentlich wollte er nicht bleiben, aber er musste mit Margot reden. Sie setzten sich an den Küchentisch und brachten angesichts der vielen Schüsseln und Teller auf der Arbeitsplatte ein gezwungenes Lachen heraus.

»Hätten Sie gern ein oder zwei Pfund gebratenes Hühnchen?«, fragte Honey lächelnd.

»Oder ein halbes Dutzend Aufläufe?«, ergänzte Margot.

Helen kam herein, um ihn zu begrüßen, und Jake sagte noch einmal, wie leid es ihm und Carla tue. Alle drei sahen aus, als hätten sie eine Woche lang geweint, was vermutlich auch so war. Helen verschwand bald wieder, und Honey flüsterte: »Es geht ihr wirklich sehr nah. Ich glaube, das kann man von uns allen behaupten.«

Jake konnte nicht antworten und nahm noch einen Bissen von seinem Stück Kuchen. Als das Telefon klingelte, stand Honey auf, um das Gespräch entgegenzunehmen. Jake steckte Margot schnell einen kleinen Umschlag zu und flüsterte: »Lesen Sie das später. Es ist vertraulich.«

Sie nickte, als wüsste sie Bescheid, und stopfte den Umschlag in ihre Jeans.

Er aß den Rest seines Kuchens und sagte, dass er wieder in die Kanzlei müsse. Honey bedankte sich noch einmal, und Margot begleitete ihn zur Haustür und auf die Veranda hinaus.

Jake winkte ihr zu, als er wegfuhr.

In der Nachricht bat er sie, nicht bei ihm anzurufen. Wenn sie mit ihm reden wolle, solle sie in der Kanzlei vorbeikommen oder seine Sekretärin unter deren Privatnummer anrufen. Außerdem hatte er Macks Telefonnummer an sie weitergegeben.

36

Die Anklagejury des Bundesgerichts in Oxford trat zu ihrer regulären monatlichen Sitzung zusammen. Sie bestand aus achtzehn registrierten Wählern und Wählerinnen aus elf Countys, die sechs Monate lang ihre Pflicht als Geschworene erfüllen mussten, und die meisten von ihnen warteten ungeduldig darauf, dass ihr Dienst endlich zu Ende ging.

Die Liste der Verfahren begann mit den üblichen Drogenfällen – Verkauf, Herstellung, Verteilung –, und nach einer Stunde war vierzehnmal die Erhebung der Anklage beschlossen worden. Es war ein deprimierendes Arbeiten, und die Geschworenen waren gelangweilt von Drogendelikten. Als Nächstes kam ein etwas interessanterer Fall, bei dem es um eine Bande von Autodieben ging, die im letzten Jahr ihr Unwesen in der Gegend getrieben hatte. Fünf weitere Anklagen.

Dann war die Reihe an J. McKinley Stafford. Judd Morrissette, der stellvertretende Bezirksstaatsanwalt, legte den Fall vor und zählte die Fakten auf, so wie er sie bis jetzt verstand. Anwalt Stafford hatte Vergleichszahlungen für seine Mandanten veruntreut und auf seine eigenen Bankkonten eingezahlt, was an sich unter die Gesetze des Staates Mississippi fiel und kein bundesstaatliches Vergehen war. Aber dann hatte er einen Insolvenzantrag gestellt und das Geld nicht angegeben.

Special Agent Nick Lenzini übernahm die weitere Erläuterung des Falls und präsentierte den Geschworenen Kopien der Vergleichsvereinbarungen, den Insolvenzantrag, eidesstattliche Erklärungen der geschädigten Mandanten Odell Grove und Jerrol Baker, eine eidesstattliche Erklärung von Freda Wilson und die Banküberweisungen.

Morrissette wies aufgrund von Unterlagen der Steuerbehörde nach, dass Mr. Stafford sich nicht die Mühe gemacht hatte, Steuererklärungen für die letzten vier Jahre einzureichen.

»Ist das der Anwalt aus Clanton, der Geld gestohlen hat und dann verschwunden ist?«, fragte einer der Geschworenen.

»Richtig«, erwiderte Morrissette.

»Haben Sie ihn denn gefunden?«

»Noch nicht, aber wir sind ihm auf der Spur.«

In weniger als einer Stunde wurde Mack des Insolvenzbetrugs in einem Fall angeklagt, worauf eine Höchststrafe von fünf Jahren Gefängnis und eine Geldbuße von zweihundertfünfzigtausend Dollar stand. Außerdem wurde er der Steuerhinterziehung in vier Fällen angeklagt, was mit einer ähnlichen Strafe geahndet wurde. Auf Morrissettes Drängen hin stimmte die Anklagejury dafür, die Anklagen bis auf Weiteres nicht öffentlich zu machen. Bei Mr. Stafford bestehe erhebliche Fluchtgefahr.

37

Jake stand im Gerichtssaal des Chancery Court, zusammen mit einem Dutzend anderer Anwälte, und wartete darauf, dass Richter Reuben Atlee die Sitzung eröffnete und damit anfing, Routineanordnungen zu unterzeichnen. Harry Rex hatte seine ausladende Kehrseite auf einem Tisch geparkt und unterhielt die Anwesenden mit der Geschichte eines Mandanten, der ihn in einer Scheidungssache gerade zum dritten Mal gefeuert hatte. Jake kannte die Geschichte bereits. Als der Gerichtsdiener zur Ordnung rief, flüsterte Harry Rex ihm zu: »Wir treffen uns sobald wie möglich oben in der Gerichtsbibliothek.«

Die Gerichtsbibliothek befand sich im zweiten Stock des Gebäudes und wurde nur selten in Anspruch genommen. Genau genommen hatte sie so wenige Benutzer, dass die Verwaltung des County mit dem Gedanken spielte, die veraltete und angestaubte Sammlung loszuwerden und den Raum als Archiv zu verwenden. Die Anwälte und Richter waren entschieden dagegen und hatten einen jener erbitterten Grabenkämpfe gestartet, für die Kleinstädte berühmt waren. Bis vor ein paar Jahren hatte Harry Rex von hier aus Beratungen der Geschworenen durch einen Lüftungsschacht belauscht, was nach einer Renovierung aber unmöglich geworden war.

»Lowell Dyer hat für morgen eine Sondersitzung seiner Anklagejury angesetzt, und zwar unten in Smithfield«, sagte er, sobald sie allein waren.

Jake war völlig verwirrt. »Wie bitte?«

»Du hast mich schon richtig verstanden. Die Anklagejury von Ford County kommt im Gericht von Smithfield zusammen.«

»In einem anderen County?«

»Genau. So etwas habe ich noch nie gehört. Ich habe in der Satzung nachgesehen, es ist ziemlich vage definiert, hindert ihn aber nicht daran, so vorzugehen.«

»Weißt du, warum?«

»Na klar. Dyer macht ein großes Geheimnis daraus. Er hat seine Geschworenen darüber informiert, dass die Sitzung streng vertraulich ist und sie niemandem davon erzählen sollen.«

»Mack?«

»Da würde ich drauf wetten. Kannst du dich an irgendeine Straftat aus dem letzten Jahr erinnern, die den Leuten nicht am Arsch vorbeigegangen ist? Da war nichts. Einbrüche, Diebstähle, Kneipenschlägereien, der übliche Nullachtfünfzehn-Scheiß, aber nichts, was auch nur annähernd interessant wäre.«

Jake schüttelte den Kopf. »Nein, die Leute sind gerade so anständig, dass ich seit geraumer Zeit nichts mehr zu tun habe. Wir brauchen mehr Kriminalität.«

»Es muss Mack sein. Dyer hat Angst, dass Mack sich noch einmal aus dem Staub macht. Deshalb verlegt er die Anklageerhebung an einen anderen Ort, hält sie so lange geheim, bis Mack gefunden wird, und dann lässt er ihn verhaften. Und ich wette, er tut das im Auftrag des FBI.«

Jake drängte sich die Frage auf, woher Harry Rex von der geheimen Sitzung der Anklagejury wusste. Er wollte sich erkundigen, war sich aber sicher, keine Antwort zu bekommen. Sein Freund verkehrte in geheimnisvollen Kreisen und unterhielt ein großes Netzwerk an Informanten. Manchmal gab er die vertraulichen Interna weiter, häufig nicht, aber er nannte nie die Quelle.

»Du glaubst also, das FBI ist Mack einen Schritt voraus?«, fragte er stattdessen.

»Ich wette, die Jungs haben bereits eine Anklageschrift und halten sie geheim. Sie haben Dyer grünes Licht gegeben. Es ergibt Sinn und ist ein kluger Schachzug. Es gibt Anklagen auf Bundesebene und Anklagen auf bundesstaatlicher Ebene, mehrere sogar, und plötzlich suchen alle nach Mack.«

»Du bist sein Anwalt. Was würdest du ihm raten?«

»Dass er so schnell wie möglich wieder verschwinden soll.«

38

Zwei Wochen nach der Beerdigung ihrer Mutter und zehn Tage nachdem sie zu ihren Großeltern gezogen war, wachte Margot an einem Samstag um acht Uhr morgens auf, was für sie ziemlich früh war. Sie duschte schnell und zog Jeans und Turnschuhe an. Beim Frühstück war sie Hermie und Honey gegenüber höflich, weil die beiden versuchten, höflich zu ihr zu sein, aber die Anspannung war deutlich zu spüren. Es gab ein paar Regeln, die sie durchsetzen wollten, und Margot schien fest entschlossen zu sein, sie sämtlich zu ignorieren. Bei einer der Regeln ging es um Respekt – Respekt gegenüber Älteren, gegenüber ihren Großeltern, die jetzt ihre Vormunde waren. Sie akzeptierte das, erwartete aber im Gegenzug, dass sie von den beiden als eine siebzehnjährige junge Frau mit eigener Meinung respektiert wurde. Margot hatte um dreizehn Uhr einen Termin mit einem Studienberater des Millsaps College in Jackson, und sie war fest entschlossen, allein hin- und zurückzufahren. Der Trip zum Rhodes College in Memphis war ein Kinderspiel gewesen. Hermie und Honey hatten es für keine gute Idee gehalten, und dann hatten sie den Fehler begangen, Nein zu sagen. Daraufhin hatte es Streit gegeben, und obwohl alle Parteien versucht hatten, nicht die Beherrschung zu verlieren und nichts zu sagen, was sie später bereuen würden, waren zwei Dinge deutlich geworden: (1) die Bunnings waren nicht schlagfertig genug für einen mündlichen Schlagabtausch mit Margot, und (2) diese hatte nicht vor, das nächste Jahr damit zu verbringen, Befehle von ihnen entgegenzunehmen.

Um zehn Uhr verließ Margot das Haus. Sie genoss die Fahrt, allein mit sich und ihrer Lieblingsmusik, und freute sich darauf, den Tag so verbringen zu können, wie sie es wollte.

Sie war noch nie im Millsaps College gewesen, kannte niemanden von dort und war sicher, dass es ihr nicht gefallen würde. Genau wie Rhodes war es nicht weit genug von Clanton entfernt. Aber sie würde sich das College ansehen und ein paar Broschüren mitnehmen, die sie dann auf dem Küchentisch liegen lassen konnte. Und sie würde sich im Herbst dort bewerben, außerdem noch bei Rhodes und der Ole Miss und vielleicht noch einigen anderen Colleges in der Nähe. Sie würde Ole Miss in die engere Wahl ziehen, weil die ermäßigten Studiengebühren für Studenten aus Mississippi Hermies Bedenken zerstreuen würden. Bei den Anträgen würde sie das übliche Getue machen, die übliche Angst und Unsicherheit zeigen und ihre Großeltern hin und wieder an dem Verfahren beteiligen, damit sie sich besser fühlten, aber sie würde ihnen nichts von den beiden Kunstakademien im Westen erzählen. Auch Helen würde sie es nicht sagen, jedenfalls nicht in absehbarer Zeit. Margot wartete darauf, dass Helen endlich erwachsen wurde und die pubertäre Phase hinter sich ließ, aber es gab wenig Anzeichen für Fortschritte.

Das Verschwinden ihres Vaters und die Scheidung ihrer Eltern hatten Margot dazu gezwungen, erwachsen zu werden und den Motiven von fast allen Menschen zu misstrauen. Sie unterdrückte Emotionen und Gefühle und schloss nur schwer Freundschaften. Sie hatte beschlossen, ihre Heimatstadt zu verlassen und nur zurückzukommen, wenn es unbedingt notwendig war, und bald würde sie jeden Kontakt zu den Mädchen verlieren, mit denen sie aufgewachsen war. Je eher, desto besser. Die große Welt wartete auf sie. Sie wollte, dass auch ihre Schwester reifer wurde und nach dem Highschool-Abschluss wegging, doch Helen schien immer noch in einer kindlichen Phase aus albernen Gefühlen und ständigem Trübsinn gefangen zu sein. Seit Lisas Tod suchte sie immer mehr Honeys Nähe. Die beiden vergossen immer noch reichlich Tränen, was Margot inzwischen satthatte.

Sie fand Millsaps im Stadtzentrum von Jackson und hielt bei einem Café an, um schnell ein Sandwich zu essen. Um dreizehn Uhr traf sie sich mit dem Studienberater, der das übliche Gelaber von sich gab – kleines College, tausend Studenten, stark geisteswissenschaftliche Ausrichtung, jede Menge Freizeitaktivitäten, Sport, alle möglichen Clubs. Es stand alles in den Broschüren. Sie schloss sich einer aus fünf Highschool-Schülern bestehenden Gruppe an und ging mit einem Studenten im dritten Jahr, der so begeistert von dem College war, dass er gar nicht mehr wegwollte, über den Campus. Nach einer Weile setzten sich alle zusammen unter eine alte Eiche und tranken Limonade, während der Student Fragen beantwortete.

Nach zwei Stunden auf einem Campus, den sie kein zweites

Mal sehen würde, hatte Margot genug. Ihre Gruppe löste sich auf, und als sie sich entfernte, tauchte plötzlich ihr Vater zwischen zwei Gebäuden auf. Sie gingen nebeneinanderher, bis sie ein Stück von den anderen weg waren.

»Wie gefällt dir Millsaps?«, fragte er.

»Ganz nett. Ich werde mich auf jeden Fall hier bewerben. Wo bist du gewesen?«

»Hier und da.« Er deutete auf das Sportgelände vor ihnen. »Das Footballfeld ist da drüben und nicht abgeschlossen.«

»Wie lange bist du schon hier?«

»Lange genug, um den Campus auszukundschaften.«

»Du verhältst dich, als würdest du beschattet werden.«

»Man kann nie wissen.«

Sie gingen durch ein offen stehendes Tor, stiegen zehn Reihen auf der Tribüne hoch und setzten sich nebeneinander, aber mit etwas Abstand zwischen sich. In einer der beiden Endzonen mähte ein Platzwart auf einem Rasentraktor das gepflegte Grün.

»Wie läuft's zu Hause?«, fragte Mack nach einer unangenehmen Pause.

Margot antwortete lange nicht. »Ich glaube, ganz okay. Wir geben uns alle echt viel Mühe«, sagte sie schließlich.

»Es tut mir wirklich leid wegen deiner Mom.«

»Aus deinem Mund klingt das irgendwie komisch.«

»Okay, aber was soll ich denn sonst sagen? Nein, ich vermisse Lisa nicht, aber es macht mich traurig, dass sie gestorben ist. Sie war viel zu jung. Ich versuche, höflich zu sein und dir mein Beileid auszusprechen.«

»Ist angekommen. Wir werden schon damit fertig, irgendwie.«

Wieder herrschte peinliche Stille. »Wie geht es Helen?«

»Sie weint immer noch viel. Ich finde das richtig erbärmlich.«

»Hast du ihr von unseren Treffen erzählt?«

»Nein. Das würde sie nicht verkraften. Sie ist jetzt schon völlig überfordert. Wenn ich ihr sagen würde, dass du wieder da bist und versuchst, dich in unser Leben zu schummeln, würde sie bestimmt ganz zusammenbrechen.«

»Schummeln?«

»Wie nennst du es denn?«

»Ich versuche, wieder eine Art Beziehung zu meinen Töchtern herzustellen, angefangen mit dir. Ich habe mich entschuldigt und all das, aber wenn du jetzt immer noch auf mich einprügeln willst, weil ich ein Feigling, ein Versager und ein Gauner bin – nur zu.«

»Das habe ich inzwischen auch satt.«

»Freut mich zu hören. Ich wäre nämlich gern dein Vater.«

»Ich glaube, so langsam nähern wir uns der Sache.«

»Das ist toll, weil ich auch ein paar schlechte Nachrichten habe.«

Sie zuckte mit den Schultern, als wäre es ihr sowieso egal. »Raus damit.«

»Ich muss wieder weg.«

»Überrascht mich jetzt nicht. Das machst du doch immer, Mack. Wenn es schwierig wird, schleichst du dich aus der Stadt. Was ist es diesmal?«

»Na ja, sicher bin ich nicht, aber ich glaube, die Cops sind mir auf der Spur. Ich muss für eine Weile verschwinden, bis sich die Lage beruhigt hat.«

Sie zuckte wieder mit den Schultern und schwieg.

»Margot, es tut mir leid. Meine Heimkehr ist nicht ganz so unbemerkt geblieben wie geplant.«

»Was soll ich dazu sagen?«

»Versuch einfach, es zu verstehen. Ich will nicht wieder weg. Ich würde viel lieber hier in der Gegend bleiben, bei dir und Helen, und ein normales Leben führen. Ich habe es satt, auf der Flucht zu sein. Das ist kein gutes Leben, und ich vermisse meine beiden Mädchen wirklich sehr.«

Margot hob die Hand und wischte sich Tränen aus den Augen. Geraume Zeit starrten sie nach unten auf das Spielfeld und lauschten dem Brummen des Rasentraktors. »Wie lange wirst du wegbleiben?«, fragte sie schließlich.

»Ich weiß es nicht. Wahrscheinlich wird man ein Strafverfahren gegen mich einleiten, und du wirst vermutlich auch etwas in der Zeitung darüber sehen. Ich entschuldige mich noch einmal. Ich werde nicht ins Gefängnis gehen, Margot, und das ist auch der Grund dafür, warum ich wieder verschwinde. Meine Anwälte werden sich um alles kümmern, und mit der Zeit werden sie es schon schaffen, einen Deal auszuhandeln.«

»Was für eine Art von Deal?«

»Finanzielle Einigung. Geldstrafe. Rückzahlung.«

»Man kann sich aus Schwierigkeiten herauskaufen?«

»So etwas Ähnliches. Es ist nicht immer fair, aber auf die Art funktioniert es nun mal.«

»Mir egal. Davon verstehe ich nichts, und ich will eigentlich auch nichts davon verstehen.«

»Das kann ich dir nicht verdenken. Es ist einfach so, dass ich keine andere Wahl habe, als mich aus der Stadt zu ›schleichen‹, wie du das nennst.«

»Mir egal.«

»Ich will in Kontakt mit dir bleiben. Mr. Brigance hat eine Sekretärin, Alicia.«

»Ich kenne sie.«

»Geh bei der Kanzlei vorbei. Sie wird dir ein paar Umschläge geben, die an mich adressiert sind, in einem Gebäude in Panama. Wenn ich dir schreibe, schicke ich die Briefe an Alicia. Ruf sie unter ihrer Privatnummer an, wenn du etwas brauchst, aber benutze auf keinen Fall die Nummer der Kanzlei.«

»Ist das illegal oder so?«

»Nein. Ich würde dich nie darum bitten, etwas Illegales zu tun. Bitte vertrau mir.«

»Ich hatte gerade damit angefangen, und jetzt verschwindest du schon wieder.«

»Es tut mir leid, Margot, aber ich habe keine andere Wahl.«

»Und die Sache mit den Studiengebühren?«

»Ich habe dir ein Versprechen gegeben, und das werde ich halten. Hast du dir schon ein College ausgesucht?«

»Ja. Das Rocky Mountain College of Art and Design in Denver.«

»Klingt ziemlich exotisch.«

»Ich will Modedesign studieren. Und ich habe auch schon mit der Studienberatung dort gesprochen.«

»Gut. Du klingst begeistert.«

»Mack, ich kann es kaum erwarten. Aber vermassel das mit den Studiengebühren nicht.«

»Das habe ich im Griff. Kann ich dich besuchen kommen?«

»Meinst du das ernst?«

»Ja, das meine ich ernst. Ich bin fest entschlossen, ein Teil deines Lebens zu sein.«

»Bist du sicher, dass das etwas Gutes ist?«

»Was für eine kleine Klugscheißerin.« Mack musste schmunzeln. Sie lächelte auch, und dann begannen beide zu lachen.

Auf dem Weg zu ihrem Wagen schwiegen sie.

»Ich muss gehen. Bitte bleib in Kontakt«, sagte Mack, als es Zeit war, sich zu verabschieden.

Margot sah ihn an. In ihren Augen standen Tränen. »Pass auf dich auf, Mack.«

»Mach ich.« Er näherte sich ihr einen Schritt und sagte:

»Ich werde immer dein Vater sein, und ich werde dich immer lieb haben.«

Sie hob die Arme, und endlich bekam Mack seine Umarmung.

»Ich hab dich auch lieb, Dad«, sagte Margot schniefend.

39

Mack fuhr eine Stunde lang auf der Interstate 20 Richtung Westen bis nach Vicksburg und nahm dann eine Ausfahrt. Die Straße führte ihn auf das Gelände des Vicksburg National Military Park, in dem der Schlacht um Vicksburg gedacht wurde, einer von vielen, die der Süden verloren hatte. Er parkte in der Nähe des Besucherzentrums, ging durch den Friedhof und folgte einem Fußweg auf die Spitze eines kleinen Hügels, wo einige Picknicktische aufgestellt waren. Daneben hielten lange Reihen von Kanonen Wache. In einiger Entfernung war der Mississippi zu sehen, der sich kilometerweit dahinschlängelte. Die Tische waren leer, bis auf einen, an dem zwei Männer saßen. Zwischen ihnen stand eine Schuhschachtel mit gerösteten Erdnüssen, deren Schalen auf dem Boden gelandet waren. Harry Rex trank Bier aus einer großen Dose. Jake hatte eine Flasche Wasser vor sich stehen. Beide trugen Jeans, Polohemden und Baseballmützen.

Es war 18.45 Uhr. Harry Rex sah auf die Uhr und sagte: »Du bist fünfzehn Minuten zu spät.«

»Hallo, Jungs«, sagte Mack, während er sich eine Handvoll Erdnüsse nahm.

»Wie hat ihr Millsaps gefallen?«, wollte Jake wissen.

»Gut, aber zu nah an Clanton. Sie will weiter weg studieren.«

»Keine schlechte Idee«, meinte Harry Rex mit vollem Mund.

»Was weißt du?«, fragte Mack.

»Die Geschworenen in Ford County haben einer Anklage zugestimmt. Keine Ahnung, wie viele Anklagepunkte es sind, aber einer reicht. Das FBI tut wahrscheinlich das Gleiche.«

»Ich wette, Herman steckt dahinter«, sagte Mack. »Da macht jemand Druck.«

»Sieht ihm ähnlich«, meinte Harry Rex.

»Genau. Er ist sauer, weil seine Tochter gestorben ist und er jetzt zwei Teenager großziehen muss. Ich glaube, ich habe das Risiko unterschätzt.«

»Das geht uns allen so«, warf Jake ein.

»Wie stehen die Chancen, einen Deal auszuhandeln?«, fragte Mack.

Harry Rex knackte eine Erdnuss, warf die Schale auf den Boden zu den anderen und sah Jake an. »Du bist der Strafverteidiger.«

»Jake, was meinst du?«, sagte Mack.

»Als Freund, nicht als Anwalt, würde ich vorschlagen, das Ganze laufen zu lassen. Die Zeitungen werden sich darauf stürzen und einen Monat lang Schlagzeilen daraus machen, und wenn du verhaftet wirst …«

»Es wird keine Verhaftung geben.«

»Okay. Wenn sie dich nicht finden, werden sie sehr schnell das Interesse verlieren. Lass ein paar Monate, vielleicht auch ein Jahr verstreichen und sondiere das Terrain. Finde heraus, ob sie eine Geldbuße oder eine Rückerstattung akzeptieren und dafür alles unter den Tisch fallen lassen.«

»So sehe ich das auch.«

»Als dein Anwalt«, warf Harry Rex ein, »empfehle ich dir, dich zu stellen und für alles geradezustehen. Ich kann dir nicht raten, das Land zu verlassen.«

»Jake, als Freund?«

»Verlass das Land. Es wird nicht besser werden, wenn du hierbleibst. Geh wieder nach Costa Rica, dort hast du ein gutes Leben.«

Mack lächelte und aß noch eine Erdnuss. »Vielen Dank, Jungs, für alles«, sagte er. »Ich melde mich.« Dann drehte er sich um und ging.

Er fuhr sechs Stunden und hielt an einem Motel in der Nähe von Waco an, wo er übernachtete und bis zum späten Sonntagmorgen schlief. In einer Fernfahrerkneipe aß er ein Sandwich mit Rührei, dann ging es sieben Stunden weiter nach Laredo. Dort ließ er seinen Volvo auf dem Parkplatz eines billigen Motels stehen, unverschlossen und mit dem Schlüssel in der Zündung, und nahm sich ein Taxi. Er hatte einen kleinen Rucksack mit etwas Kleidung, vierzigtausend Dollar in bar und vier Reisepässen bei sich.

In der Abenddämmerung überquerte er die Brücke über den Rio Grande und verließ das Land.

ERDBEERMOND

1

Es hatte einer höchstrichterlichen Entscheidung bedurft, damit Cody für seine Sammlung von knapp zweitausend Taschenbüchern Regale aufstellen durfte. Die Bücher bedeckten drei Wände seiner zwei Meter fünfzig auf drei Meter kleinen Zelle und waren nach den Namen der Autoren sortiert. Cody hatte sie alle mehrfach gelesen und fand jeden Titel innerhalb von Sekunden. Fast alles waren Romane. Naturwissenschaft, Geschichte oder Religion interessierten ihn wenig, Sachbücher fand er langweilig. Die Romane versetzten ihn in andere Welten, an andere Orte, und die meisten der dreiundzwanzig Stunden seiner täglichen Einzelhaft verbrachte er mit der Nase in einem Buch.

Die Bücher waren überall. Es waren ausschließlich Taschenbücher, weil die weisen Männer, die das Gefängnis leiteten, vor langer Zeit entschieden hatten, dass Hardcover von den Insassen als Waffe benutzt werden konnten. Die Kriminalstatistiken der Vereinigten Staaten verzeichneten zwar keinen einzigen Fall, bei dem jemand durch ein Buch mit festem Einband zu Tode gekommen war, aber das galt für das Leben draußen. Im Todestrakt stellte praktisch alles eine potenzielle Gefahr dar. Außerdem waren die zerlesenen Exemplare die Geschenke einer alten Dame, die von ihrer Rente lebte und es sich gewiss nicht leisten konnte, schwere Pakete zu verschicken. Nicht zuletzt war es eine Frage des Stauraums. Die Sammlung war inzwischen zwölf Jahre alt, und alles deutete darauf hin, dass sie nicht weiter anwachsen würde. Sollte Cody wider Erwarten davonkommen, würde seine Zelle bald aus allen Nähten platzen. In eine andere umzuziehen war keine Option, denn alle waren gleich eng.

In einer Ecke befand sich ein Waschbecken mit Toilette aus Edelstahl, darüber hing an der Wand ein kleiner Farbfernseher der Marke Motorola, das Geschenk einer belgischen Wohltätigkeitsorganisation. Als das Gerät vor fast zehn Jahren eingetroffen war, hatte Cody stundenlang vor Glück geweint. Wer von den Insassen das Privileg hatte, einen eigenen Apparat zu besitzen, durfte alles schauen, was zwischen acht Uhr morgens und zehn Uhr abends lief. Die Zeiten waren absolut willkürlich und von der Gefängnisleitung ohne weitere Erklärung vorgegeben worden.

Codys Bett war ein Betonpodest, auf dem eine Schaumstoffmatratze lag. In den letzten vierzehn Jahren war es ihm nicht gelungen, eine angenehme Schlafposition zu finden. Solange die Zellen noch mit je zwei Männern besetzt waren, befand sich darüber ein Metallrahmen für ein zweites Bett. Dann aber änderten sich die Vorschriften, und Cody konnte die Wand über seiner Pritsche mit Büchern füllen.

Die knallbunten Rücken der Taschenbücher hatten Farbe in seine triste kleine Welt gebracht. Wenn er eine Lesepause machte, saß er oft auf seiner Pritsche und betrachtete die Wände, die vom Boden bis zur Decke, so hoch, wie er greifen konnte, mit einer wilden Mischung von Geschichten bedeckt waren, die ihn viele Male um die ganze Welt geführt hatten. Die meisten Männer im Todestrakt hatten den Verstand verloren. Einzelhaft machte das mit Menschen. Doch Cody war im Kopf immer noch voll da, und das nur dank der Bücher.

Hin und wieder hatte er eines an Mitinsassen verliehen, aber nur an solche, die er mochte. Das waren nicht viele. Wenn Bücher nicht zurückgegeben wurden, führte das unweigerlich zu Aufruhr, sodass die Wärter einschreiten mussten. Einmal die Woche kam ein Vertrauenshäftling mit einem Rollwagen aus der Gefängnisbücherei vorbei und bot zwei Titel an, nie mehr als zwei. Der

Todestrakt bekam immer nur, was sonst niemand mehr haben wollte. So war es auch bei den Büchern. Die Taschenbücher waren allesamt völlig zerfleddert, verschmiert, voller Eselsohren. Oft fehlten der Einband oder sogar ganze Seiten. Wie schäbig war das, mit voller Absicht Seiten aus einem Buch herauszureißen, um es dem nächsten Leser zu verderben? Der Knast war voll mit Menschen, die so etwas taten.

Cody hatte zwar die Gefängnisbücherei nie gesehen, ging aber davon aus, dass seine in wesentlich besserem Zustand war und auch mehr Titel enthielt.

Die vierte Wand seiner Zelle bestand aus dicken Gitterstäben, mit einer Tür in der Mitte und einem Querschlitz für das Essenstablett. Gleich gegenüber auf dem Gang saß Johnny Lane, ein Schwarzer, der im Drogenrausch seine Frau und zwei Stiefkinder getötet hatte. Als Johnny neun Jahre zuvor angekommen war, konnte er praktisch weder lesen noch schreiben. Cody hatte ihm geduldig das Lesen beigebracht und ihm viele seiner Bücher ausgeliehen. Dann hatte Johnny die Religion für sich entdeckt und nur noch die Bibel studiert. Vor einigen Jahren hatte er sich von Gott berufen gefühlt und angefangen, aus voller Brust den gesamten Todestrakt mit seinen Predigten zu beschallen, bis ihn Beschwerden zum Schweigen brachten. Als nicht mehr zu leugnen war, dass Gott ihn nicht retten würde, hatte er sich noch weiter in seine Zelle zurückgezogen, indem er die Gitterstäbe mit Bettlaken und Pappkartons verhängte und so seine Isolation perfektionierte. Er verweigerte sowohl die zwei Duschgänge pro Woche als auch die tägliche Trainingsstunde im Hof. Er ließ einen Großteil seiner Mahlzeiten stehen und rasierte sich seit Jahren nicht. Cody konnte sich kaum erinnern, wann er Johnny zum letzten Mal gesehen oder gar mit ihm gesprochen hatte, obwohl die Pritsche, auf der er schlief, nur wenige Meter entfernt stand.

Was in einer Todeszelle aufbewahrt werden durfte, unterlag strengen Regeln. Die Menge an Büchern war auf zehn begrenzt gewesen, bis Cody dagegen geklagt hatte. Der Gefängnisdirektor hatte vor Wut getobt, als er vor dem Bundesgericht verlor. In vierzehn Jahren hatte Cody insgesamt vier Mal geklagt, ganz allein, ohne die Hilfe eines Anwalts – wegen Büchern, Fernseher, Essen, Sport –, und er hatte alle Verfahren gewonnen, außer die zu Klimaanlage und angemessener Heizung.

Diese Zeiten aber waren vorbei. Überhaupt war Codys Zeit vorbei. Er hatte noch drei Stunden zu leben. Seine Henkersmahlzeit war bestellt: Pepperoni-Pizza mit Erdbeer-Milchshake.

2

Chef im Todestrakt ist Marvin, ein stämmiger afroamerikanischer Wärter, der seit über zehn Jahren hier für Ordnung sorgt. Er mag sein Revier, weil die Männer in Einzelzellen sitzen und wenig Ärger machen. Im Großen und Ganzen behandelt er sie gut und erwartet das auch von den anderen Wärtern. Die meisten halten sich daran. Manche aber sind harte Hunde, einige können brutal sein. Marvin ist nicht rund um die Uhr anwesend und vermag nicht alles zu kontrollieren.

Am Ende des Ganges ertönt ein Summer, mit einem dumpfen Schlag springt eine schwere Tür auf. Kurz darauf erscheint Marvin vor der Zelle und schaut durch das Gitter. »Wie geht's dir, Cody?«

Es ist zur Abwechslung einmal still im Todestrakt. Zu hören sind allein die gedämpften Geräusche einiger Fernseher. Das übliche Geplänkel durch die Gitterstäbe fehlt. Es ist ein wichtiger Tag, eine Hinrichtung steht an, die Insassen haben sich jeder in seine eigene Welt, seine eigenen Grübeleien verzogen. Sie sind hier alle zum Tod verurteilt. Der Moment wird für sie alle kommen, unausweichlich.

Cody sitzt auf seiner Pritsche und schaut auf den Fernseher. Im Aufstehen nickt er Marvin zu, hält die Fernbedienung in Richtung des Bildschirms. Die Stimme des Nachrichtensprechers wird lauter.

»Die Hinrichtung von Cody Wallace verläuft nach wie vor nach Plan. Trotz der üblichen letzten Einreichungen durch die Anwälte wird der Akt in etwa drei Stunden stattfinden, um Punkt zweiundzwanzig Uhr. Dem Gouverneur liegt ein Gnadengesuch vor, doch er hat sich noch nicht dazu geäußert.«

Cody tritt einen Schritt auf den Fernseher zu.

»Vor vierzehn Jahren wurde Wallace, inzwischen neunundzwanzig, dafür verurteilt, bei einem außer Kontrolle geratenen Einbruch die Eheleute Dorothy und Earl Baker in ihrem Haus ermordet zu haben.«

Auf dem Schirm sind jetzt statt des Sprechers die Gesichter der beiden Opfer zu sehen.

»Wallaces Bruder Brian verstarb noch am Tatort. Wallace war erst fünfzehn, als er wegen Mord zum Tod verurteilt wurde. Wenn alles läuft wie geplant, wird er der jüngste jemals hingerichtete Mensch in diesem Bundesstaat sein. Experten rechnen nicht mit weiteren Verzögerungen.«

Cody schaltet den Fernseher aus, geht auf die Gitterstäbe zu. »Da hast du's, Marvin. Wenn Kanal 5 sagt, dass es passiert, bin ich so gut wie tot.«

»Es tut mir leid«, sagt Marvin mit gedämpfter Stimme. Es könnte jemand zuhören.

»Es braucht dir nicht leidzutun. Wir wussten alle, dass dieser Tag kommt. Bringen wir's hinter uns.«

»Kann ich noch irgendwas für dich tun?«

»Jetzt nicht mehr. Du hättest mir irgendwann in den letzten Jahren zur Flucht verhelfen können. Die Chance haben wir verpasst.«

»Dafür ist es jetzt zu spät. Hör zu, dein Anwalt ist hier. Soll ich ihn herbringen?«

»Klar. Und danke für alles, Marvin.«

Marvin tritt zurück und verschwindet. Der Summer ertönt erneut, und Jack Garber erscheint, schwere Akten auf dem Arm. Seine langen Haare hat er zu einem Pferdeschwanz im Nacken gebunden, er trägt einen zerknitterten Anzug. Er sieht aus wie das Abziehbild des verzweifelten Verteidigers, der wieder einmal vergeblich um das Leben eines zum Tode verurteilten Mandanten ringt.

»Wie geht's Ihnen?« Er flüstert fast.

»Bestens. Erzählen Sie mir was Nettes.«

»Der Oberste Gerichtshof kann sich nicht entscheiden. Diese Hampelmänner sind nicht in der Lage, zum Punkt zu kommen. Der Gouverneur sagt weder Ja noch Nein, aber er wartet ja gern, bis die Gerichte alle Türen zugeschlagen haben, damit nachher sein Auftritt umso dramatischer wirkt.«

»Hat er jemals in letzter Minute Gnade gewährt?«

»Nein, natürlich nicht.«

»Und hat er nicht im Wahlkampf mehr und schnellere Hinrichtungen versprochen?«

»Ich glaube, ja.«

»Warum reden wir dann überhaupt vom Gouverneur?«

»Haben Sie eine bessere Idee? Uns gehen die Alternativen aus, Cody. Die Lage wird allmählich kritisch.«

Cody lacht los. »Kritisch?« Dann fängt er sich, sagt mit gesenkter Stimme: »Noch drei Stunden, dann schnallen sie meinen

Hintern auf eine Bahre und rammen mir eine Spritze in den Arm. Ja, Jack, ich würde auch sagen, die Lage ist kritisch. Ich weiß auch nicht genau, warum ich mich so – wie soll ich's ausdrücken – ausgeliefert fühle.«

Cody tritt näher an die Gitterstäbe heran und sieht Garber ins Gesicht. Eine ganze Zeit lang schauen sie sich nur stumm an. »Es ist vorbei, oder?«, sagt Cody dann.

Jack schüttelt den Kopf und sagt leise: »Nein. Aber fast. Ich habe noch ein paar letzte Eisen im Feuer.«

»Wie stehen meine Chancen?«

Jack zuckt mit den Schultern. »Keine Ahnung. Eins zu hundert. Es ist alles sehr knapp.«

Cody rückt noch näher ans Gitter, sodass ihre Nasenspitzen nur noch Zentimeter voneinander entfernt sind. »Es ist vorbei, und das ist okay für mich. Ich habe die Nase voll von dem ganzen Drama, der endlosen Warterei. Ich habe das Essen satt und viele andere Dinge auch, Jack. Ich bin bereit zu gehen.«

»Sagen Sie das nicht. Ich gebe nie auf.«

»Ich bin seit vierzehn Jahren hier. Ich ertrage diesen Ort nicht mehr.«

»Der Oberste Gerichtshof wird eines Tages entscheiden, dass es nicht rechtens ist, Minderjährige wegen Mord zum Tod zu verurteilen. Aber leider noch nicht heute Abend.«

»Ich war fünfzehn, als ich damals vor Gericht stand, und ich hatte einen katastrophalen Anwalt. Die Geschworenen hassten mich und hassten ihn. Ich hatte nie die geringste Chance in diesem Prozess, Jack. Ich wünschte, Sie wären damals mein Verteidiger gewesen.«

»Ich auch.«

»Wenn ich so darüber nachdenke, hatte ich im Leben nie eine Chance.«

»Es tut mir so leid, Cody.«

Cody macht einen Schritt rückwärts und ringt sich ein Lächeln ab. »Verzeihen Sie mein Selbstmitleid.«

»Schon okay. Sie haben in diesem Moment jedes Recht dazu.«

»Bei wie vielen Hinrichtungen waren Sie schon dabei, Jack?«

»Bei drei.«

»Und? Reicht Ihnen das?«

»Allerdings.«

»Gut, denn ich möchte nicht, dass Sie mir beim Sterben zusehen. Keine Zeugen auf meiner Seite des Raums. Verstanden? Lassen wir die Bakers beten und weinen und jubeln, wenn ich meinen letzten Atemzug tue. Ich denke, das steht ihnen zu. Vielleicht geht es ihnen danach besser. Aber ich will nicht, dass irgendjemand um mich weint.«

»Sicher? Ich kann da sein, wenn Sie mich brauchen.«

»Ich bin sicher, Jack. Sie haben Himmel und Hölle in Bewegung gesetzt, um mir das Leben zu retten. Sie sollen nicht dabei zuschauen, wie ich sterbe.«

»Wie Sie wollen. Es ist Ihre Party.«

»Das kann man wohl sagen.«

Jack ist die Erleichterung anzusehen. Er blickt auf seine Uhr. »Ich muss los, beim Gericht anrufen. In einer Stunde bin ich zurück.«

»Auf in den Kampf, Jack.«

Der Anwalt entfernt sich, irgendwo am Ende des Gangs schlägt eine Tür. Cody setzt sich gedankenverloren auf seine Bettkante. Erneut ertönt der Summer, Marvin kommt zurück. Cody tritt wieder ans Gitter. »Was ist denn jetzt noch?«

»Der Direktor möchte ein paar letzte Dinge besprechen.«

»Ich dachte, das hätten wir gestern erledigt.«

»Er möchte alles gern noch mal durchgehen.« Marvin beugt

sich näher zum Gitter. »Weißt du, Cody, er ist ziemlich nervös. Es ist seine erste Hinrichtung.«

»Da haben wir ja was gemeinsam.«

»Stimmt. Na ja, er muss ein paar Dinge klären, Vorschriften und Abläufe, solche Sachen. Sei nett zu ihm. Er ist mein Chef.«

»Warum sollte ich nett zum Direktor sein? In drei Stunden bin ich tot.«

»Komm schon, Cody. Er bringt einen Arzt mit, mach bitte keinen Ärger.«

»Einen Arzt?«

»Ja. Das ist so vorgeschrieben. Es muss sichergestellt werden, dass du gesund genug für die Injektion bist.«

Cody lacht. »Du machst Witze, oder?«

»Ich meine es todernst, Cody. Heute Abend werden keine Witze gemacht.«

Cody tritt zurück, bricht in hysterisches Gelächter aus. Unterdessen erscheinen der Gefängnisdirektor und ein Arzt im weißen Kittel. Marvin zieht sich zurück. Der Direktor hat einen Schreibblock mit einer Checkliste dabei und ist sichtlich nervös. Cody tritt schließlich wieder ans Gitter. Der Arzt bleibt vorsichtig auf Abstand.

»Okay, Wallace«, beginnt der Direktor, »wie ich gestern schon sagte, müssen wir gewisse Vorschriften einhalten. Wenn Ihnen die nicht passen, machen Sie bitte nicht mich verantwortlich. Die galten schon vor meiner Zeit. Das ist Dr. Paxton, der leitende Gefängnisarzt.«

»Freut mich außerordentlich«, sagt Cody.

Paxton nickt, aber nur, weil er muss.

»Vor einer Hinrichtung muss eine ärztliche Untersuchung durchgeführt werden«, erläutert der Direktor. »Deshalb ist Dr. Paxton hier.«

»Leuchtet mir total ein, Herr Direktor. Genauso wie alle Ihre anderen Vorschriften.«

»Ich habe sie, wie gesagt, nicht gemacht.«

»Stimmt, es ist ja Ihre erste Hinrichtung. Sie wirken etwas angespannt.«

»Ich weiß, was ich tue.«

»Entspannen Sie sich. Gemeinsam schaffen wir das.«

»Würden Sie bitte vortreten und den Anweisungen folgen.«

Cody tritt an das Gitter und steckt seinen rechten Arm zwischen den Stäben hindurch. Paxton streift rasch ein Paar Gummihandschuhe über und wickelt eine Blutdruckmanschette um Codys Oberarm. Flüchtig legt er hier und da sein Stethoskop an.

Der Direktor nimmt seinen Block auf. »Sie haben noch keine Zeugen angemeldet, richtig? Wirklich niemanden?«

»Wissen Sie, ich bin hier seit vierzehn Jahren, zwei Monaten, vierundzwanzig Tagen. In der ganzen Zeit hatte ich keinen einzigen Besucher außer meinem Anwalt. Ich habe weder Mutter noch Vater noch Geschwister, Cousins, Cousinen, keinerlei Verwandte. Auch keine Freunde, weder hier drin noch draußen. Wen bitte sollte ich zu meiner Hinrichtung einladen?«

»Also gut, weiter im Text. Wie sieht es mit Ihrer Beisetzung aus?«

»Beisetzung? Sie meinen, was mit meinem Leichnam geschehen soll? Verbrennen Sie ihn. Ab ins Krematorium damit. Die Asche soll im Klo runtergespült werden. Ich will, dass keine Spur von mir auf dieser Erde zurückbleibt. Klar?«

»Das ist ziemlich unmissverständlich.«

Paxton lässt sein Stethoskop sinken und entfernt die Blutdruckmanschette. »Hundertfünfzig zu hundert. Leicht erhöht.«

Cody zieht seinen Arm zurück. »Mein Blutdruck ist erhöht? Ja, wie kann denn so was passieren?«

»Der Puls liegt bei fünfundneunzig, ebenfalls über der Norm.«

»Norm? Was bitte gilt als normal, wenn man noch drei Stunden von der eigenen Ermordung weg ist? Bekomme ich nicht wenigstens ein Beruhigungsmittel? Irgendwas, das dem Ganzen die Spitze nimmt?«

»Sie haben Anspruch auf zwei Valium«, sagt Paxton in offiziellem Ton.

»Valium? Das ist ja nichts. Verdammt, ich weiß, dass ich gleich umgebracht werde. Kann ich nicht ein bisschen Crack haben? Oder wenigstens ein Bier?«

»Tut mir leid«, wiegelt der Direktor rasch ab. »Das ist gegen die Vorschriften.«

»Eine Ihrer Vorschriften ist also, dass ich gesund sein muss, um hingerichtet werden zu können.«

»Hier steht es schwarz auf weiß.«

Cody lacht wieder und schüttelt in ungläubiger Verachtung den Kopf. Doch im Gegensatz zu den beiden hat er alle Zeit der Welt. »Vor zehn Jahren«, beginnt er, »lange bevor Sie Ihren Job angetreten haben, gab es hier einen schlimmen Typen namens Hacksaw Henderson. Alle nannten ihn nur Hack. Er hat einen Haufen Leute umgebracht, und es hatte, sagen wir mal so, mit einer Säge zu tun. Jedenfalls hatte Hack irgendwann sein Rendezvous mit der Spritze, und am Tag vor dem großen Ereignis warf er sich eine Überdosis Schmerzmittel und Valium ein, die er gehortet hatte. Er wurde bewusstlos am Boden seiner Zelle gefunden. Bestimmt gibt es eine Vorschrift – schwarz auf weiß –, dass es verboten ist, sich im Todestrakt selbst zu töten, vor allem so kurz, bevor die eigentliche Show losgeht. Alle sind also total ausgerastet, haben Hack ins Krankenhaus gefahren, ihm den Magen ausgepumpt und im allerletzten Moment vor dem Tod bewahrt, um ihn dann postwendend zurückzubringen, damit seine Hinrichtung pünktlich stattfinden konnte.«

»Hübsche Geschichte«, sagt der Direktor. »Sind Sie fertig?«

»Ehrlich gesagt, ich konnte den Kerl nicht ausstehen und war froh, als er weg war.«

»Sind Sie fertig?«

»Fast. Mir bleiben noch etwa zwei Stunden und vierzig Minuten.«

Dr. Paxton räuspert sich. »Wenn wir dann zum Ende kommen könnten.«

Cody funkelt ihn an. »Sind Sie derjenige, der mich hinterher für tot erklärt?«

»Ja. Das gehört zu meinem Job.«

»Job? Ist das die Art von Job, die Sie sich als Medizinstudent vorgestellt haben?«

»Lassen Sie's gut sein, Wallace«, sagt der Direktor.

»Sie müssen in Ihrem Jahrgang mit Abstand als Schlechtester abgeschnitten haben, dass Sie in so einem Scheißjob gelandet sind.«

»Genug jetzt, Wallace.«

»Wie viele Männer haben Sie schon nach einer Hinrichtung für tot erklärt?«

»Drei.«

»Macht Ihnen das was aus?«

»Kann ich nicht behaupten.«

Cody packt unvermittelt die Gitterstäbe vor Paxtons Gesicht. »Hiermit erkläre ich mich für ausreichend gesund, um im Namen des Bundesstaates umgebracht zu werden. Die Untersuchung ist vorbei. Und jetzt raus.«

Paxton hält ihm ein kleines Plastikröhrchen entgegen. »Alles klar. Hier ist Ihr Valium.« Er entfernt sich eilig, in der Ferne kracht die Tür ins Schloss.

Der Direktor betrachtet seinen Schreibblock. »Und weiter geht's.

Ihre letzte Mahlzeit wird um einundzwanzig Uhr gebracht. Wollen Sie wirklich eine Tiefkühlpizza?«

»Die habe ich bestellt. Gibt's ein Problem damit?«

»Nein, aber Sie könnten auch was viel Besseres bekommen. Ich meine, wie wär's mit einem dicken Steak mit Pommes und Schokokuchen oder so was in der Art?«

»Warum ist heute Abend alles so kompliziert? Was interessiert es Sie denn, was ich esse?«

»Okay, schon gut. Wie sieht's mit dem Kaplan aus? Wollen Sie ihn sehen?«

»Wozu?«

»Ich weiß nicht. Vielleicht um zu reden?«

»Worüber sollten wir denn reden?«

»Ich habe keine Ahnung, aber er hat das alles schon ein paarmal mitgemacht. Ich könnte mir vorstellen, dass ihm etwas einfällt.«

»Wir haben nicht viel gemeinsam. Ich bin nie in meinem Leben in die Kirche gegangen, jedenfalls nicht zum Gottesdienst. Brian und ich haben ein paar Dorfkirchen geplündert, wenn wir Hunger hatten. Dabei gab's da immer nur richtig übles Zeug. Erdnussbutter, billige Kekse, solche Sachen. Das Essen war so schlimm, dass wir irgendwann aufhörten, in Kirchen einzubrechen, und uns wieder auf Privathäuser konzentrierten.«

»Aha. Nun, die meisten Menschen, die an diesem Punkt angelangt sind, wünschen sich, mit Gott ins Reine zu kommen, vielleicht ihre Sünden zu bekennen, solche Dinge.«

»Warum sollte ich meine Sünden bekennen? Ich kann mich nicht mal an welche erinnern.«

»Also, kein Kaplan?«

»Ach, von mir aus. Wenn er das Gefühl hat, dass das zu seinem Job gehört, schicken Sie ihn vorbei. Sonst noch jemand auf Ihrer

Liste? Reporter, Politiker, irgendjemand, der noch schnell was von mir will, bevor ich den Löffel abgebe?«

Der Direktor ignoriert die Frage und setzt einen Haken auf seiner Liste. »Was ist mit Ihrem Nachlass?«

»Meinem was?«

»Ihrem Nachlass. Ihr Besitz. Ihre Habseligkeiten.«

Cody lacht und schwenkt die Arme. »Das ist alles, Chef. Schauen Sie sich um. Zwei Meter fünfzig auf drei Meter, meine Welt in den letzten vierzehn Jahren. Alles, was ich besitze, ist hier.«

»Was ist mit den Büchern?«

»Was soll damit sein?« Cody tritt in die Mitte seiner Zelle und blickt bewundernd auf seine Sammlung. »Meine Bibliothek. Eintausendneunhundertvierzig Bücher. Alles Geschenke einer lieben alten Dame aus North Platte, Nebraska. Mir bedeuten sie alles, für andere sind sie wertlos. Ich würde sagen, schicken Sie sie an sie zurück, aber ich kann mir das Porto nicht leisten.«

»Wir übernehmen keine Versandkosten.«

»Darum habe ich auch nicht gebeten. Übergeben Sie sie der Gefängnisbücherei. Gott, ich besitze mehr Bücher als die.«

»Die Bücherei nimmt keine Bücher von Häftlingen an.«

»Noch so eine grandiose Vorschrift! Seien Sie so gut und erklären Sie mir, wozu die gut sein soll.«

»Ich habe wirklich keine Ahnung.«

»Ja, weil sie für nichts gut ist, genauso wie die meisten Ihrer Vorschriften. Verbrennen Sie die verdammten Dinger. Werfen Sie sie zusammen mit mir ins Feuer, dann haben wir die erste Bücherverbrennung in diesem wundervollen Bundesstaat.«

»Und Ihre Kleidung, der Fernseher, die Briefe, das Radio, der Ventilator?«

»Verbrennen. Bedeutet mir alles nichts.«

Der Direktor kritzelt etwas auf seine Liste, senkt den Block, räuspert sich. Leise fährt er fort: »Wallace, haben Sie sich überlegt, was Ihre letzten Worte sein sollen?«

»Ja, aber ich habe mich noch nicht endgültig entschieden. Ich denke mir noch was aus.«

»Manche Männer kämpfen bis zuletzt, bleiben bis zum bitteren Ende dabei, dass sie unschuldig sind. Andere bitten um Vergebung. Manche weinen, manche fluchen, manche zitieren die Bibel.«

»Ich dachte, es wäre Ihre erste Hinrichtung.«

»Das stimmt, aber ich habe meine Hausaufgaben gemacht. Ich habe mir einige Aufnahmen von letzten Worten angehört. Es wird alles aufgenommen, wussten Sie das? Und aufbewahrt.«

»Warum wird das aufgenommen?«

»Ich habe keine Ahnung. Es gehört einfach dazu.«

»Klar. Wie lange darf ich reden, wenn ich meine letzten Worte spreche?«

»Unbegrenzt.«

»Ich dürfte also nach Ihren Vorschriften so eine Filibusterrede halten und praktisch tagelang reden, während Sie warten müssen, bis ich fertig bin?«

»Theoretisch ja, aber ich würde mich wahrscheinlich irgendwann langweilen und dem Henker das Zeichen geben.«

»Aber das wäre gegen die Vorschriften.«

»Was wollen Sie machen, mich verklagen?«

»Mit dem größten Vergnügen, glauben Sie mir. Vier meiner fünf Klagen habe ich gewonnen, wussten Sie das? Bei Ihnen hatte ich nur keine Gelegenheit.«

»Jetzt ist es zu spät.«

»Wer ist der Henker?«

»Seine Identität bleibt anonym.«

»Stimmt es, dass er in seinem dunklen Kämmerchen sitzt, nicht weit von meiner Bahre entfernt, und durch eine verspiegelte Scheibe schaut, bis Sie ihm das Zeichen geben? Läuft das so ab?«

»Man könnte es ungefähr so beschreiben.«

»Er schleicht sich rein und wieder raus, bekommt eintausend Dollar bar auf die Hand, und niemand kennt seinen Namen?«

»Niemand außer mir.«

»Ich habe mal eine Frage an Sie. Was soll die ganze Heimlichtuerei? Wenn die Amerikaner ihre Todesstrafe so lieben, warum finden die Hinrichtungen dann nicht in aller Öffentlichkeit statt? Früher war das so, wissen Sie. Ich habe viel über Hinrichtungen in früheren Zeiten gelesen. Die Leute liebten das. Man kam von weit her angereist, um sich eine offizielle Hängung oder Erschießung anzusehen. Da wurde die Gerechtigkeit wiederhergestellt. Danach fuhren alle zufrieden auf ihren Planwagen nach Hause. Auge um Auge. Warum wird das nicht mehr so gemacht?«

»Ich bin nicht für die Gesetze zuständig.«

»Liegt es vielleicht daran, dass wir uns dafür schämen?«

»Schon möglich.«

»Schämen Sie sich?«

»Nein, ich schäme mich nicht. Aber ich mag diesen Aspekt meiner Arbeit nicht besonders.«

»Wirklich? Ich denke, Sie mögen das. Sie haben einen Beruf im Strafvollzug ergriffen, weil Sie an Strafe glauben. Das hier ist der ultimative, große Moment. Ihre erste Hinrichtung. Sie sind der Mann der Stunde. Mit wie vielen Reportern haben Sie heute schon gesprochen? Wie viele Interviews haben Sie gegeben?«

»Ich muss nach Ihrer Pizza sehen.« Der Direktor macht einen Schritt zurück, seine Checkliste ist erledigt.

»Danke. Und bitte Peperoni-Salami. Nicht einfach nur Salami.«

Als der Gefängnisdirektor und Marvin weg sind und die Tür donnernd ins Schloss gefallen ist, sieht sich Cody in seiner Zelle um. »Mein Nachlass«, murmelt er. Er setzt sich auf den Rand seiner Pritsche und schüttelt zwei Tabletten aus dem kleinen Plastikröhrchen, das Paxton ihm gegeben hat.

Er schleudert sie durch die Gitterstäbe.

3

Die Minuten ziehen sich hin, während es im Todestrakt noch stiller wird. Cody liest in einem Taschenbuch, kann sich aber nicht konzentrieren. Er sitzt auf dem Boden, atmet tief und schwer, versucht zu meditieren.

Wieder geht der Summer, und er überlegt, wer als Nächstes kommt.

Wie ein Gespenst, ohne hörbare Schritte oder sonstige Geräusche, erscheint wie aus dem Nichts der Padre vor dem Gitter. Wie üblich trägt er spitze Stiefel, die seiner schmalen Gestalt fast fünf Zentimeter Größe hinzufügen. Seine abgetragenen Jeans sind so zerschlissen, dass nicht einmal ein Teenager sie anziehen würde. Doch von der Mitte aufwärts ist er mit seinem schwarzen Hemd und dem weißen Kragen ordentlich und dem Anlass entsprechend gekleidet. Es ist Juni, der erste Tag des Sommers, doch die Luft ist kühl, er trägt ein sauberes schwarzes Jackett.

Der Padre ist ein pensionierter Priester, der die Häftlinge seit zehn Jahren betreut. Wenn er auf seinem Rundgang im Todestrakt vorbeikommt, stellt er sich vor die Zelle und flüstert durch die Gitterstäbe mit den wenigen, die mit ihm sprechen wollen. Die meisten wollen es nicht. Die meisten der zum Tod verurteilten

Männer glauben an nichts mehr und geben Gott mehr als nur eine Mitschuld an ihrem Schicksal.

Die Vorschriften erlauben es dem Kaplan, sich in der letzten Stunde vor der Hinrichtung mit dem Todeskandidaten zusammenzusetzen. Theoretisch ist er also der letzte Mensch, dem sie sich anvertrauen können. Etwa die Hälfte der Männer beschließen in diesem Moment, zu beichten und um Vergebung zu bitten. Andere wollen einfach nur jemanden zum Reden. Manche meiden das Ritual.

»Wie geht's dir, Cody?«, fragt er leise.

Cody steht mit einem Lächeln auf und geht zur Tür. »Hallo, Padre. Nett, dass Sie vorbeischauen.«

Vater, Pastor, Reverend, Priester – statt einer der gewöhnlichen Anreden ist am Ende »Padre« hängen geblieben, und das geht auf Freddie Gomez zurück. Freddie war gläubiger Katholik – von seinen Morden abgesehen – und hat jede Gelegenheit genutzt, um den Geistlichen für eine kleine private Messe in seine Zelle zu holen. Padre und er standen sich sehr nah. Alle liebten Freddie, und seine Hinrichtung traf den Todestrakt schwer.

»Wie geht es dir, mein Freund?«

»Ganz okay, unter diesen Umständen. Mein Anwalt ist gerade weg, er meint, wir haben unser Pulver verschossen.«

»Es tut mir so leid, Cody. Niemand verdient so etwas.«

»Ich bin mit mir im Reinen, Padre. Wirklich. Selbst wenn ich die Wahl hätte, weitere vierzig Jahre in diesem Loch zu leben, statt die Spritze zu nehmen, würde ich trotzdem lieber abtreten. Aber die Wahl hat wohl jemand anders für mich getroffen.«

»Das verstehe ich, Cody. Möchtest du, dass ich mich im Warteraum zu dir setze?«

»Nein danke, Padre. Ich bin lieber allein.«

»Wie du willst.«

Beide Männer betrachten für einen Moment den Boden. »Reine Neugier, Padre«, sagt Cody. »Wie viele Männer wollen in der letzten Minute mit Ihnen beten?«

»Die meisten glauben nicht mehr an Gebete.«

»Kommt es vor, dass sich jemand in der allerletzten Sekunde noch zu Jesus bekehrt?«

»Nein, nie. Die Männer im Todestrakt haben viel Zeit, um entweder mit dem Glauben zu wachsen oder ihn nachhaltig zu verdammen. An diesem Punkt ihres Lebens sind sie fest verankert in dem, was sie glauben, so oder so. Nein, Bekehrungen im letzten Moment habe ich noch nicht erlebt.«

»Wird auch heute nicht dazu kommen.«

»Wie du möchtest, Cody. Weißt du noch, wie oft wir früher miteinander geredet haben?«

»Ja. Wir hatten tiefschürfende Gespräche über Gott und seine unergründlichen Wege, und wenn ich mich recht entsinne, fanden wir kaum Gemeinsamkeiten.«

»So erinnere ich mich auch. Du warst ziemlich fest davon überzeugt, dass Gott nicht existiert.«

»Ja, genau, und ich habe wirklich keine Lust, das alles noch mal durchzukauen, Padre. Es hat sich nichts daran geändert.«

»Das ist schade, Cody. Liest du noch die Bibel?«

»Praktisch gar nicht mehr. Ich meine, ich habe sie von vorne bis hinten durchgelesen, von der Genesis bis zur Apokalypse, mindestens dreimal, und ich hatte immer Spaß daran, vor allem am Alten Testament. Aber es ist für mich keine Inspiration, wenn es das ist, was Sie meinen.«

»Du kennst sie besser als die meisten Geistlichen.«

»Das bezweifle ich.«

»Was, meinst du, geschieht mit dir, Cody, nach deinem Tod?«

»Sie werden mich verbrennen, zusammen mit meinem ganzen

Nachlass hier, meine Asche nehmen und sie im Klo runterspülen. So habe ich es mir gewünscht. Ich will, dass keine Spur von mir auf dieser Erde zurückbleibt.«

»Kein Leben nach dem Tod, Himmel, Hölle oder irgendein Ort dazwischen, an dem deine Seele zur Ruhe kommt?«

»Nein. Wir sind Tiere, Padre, lebend geborene Säuger, wenn wir sterben, war's das mit uns. Von wegen Seele, die aus unserer sterblichen Hülle in den Himmel auffährt oder ins Höllenfeuer hinabsteigt. Das ist alles großer Mist. Wenn wir sterben, sind wir tot. Kein Stück von uns lebt weiter.«

»Hast du nicht vor, Brian wiederzusehen?«

»Brian ist vor fünfzehn Jahren gestorben. Ich war dabei. Es war grauenvoll. Es gab keine Beerdigung, nur ein Armenbegräbnis am hintersten Ende des städtischen Friedhofs. Ich durfte kein einziges Mal hingehen, um sein Grab zu besuchen. Wahrscheinlich gibt es nicht einmal einen Grabstein oder überhaupt einen Hinweis auf ihn. Ich kann mir nicht vorstellen, dass jemals irgendjemand an seinem Grab gestanden und geweint hat. Wir waren Ausgestoßene, Padre, erbärmliche Waisen, wir hätten nie geboren werden sollen. Wenn wir sterben, sind wir tot, begraben, verbrannt oder sonst was, es ist das Ende. Nein. Ich werde Brian nicht wiedersehen und sonst auch niemand, und das macht mir auch nichts aus.«

Padre quittiert das mit einem Lächeln und nickt voller Liebe und Mitgefühl. Nichts, was Cody oder sonst irgendjemand sagen mag, könnte ihn aus der Ruhe bringen. Er hat alles schon gehört und verfügt über ein unerschöpfliches Reservoir an Argumenten, die sich samt und sonders aus der Bibel speisen. Doch alles ist eine Frage des Zeitpunkts. Jetzt ist nicht der Moment, um mit Cody über Glauben oder Theologie zu debattieren.

»Ich sehe, du hast deine Ansichten nicht geändert.«

»Nein, Sir. Sie haben mal gesagt, dass Gott sich nicht irrt. Aber das stimmt nicht, Padre. Ich bin das perfekte Beispiel. Meine Mutter hat sich für Sex bezahlen lassen. Mein Vater hat ein paar Dollar und seine Spermien hinterlassen. Er hat keine Ahnung, dass ich geboren wurde, und meine Mutter wollte mich so schnell wie möglich wieder loswerden. Ich bin ein Irrtum.«

»Trotz allem liebt Gott dich, Cody.«

»Dann hat er eine merkwürdige Art, das zu zeigen. Was habe ich getan, um das hier zu verdienen?«

»Seine Wege sind unergründlich, und wir werden nie alles verstehen.«

»Warum muss es so verdammt kompliziert und mysteriös sein? Ich sage Ihnen, warum, Padre: Weil es Gott nicht gibt. Er wurde von Menschen geschaffen für die Menschen. Was in aller Welt tun wir hier? Schon wieder streiten?«

»Es tut mir leid, Cody. Ich bin nur vorbeigekommen, um Hallo und Lebewohl zu sagen und zu fragen, ob du mich brauchst.«

Cody atmet tief durch und beruhigt sich etwas. »Danke, Padre. Sie waren immer einer von den Guten.«

»Du wirst mir fehlen, Cody. Ich bete für dich.«

»Beten Sie ruhig, wenn Sie sich damit besser fühlen.«

4

Um 20 Uhr schaltet Cody den Fernseher ein, schaut alle drei Programme durch, entdeckt nichts von Interesse, schaltet ihn wieder aus. Er legt sich auf seine Schaumstoffmatratze und versucht, die Augen zu schließen.

Einmal hat er gedroht, das Gefängnis zu verklagen, weil es kein

Kabelfernsehen zuließ, doch Jack zufolge war eine ähnliche Klage in einem anderen Bundesstaat gescheitert.

Seinerzeit stahlen Brian und er mehrere kleine Fernseher, nur um festzustellen, dass die Apparate meist mehr Probleme machten, als sie wert waren. Die Hehler hatten keine Lust, sich damit herumzuärgern, weil die Polizei ständig die Pfandleihhäuser überprüfte und nach Seriennummern suchte. Dazu kam noch das Problem der Zwischenlagerung. Nach einem Einbruch warteten Brian und er immer Tage oder gar Wochen, ehe sie die Beute anboten. Erst mal Gras über die Sache wachsen lassen, sagte Brian immer. Die Bullen ihre Runden drehen lassen. Den Hauseigentümern Zeit geben, um ihre Verluste der Versicherung zu melden und sich neue Waffen, Fernseher, Radios, Stereoanlagen und Schmuckstücke anzuschaffen. Selbst Toaster und Handmixer ließen sie mitgehen – alles, was sich beim Hehler in ein paar Dollar umsetzen ließ.

Während sie geduldig im Wald saßen und abwarteten, versteckten sie ihre Bestände in alten Schuppen und verlassenen Häusern. Nachts wechselten sie oft die Standorte. Fernsehapparate waren schwer zu transportieren und zu verbergen.

Nach Waffen bestand die größte Nachfrage. Sie ließen sich sofort in bare Münze umwandeln. Wenn die Brüder einen Waffenschrank knacken konnten, ließen sie alles andere stehen und liegen und machten sich überglücklich auf den Heimweg zurück zu ihrem Versteck im Wald. Eine Beretta-Bockdoppelflinte 686 Silver Pigeon war ihr Hauptgewinn. Der Hauseigentümer hatte ein Dutzend Gewehre in seinem Waffenschrank, der, aus welchem Grund auch immer, unverschlossen im Wohnzimmer stand. Nicht, dass eine Verriegelung sie aufgehalten hätte. Es waren auch Brownings und Remingtons darin, doch als Brian die Beretta entdeckte, stieß er einen Pfiff aus. Sie nahmen jeder vier Gewehre und Flinten, dazu zwei Smith-&-Wesson-Revolver und machten sich rasch aus dem Staub. Drei Tage lang beobachteten sie das Haus, entdeckten keinerlei Aktivitäten. Niemand kam vorbei. Die Zeitungen stapelten sich in der Einfahrt. Es gab keine Alarmanlage. Wie konnten Menschen nur so leichtsinnig sein.

Da ihr Einbruch bislang nicht aufgefallen war, gingen sie noch einmal hinein und stahlen auch die übrigen Waffen. Die Eigentümer waren offenbar auf einer längeren Reise. Es war Juli, Ferienzeit. Brian hielt es für das Beste, rasch zu handeln, ehe jemand nach Hause kam. Sie fuhren auf ihren (gestohlenen) Fahrrädern in die Stadt zu einem ihrer bevorzugten Pfandleiher. Sie kannten den Inhaber gut und hielten ihn für vertrauenswürdig, soweit man das bei einem zwielichtigen Geschäft wie der Hehlerei überhaupt von irgendjemandem sagen konnte. Der Laden war stets gut besucht, die Regale enthielten alles, von Saxofonen bis zu Staubsaugern. Im Hinterzimmer verdiente der Mann mit gestohlenen Waffen das eigentliche Geld. Er gab ihnen fünfzig Dollar pro Revolver. Als Brian ihn fragte, ob er Interesse an einer Beretta 686 Silver Pigeon habe, war er sprachlos.

»Heilige Scheiße!«, stieß er hervor. »Woher ...?« Doch dann fasste er sich wieder und schwieg. Frage nie einen Dieb, wo er seine Beute herhat.

Brian lachte und versicherte ihm, dass er wirklich eine habe, die in exzellentem Zustand sei.

»Ich werde mich umhören«, erwiderte der Hehler aufrichtig begeistert.

Eine Woche später kamen sie mit dem Gewehr zurück und verließen das Pfandleihhaus mit zweihundert Dollar in bar. Das war ihr persönlicher Rekord. Sie fuhren zu einem alten Motel am Rande der Stadt und nahmen sich für dreißig Dollar ein Zimmer. Sie duschten, wuschen ihre Kleidung, aßen in einer

Kneipe gegenüber Cheeseburger und lebten zwei Tage lang wie die Könige.

Als es an der Zeit war, kehrten sie in den Wald zurück und bauten ihr Zelt einige Kilometer weiter neu auf. Sie hatten in dieser Gegend so viele Häuser ausgeraubt, dass die Polizei jetzt verstärkt kontrollierte.

5

Es ist 20.30 Uhr, Cody tigert rastlos mit geschlossenen Augen auf und ab, stößt dabei mal an ein Bücherregal, mal an die Gitterstäbe. Immer im Kreis. Er ist nervös und wünscht sich, er hätte die Pillen nicht weggeworfen. Sicher kommt sein Anwalt gleich zum letzten Mal vorbei und überbringt die Nachricht, mit der alle rechnen.

Normalerweise gibt es in diesen Momenten eine Flut von letzten Anträgen und Gesuchen, Anwälte flitzen von einem Gericht zum nächsten. Aber manchmal auch nicht. Letztes Jahr ging es mit Lemoyne Rubley ohne jedes Tamtam zu Ende. Er saß zwei Türen weiter, Cody verstand sich gut mit ihm. Ohne sich sehen zu können, plauderten sie stundenlang, während unaufhaltsam die Zeit verstrich. Am Tag vor der Hinrichtung zogen die Gerichte sämtliche Stecker, und die Anwälte gaben schließlich auf. Es war die friedlichste Hinrichtung, die Cody in seinen vierzehn Jahren im Todestrakt erlebte.

Jetzt, da er selbst an der Reihe ist, empfindet er ehrliche Dankbarkeit dafür, dass da draußen jemand ist, der immer noch aus allen Rohren für ihn schießt, auch wenn kaum noch Munition übrig ist. Cody freut sich nicht auf den letzten Besuch von Jack Garber.

Er hat dem Mann keinen Cent an Honorar bezahlt. Die letzten zehn Jahre hat Jack ihn mit einer geradezu unglaublichen Loyalität vertreten. Mehrfach kam Jack so weit, dass nur eine Stimme fehlte, um ein Revisionsgericht davon zu überzeugen, den Prozess neu aufzurollen. Einmal wollte Cody von Jack wissen, warum er sich als Spezialgebiet ausgerechnet die Verteidigung von Todeskandidaten ausgesucht hat. Die knappe Antwort blieb vage und ließ gewisse idealistische Vorstellungen zur Todesstrafe durchscheinen. Cody fragte Jack auch einmal, von wem er bezahlt werde, und der erklärte ihm, dass er für eine Stiftung arbeite, die Menschen wie Cody vertrete.

In der Ferne ist wieder der Summer zu hören, und Cody wird in die Realität zurückgeworfen. Er tritt an die Gitterstäbe und wartet. Marvin erscheint mit einem Lächeln. »Cody, ich habe gute Neuigkeiten.«

»Das kann ich mir nicht vorstellen. Die einzigen guten Neuigkeiten im Moment können von meinem Anwalt kommen.«

»Nein, nicht diese Art von Neuigkeiten. Es ist etwas anderes. Du hast Besuch. Nicht dein Anwalt, nicht der Kaplan oder irgendein Reporter. Echten Besuch.«

»Ich hatte nie echten Besuch.«

»Ich weiß.«

»Wer ist es?«

»Eine nette alte Dame aus Nebraska.«

»Miss Iris?«

»Miss Iris Vanderkamp.«

»Unmöglich!«

»Ich schwör's.«

»Aber sie ist achtzig Jahre alt und sitzt im Rollstuhl.«

»Nun, sie hat es irgendwie möglich gemacht herzukommen. Der Direktor sagt, du darfst sie für fünfzehn Minuten sehen.«

»Ist er nicht ein toller Typ. Ich fasse es nicht, Marvin. Miss Iris hat es endlich geschafft zu kommen.«

»Sie ist schon hier.« Marvin verschwindet für eine Sekunde aus dem Blickfeld, taucht dann wieder auf, vor sich Miss Iris im Rollstuhl. Er stellt sie vor Codys Tür ab und verschwindet in den dunklen Gang.

Cody ist so fassungslos, dass es ihm die Sprache verschlägt. Er neigt sich näher an die Gitterstäbe heran und betrachtet ihr lächelndes Gesicht. »Ich kann es nicht glauben«, sagt er schließlich leise. »Ich weiß nicht, was ich sagen soll.«

»Wie wär's mit: ›Hallo, freut mich, Sie persönlich kennenzulernen nach all den Jahren‹? Wäre das was?«

»Hallo, freut mich, Sie kennenzulernen, nach all den Jahren.«

»Ganz meinerseits. Ich kam, so schnell ich konnte. Tut mir leid, dass es zwölf Jahre gedauert hat.«

»Ich freue mich so, dass Sie hier sind, Miss Iris. Ich kann's wirklich nicht fassen.«

Langsam schiebt Cody seine rechte Hand durch die Stäbe. Sie ergreift sie mit beiden Händen und drückt sie fest. »Ich kann es auch nicht fassen, Cody. Ist es jetzt wirklich so weit?«

Mit einem Nicken zieht er vorsichtig die Hand zurück, sieht sie an. Sie sitzt im Rollstuhl, weil sie, wie sie in einem ihrer zahlreichen Briefe geschildert hat, an einer chronischen Schleimbeutelentzündung im Knie und in anderen Gelenken leidet. Ihre Beine und Füße sind von den Knien abwärts in eine dünne Decke gewickelt. Darüber trägt sie ein hübsches grünes Blumenkleid und jede Menge Schmuck – lange Halsketten und dicke Armbänder. Cody hat ein Auge für Schmuck, weil er in seinen besten Zeiten große Mengen davon gestohlen hat. Miss Iris hat ein rundes Gesicht mit einem breiten Lächeln, eine lange Nase, auf deren Spitze eine rote Brille thront, und strahlend blaue

Augen. Ihr weißes Haar ist dicht und lockig und alles andere als schütter.

Sie sieht ein mageres Kerlchen mit buschigen Haaren, von dem niemand denken würde, dass es schon neunundzwanzig ist.

In ihrer zwölfjährigen Korrespondenz haben sie sich gegenseitig die meisten ihrer Geheimnisse offenbart.

»Ja, Miss Iris, es ist wirklich so weit. Jack, mein Anwalt, meint, wir sind mit unserem Latein am Ende, wie man so sagt. Den Ausdruck habe ich aus einem der abgedroschenen Romane, die Sie mir immer geschickt haben.«

»Du verwendest zu viele Floskeln und Metaphern.«

»Ich weiß, ich weiß. Aber ich liebe Floskeln, vor allem die, die nicht so oft vorkommen.«

»Du solltest sie generell meiden.«

»Das glaube ich jetzt nicht. Ich bin hier am Ende, und Sie kommen, um meine Texte zu kritisieren.«

»Nein, Cody. Ich bin gekommen, weil mir etwas an dir liegt.«

Das trifft ihn ins Mark, und um ein Haar geben seine Knie nach. So etwas hat noch nie jemand zu ihm gesagt. Er geht an die Gitterstäbe, greift zwei davon und steckt sein Gesicht dazwischen, so weit es geht. »Mir liegt auch etwas an Ihnen, Miss Iris«, flüstert er. »Ich kann nicht fassen, dass Sie hier sind.«

»Nun, ich bin hier, und ganz offensichtlich bleibt mir nicht viel Zeit.«

»Genauso wenig wie mir.«

»Worüber wollen wir uns unterhalten?«

»Wie sind Sie hergekommen?«

»Ich habe Charles überredet, mich zu fahren. Er ist mein neuer Freund.«

»Was ist mit Frank?«

»Verstorben. Ich dachte, das hätte ich dir geschrieben.«

»Ich glaube nicht, aber, ganz ehrlich, es ist auch nicht einfach, bei Ihren Affären auf dem Laufenden zu bleiben. Sie mochten Frank sehr gern, wenn ich mich recht entsinne.«

»Ach, ich mag sie alle sehr, zumindest am Anfang.«

»Es hat einige gegeben.«

»Könnte man sagen. Um ehrlich zu sein, hatte ich genug von Frank. Charles hat mehr zu bieten, soweit ich das bis jetzt beurteilen kann. Wenn du jemanden wirklich gut kennenlernen willst, mach eine Reise mit ihm. Wir sind jetzt mittendrin, und bis jetzt läuft alles gut.«

»Danke, Miss Iris. Wahnsinn, dass Sie das auf sich genommen haben. Es sind eintausendsechshundert Kilometer, oder?«

»Eintausendvierhundertzweiundneunzig, laut Charles, der die merkwürdige Angewohnheit hat, alles zu zählen. Es nervt mich ein bisschen, aber ich habe ihn noch nicht darauf angesprochen.«

»Wann sind Sie in Nebraska aufgebrochen?«

»Gestern gegen Mittag. Die Nacht haben wir in einem Motel verbracht, natürlich in getrennten Zimmern, heute sind wir dann den ganzen Tag durchgefahren. Ich habe das schon einmal getan, wenn du dich erinnerst.«

»Wie könnte ich das vergessen? Vor acht oder zehn Jahren. Sie kamen hier an, und die wollten Sie nicht reinlassen.«

»Es war schlimm. Mein Sohn Bobby hat mich hergefahren – übrigens garantiert unsere letzte gemeinsame Autofahrt –, und dann haben sie uns in diesem kleinen, muffligen Raum ohne Klimaanlage warten lassen. Es war im August, nach meiner Erinnerung. Völlig unvermittelt hieß es dann, wir sollten wieder abfahren. Sie meinten, du hättest dir einen Verstoß gegen die Vorschriften geleistet und dürftest keine Besucher empfangen. Es war furchtbar.«

»Noch dazu war es gelogen. Ich hatte nicht gegen die Vorschriften verstoßen. Die mochten mich bloß nicht, weil ich sie immer wieder beim Bundesgericht verklagt und drangekriegt habe. Wir hatten einen schrecklichen Direktor damals, er hasste alle, die im Todestrakt saßen. Irgendwie hat er es geschafft, unser ohnehin elendes Leben noch schlimmer zu machen.«

Sie atmet tief durch und sieht sich um, versucht, sich ein Bild von diesem Ort zu machen. »Das ist also der Todestrakt?«

»Wir sind genau in der Mitte. Zwanzig Zellen in diesem Flügel, zwanzig im anderen, keine Leerstände. In diesem Gasthaus ist nichts frei. Um die Ecke, hinter dem Ostflügel, den die Wärter liebevoll den ›Monsterflügel‹ nennen, weil dort die schweren Jungs sitzen, gibt es einen kleinen quadratischen Anbau, das sogenannte Gashaus, das ist der Ort, wo sie die Drecksarbeit erledigen. Dort findet das Töten statt, in aller Abgeschiedenheit, damit die braven Christenmenschen da draußen, die ihre Todesstrafe so lieben, es nicht mitansehen müssen. Dorthin gehe ich in knapp zwei Stunden.«

Beim Zuhören sieht sich Miss Iris weiter um. »Tja, ich muss sagen, der erste Eindruck ist nicht besonders gut.«

Cody tritt einen Schritt zurück, lässt die Stäbe los und bricht in Gelächter aus. »Das ist Absicht, Miss Iris.«

»Wie lange sitzt du schon in dieser Zelle?«

»Vierzehn Jahre. Ich war fünfzehn, als ich verurteilt wurde, vierzehn bei meiner Festnahme. Jetzt bin ich neunundzwanzig und damit der jüngste Hingerichtete in diesem Land seit den Tagen des Wilden Westens, als man einfach alle und jeden am nächsten Baum aufgeknüpft hat.«

»Ein deprimierender Ort. Hättest du um Verlegung bitten können?«

»Wozu? Wohin hätte ich verlegt werden können? Die Zellen sind alle gleich. Zwei Meter fünfzig auf drei Meter. Es ist überall das Gleiche: Vorschriften, Essen, Wärter, im Sommer unerträgliche

Hitze, im Winter eisige Kälte. Wir sind nur ein Haufen Ratten, die versuchen, im Kanal zu überleben, und dabei langsam verrecken, jeden Tag ein Stück.«

»Du warst doch noch ein Baby.«

»Nein. Ich war kein Baby mehr. Ich war ein harter Bursche und hatte bereits vier Jahre im Wald gelebt. Ich hatte nie ein Zuhause, außer das Waisenhaus und diverse Pflegefamilien. Brian hat mich ausfindig gemacht, wir sind zusammen weggelaufen und haben ein paar Jahre so gelebt, wie wir wollten. Ich war kein Baby mehr, Miss Iris. Aber für das hier war ich zu jung.«

»Fühlst du dich hier sicher?«

»Klar. Der Todestrakt ist ein extrem sicherer Ort, obwohl er voller Mörder ist. Wir sind alle jeder für sich weggeschlossen, sitzen in Einzelhaft. Es gibt niemanden, mit dem man sich streiten oder prügeln kann.«

»Das hast du in einem deiner Briefe geschrieben.«

»Gibt es irgendetwas, das ich Ihnen nicht geschrieben habe, Miss Iris? Ich habe Ihnen alles erzählt. Und Sie waren auch mir gegenüber ziemlich offen.«

»Das stimmt.«

»Wenn wir davon ausgehen, dass wir uns schon alles geschrieben haben, worüber sollen wir dann jetzt reden? Wir haben nur noch ein paar Minuten.«

»Hast du meine Briefe aufgehoben?«

»Natürlich.« Cody lässt sich auf die Knie fallen, greift unter seine Pritsche und zieht eine längliche, flache Pappschachtel heraus, die mit bunten Briefumschlägen gefüllt ist. »Hier sind sie alle, Miss Iris. Ich habe alle Dutzende Male gelesen. Einen Brief pro Woche habe ich in den letzten zwölf Jahren von Ihnen bekommen, dazu Karten zu meinem Geburtstag, zu Weihnachten, Ostern und Thanksgiving. Insgesamt 674 Briefe und Karten. Sie sind wirklich erstaunlich, Miss Iris. Hat Ihnen das schon mal jemand gesagt?«

»Höre ich ständig.«

Cody nimmt behutsam einen Umschlag und holt den Brief heraus. »Das ist der erste, vom 22. April 1978. ›Lieber Cody, mein Name ist Iris Vanderkamp, und ich wohne in North Platte, Nebraska. Ich bin Mitglied der St. Timothy's Lutheran Church. Unsere Damen-Bibelrunde startet ein neues Projekt: Wir nehmen zu jungen Männern Kontakt auf, die in der Todeszelle sitzen. Wir sind gegen die Todesstrafe und wollen, dass sie abgeschafft wird. Es mag ein wenig seltsam klingen – aber gibt es etwas, was ich für Sie tun kann? Ich würde mich freuen, von Ihnen zu hören. Mit freundlichen Grüßen, Iris.‹«

»Ich weiß es noch, als wäre es gestern gewesen. Wir hatten eines Abends Bibelstunde bei mir zu Hause. Geraldine Fisher erzählte, sie habe von einer Frau in Omaha gelesen, die zwanzig Jahre lang mit einem Todeskandidaten eine Brieffreundschaft hatte, irgendein armer Kerl unten im Süden. Zu dem Zeitpunkt stand er schon kurz vor der Gaskammer. So fing alles an. Wir recherchierten ein paar Namen. Deiner stach heraus, weil du damals erst siebzehn warst. So jung! Ich schrieb also den Brief. Und dann wartete ich und wartete und wartete.«

»Ich las Ihren Brief und konnte es nicht glauben. Jemand da draußen kannte meinen Namen, wusste, dass ich in der Todeszelle saß, wollte mir was Gutes tun. Bedenken Sie, Miss Iris – ich glaube, das habe ich Ihnen hundertmal geschrieben –, dass ich keine Familie habe. Auch keine Freunde. Ich hatte keinen einzigen Freund, bis Sie kamen. Jack ist wohl irgendwie ein Freund, aber er zählt nicht, weil er mein Anwalt ist.«

»Dann hast du mir geantwortet.«

»Ich war total eingeschüchtert. Ich hatte ja noch nie einen Brief geschrieben und auch noch nie einen bekommen, abgesehen von den Sachen, die das Gericht schickt. Doch ich war fest entschlossen. Ich hab mir ein Wörterbuch aus der Bücherei geliehen und ein Wort nach dem anderen gelernt. Ich hab in Druckbuchstaben geschrieben, so wie ich es wahrscheinlich in der ersten Klasse gelernt habe.«

»Es war ein wunderbarer Brief. Ohne jeden Schreibfehler. Ich hatte den Eindruck, dass es sehr lange gedauert haben muss, ihn zu verfassen.«

»Viele, viele Stunden, aber Zeit hatte ich weiß Gott genug. Ich hatte etwas zu tun, etwas Sinnvolles. Ich wollte Sie beeindrucken.«

»Du hast mich zum Weinen gebracht, und das mehr als ein Mal.«

»Wissen Sie, Miss Iris, als ich als junger Mann hierherkam, konnte ich kaum lesen. Ich habe die Schule abgebrochen, da war ich zehn. Davor hatte ich so viele verschiedene Schulen und Lehrer gesehen, dass mir alle Lust aufs Lernen vergangen war. Brian ist aus einem Heim für Jugendliche abgehauen und hat mich bei einer Pflegefamilie gefunden, dann sind wir zusammen weg. Das war's mit meiner Schulbildung. Ich konnte ein bisschen lesen, aber nicht sehr gut. Als ich diesen Brief bekam, wusste ich, dass ich ihn beantworten musste. Ich habe mir etwas Papier und einen Bleistift geliehen und das Wörterbuch besorgt, weil ich wollte, dass jedes Wort stimmt.«

»Es war großartig zu beobachten, wie sich deine Handschrift über die Jahre entwickelt hat, Cody. Zu Anfang hast du in Druckbuchstaben geschrieben wie ein Kind.«

»Ich *war* ein Kind.«

»Aber es dauerte nicht lange, da hast du Schreibschrift gelernt.«

»Sie haben mich darum gebeten, wissen Sie noch? Oder besser gesagt, Sie haben mir dringend ans Herz gelegt, Schreibschrift zu lernen und wie ein Erwachsener zu schreiben.«

»Stimmt. Ich habe dir ein Buch über Handschrift geschickt.«

Cody wirft den Brief auf die Pritsche, schaut für einen Augenblick auf eine seiner Bücherwände und nimmt dann einen Band aus dem Regal. »Hier – Abbots *Kunst der Schreibschrift*. Stunden habe ich mit diesem Buch verbracht, Miss Iris. Sie haben mir etwas Geld geschickt, und ich habe mir davon Papier und Stifte gekauft und stundenlang geübt.«

Cody stellt das Buch zurück und zieht ein anderes heraus. Er zeigt es ihr. »Hier ist das erste Wörterbuch, Miss Iris. *Random House Webster's College Dictionary*. Als Taschenbuchausgabe natürlich, damit wir uns hier nicht gegenseitig mit Wörterbüchern totschlagen können. Ich habe das ganze Ding gelesen, Miss Iris, von der ersten bis zur letzten Seite, und mehr als ein Mal.«

»Ich weiß, ich weiß. Vielleicht erinnerst du dich, dass ich dich beim Gebrauch allzu hochtrabender Wörter bremsen musste. Manchmal hast du etwas dick aufgetragen.«

Cody lacht und wirft das Wörterbuch auf die Pritsche. »Klar habe ich dick aufgetragen, aber außer Ihnen hat es ja niemand mitbekommen. Was war das Wort, das Sie am meisten aufgeregt hat?«

»Es gab viele, aber spontan fällt mir ›unbotmäßig‹ ein.«

»Eines meiner Lieblingswörter. Aufsässig, dickköpfig. Es gab aber noch andere, die ich nicht verwenden sollte: servil, elegisch, perniziös, ubiquitär.«

»Das reicht. Ich wollte damit verdeutlichen, dass große Worte nicht unbedingt große Gefühle vermitteln. Ein Riesen-Wortschatz kann beim Schreiben hinderlich sein.«

»Ich habe mich in die Wörter verliebt. Je größer, desto besser.« Cody betrachtet seine Bücherwände.

»Weißt du, Cody«, sagt Miss Iris, »dieser Ort hier jagt mir Schauer über den Rücken, aber die Bücher bringen wenigstens ein bisschen Farbe in dein Kabuff.«

»Diese Bücher haben mich am Leben erhalten, bis zum heutigen Tag. Sie haben sie mir geschickt, Miss Iris, aber Sie können sicher nicht ermessen, was sie mir bedeuten.«

»Welches war das erste?«

Cody lächelt, deutet mit dem Finger und zieht dann eines der Taschenbücher heraus. »*Mustang Man* von Louis L'Amour«, sagt er stolz und öffnet das Buch. »Zum ersten Mal gelesen – besser gesagt, zu Ende gelesen – habe ich es am 10. Juni 1978. Ich habe zwei Monate dafür gebraucht, Miss Iris, weil ich viele der Wörter nicht kannte. Wenn ein Wort kam, das ich nicht kannte, habe ich es aufgeschrieben, mir das Wörterbuch geholt und nachgeschlagen. Wenn ich mit einem Absatz fertig war und jedes Wort kannte, habe ich ihn noch mal von vorne gelesen – dazu bin ich aufgestanden und auf und ab gegangen. Das hat Stunden gedauert, aber ich liebte jeden einzelnen Moment davon. Ich liebte die Wörter, ich liebte es, sie zu lernen, die langen, die kurzen, ganz egal. Ich legte eine Liste an, mit Wörtern, bei deren Aussprache ich nicht sicher war. Die habe ich dann Jack oder dem Kaplan gezeigt oder manchmal sogar Marvin. Ich habe so lange geübt, bis ich sie alle beherrscht habe. Das gesamte Wörterbuch.«

»Ich weiß. Ich brauchte manchmal selbst ein Wörterbuch, um deine Briefe zu verstehen.«

»Die Wörter habe ich geliebt, aber auf die Geschichten war ich regelrecht versessen. Die haben mich von hier wegtransportiert, durch die ganze Welt, durch dieses Jahrhundert, durch das zurückliegende und das kommende. Sie haben meine Fantasie beflügelt. Mir wurde klar, dass ich auf diese Weise nicht den Verstand verlieren würde, so wie alle anderen hier.«

Er stellt das Buch zurück an seinen Platz, dreht sich dann langsam um die eigene Achse und bewundert dabei seine Sammlung. »Und Sie haben mir immer mehr geschickt, Miss Iris. Jede Woche ein neues Buch, manchmal auch zwei oder drei. Ich habe sie alle gelesen. Immer und immer wieder. Ich habe täglich etwa zehn bis zwölf Stunden gelesen, alles Ihretwegen.«

»Wer ist dein Lieblingsautor?«

Cody quittiert die Frage mit einem Lachen, schüttelt den Kopf. »Ich habe viel zu viele, glaube ich. Aber wenn ich einen herauspicken sollte, dann wäre das Louis L'Amour.« Er deutet auf das Regal. »Ich habe einundvierzig seiner Bücher gelesen. Aber ich liebe auch Mickey Spillane, Ed McBain, Elmore Leonard, Raymond Chandler, John D. MacDonald.«

»Du sagtest immer, dass du Krimis und Detektivgeschichten magst.«

»Ich bin selbst ein Krimineller. Das habe ich schwarz auf weiß.«

»Du bist kein Krimineller.«

»Nein? Warum bin ich dann hier?«

»Das ist eine sehr berechtigte Frage, Cody. Ich wünschte, jemand hätte darauf eine befriedigende Antwort.«

Cody blickt fasziniert auf die Bücher. Irgendwann fragt er: »Woher haben Sie die nur alle bekommen, Miss Iris?«

»Das habe ich dir doch bestimmt mal geschrieben.«

»Seien Sie so gut, bitte. Mir rennt die Zeit davon, verdammt.«

»Nicht fluchen.«

»Tut mir leid. Ich hätte das Valium doch nehmen sollen.«

»Das was?«

»Egal.«

»Na ja, ganz unterschiedlich. Von Privatleuten, auf Flohmärkten, bei Benefizveranstaltungen für Büchereien, in Antiquariaten. Ich habe nie mehr als einen Dollar pro Buch bezahlt.«

»Haben Sie sie alle gelesen, bevor Sie sie mir geschickt haben?«

»Fast alle. Die versauten Geschichten mag ich nicht, so was wie Harold Robbins, weißt du. Schmuddelkram. Aber ich habe sie dir trotzdem geschickt.«

»Dafür bin ich Ihnen sehr dankbar, Miss Iris. Ich mag die versauten auch.«

»Das ist Schmuddelkram.«

»Sind Sie sicher, dass Sie nicht mal ein oder zwei Kapitel davon gelesen haben?«

»Na ja, vielleicht ein paar Seiten. Ich musste ja sehen, worum es ging.«

»Was ist mit *Das Tal der Puppen*? Ich habe es fünfmal gelesen und finde es immer noch spannend.«

»Lass uns über etwas anderes sprechen, okay?«

»Was? Sie wollen nicht über Sex sprechen?«

»Ungern.«

»Miss Iris, ich hatte nie Sex. Können Sie sich das vorstellen? Die haben mich weggesperrt, als ich vierzehn war, mit fünfzehn kam ich hierher. Brian hat gesagt, er hätte mit dreizehn einmal in einem Waisenhaus Sex gehabt, aber er war vier Jahre älter als ich, und er konnte das Blaue vom Himmel lügen. Ich hatte nie Gelegenheit für Sex. Deshalb finde ich versaute Bücher so toll.«

»Können wir bitte über etwas anderes sprechen?«

»Nein, Miss Iris. Ich habe nur noch knapp zwei Stunden zu leben, da spreche ich, worüber ich will.«

»Nenn mir deine drei Lieblingsbücher.«

Das bringt ihn aus dem Konzept, einen Moment lang sagt er nichts. Er blickt auf die Regale, reibt sich gedankenversunken die Hände, zieht schließlich ein Buch heraus. Er zeigt ihr den Einband. »*Früchte des Zorns* von John Steinbeck. Die Geschichte von den Joads und den Okies und ihrem verzweifelten Zug nach Kalifornien zu Zeiten von Dustbowl und Weltwirtschaftskrise. Ergreifend und episch.« Er schlägt es auf und betrachtet die erste Seite. »Sie haben es mir im November 1984 geschickt, und ich habe es sieben Mal gelesen.«

Sorgfältig stellt er das Buch zurück ins Regal und nimmt ein anderes. »*Kaltblütig* von Truman Capote. Ein echter Meisterkrimi.« Er zeigt ihr den Einband. »Haben Sie es gelesen, Miss Iris?«

»Selbstverständlich. Ich weiß noch, wie die Clutters ermordet wurden. Die ganze Familie. Alle vier. Das war 1959, unten im Westen von Kansas, wo ich wohne.«

»Die Jungs wurden gehängt. Dick Hickock und Perry Smith. Und wissen Sie was, Miss Iris? Ich war froh, dass man sie gehängt hat. Sie nicht auch?«

»Besonders traurig war ich nicht deswegen.«

»Ist das nicht absurd, Miss Iris? Da sitze ich im Todestrakt und lese eine wahre Geschichte über einen Hauseinbruch, bei dem unschuldige Menschen im Tiefschlaf von ein paar miesen Typen getötet werden. Klingt das nicht vertraut? Und ich bin auch noch froh, dass man sie gefasst und hingerichtet hat.«

»Ja, das ist allerdings absurd.«

»Das ist das Groteske an der Todesstrafe, Miss Iris. Manchmal hasst man sie, weil sie so ungerecht ist, und manchmal erwischt man sich dabei, wie man sie feiert, weil da irgendein Scheißkerl ist, der sie verdient hat. Ich meine, ich bin seit vierzehn Jahren hier und habe acht Männer gehen sehen. Vier in der Gaskammer, vier durch die Spritze. Einer davon war wahrscheinlich unschuldig. Die anderen sieben waren schuldig wie noch was. Für sechs von ihnen hatte ich Mitleid, aber die übrigen zwei haben bekommen, was sie verdienten.«

»Ich bin grundsätzlich gegen die Todesstrafe.«

»Sie sollten mal ein paar von meinen Kollegen hier im Todestrakt kennenlernen. Dann würden Sie anders darüber denken.«

»Werden diese Männer Mitgefühl für dich empfinden?«

»Was weiß ich? Ist mir auch egal. Ich kann mich nicht mit den Gefühlen anderer Leute beschäftigen.«

Er stellt das Buch zurück und bewundert seine Sammlung.

»Und dein drittliebstes Buch?«

Cody lässt sich Zeit und zieht schließlich einen Titel heraus. »Ich denke, dieses hier ist das letzte Buch, das ich je lesen werde. Bin gestern damit fertig geworden, habe es fünfmal gelesen. Es handelt vom Tod und wie es ist, jung zu sterben.«

»*Sophies Entscheidung*?«

»Woher wissen Sie das?«

»Du hast in deinen Briefen mehrfach davon geschrieben.«

»Ich bin hier durch die Hölle gegangen, Miss Iris, aber das ist nichts im Vergleich zu dem, was diese Menschen damals durchgemacht haben. Alles ist relativ, nicht wahr? Sogar das Leid.«

»Das ist wohl so.«

»Außerdem ist das Buch voller Sex.«

»Ich konnte es nicht zu Ende lesen.«

»Es ist brillant. Ein starkes Buch, noch dazu ist es ein Roman, eine fiktive Geschichte, aber trotzdem so realistisch. William Styron hat dafür den Pulitzer-Preis gewonnen, wussten Sie das?«

»Für dieses Buch hat er den National Book Award bekommen. Sein Pulitzer war für *Die Bekenntnisse des Nat Turner*.«

»Stimmt. Sie kennen alle diese Bücher, oder? Nach vierzig Jahren als Englischlehrerin an einer Highschool.«

»Ich habe meine Arbeit immer sehr geliebt.«

Er stellt das Buch zurück und berührt die Rücken anderer Bücher. »Meine Favoriten: *Weg in die Wildnis*, *Die Verschwörung der Idioten*, *Fänger im Roggen*, *Catch 22*. Und hier meine absoluten Lieblingsbücher, die *Travis-McGee*-Reihe von John D. MacDonald. Vom guten alten Travis konnte ich nicht genug bekommen.«

»Ich weiß, ich weiß. Hast du mir ausführlich geschrieben.«

»Einundzwanzig Bände hat diese Reihe, Miss Iris, und Sie haben sie alle aufgetrieben. Wissen Sie eigentlich, dass Sie echt umwerfend sind?«

»Habe ich schon mal gehört.«

»Um ehrlich zu sein, Miss Iris, ich habe alle diese Bücher genossen. Schauen Sie doch mal, wie schön das aussieht. All die Farben. Wie das diesen schrecklichen Ort aufwertet. Ich habe die schönste Zelle im Todestrakt.«

»Was wird damit geschehen?«

Cody schüttelt den Kopf, hält dann inne, lächelt. »Moment mal – ich habe eine großartige Idee. Ich möchte, dass Sie sie bekommen. Sie sollen meinen kompletten Nachlass bekommen – meine Bücher, meine Briefe, Postkarten und die Schriftstücke vom Gericht. Alles, was ich besitze, Miss Iris. Alles soll Ihnen gehören.«

»Ach nein. Ich weiß doch gar nicht, was ich damit …«

»Bitte, Miss Iris. Wenn Sie den Kram nicht nehmen, wird alles verbrannt. Es gibt sonst niemanden, der die Sachen will.«

»Das können die doch nicht machen!«

»Und ob sie das können, und das werden sie auch. Die werfen das ganze Zeug zusammen mit mir ins Feuer und haben einen Höllenspaß dabei. Meine Zelle muss für den nächsten frei gemacht werden.«

»Aber ich kann das nicht alles mitnehmen.«

»Nein, natürlich nicht. Hören Sie, ich habe siebzehn Dollar auf meinem Konto. Das Geld haben Sie mir geschickt für Papier, Briefmarken und so weiter. Nehmen Sie das, und legen Sie vielleicht noch etwas drauf, dann können Sie die Sachen bestimmt nach Nebraska schicken lassen. Bitte, Miss Iris. Es würde mir so viel bedeuten, wenn Sie meine Bücher und Unterlagen übernehmen würden. All die schönen Bücher, dazu die Postkarten, Briefe und Akten. Das müssen Sie für mich tun, Miss Iris.«

»Na ja, wahrscheinlich könnte ich …«

»Ganz sicher können Sie, Miss Iris. Diese Witzfiguren würden sich auch freuen, wenn Sie meine Sachen nehmen würden, dann müssen sie sich nämlich nicht selber drum kümmern. Bitte.«

»Na dann, also gut.«

»Wunderbar, Miss Iris. Wunderbar.«

»Ich kümmere mich darum, Cody. Versprochen.«

»Danke, Miss Iris. Und Sie packen auch alle unsere Briefe zusammen, ja?«

»Natürlich. Wenn ich so überlege, habe ich auch schon den perfekten Platz dafür. In meinem Arbeitszimmer gibt es eine Wand, die kann ich dafür freiräumen. Da kann ich deinen Büchern ihre letzte Heimat geben, Cody. Was für eine schöne Vorstellung.«

»Das ist unglaublich, Miss Iris. Ich hatte vor abzutreten, ohne eine Spur zu hinterlassen, aber jetzt gefällt mir die Idee, etwas zurückzulassen, was an mich erinnert.«

»Ich werde dich immer in Erinnerung behalten, Cody.«

Er tritt an die Gitterstäbe und steckt wieder einen Arm hindurch. Die alte Dame nimmt seine Hand, sie teilen einen Moment des Schweigens.

Aus dem Dunkel erscheint Marvin. »Der Direktor sagt, die Zeit ist um«, sagt er leise. »Tut mir leid.«

Cody reagiert nicht darauf. Er blickt die alte Dame an. »Danke, Miss Iris. Danke, dass Sie hergekommen sind, um sich zu verabschieden.«

Mit einer Hand wischt sie sich Tränen vom Gesicht. »Es ist so schrecklich und so falsch, Cody. Du solltest nicht hier sein.«

»Danke fürs Kommen und dass Sie sich all die Jahre um mich gekümmert haben, dass Sie eine Freundin für mich waren. Danke für all die Bücher und Postkarten und das Geld, auch wenn Sie es sich gar nicht leisten konnten, Geld zu schicken.«

»Es war mir eine Ehre, Cody. Ich wünschte nur, ich hätte mehr für dich tun können.«

»Sie haben mehr für mich getan als jeder andere Mensch.«

»Es tut mir so leid.«

»Bitte vergessen Sie mich nicht.«

Sie hebt die Hand und berührt sein Gesicht. »Ich werde dich nie vergessen, Cody Wallace. Niemals.«

Behutsam umfasst Marvin die Griffe ihres Rollstuhls, zieht sie weg und schiebt sie davon. Cody windet sich, um ihnen nachzusehen, während sie durch den dunklen Gang verschwinden. Er versucht, sich zusammenzureißen. Als in der Ferne die Tür schlägt, geht er zu seiner Pritsche, setzt sich und vergräbt das Gesicht in den Händen.

6

Es ist 20.50 Uhr. Der Summer tönt in der Ferne, und Cody steht auf, um zu sehen, wer kommt. Es ist Jack Garber. Jack nähert sich langsam, die Hände in den Hosentaschen, ohne die üblichen Akten und Papiere. Vor den Gitterstäben bleibt er stehen. Cody tritt zu ihm.

Mit tiefer, resignierter Stimme sagt Jack: »Das Oberste Gericht hat Nein gesagt. Das Büro des Gouverneurs hat gerade angerufen und noch mehr schlechte Nachrichten übermittelt.«

»Keine letzte Chance mehr?« Sosehr Cody sich bemüht, er

vermag seine Schultern nicht gerade zu halten. Wie Bleigewichte ziehen sie ihn nach unten, genauso wie sein Kopf.

»Alles ausgereizt, Cody. Mein letzter Trumpf ist ausgespielt. Ich habe es mit allen Tricks probiert.«

»Es ist also vorbei?«

»Es tut mir leid, Cody. Ich hätte es anders angehen sollen.«

»Ach was, Jack. Hören Sie auf, sich die Schuld zu geben. Sie haben zehn Jahre lang für mich gekämpft wie ein Löwe.«

»Ja, und am Ende habe ich den Kampf verloren. Sie hätten gewinnen sollen, Cody. Sie haben es nicht verdient zu sterben. Sie waren ein Kind, Sie haben niemanden umgebracht. Sie haben nie eine Waffe benutzt. Ich habe versagt, Cody.«

»Nein. Sie haben alles gegeben, bis zum bitteren Ende.«

»Es tut mir so leid.«

»Lassen Sie's gut sein, Jack. Ich bin mit mir im Reinen. Ich bin bereit.«

»Sie waren immer so tapfer, Cody. Keiner meiner Mandanten war je so tapfer wie Sie.«

»Ich komme klar, Jack. Und falls es doch ein nächstes Kapitel geben sollte, sehen wir uns dort.«

Cody tritt näher heran, streckt den Arm durch die Stäbe, legt die Hand auf Jacks Schulter. Die beiden Männer umarmen sich, so gut es durch das Gitter geht. Sie halten sich lange fest, ehe sie sich wieder lösen. Schließlich macht Jack einen Schritt rückwärts und wischt sich über das Gesicht. Er wendet sich um und entfernt sich. Cody sieht ihm nach.

Cody schließt die Augen und macht einen tiefen Atemzug, geht dann zum Fernseher, nimmt die Fernbedienung und schaltet ihn ein. Auf dem Bildschirm ist der Gouverneur zu sehen. Vor einem protzigen Bürogebäude, umringt von einer Schar grimmig dreinblickender Gefolgsleute, tritt er an einen Strauß Mikrofone heran und verkündet in grabesschwerem Ton: »Mir ist soeben mitgeteilt worden, dass das Oberste Gericht den letzten Antrag von Cody Wallace abgelehnt hat. Ich habe sein Gnadengesuch sorgfältig geprüft. Sein Alter ist in der Tat problematisch. Allerdings empfinde ich deutlich mehr Mitgefühl mit den Opfern dieses schrecklichen Verbrechens, den Bakers, die einen tragischen Verlust erlebt haben. Sie sind es, die zu dieser Stunde unsere Gebete brauchen. Sie lehnen eine Begnadigung ab. Die Menschen in diesem Staat haben wiederholt zum Ausdruck gebracht, dass sie an die Todesstrafe glauben. Es ist meine hehre Pflicht, das Gesetz zu achten. Deshalb lehne ich das Gnadengesuch ab. Die Hinrichtung wird wie geplant heute Abend um zweiundzwanzig Uhr stattfinden.«

Er neigt den Kopf wie zum Gebet, tritt den Rückzug an. Die Reporter fallen mit Fragen über ihn her, doch er ist viel zu betrübt, um ihnen jetzt Rede und Antwort stehen zu können.

Cody stellt den Fernseher auf stumm, ohne den Blick davon zu wenden. Plötzlich wechselt das Bild, man sieht Jack, der irgendwo auf dem Gefängnisgelände steht, flankiert von zwei Wärtern. Cody drückt rasch auf die Lautstärketaste.

Jack spricht in die Kamera. »Cody war vierzehn, ohne Zuhause, ohne Eltern, ein obdachloser Teenager, der im Wald hauste, ein Kind, das niemand haben wollte. Er hat selbst nie eine Waffe benutzt und niemanden getötet. Es ist barbarisch, den Jungen wie einen Erwachsenen zu behandeln, es ist gegen jede Moral, ihn hinzurichten. Das System hat bei Cody komplett versagt, und jetzt wird es ihn töten. Glückwunsch dafür an die gottesfürchtigen, waffenversessenen Recht-und-Gesetz-Fanatiker in diesem erbärmlichen Staat.«

Als der Nachrichtensprecher wieder auf dem Bildschirm erscheint, drückt Cody auf die Fernbedienung, und der Fernseher wird schwarz.

7

Marvin schiebt einen Servierwagen durch den dunklen Gang. Normalerweise wird das Abendessen um 17 Uhr gebracht, Mittagessen gibt es um elf Uhr und Frühstück um fünf Uhr morgens. Vor langer Zeit wurde einmal gerichtlich verfügt, dass männliche Gefängnisinsassen ein Recht auf zweitausendzweihundert Kalorien täglich haben und weibliche auf eintausendachthundert Kalorien. In anderen Abteilungen des Gefängnisses lässt sich damit vielleicht leben, doch im Todestrakt besteht der Speiseplan aus einer unsäglichen Mischung von angerührten Pulvern, verrottetem Gemüse und Pampf aus Konservendosen, deren Mindesthaltbarkeit lange verjährt ist. Zu den Mahlzeiten gibt es häufig fünf oder sechs Scheiben altes Weißbrot, um die magische Kalorienmindestgrenze zu erreichen und potenzielle Beschwerden zu vermeiden. Codys Klage vor zehn Jahren hat die Situation immerhin minimal verbessert. Manche Männer essen nur so viel, dass es gerade so zum Überleben reicht. Andere werden dick von dem Weißbrot, das über den Flur weitergereicht wird. Einige wenige haben das Glück, etwas Geld von zu Hause zu bekommen, um sich besseres Essen aus der Cafeteria zu besorgen.

»Deine letzte Mahlzeit, Cody«, sagt Marvin und schiebt eine mittelgroße Tiefkühlpizza mit Peperoni-Salami durch den Schlitz in der Gittertür. Cody tritt heran und nimmt sie entgegen. Marvin reicht ihm einen hohen Pappbecher mit einem Strohhalm. »Und hier dein Erdbeer-Milchshake.«

Cody lächelt und nimmt auf seiner Pritsche Platz. Er nimmt ein Stück Pizza und beißt davon ab. »Es ist vorbei, Marvin. Es wird wirklich passieren, oder?«

»Alles sieht danach aus, Cody. Es tut mir wirklich leid.«

Cody nimmt noch einen Bissen und zieht dann einmal am

Strohhalm. Er sieht Marvin an. »Das ist eine ziemlich eklige Tiefkühlpizza.«

»Was hast du erwartet?«

»Ich weiß nicht. Ich habe schon viel bessere gehabt.«

»Du hast Tiefkühlpizza bestellt. Das habe ich noch nie erlebt,
als Henkersmahlzeit.«

»Ist es nicht auch völlig egal? Ich habe sowieso keinen Hunger.
Willst du ein Stück?«

»Nein danke.«

Cody zieht noch mal am Strohhalm, fängt an zu lachen. »Weißt
du noch, wie Skunk Miller getötet wurde, vor etwa zwei Jahren?«

»Klar. Weiß ich noch genau. Ich mochte Skunk.«

»Was war seine letzte Mahlzeit?«

Marvin schmunzelt bei der Erinnerung. »Das war was. Skunk
wollte das volle Programm: Filetsteak, Pommes frites, zwei
Cheeseburger, ein Dutzend Austern, eine Ofenkartoffel, Eier und
Speck, Schokokuchen. Und er hat alles aufgegessen.«

»Du hast es ihm gebracht, oder?«

»Ja. Und ich habe ihm beim Essen zugesehen. Er hat mir immer
wieder etwas davon angeboten, aber ich wäre mir seltsam vorgekommen.«

»Er hat auch eine Flasche Wein bestellt.«

»Ja, die hat er aber nicht bekommen. Natürlich gibt es keinen
Alkohol.«

Cody isst ein kleines Stück, hat aber ganz offensichtlich das Interesse an seiner Pizza verloren. »Hast du gewusst, dass wenige
Minuten nach dem Tod Blase und Darm entspannen und sich
komplett entleeren? Eine Riesensauerei. Da hat Skunk wohl zuletzt gelacht.«

»Er hatte, glaube ich, nichts zu lachen.«

»Musstest du hinterher sauber machen?«

»Nein. Dafür ist zum Glück jemand anders zuständig.«

»Was passiert mit mir, nachdem sie mich aus meiner Kleidung geschnitten und abgespritzt haben?«

»Ich weiß es nicht, Cody. Das hat mich noch nie interessiert.«

»Hast du mal bei einer Hinrichtung zugesehen?«

»Nein. Mehr als das hier möchte ich nicht davon mitbekommen.«

»Ich wünschte, du würdest was von der Pizza essen. Sie ist nicht besonders gut, macht aber irgendwie satt.«

»Nein danke.«

»Lass mich raten – du magst Tiefkühlpizza nicht?«

»So sieht's aus.«

Cody lächelt, zieht am Strohhalm. »Wirklich, Marvin? Wenn wir in ein Haus eingebrochen sind, ich und Brian, dann haben wir uns immer zuerst nach Waffen umgesehen, Waffen und Schmuck, also Wertsachen, die leicht zu transportieren sind und noch leichter zu verticken. Nach dem ersten Rundgang war es dann mein Job, im Kühlschrank oder Tiefkühler nach was Essbarem zu suchen. Zur Zeit des Einbruchs waren wir meist hungrig. Wenn wir Glück hatten, war Tiefkühlpizza im Eis. Wir hatten einen kleinen Holzkohlegrill, den wir gestohlen hatten – Mann, es war ja alles gestohlen, was wir besaßen, einschließlich der Schuhe an unseren Füßen. Jedenfalls haben wir uns um Mitternacht eine Pizza gegrillt und die Sterne betrachtet.« Er steht auf, sieht Marvin an, schließt die Augen und verharrt so eine ganze Weile lang schweigend. Dann lächelt er. »Das waren die glücklichen Tage, Marvin. Ich und Brian, frei wie die Vögel. Wir haben uns von dem ernährt, was uns die Natur schenkte, sozusagen, haben in unseren Notzelten geschlafen, immer wieder woanders, damit uns niemand findet. Stell dir das mal vor, Marvin. Niemand auf der Welt wusste, wo wir sind, und es interessierte auch niemanden. Umgekehrt war uns der Rest der Welt vollkommen egal. Das war die absolute

Freiheit, da draußen im Wald. Das waren die besten Zeiten, und ich war nur ein Kind.«

Marvin hat darauf nichts zu sagen. Eine zähe Minute verstreicht, in der Cody wie in Trance ist. Am Ende des Gangs schlägt die Tür, doch niemand kommt. Irgendwann sagt Marvin: »Cody, ich will jetzt nicht den harten Hund geben, aber du solltest mit dem Essen zum Ende kommen. Wir müssen dich in ein paar Minuten in den Warteraum bringen.«

»Warum kann ich denn nicht hierbleiben bis zum großen Moment?«

»Das weiß ich nicht. Ich habe die Vorschriften nicht gemacht.«

»Ich weiß, ich weiß.«

»Tut mir leid.«

»Marvin, hör mal, ich war vorhin ein bisschen grob zum Padre. Ist er noch hier?«

»Ja, er ist vorne beim Direktor.«

»Kannst du ihn fragen, ob er sich zu mir in den Warteraum setzt?«

»Klar. Das wird ihn freuen.«

»Willst du nicht meine Hinrichtung sehen? Ich habe noch jede Menge Tickets übrig.«

»Nein danke.«

Cody lächelt breit und fängt dann an zu prusten. »Marvin, würdest du mir einen Gefallen tun?«

Marvin lacht. »Einen Gefallen auf dem Weg zur Hinrichtung?«

»Genau. Du kriegst das hin. Eine ganz einfache Sache, die mir viel bedeuten würde.«

»Was denn?«

Cody geht zum Gitter. »Marvin«, sagt er mit gesenkter Stimme. »Ich habe seit vierzehn Jahren den Mond nicht mehr gesehen. Ich würde ihn gern noch ein einziges Mal sehen.«

»Ich bitte dich, Cody.«

»Nein, ich bitte dich, Marvin. In weniger als einer Stunde werde ich tot sein. Wer zum Henker sollte etwas dagegen haben, wenn ich noch mal rausgehe und ein bisschen frische Luft schnappe? Was soll schon passieren?«

»Es ist gegen die Regeln.«

»Die meisten Regeln hier machst du, Marvin. Niemand wird dich infrage stellen. Wer soll denn überhaupt etwas davon mitbekommen? Wir gehen den Gang entlang, durch die Seitentür in den Hof, und da ist er dann. Ein großer Mond, schön voll, der erste Sommermond. Direkt über uns am östlichen Himmel.«

»Zu riskant.«

Cody lacht. »Jetzt mal ganz im Ernst. Was soll ich anstellen, Marvin? Dir eins über den Schädel ziehen, ein halbes Dutzend Zäune überspringen, tausend Kugeln ausweichen, den Bluthunden davonrennen? Und dann? Wohin sollte ich dann wohl gehen, Marvin? Die haben den halben Polizeiapparat des Staates draußen auffahren lassen für dieses festliche Ereignis, so versessen sind wir hier auf unsere Hinrichtungen. Komm, Marvin, tu was Gutes. Ich bin doch quasi schon tot, okay?«

Unsicher blickt sich Marvin um. »Ich frage den Direktor.«

»Nein! Verplemper keine Zeit mit dem Idioten. Du weißt, dass er Nein sagen wird. Lass mich einfach durch die Seitentür nach draußen, niemand wird uns sehen. Nur fünf Minuten. Bitte, Marvin.«

»Ich kann das nicht tun.«

»Natürlich kannst du. Vor wem hast du Angst?«

»Es würde mich den Job kosten.«

»Nein. Niemand wird was mitbekommen.«

»Es tut mir leid, Cody.«

»Nur fünf Minuten.«

»Zwei Minuten. Und dann sofort wieder rein.«

8

Der Hof ist ein kleiner Außenbereich mit einem Picknicktisch auf einer Betonplatte, die von ein paar Grashalmen umgeben ist, genau sechs mal sieben Meter fünfzig groß. Die Insassen des Todestraktes kennen die exakten Maße, weil sie tagtäglich hier ihre Runden drehen. Zwischen dem Rand der Betonplatte und dem Maschendrahtzaun mit dem glänzenden Stacheldrahtverhau hat sich ein Trampelpfad gebildet. Die Männer dürfen hier jeden Tag eine Stunde verbringen, allein und ohne Aufsicht, um frische Luft zu schnappen, in die Ferne zu schauen und zu träumen und den ausgetretenen Weg entlangzuschlurfen. Sieben bis acht große Schritte, dann eine Neunzig-Grad-Wendung und noch einmal so viele. Früher war der Hof größer, es gab ein paar alte Gewichte zum Stemmen und einen Basketballkorb. Pro Hofgang waren vier Männer erlaubt gewesen, Zwei-gegen-zwei-Raufpartien waren an der Tagesordnung. Dann kam es zu einem Gewaltausbruch, und ein Mann wurde mit einer Hantel niedergeschlagen.

Es gibt keine Beleuchtung. Der Hof wird nach Einbruch der Dunkelheit nicht benutzt. Der niedrige Bau mit dem Flachdach, der den Todestrakt beinhaltet, schließt sich daran an, vierzig Meter Richtung Osten und Westen. Am entfernten Ende befindet sich das Gashaus, ein weiteres Nebengebäude, das vor Jahrzehnten angebaut wurde.

Die dicke Metalltür öffnet sich, Cody tritt nach draußen, ohne Handschellen und Fußfesseln. Marvin, der unbewaffnet ist, folgt ihm, lässt ihn nicht aus den Augen. In der Ferne suchen Scheinwerfer den Himmel ab. Irgendwo ist ein Helikopter zu hören. Eine Hinrichtung steht kurz bevor. Die Luft flirrt vor Erregung.

Cody steht in der Mitte des Hofes und betrachtet den Vollmond, der so groß ist, dass er fast greifbar erscheint. »Er hat sich nicht verändert, oder? Immer noch derselbe gute, alte Mond.«

Marvin stützt sich auf dem Picknicktisch ab. »Hast du etwas anderes erwartet?«

»Er wirkt näher, findest du nicht?«

»Wohl kaum. Woher wusstest du, dass heute Vollmond ist?«

»Weil heute der 22. Juni ist, der erste Tag des Sommers. Heute ist Erdbeermond.«

»Davon habe ich noch nie gehört.«

»Ist das dein Ernst, Marvin?«

»Ich habe wirklich noch nie davon gehört. Warum Erdbeermond?«

»Weil im Frühsommer Erdbeeren und andere Früchte reif werden. Der Ausdruck stammt von den Indianern.«

»Was soll das bedeuten?«

»Es bedeutet, dass der Mond für ein paar Tage näher erscheint.«

»Woher weißt du das alles?«

»Ich habe mal alle Sterne und Sternbilder gekannt, Marvin. Ich und Brian haben in der Wildnis gelebt, wir haben tagsüber geschlafen und sind nachts herumgezogen. Soll ich dir eine meiner Lieblingsgeschichten erzählen?«

»Okay, aber mach schnell. Wenn uns der Direktor hier erwischt, gibt es richtig Ärger.«

»Der Direktor macht mir keine Sorgen.«

»Aber mir. Ich weiß nicht, ob das hier eine gute Idee ist.«

»Ich und Brian sind einmal in ein Haus eingebrochen, und wir haben nichts zum Verkaufen gefunden, keine Waffen, keinen Schmuck oder sonst etwas Wertvolles. Mann, die hatten nicht mal Tiefkühlpizza. Aber immerhin hatte der Typ, dem das Haus gehörte, ein richtig schönes Teleskop in seinem Wohnzimmer aufgebaut, an einem großen Fenster, sodass er die Sterne beobachten konnte. Wir waren echt sauer auf ihn, also nahmen wir das Teleskop mit, weil wir dachten, dass wir es für ein paar Dollar verticken könnten. In der Nacht haben wir es auf einem Feld aufgestellt und angefangen, damit herumzuspielen. Ich werde nie vergessen, wie cool das war, zum ersten Mal die Oberfläche des Mondes zu sehen, die Krater und Täler und Steilkanten. ›Grandiose Trostlosigkeit‹ hat ein Astronaut mal dazu gesagt. Wir waren total fasziniert, haben stundenlang hindurchgespäht. Etwa eine Woche danach sind wir in ein anderes Haus eingebrochen, das war die reinste Goldmine. Waffen, Schmuck, Radios, ein kleiner Fernseher. Ganz schön viel zu schleppen. Und sogar Pizza. Wir vertickten das Zeug, hatten also etwas Geld. Wir suchten uns ein billiges Motel, nahmen uns ein Zimmer, duschten, schliefen mit Klimaanlage. Luxusleben. So was haben wir manchmal gemacht, wenn wir genug Geld hatten. Ganz in der Nähe war eine Bücherei, eine Zweigstelle von der Zentrale in der Innenstadt. Wir gingen da hin – ich war zum ersten Mal in einer Bücherei, das kannst du mir glauben – und waren ganz überrascht, dass jeder da reinkommen und umsonst Zeitungen und Magazine lesen kann. Wir stöberten herum und fanden im oberen Stockwerk ein wunderschönes Bilderbuch über Sonnensystem, Sternbilder, die verschiedenen Mondphasen. Das haben wir geklaut und mit zu unserem Zeltplatz genommen. Wir haben es von der ersten bis zur letzten Seite durchgearbeitet. Ich konnte damals nicht so gut lesen, aber Brian hatte die achte Klasse abgeschlossen. Wir lernten alles über die Sterne. In klaren Nächten verbrachten wir Stunden mit dem Teleskop. Wir konnten mit bloßem Auge am Mond ablesen, welcher Tag im Monat es war. Wenn kein Mond da war und der Himmel voller Sterne, konnten wir ohne Teleskop alle Sternbilder benennen. Orion, Skorpion, Zwillinge, Kreuz des Nordens, Stier, Großer Bär, besser bekannt als Großer Wagen. Mit dem Teleskop haben wir auch Sterne und Sonnensysteme gefunden, die sie einem in der Schule nicht beibringen. Einmal haben wir uns heftig gestritten, weil Brian felsenfest überzeugt war, den Pluto entdeckt zu haben. Kannst du das glauben?«

»Ich weiß nicht, was ich glauben soll.«

»Wir haben das Teleskop behalten, haben es nie vertickt, nicht mal, wenn wir Hunger hatten.«

»Das ist eine hübsche Geschichte, abgesehen von dem Teil, wo es um Einbruch und Diebstahl geht.«

»Was hätten wir denn tun sollen, Marvin? Verhungern?«

»Das ist keine Rechtfertigung.«

»Wie du meinst.« Cody deutet auf den Mond. »Brian mochte die dunklen Nächte mit der Milchstraße und Tausenden von Sternen, aber ich mochte den Mond. Wenn er voll war, so wie heute, war es fast unmöglich, alle Sternbilder zu erkennen. War mir aber auch egal. Ich habe Stunden damit verbracht, seine Oberfläche zu untersuchen, weil ich überzeugt war, dass da oben jemand wohnt. Siehst du die dunkle Stelle gleich rechts vom Totpunkt? Das ist das Mare Tranquillitatis, das Meer der Ruhe, wo im Juli 1969 Apollo 11 gelandet ist. Erinnerst du dich noch, Marvin?«

»Jeder erinnert sich daran. Du warst damals noch ein Kind.«

»Ich war acht und lebte bei einer Pflegefamilie, wieder mal, wie so oft zu der Zeit. Die Conways waren, glaube ich, ganz okay, aber das Schlimme ist, dass man als Pflegekind immer weiß, man gehört nicht dazu. Jedenfalls, es war Sonntagabend, und Mr. Conway hat uns alle vor dem Fernseher zusammengerufen, damit wir die Mondlandung sehen. Ich fand das total langweilig. Und du?«

»Ich weiß nicht, Cody. Es ist lange her. Kleine schwarze Jungs haben nicht davon geträumt, einmal Astronaut zu werden.«

»Na ja, ich war ein kleiner weißer Junge und habe auch nicht von so was geträumt. Ich habe immer nur davon geträumt, eine

Mutter und einen Vater zu haben und in einem hübschen kleinen Haus zu wohnen.«

Cody tritt zurück und lehnt sich neben Marvin an den Picknicktisch. Sie sehen den Suchscheinwerfern zu, die in der Ferne über den Himmel schweifen.

»Wovon hast du geträumt, Marvin?«

»Ich weiß nicht. Vom Baseballspielen. Ich hatte gute Eltern, die habe ich immer noch, viele Brüder und Schwestern, Tanten und Onkel, eine große Familie, es herrschte fast immer gute Laune. In dieser Hinsicht bin ich ein glücklicher Mensch.«

»Das bist du allerdings.«

»Willie Mays war mein Held, ich wollte in den großen Ligen spielen. Mein Vater war Baseballspieler gewesen, hatte drei Jahre in der Minor League gespielt, aber das war vor Jackie Robinson. Weil er kein Geld verdiente, hörte er auf und kam heim. Er hat mir das Spielen beigebracht, und ich fand es toll.«

»Wie weit bist du gekommen?«

Marvin fand die Frage belustigend. »Nicht weit. 1965 haben mich die White Sox in der fünfundvierzigsten Runde gedraftet, das war zufällig die letzte Runde, und sie boten mir zweihundert Dollar, wenn ich unterschreibe.«

»Hast du unterschrieben?«

»Nein. Mein Vater hat mir abgeraten. Er wusste, dass ich es nicht in die Major League schaffen würde, weil ich zu langsam war, und er wollte nicht, dass ich die nächsten fünf Jahre damit vergeude, in den unteren Ligen hin- und hergereicht zu werden. Er wollte, dass ich aufs College gehe, aber dafür reichten unsere finanziellen Mittel nicht aus.«

»Er muss ein sehr kluger Mann gewesen sein.«

»Das ist er immer noch. Er liebt es immer noch, Ratschläge zu geben, und ich höre auch hin und wieder auf ihn.«

»Und deine Mutter?«

»Die ist auch immer noch da. Die beiden sind über fünfzig Jahre verheiratet. Sie gibt auch gern Ratschläge.«

Cody ist viel zu nervös, um auf einem Fleck stehen zu bleiben. Er geht zum Zaun und betrachtet den Mond. »Einmal, da war ich etwa zwölf, wir waren im Wald, ich und Brian, es war kalt, mitten im Winter, wir hatten Hunger. Wir zogen los, um auszukundschaften, welche Häuser wir als Nächstes drannehmen. Es war gerade dunkel geworden. Wir schlichen uns von hinten an dieses Haus am Waldrand heran, es gehörte zu einer dieser modernen Wohnsiedlungen. Um besser sehen zu können, kletterten wir auf einen Baum. Wir schauten von oben in das Haus hinein. Es gab ein großes Fenster, man konnte in die Küche sehen. Um den Tisch herum saß eine perfekte Kleinfamilie beim Abendessen. Vater, Mutter, drei Kinder. Einer der Jungen war etwa so alt wie ich. Sie aßen, redeten, lachten, hinter ihnen brannte ein Feuer im Kamin. Ich dachte: Was ist mit mir? Warum hocke ich hier oben auf einem Baum, hungernd und frierend, und das Kind da unten lebt ein perfektes Leben? Was ist bei mir schiefgelaufen, Marvin?«

»Ich habe keine Antwort.«

»Schon klar, Marvin. Ich muss es einfach nur mal loswerden, okay? Meine biologische Uhr tickt. Ich meine, buchstäblich.«

»Wir gehen besser wieder hinein. Du hast noch dreiunddreißig Minuten. Wenn uns der Direktor erwischt …«

»Was soll er denn tun? Mir Privilegien streichen? Mit Bewährungsstrafe drohen?«

»Ich weiß nicht, aber mich kann er nach drüben in den normalen Strafvollzug versetzen, zum Pöbel.«

Cody lacht. »Hier im Todestrakt ist das Leben schöner.«

»Ich mag es lieber.«

»Danke dafür, Marvin.« Er macht eine Handbewegung zum

Mond. »Danke, dass du immer nett zu mir warst. Manche von den Wärtern sind Arschlöcher.«

»Ich habe dich immer gemocht, Cody, und ich fand immer, du hast es nicht verdient, hier zu sein.«

»Danke, Marvin, das ist schön zu hören, so kurz vor dem Ende.«

Auf der Straße, die zum Haupttrakt des Gefängnisses führt, nähern sich Fahrzeuge, eine kleine Karawane, bestehend aus einem Polizeiwagen mit vollem Blaulicht, gefolgt von drei identisch aussehenden Transportern und einem weiteren Polizeiwagen. Sie biegen auf den Parkplatz vor dem Todestrakt ein und halten. In der Ferne, zu weit, um zu verstehen, was gesagt wird, leeren sich die Transporter, und die Wärter begleiten die Besucher nach drinnen.

Cody und Marvin sehen zu. Als die Menschen außer Sicht sind, sagt Cody: »Das sind wohl die Zeugen. Jetzt wird's ernst.«

»Da hast du wohl recht.«

»Hast du die Zeugenliste gesehen, Marvin?«

»Ja.«

»Und? Wer steht drauf?«

»Das darf ich nicht sagen.«

»Komm schon, Marvin, jetzt mal ehrlich! Ich darf doch wohl wissen, wer mir beim Sterben zusehen wird.«

»Ein paar Verwandte. Die Bakers hatten drei Kinder.«

»Murray, Adam und Estelle. Zum Glück waren sie an dem Abend nicht zu Hause. Ich erinnere mich an sie vom Prozess. Ich habe ihnen sogar mehrfach geschrieben, aber sie haben nie geantwortet. Man kann es ihnen nicht verdenken.«

»Nun, sie sind hier, zusammen mit einigen Anwälten von der Anklageseite und ein paar Polizisten, glaube ich. Ich kenne nicht alle, die auf der Liste stehen.«

»Niemand auf meiner Seite des Raumes.«

»Das wolltest du doch so, oder?«

»Glaube schon. Möchtest du mir beim Sterben zusehen, Marvin?«

»Die Antwort lautet immer noch Nein.«

»Habe ich mir gedacht. Ich frage mich aber, Marvin, wie fühlen die sich, wenn es vorbei ist? Werden sie erleichtert sein? Traurig vielleicht? Einfach nur froh, dass ich tot bin? Ich weiß nicht. Was denkst du?«

»Keine Ahnung. Sicher ist, dass sie dich sterben sehen wollen, sonst wären sie nicht hier.«

»Immerhin werden sie was bekommen für ihr Geld, dafür sorgen ich und der Direktor.« Cody geht ein paar Schritte auf und ab, ohne den Blick vom Gashaus zu wenden. »Weißt du, Marvin, ich habe wirklich Mitleid mit den Leuten. Sie haben ihre Eltern verloren, das waren gute Menschen und alles, aber ich schwöre, ich habe niemanden getötet.«

»Ich weiß.«

»Ich habe sogar Brian angefleht, er soll die Waffe weglegen.«

»Vor Jahren habe ich einmal mit deinem Anwalt gesprochen, Jack. Ich mag ihn. Er hat mir von deinem Fall erzählt, dass du die Leute nicht getötet hast, dass es dein Bruder war, der geschossen hat.«

»Das stimmt, aber ich war dabei, also bin ich Mittäter, und nach den Gesetzen dieses großartigen Staates bin ich damit genauso schuldig wie mein Bruder.«

»Es erscheint mir trotzdem nicht richtig.«

»Es war mein Fehler, Marvin. Ganz allein mein Fehler.«

9

Das Haus gehörte zu einer Art Siedlung aus Viertausend-Quadratmeter-Grundstücken, weit draußen vor der Stadt, aber voll erschlossen und mit asphaltierter Zufahrt. Die Nachbarn waren weit genug weg, um nicht lästig zu fallen, aber nahe genug, um im Notfall helfen zu können. Zweihundertachtzig Quadratmeter Wohnfläche, Swimmingpool, Garten, genug Platz für Hunde. Die Gegend war ideal für Blitzeinbrüche. Man konnte sich aus dem Wald unbemerkt anschleichen und rund um die Uhr zuschlagen. Für die kleine Wallace-Bande war sie noch unbekanntes Terrain. Vierzehn Häuser lagen an der Straße, alle innerhalb der letzten zwanzig Jahre gebaut, also modern genug, um mit Sicherheitssystemen und Alarmanlagen ausgestattet zu sein. In fast allen Einfahrten standen kleine Steckschilder mit der Aufschrift ALERT, dem Namen des bekanntesten Sicherheitsdienstes der Gegend.

Wochenlang beobachteten Brian und Cody die Straße. Es war Sommer, Ferienzeit, für Einbrecher immer eine besonders betriebsame Zeit. In der Dämmerung sausten sie auf ihren Fahrrädern durch die Nachbarschaft, um zu sehen, welche Häuser im Dunkeln lagen. Am späten Nachmittag kletterten sie auf Bäume und spähten durch ihr Fernglas; wo fehlten Wohnmobile, wo sammelten sich Zeitungen in der Einfahrt an, wo waren keine Kinder und Hunde zu hören, wer hatte die Vorhänge dicht zugezogen – es war ganz einfach, leer stehende Häuser zu finden.

Nach ein paar Tagen stand fest, dass die Bakers nicht zu Hause waren. Sie wohnten auf der Nordseite der Straße, für die Cody zuständig war. Brian überwachte die Häuser auf der anderen Seite.

Sie warteten bis zwei Uhr morgens, das war die beste Zeit für Einbrüche. Alle Fenster und Türen waren mit ALERT-Sensoren ausgestattet, die Alarmierung der Sicherheitszentrale würde nach etwa einer Minute erfolgen, dann würden die Sirenen oder Summer, oder was auch immer die Bakers gewählt hatten, im Haus losgehen. Man wusste nie, ob auch außen am Haus ein Alarmton losging, der die Nachbarn aufschrecken würde. Wenn alles nach Plan lief, würden mindestens zwanzig Minuten vergehen, ehe mit Blaulicht zu rechnen war.

Mehr als zwei Minuten würden sie nicht benötigen. Beide trugen eine kleine Taschenlampe bei sich, denn sie arbeiteten im Dunkeln. Schließlich mochte es Nachbarn geben, die unter Schlaflosigkeit litten. Mit einem Glasschneider entfernte Brian blitzschnell eine Scheibe in der Terrassentür, griff hinein, drückte einen Riegel zur Seite und schob die Tür auf. Er hatte das schon so oft gemacht, dass er eine verschlossene Tür ohne Schlüssel ebenso schnell öffnen konnte wie mit.

Sekunden später schlug der Alarm im Haus an, wenn auch nicht sonderlich laut. Die Jungen hatten gelernt, sich von dem Lärm nicht aus der Ruhe bringen zu lassen und einfach weiterzumachen. Sie hatten noch nie eingebrochen, wenn die Bewohner zu Hause waren. Es gab also nie jemanden, der den Alarm hören konnte.

In jener schicksalhaften Nacht aber ging alles schief. Sie waren im Wohnzimmer, als jemand am Ende des Flurs das Licht einschaltete. »Wer ist da?«, rief eine männliche Stimme.

»Verdammt!«, zischte Brian fast flüsternd, aber doch so laut, dass man ihn hören konnte, denn eine Frau rief: »Da ist jemand drin, Carl! Ich habe was gehört.«

Fünfzehn Jahre lang hatte Cody diese schrecklichen Sekunden immer wieder Revue passieren lassen und nie herausgefunden, warum Brian nicht den Mund gehalten hatte. Sie hatten einander eingebläut, ohne einen Laut durch dieselbe Tür zu flüchten, durch die sie hereingekommen waren, und schleunigst in die Nacht zu verschwinden. Einfach losrennen. Sie waren schwarz gekleidet, einschließlich ihrer Sneaker, trugen schwarze Schminke im Gesicht und Gummihandschuhe. Sie waren noch Kinder, doch sie spielten ein erwachsenes Spiel, das sie ernst nahmen. Sie waren stolz auf ihre Erfolge.

Und die Waffe? Wozu die Waffe? Sie hatten Hunderte Waffen gestohlen und Berge von Munition für Schießübungen tief im Wald verschwendet. Cody konnte leidlich schießen, doch Brian traf immer. Sie hatten sich gestritten, ob sie zu ihren Einbrüchen eine Waffe mitnehmen sollten oder nicht.

Im rückwärtigen Teil des Hauses ging noch ein Licht an. Cody wich zurück und kroch auf allen vieren in die Küche, wo er einen Barhocker umstieß.

»Ich habe eine Waffe!«, brüllte der Mann.

Brian duckte sich im Wohnzimmer hinter einen Sessel.

Die Schießerei dauerte nur wenige Sekunden, doch Cody, der sie als Einziger überlebte, konnte Stunden damit zubringen, sie im Geiste durchzuspielen. Der ohrenbetäubende Krach einer Schrotflinte Kaliber 12, schnelle Schüsse aus einer 9-Millimeter-Pistole. Die Frau schrie, der Mann feuerte erneut.

In Codys Prozess würde der Sachverständige für Ballistik den Geschworenen erläutern, dass Brian fünf Schüsse abgeben konnte, ehe er von der Flinte niedergestreckt wurde. Ein Schuss traf Mrs. Baker unter dem linken Auge und tötete sie sofort. Zwei Schüsse trafen Mr. Baker in die Brust, doch er vermochte es trotzdem noch, Brian mit einem zweiten Schuss zu erledigen.

Als der Schusswechsel beendet war, suchte Cody einen Lichtschalter und blickte entsetzt auf das Blutbad. Mr. Baker lag stöhnend auf dem Boden und versuchte, auf die Beine zu kommen. Mrs. Baker war blutend gegen das Bücherregal gesunken. Brian lag auf dem Boden neben dem Fernseher, sein Kopf war halb weggeschossen. Cody schrie und robbte zu ihm.

Als die Polizei eintraf, fanden die Beamten Cody auf dem Boden kauernd vor, seinen Bruder mit dem zerfetzten Kopf im Arm, blutüberströmt, in Tränen aufgelöst.

Mr. Baker starb am nächsten Tag. Cody, der zumindest körperlich unversehrt geblieben war, wurde für den Rest seines Lebens weggeschlossen. Die Tatortfotos wurden den Geschworenen vorgelegt, und sie mussten nicht lange beraten, ehe sie mit dem Schuldspruch zurückkehrten.

10

»Es war alles mein Fehler, Marvin. Ich dachte, das Haus wäre leer, die Bakers wären noch nicht zurück. Ein Fehler von mir, und alles war dahin. Es war einfach so schrecklich.«

Cody kommt zum Picknicktisch zurück und lehnt sich wieder dagegen, neben Marvin. Beide blicken auf den Mond. Sekunden verstreichen, es ist Zeit zu gehen.

»Da war so viel Blut. Ich war über und über voll damit und konnte nicht weglaufen. Die Polizisten haben mich auf die Rückbank gestoßen und mich den ganzen Weg über zum Gefängnis angeschrien, aber das war mir egal. Ich konnte nicht aufhören zu weinen. Brian war tot. Er war der einzige Mensch, den ich je geliebt habe, Marvin, und der einzige Mensch, der mich je geliebt hat. Und jetzt ist er seit fünfzehn Jahren tot.«

»Es tut mir so leid, Cody.«

Ein Wärter lugt durch die Türöffnung. »Der Direktor kommt.«

Marvin nimmt Haltung an und geht zur Tür. Er öffnet sie und

wartet, doch Cody steht da wie angewurzelt. Langsam wischt er sich Tränen aus dem Gesicht, kann die Augen nicht vom Mond wenden.

»Wir müssen los, Cody.«

»Wohin? Wohin gehe ich, Marvin?«

»Das kann ich nicht beantworten.«

»Glaubst du, Brian wird dort sein?«

»Ich habe keine Ahnung.«

Cody richtet sich langsam auf, wischt sich erneut über das Gesicht und wirft einen langen letzten Blick auf den Mond.

SPARRINGSPARTNER

1

Die Kanzlei Malloy & Malloy war bereits vor einiger Zeit an die dritte Generation übergeben worden und florierte allem Anschein nach – trotz eines aufsehenerregenden Skandals, der noch gar nicht so lange zurücklag. Seit einundfünfzig Jahren residierten die Anwälte an der Pine Street, Ecke 10th Street, im Zentrum von St. Louis in einem ansprechenden Art-déco-Bau, den sich ein früherer Malloy-Anwalt bei einer Zwangsversteigerung unter den Nagel gerissen hatte.

Hinter der Fassade knirschte es jedoch. Der Patriarch der Kanzlei, Bolton Malloy, saß seit mittlerweile fünf Jahren im Gefängnis, weil er seinem eigenen Geständnis zufolge seine Ehefrau getötet hatte, eine extrem unangenehme Person, die niemand zu vermissen schien. Natürlich hatte es einen Eklat gegeben, als einer der prominentesten Anwälte der Stadt wegen Totschlags verurteilt wurde und seine Zulassung verlor. Das Gericht hatte ihm zehn Jahre aufgebrummt, aber er betrieb bereits eifrig seine vorzeitige Freilassung.

Seine Söhne hatten die Kanzlei übernommen und waren dabei, sie vor die Wand zu fahren. Sie waren die alleinigen Partner und im Hinblick auf Status, Befugnisse und Einkommen absolut gleichgestellt, aber sie verabscheuten einander von Herzen und sprachen nur miteinander, wenn es sich nicht vermeiden ließ. Rusty war siebzehn Monate älter als sein Bruder und sah sich als knallharter Prozessanwalt. Er liebte Auftritte vor Gericht und träumte von großen, spektakulären Erfolgen, die noch mehr Mandanten anlockten und ihn in die Schlagzeilen brachten. Kirk war zurückhaltender und hatte sich auf einträgliche Immobiliengeschäfte und Steuerberatung verlegt, um sein berufliches Risiko möglichst gering zu halten.

Rusty kaufte sich jedes Jahr Saisonkarten für die Cardinals und besuchte mindestens fünfzig Baseballspiele. Im Winter ließ er sich kaum ein Hockeymatch der St. Louis Blues entgehen. Kirk machte einen weiten Bogen um jeden Sport und bevorzugte Theater, Oper oder sogar Ballett.

Rusty liebte Blondinen und war bereits zum dritten Mal mit einer verheiratet. Nur aus der zweiten Ehe war ein Kind hervorgegangen, sein einziger Nachwuchs. Kirk war immer noch mit seiner ersten Frau, einer hübschen Brünetten, verheiratet, aber es kriselte gewaltig. Sie hatten drei Kinder im Teenageralter, die sie anständig erzogen hatten, die aber mittlerweile unabhängig voneinander auf die schiefe Bahn geraten waren.

Bolton und seine verstorbene Gattin hatten ihre Söhne streng katholisch erzogen, und Kirk besuchte immer noch jeden Sonntag die Messe. Rusty hatte sich wegen der Missbrauchsskandale von der Kirche losgesagt und konnte ungemütlich werden, wenn jemand ein Loblied auf den Papst anstimmte. Angeblich hatte er sich einer anglikanischen Gemeinde angeschlossen, wurde aber nie im Gottesdienst gesichtet.

Wie es sich für junge Leute irischer Abstammung gehörte, träumten beide davon, ihr Bachelorstudium an der katholischen University of Notre Dame in South Bend, Indiana, zu absolvieren. Da Rusty ein Jahr älter war, war er zuerst an der Reihe und ließ seinen Bruder seine Überlegenheit deutlich spüren. Als Teenager waren die Jungen so eifersüchtig aufeinander und konkurrierten so heftig, dass Kirk insgeheim darum betete, dass Rusty nicht angenommen wurde. Als es doch klappte, beschloss Kirk, es mit einer der historischen Eliteuniversitäten zu versuchen, um seinen

Bruder zu übertrumpfen. Er schaffte es am Dartmouth College auf die Warteliste und bekam ganz knapp noch einen Platz.

American Football für Notre Dame gegen Leichtathletik für Dartmouth. Sie ließen kein gutes Haar am jeweils anderen. Als bekannt wurde, dass Rusty in Yale Jura studieren wollte, fand Kirk das so unerträglich, dass er beschloss, sich in Harvard zu bewerben. Keiner von beiden wurde angenommen, obwohl beide einen soliden Bachelorabschluss vorweisen konnten. Rustys zweite Wahl war Georgetown. Kirks Alternative war die Northwestern University, die damals von einem führenden Magazin vier Rangplätze höher eingestuft wurde. Kirk absolvierte also sein Jurastudium an einer besseren Uni, aber davon wollte Rusty nichts hören.

Für Bolton Malloy war es selbstverständlich, dass seine beiden Söhne in die Kanzlei im Zentrum von St. Louis zurückkehrten, und nachdem er für jeden Cent ihres Grund- und Aufbaustudiums aufgekommen war, hatte er bei ihrer Zukunftsplanung ein gewichtiges Wort mitzureden. Um sie nicht zu verweichlichen, bestand er darauf, dass sie sich von der Pike auf hocharbeiteten und in der harten Wirklichkeit blutige Nasen holten. Rusty entschied sich für ein Pflichtverteidigerbüro in Milwaukee, Kirk ging zur Staatsanwaltschaft von Kansas City.

Malloy & Malloy war seit jeher tief in politische Machenschaften verstrickt gewesen, bei denen sich Bolton mal auf die eine, mal auf die andere Seite schlug und seine finanzielle Unterstützung den jeweils aussichtsreichsten Kandidaten zukommen ließ. Ihm war immer schon egal gewesen, welcher Partei die Bewerber um ein Amt angehörten. Ihm ging es nur darum, Einfluss zu nehmen, und dafür schrieb er Schecks und sammelte Spendengelder. Selbst hier standen seine Söhne auf verschiedenen Seiten. Rusty war ein eingefleischter Demokrat, der Großunternehmen und Versicherungsgesellschaften ebenso verachtete wie Versuche, die

Unternehmenshaftung zu beschränken. Seine Freunde waren Anwälte der kleinen Leute, die sich als kompromisslose Beschützer der Armen und Benachteiligten sahen. Kirk verbrachte seine Zeit in wohlhabenden Kreisen, speiste in den oberen Stockwerken von Wolkenkratzern und spielte im Country Club Tennis. Er war stolz darauf, nie für einen Demokraten gestimmt zu haben.

Der Riss war so tief, dass sich beide Seiten sogar räumlich getrennt hatten. Mandanten, die den opulenten Eingangsbereich von der Pine Street aus betraten, wurden von einer attraktiven Dame hinter einer eleganten modernen Theke in Empfang genommen. Wer zu Kirk wollte, wurde nach rechts geschickt, wo er in seinem eigenen Flügel residierte. Zu Rusty ging es nach links. Jeder hielt sich auf »seiner« Seite seinen eigenen Stab von Untergebenen – angestellte Anwälte, Sekretärinnen, Anwaltsassistenten und Laufburschen. Mit der »anderen Seite« zu verkehren war verpönt.

Tatsächlich war das auch kaum erforderlich. Rusty hatte sich auf Personenschadenprozesse spezialisiert, bei denen es hart auf hart ging. Seine Mitarbeiter verfügten über große Erfahrung mit der Rekonstruktion von Unfällen, Behandlungsfehlern, der Vorbereitung von Gerichtsterminen, Vergleichsverhandlungen und der eigentlichen Arbeit im Gerichtssaal. Kirk arbeitete auf Stundenbasis für wohlhabende Mandanten, und seine Mitarbeiter verstanden sich darauf, zentimeterdicke Testamente zu verfassen und Steuerschlupflöcher ausfindig zu machen.

Gemeinsame Feiern hatte es seit Boltons Ausscheiden vor fünf Jahren nicht mehr gegeben. Dem »Alten« war es wichtig gewesen, dass sich alle am ersten Freitag jeden Monats um Punkt siebzehn Uhr zu Wein und Käse trafen, um die Stimmung unter den Mitarbeitern aufzulockern und die Arbeitsmoral zu heben. Bei den von ihm organisierten Weihnachtsfeiern war es geradezu erwünscht, dass ordentlich gebechert wurde. Aber damit war Schluss, als Bolton die Kanzlei verließ. Kaum war er verurteilt, zogen sich beide Seiten in ihre jeweiligen Flügel zurück und einigten sich stillschweigend auf neue Spielregeln.

Um seinem Bruder aus dem Weg zu gehen, arbeitete Rusty montags, mittwochs und am Freitagvormittag wie ein Wilder. Sofern er nicht bei Gericht war, natürlich. Kirk war gern bereit, an diesen Tagen der Kanzlei fernzubleiben, und schuftete dafür dienstags, donnerstags und gelegentlich am Samstagvormittag. Oft sprachen sie wochenlang nicht miteinander und sahen sich kaum.

Um trotz dieser Feindseligkeiten halbwegs geordnet arbeiten zu können, verließ sich die Kanzlei auf Diantha Bradshaw – den Fels in der Brandung, die Vermittlerin, die inoffizielle dritte Partnerin. Ihr Büro befand sich in der demilitarisierten Zone hinter dem Empfang und war von beiden Flügeln gleich weit entfernt. Wenn Kirk etwas von Rusty brauchte, was selten genug vorkam, wandte er sich an Diantha. Rusty ging genauso vor. Falls eine wichtige Entscheidung anstand, zog sie beide getrennt zurate und tat dann, was sie für richtig hielt.

Angesichts der Tatsache, dass in ihrer Branche jede Woche Kanzleien aufgelöst wurden, hätten sich die Malloys trennen und ohne familiäre Verstrickungen ihrer Wege gehen sollen. Aber das ging aus zwei Gründen nicht. Zum einen hatte Bolton sie, bevor er ins Gefängnis ging, praktisch mit vorgehaltener Waffe gezwungen, einen knallharten Gesellschaftsvertrag zu unterschreiben. Beide hatten sich unter Druck verpflichtet, die nächsten fünfzehn Jahre als gleichberechtigte Partner zusammenzuarbeiten. Falls einer von ihnen ausschied, sollten *alle* seine Fälle, Mandanten und Honorare bei der Kanzlei verbleiben. Das konnte sich keiner von ihnen leisten. Das zweite Problem waren die Räumlichkeiten.

Bolton war alleiniger Inhaber des Gebäudes, das er für einen Dollar pro Jahr an die Kanzlei vermietete. Er rechnete sich aus, dass er an der Wertsteigerung genug verdiente. Eine angemessene Monatsmiete hätte um die vierzigtausend Dollar gekostet. Wenn die Kanzlei Schiffbruch erlitt, bedeutete das eine Zwangsräumung und drastische rückwirkende Anpassungen der Miete, was allen Beteiligten das Leben schwer gemacht hätte.

Bolton hatte sie als Vater, Partner und Arbeitgeber ein Leben lang kontrolliert und auf hinterhältige Weise manipuliert. Niemand vermisste ihn. Sein Gerede von einer vorzeitigen Entlassung auf Bewährung beunruhigte sie.

Beide Flügel von Malloy & Malloy legten Wert darauf, dass Bolton blieb, wo er war.

2

Früh an einem Donnerstag, einem von Kirks Bürotagen, fuhr er von der 10th Street aus in die Tiefgarage unter dem Malloy-Gebäude. Dort parkten schon einige wenige Fahrzeuge, die Rustys Mitarbeitern gehörten. Wenn der große Meister eine Gerichtsverhandlung hatte, traten alle bereits vor acht Uhr an. In der Nähe des Aufzugs waren vier Stellplätze reserviert, mit großen Namensschildern, die Unbefugte fernhielten. Auf dem von Rusty stand ein bulliger Ford SUV, der so breit war, dass er kaum Platz fand. Am Heck prangte ein neuer Aufkleber mit Wahlwerbung: HAL HODGE WÄHLEN, DEMOKRATEN INS GOUVERNEURSAMT.

Kirk parkte dem Ford gegenüber und neben einem auf Hochglanz polierten Audi, der Diantha gehörte. Dass sie schon so früh im Büro war, ließ darauf schließen, dass sie die Entwicklung von Rustys jüngstem Ausflug in den Gerichtssaal genau verfolgte.

Wenn Rusty in eine Verhandlung ging, hielten beide Fraktionen der Kanzlei den Atem an.

Kirk stieg aus, griff nach seinem Aktenkoffer und ging in Richtung Aufzug. Einmal blieb er kurz stehen, um höhnisch über Rustys Aufkleber zu feixen. Hal Hodge war für ihn ein unfähiger Bürokrat, der seit über zwanzig Jahren im Parlament des Bundesstaats saß und dort nicht viel zustande gebracht hatte. Er drehte sich noch einmal um und betrachtete hochzufrieden den Sticker, der am Heck seines eigenen makellosen BMW prangte: ZWEITE AMTSZEIT FÜR GOUVERNEUR STURGISS, EINEN ECHTEN REPUBLIKANER.

Kirk hatte Sturgiss bei der Wahl vor vier Jahren finanziell unterstützt und Spenden für ihn gesammelt. Er war ein einigermaßen sympathischer Politiker, dessen größte Stärke im Moment die Tatsache war, dass er als Amtsinhaber wahrscheinlich wiedergewählt werden würde. Missouri war fest in der Hand der Republikaner.

Im Aufzug zupfte Kirk an seiner Seidenkrawatte und rückte seinen Kragen zurecht. Die Kleidung war ein weiterer Konfliktpunkt. Bolton hatte mit eiserner Faust regiert, das galt auch für die Kleiderordnung. Er bestand auf Sakko und Krawatte und im Gerichtssaal Anzug. Bei Frauen war ein gepflegtes Erscheinungsbild ein Muss, aber gegen kürzere Röcke hatte er ganz und gar nichts. Schon am Tag nach seinem Haftantritt gab Rusty dem Druck seiner jüngeren Mitarbeiter nach und warf alle Regeln über Bord. Seine angestellten Anwälte und Bürokräfte trugen jetzt Jeans, legere Baumwollhosen und Stiefel, aber grundsätzlich keine Krawatte, zumindest nicht im Büro. Vor Gericht und bei wichtigen Besprechungen waren sie jedoch durchaus in der Lage, wie richtige Juristen aufzutreten. Kirk hasste mangelnde Professionalität und behielt Boltons Kleiderordnung für seine Seite des Gebäudes bei. Seine Mitarbeiter fanden diese Ungleichbehandlung empörend.

Bei Malloy & Malloy gab es immer eine Gruppe, die sich über irgendetwas aufregte.

Der Aufzug öffnete sich in die zentrale Lobby zwischen beiden Flügeln, und Kirk überlegte, ob er sich auf Rustys Seite erkundigen sollte, wie es bei Gericht lief. Als er durch den breiten Gang ging, stellte er jedoch fest, dass die Anwälte und anderen Mitarbeiter in einer Besprechung waren. Er legte das Ohr an die Tür zum Konferenzraum, beschloss dann aber, es gut sein zu lassen. Wenn er unerwartet auftauchte, würde das seinen Bruder aus dem Konzept bringen und die Besprechung stören.

Diantha war vor Ort und würde ihn später auf den aktuellen Stand bringen. Sie war in der Verhandlung nicht dabei, aber einer von Kirks Spitzeln meinte, es laufe nicht gut für die Klagepartei.

3

Auf der anderen Seite der Tür tigerte Rusty auf und ab, während er redete. Die Stimmung war angespannt. Seine Mitarbeiter, die sich für die Gerichtsverhandlung entsprechend konservativ gekleidet hatten, wirkten schon um acht Uhr morgens müde, was nach mehreren Tagen eines wichtigen Geschworenenprozesses nicht ungewöhnlich war. Der große Marmorkonferenztisch war mit hohen Kaffeebechern übersät. Die Platte mit Gebäck schien unberührt.

»Bancroft hat mich gestern Abend gegen zehn angerufen«, sagte Rusty. »Erst das übliche Gerede, dann meinte er, sein Mandant wäre mit einer Million einverstanden, wenn damit alles geregelt ist.«

Diantha saß nicht am Tisch, sondern in einer Ecke, damit klar war, dass sie nur ihrer Pflicht Genüge tat, aber keine aktive Rolle übernehmen würde. Als sie die magischen Worte von einem Vergleichsangebot hörte, schloss sie die Augen und versuchte, ein Lächeln zu verbergen.

»Natürlich habe ich ihn zum Teufel geschickt. Ich habe ihm deutlich gesagt, dass wir uns nicht auf einen Vergleich einlassen, zumindest nicht für eine miese Million Dollar.«

Diantha, die die Augen immer noch geschlossen hielt, runzelte die Stirn und schüttelte kaum merklich den Kopf.

Rusty legte eine Pause ein und blickte mit herausfordernder Miene in die Runde. »Sind wir uns da alle einig?«

Carl Salter war Geschworenenberater, weder Rechtsanwalt noch Angestellter der Kanzlei, und ein alter Freund von Rusty. Die beiden hatten im Laufe der Jahre zahlreiche Prozesse durchgestanden und nahmen kein Blatt vor den Mund. »Nimm das Geld, Rusty«, sagte er. »Die Jury ist nicht auf deiner Seite. Geschworener eins, drei und fünf könnten mit dir sympathisieren, aber das ist nur die Hälfte und reicht bei Weitem nicht. Nimm das Geld.«

»Da bin ich anderer Meinung«, konterte Rusty. »Geschworene Nummer zwei haben wir in der Tasche. Ich beobachte die Frau schon die ganze Woche, und sie ist für uns. Sie hat sogar geweint, als Mrs. Brewster ausgesagt hat.«

»Sie weint ständig«, erwiderte Carl. »Gestern habe ich sie sogar in der Pause heulen sehen.«

Rusty sah einen seiner angestellten Anwälte an. »Ben?«

»Ich weiß nicht, Rusty. Sie weint wirklich viel. Wir haben wahrscheinlich vier von sechs, aber wir brauchen fünf. Ich glaube nicht, dass wir die zusammenbekommen.« Ben Bush war seit acht Jahren Rustys zweiter Mann im Gerichtssaal. In den meisten Kanzleien, gleich welcher Größe, wäre er inzwischen Partner geworden, aber bei den Malloys haperte es mit den Aufstiegschancen. Bei Gehalt und anderen Leistungen zeigten sie sich großzügig, Außenstehende beteiligen wollten sie jedoch nicht.

Rusty warf ihm einen vernichtenden Blick zu, als hätte er sich als rückgratloser Feigling entpuppt. Dann nahm er eine Anwältin ins Visier, die ihm gegenübersaß. »Pauline?«

Sie war darauf gefasst und verzog keine Miene. Pauline Vance ließ sich nur schwer aus der Ruhe bringen. Sie arbeitete seit elf Jahren für Rusty und hatte sich den Ruf einer kampflustigen Prozessanwältin erworben, die sich nur im äußersten Notfall auf einen Vergleich einließ.

»Ich weiß nicht recht«, sagte sie. »Bisher läuft es für uns in der Verhandlung ziemlich gut, und wir konnten die Haftung nachweisen. Die Schäden sind katastrophal. Ich halte es durchaus für möglich, dass wir für unsere Mandanten eine hohe Entschädigung herausholen.«

Rusty lächelte zum ersten Mal an diesem Morgen.

Das Lächeln war wie weggewischt, als Carl nachhakte. »Darf ich etwas fragen?« Ohne die Antwort abzuwarten, redete er weiter. »Hast du deine Mandanten zufällig darüber informiert, dass das Krankenhaus einen Vergleich angeboten hat?«

»Nein, es war schon spät. Ich wollte heute Morgen mit ihnen reden.«

»Aber jetzt ist es zu spät. Du hast das Angebot doch bestimmt schon abgelehnt.«

»Wir lassen uns nicht darauf ein, Carl. Verstanden? Dieser Fall wird uns ein Vermögen einbringen, weil ich in zwei Stunden vor unsere wunderbaren Geschworenen treten und dreißig Millionen Dollar fordern werde.«

Rusty ließ sich weder von seinen Mitarbeitern noch von sonst jemandem etwas sagen. Er besaß die Dreistigkeit und Furchtlosigkeit eines erfahrenen Prozessanwalts und hielt immer noch den Rekord als jüngster Anwalt in der Geschichte Missouris, der in einem Geschworenenprozess Schadenersatz von mehr als einer Million Dollar erstritten hatte. Mit neunundzwanzig hatte er einer Jury in Cape Girardeau zwei Millionen abgerungen. Ihm machte es Spaß, beim geringsten Anlass Klage einzureichen, einen weiten Bogen um jeden Vergleich zu schlagen und sich möglichst vielen Sammelklagen anzuschließen, er setzte auf Werbung und war bestens vernetzt, prahlte mit seinen Erfolgen, lebte auf großem Fuß und verprasste sein Geld. Ein typischer Prozessanwalt.

Beruflich lief es für ihn bestens, bis seine Erfolgssträhne riss.

Er senkte die Stimme und blickte in die Runde. »Wir wissen doch alle, wie dringend wir einen großen Sieg brauchen. Heute ist es so weit. Auf in die Schlacht«, verkündete er theatralisch.

Sie griffen nach ihren Unterlagen und Aktenkoffern und verließen nacheinander den Raum. »Rusty, hast du einen Augenblick?«, fragte Diantha an der Tür.

»Aber wirklich nur einen Augenblick«, erwiderte er mit aufgesetztem Lächeln. Sie waren eng befreundet und teilten viele Geheimnisse. Diantha war wahrscheinlich der einzige Mensch, auf den Rusty gelegentlich hörte.

Sie nickte Carl zu, der die Tür schloss und sich zu ihnen gesellte. »Wir haben ein Problem, und zwar ein ziemlich großes«, sagte sie, als die drei unter sich waren.

»Was soll das sein?«, fuhr Rusty sie an.

»Du weißt genau, was es ist, Rusty. Du hast ein Vergleichsangebot bekommen und es abgelehnt, ohne deine Mandanten zu fragen.«

Carl stöhnte und schüttelte frustriert den Kopf. Rusty warf ihm einen wütenden Blick zu. »Das spielt doch keine Rolle, Diantha. Ich habe die Geschworenen in der Tasche.«

»Carl ist anderer Meinung und deine Mitarbeiter auch. Das war ihnen deutlich anzusehen.«

»Du bist in der Verhandlung nicht dabei, Diantha.«

»Aber ich«, wandte Carl ein. »Nimm das Geld und rette, was zu retten ist.«

Rusty holte tief Luft und schien sich einen Augenblick lang unsicher. Das nutzte Diantha. »Weißt du, wie viel uns die Prozessführung in dieser Sache bisher gekostet hat?«

»Nein, aber bestimmt …«

»Gut zweihunderttausend Dollar.«

»Es ist ein teures Vergnügen.«

»Vereinbart ist, dass wir fünfzig Prozent bekommen. Bei einer Million Dollar begleichen wir unsere Verbindlichkeiten und teilen den Rest mit unseren Mandanten. Das sind vierhunderttausend Dollar für die Kanzlei, Rusty.«

»Die Brewsters haben viel mehr verdient. Du hättest sehen sollen, wie die Geschworenen Trey ansehen. Sie finden, der Junge sollte ein Vermögen bekommen.«

»Ja, das stimmt«, sagte Carl, »sie haben großes Mitgefühl, aber es wird nicht nach Plan laufen, Rusty. Du hast es nicht geschafft, die Haftungsfrage überzeugend zu klären. Der Schaden ist enorm, aber die Haftung ist nicht eindeutig nachgewiesen. Bancroft wird dich fertigmachen.«

Normalerweise ging Rusty in die Luft, wenn jemand so mit ihm sprach, aber diesmal atmete er nur schwer und hörte zu. Er ließ die Schultern hängen und sah Diantha Hilfe suchend an. Was er in ihren Augen las, war vernichtend. Sie hatte kein Vertrauen zu ihm. Sie zweifelte an ihm. Sie gab auch diesen Prozess verloren.

»Carl hat meistens recht, Rusty«, sagte sie. »Nimm das Geld, solange es noch geht. Wir sind bis über beide Ohren verschuldet.«

Rusty atmete tief durch und zwang sich zu einem Lächeln. »Von mir aus, wenn ihr meint. Ich will mich nicht mit euch streiten.«

»Nimm das Geld«, sagte Carl.

4

Diantha ging mit ihnen zum Aufzug und wartete, bis sich die Türen hinter ihnen geschlossen hatten. Dann marschierte sie schnurstracks zum rechten Flügel des Gebäudes, nickte einer jungen Anwältin zu, die gerade ihren Aktenkoffer auspackte, und klopfte bei Kirks Büro an. Ohne die Antwort abzuwarten, stieß sie die Tür auf. Er stand hinter seinem Schreibtisch, als hätte er auf sie gewartet.

»Das Krankenhaus hat gestern Abend eine Million für einen Vergleich angeboten, und Rusty hat sich gerade bereit erklärt, das Geld zu nehmen.«

»Danke, danke«, sagte Kirk, schloss die Augen und hob die Hände zur Decke.

»Er wollte eigentlich nicht, aber Carl konnte ihn überzeugen.«

»Halleluja. Gott sei gelobt.«

»Es könnte allerdings ein Problem geben.«

»Und das wäre?«

»Bancroft hat ihm das Angebot gestern Abend telefonisch gemacht, und Rusty hat ihn abblitzen lassen. Das komme überhaupt nicht infrage, hat er wohl gesagt. Und natürlich ist ihm nicht eingefallen, seine Mandanten zu fragen.«

»Wenn es am späten Abend war, hatte er vermutlich schon ordentlich gebechert, als Bancroft anrief.«

»Bestimmt. Er selbst meint, er habe das Angebot rundheraus

abgelehnt, aber heute Morgen wollte er das Geld dann doch nehmen.«

»Das Krankenhaus wäre wahrscheinlich froh, wenn es mit einer Million davonkommt.«

»Wir werden sehen.«

»Was hat uns das Verfahren bisher gekostet?«

»Zweihunderttausend.«

»Zweihunderttausend? Wie schafft er es, so viel Geld für ein einziges Verfahren auszugeben?«

»Das war schon immer so, Kirk. Der Unterschied ist, dass er das Geld nicht mehr hereinholt.«

»Wenn ich mich nicht irre, hat er die letzten drei Prozesse verloren, richtig?«

»Die letzten vier. Das wäre jetzt der fünfte. Carl und Ben meinen, es sieht nicht gut aus.«

»Noch eine Niederlage können wir uns nicht leisten. Er muss aufhören, Leute zu verklagen.«

»Und wie willst du ihm das erklären?«, fragte sie.

»Gar nicht. Das bringt sowieso nichts. Prozesse sind für ihn wie Blut für einen Vampir. Er liebt die Auftritte im Gerichtssaal.«

»Und war damit früher auch sehr erfolgreich.«

»Aber jetzt hat er nicht mehr das richtige Gespür.«

»Ich komme später noch einmal vorbei«, sagte sie und wandte sich zum Gehen.

»Siehst du dir die Verhandlung an?«

»Nein, aber ich habe einen Maulwurf im Gerichtssaal.«

»Ben oder Pauline?«

»Das wirst du von mir nicht erfahren.«

»Du weißt wirklich, wie man ein Geheimnis hütet, Diantha.«

»Anders geht es hier nicht.«

5

Eine Sekretärin führte sie nach hinten zum Richterzimmer und hielt ihnen die Tür auf. Richter Pollock hatte bereits seine Robe angelegt und unterhielt sich mit Luther Bancroft, dem leitenden Anwalt der Verteidigung. In einer Ecke drängte sich eine kleine Gruppe angestellter Anwälte, die betrüblicherweise nicht über genügend Einfluss und Ansehen verfügten, um mitreden zu dürfen. Als Rusty energisch wie immer hereinmarschiert kam, richteten sich alle Blicke auf ihn. Er lächelte strahlend. Ben und Pauline folgten ihm auf dem Fuß. Carl war kein Jurist und deswegen zu diesem Gespräch nicht zugelassen.

Nach einer angespannten Begrüßungsrunde mit kurzem Händedruck ergriff Richter Pollock das Wort. »So, ich nehme an, wir sind bereit für die Schlussplädoyers.«

Rusty lächelte erneut. »Ich habe gute Nachrichten. Gestern Abend spät hat mich Luther Bancroft angerufen und uns einen Vergleich angeboten. Ich habe abgelehnt, aber nachdem ich darüber geschlafen habe, haben wir uns entschieden, die angebotene Entschädigung von einer Million anzunehmen, um die Sache beizulegen.«

Der Richter war überrascht und sah Bancroft verärgert an. »Mir gegenüber haben Sie kein Vergleichsangebot erwähnt.«

»Das liegt daran, dass Mr. Malloy mein Angebot rundheraus ausgeschlagen hat. Er hat noch nicht einmal seine Mandanten gefragt. Tatsächlich war er extrem kurz angebunden und hat Ausdrücke verwendet, die Sie in der Verhandlung sicher nicht geduldet hätten.«

»Tut mir leid, Bancroft«, sagte Rusty herablassend. »Ich wusste gar nicht, dass Sie so empfindlich sind.«

»Entschuldigung angenommen. Auf jeden Fall habe ich meinen Mandanten unterrichtet, und das Angebot wurde umgehend zurückgezogen. Ich habe Anweisung, die Sache durchzufechten. Wir sind so weit gekommen. Bringen wir es zu Ende.«

Ben warf Pauline einen panischen Blick zu, aber sie verzog keine Miene.

Rusty war überrascht, fasste sich jedoch schnell. Er rieb sich die Hände, als könnte er den Kampf gar nicht erwarten. »Bestens!«, sagte er. »Legen wir los.«

Richter Pollock musterte die beiden Anwälte und runzelte die Stirn. »Ich finde eine Vergleichssumme von einer Million in Anbetracht der Umstände ziemlich fair.«

Bancroft nickte mit ernster Miene. »Ich bin völlig Ihrer Meinung, aber mein Mandant lässt nicht mit sich reden. Kein Vergleich. Das Krankenhaus ist fest davon überzeugt, keinen Fehler gemacht zu haben.«

»Lassen Sie uns anfangen!«, sagte Rusty, der darauf brannte loszulegen.

»Wie Sie wünschen. Nehmen Sie Ihre Plätze ein. Ich sorge dafür, dass der Gerichtsdiener die Geschworenen holt.«

Die Anwälte verließen den Raum und machten sich auf den Weg zum Verhandlungssaal. Ben Bush verschwand in einer Toilette, schloss sich in einer Kabine ein und schickte Diantha eine Nachricht: *Beklagter hat Angebot nach Rs Ablehnung zurückgezogen. Mandanten wissen von nichts. Jetzt Schlussplädoyers. Wir sind so was von erledigt!*

6

Unter den aufmerksamen Blicken der Anwesenden – Anwälte, Parteien, Zuschauer, Justizangestellte und Richter Pollock – kamen die sechs Geschworenen einer nach dem anderen herein und nahmen ihre Plätze ein. Der siebte, ein Ersatzmann, setzte sich in die Nähe der Geschworenenbänke. Keiner von ihnen lächelte, und die gestressten Blicke deuteten darauf hin, dass sie lieber woanders gewesen wären.

Der Tisch der Klagepartei stand nah an den Geschworenenbänken, sodass die Geschworenen während der gesamten Verhandlung gezwungen gewesen waren, Trey Brewster anzusehen. Er saß auf ihrer Seite neben seinem Anwalt, der ihn bewusst zur Schau stellte. Trey war dreiundzwanzig, aber sein Alter spielte keine Rolle mehr. Die Geburtstage kamen und gingen, ohne dass er etwas davon mitbekam. Seine Augen waren immer geschlossen, sein Mund hing ständig offen, sein Kopf ruhte verdreht auf der linken Schulter. Ein Schlauch mit Sauerstoff führte in seine Nase, ein zweiter mit Speziallösung für die künstliche Ernährung in seinen Mund. Er hatte einen direkten Zugang zum Magen, aber Rusty wollte die Geschworenen mit möglichst vielen Schläuchen beeindrucken. Trotz seines geschädigten Gehirns atmete Trey noch selbstständig, es gab also kein lautes Beatmungsgerät, das an den Nerven der Geschworenen gezerrt hätte. Er wog sechzig Kilo, vierzig Kilo weniger als bei seiner Operation vor zwei Jahren. Er war nur noch die verschrumpelte Hülle eines jungen Mannes, und es gab keine Hoffnung auf Besserung.

Rechts von ihm saß seine Mutter, deren Hand ununterbrochen auf seinem Arm ruhte. Sie hatte die eingefallenen Augen und den erschöpften Blick pflegender Angehöriger, die nicht aufgeben, selbst wenn es hoffnungslos ist. Sein Vater, der links von Trey saß, starrte ins Leere, als ginge ihn die Verhandlung nichts an.

Richter Pollock zog das Mikrofon zu sich heran. »Sehr geehrte Geschworene, wir sind jetzt fast am Ende des Verfahrens angelangt. Alle Zeugen wurden gehört, alle Beweismittel vorgelegt, und Sie wurden von mir über Ihre Rechte und Pflichten belehrt.

Es war ein langer Prozess, der nun zu Ende geht. Ich möchte Ihnen noch einmal für Ihren Dienst und für Ihre Geduld danken. Beide Seiten werden jetzt ihre Schlussplädoyers halten, danach werden Sie sich zur Beratung zurückziehen. Mr. Malloy für die Kläger.«

Rusty erhob sich und ging vor Selbstvertrauen strotzend zum Rednerpult. Er bedachte die sechs Geschworenen mit einem geschäftsmäßigen Lächeln. Drei erwiderten seinen Blick. Drei wichen ihm aus. Nummer zwei sah aus, als würde sie gleich losheulen. Er begann, ohne einen Blick auf seine Notizen zu werfen.

»Als mein Mandant, Trey Brewster, zu einer Routine-Blinddarmoperation ins GateLane Hospital kam, hätte sich niemand in seiner Familie, kein Arzt, niemand auf dieser Welt vorstellen können, dass er das Bewusstsein nicht wiedererlangen, dass er den Rest seines Lebens hirntot und gelähmt in einem Rollstuhl sitzen und über Schläuche ernährt werden würde, während seine Blase nur mithilfe eines Katheters entleert werden kann.«

Rustys Stimme war voll und tragend, sein Rhythmus dramatisch. Er war der einzige Schauspieler auf der Bühne und genoss den Augenblick. Seine Eröffnung war mitreißend. Im Gerichtssaal war kein Laut zu vernehmen.

Von der dritten Reihe auf der Galerie blickte Carl Salter in Rustys Richtung, studierte aber in Wirklichkeit alle sechs Gesichter und Augenpaare.

Was er sah, gefiel ihm gar nicht.

In der Verhandlung hatte Bancroft es meisterhaft verstanden, einen Sündenbock für alles verantwortlich zu machen. Die fahrlässige Partei stehe gar nicht vor Gericht. Ein Anästhesist mit emotionalen und finanziellen Problemen sei am Monitor eingeschlafen. Schlimmer noch, während eines Großteils der Routineoperation sei dieser Arzt nicht einmal vor Ort gewesen. Er habe dreimal so viel Ketamin wie üblich verabreicht, bis der Junge das Bewusstsein verlor, und während der dreißigminütigen Operation rein gar nichts überwacht. Eine Woche zuvor habe er seine Berufshaftpflichtversicherung auslaufen lassen. Eine Woche danach habe er Insolvenz angemeldet und sei abgetaucht. Dem Krankenhaus sei bestenfalls vorzuwerfen, ihn eingestellt zu haben, aber in den ersten acht Jahren habe er hervorragende Arbeit geleistet. Eine hässliche Scheidung habe ihn ruiniert und so weiter. Fazit sei, dass der Mann hier nicht anwesend sei. GateLane Hospital sei der Beklagte, obwohl sich das Krankenhaus nichts habe zuschulden kommen lassen.

Carl wusste, dass die Geschworenen tiefstes Mitgefühl empfanden – wer hätte das nicht? Aber Rusty hatte die Haftung des Krankenhauses nicht schlüssig nachgewiesen.

7

Zum zweiten Mal innerhalb einer Stunde platzte Diantha in Kirks Büro, ohne die Antwort auf ihr Klopfen abzuwarten. »Das Krankenhaus hat das Angebot zurückgezogen. Im Moment werden die Schlussplädoyers gehalten.«

Kirk war wie immer mit Papierkram beschäftigt. Er schob einige Unterlagen beiseite und hob resigniert die Hände. »Was ist denn jetzt schon wieder los?«

»Woher soll ich das wissen? Ich habe nur eine kurze Textnachricht bekommen. Kein Vergleich, Angebot zurückgezogen, Schlussplädoyers.«

Sie ließ sich in einen Ledersessel vor seinem Schreibtisch fallen und schüttelte den Kopf.

»Nur damit wir uns nicht missverstehen«, sagte Kirk. »Das Angebot kam gestern am späten Abend, und da Rusty wie immer getrunken hatte, lehnte er es ab. Ob er nun tatsächlich Nein gesagt hat, ist egal. Er hat seine Mandanten nicht informiert. Das heißt, wenn er wieder verliert und sie Malloy & Malloy verklagen, sind wir erledigt. Stimmt das?«

»Das liegt doch auf der Hand.«

Kirk seufzte frustriert und sank in sich zusammen. Kopfschüttelnd sah er Diantha an, die genauso irritiert wirkte wie er.

»Rusty könnte zur Abwechslung ja mal gewinnen«, sagte er.

»Könnte er. Das wäre eine angenehme Überraschung. Dann könnten wir nämlich zumindest einen Teil der Kredite zurückzahlen, die er für seine Prozessführung aufgenommen hat.«

»Vielleicht solltest du dir die Verhandlung ansehen. Das Gericht ist direkt um die Ecke.«

Diantha lachte laut. »So viel könntest du mir gar nicht zahlen, dass ich auch nur in die Nähe des Gerichtssaals gehe.«

»War nicht ernst gemeint. Das kann nur katastrophal enden, oder?«

»Wahrscheinlich schon. Ich hatte schon bei der Besprechung heute Morgen ein schlechtes Gefühl. Er hat die Jury nicht auf seiner Seite.«

8

Die Geschworenen beobachteten ihn genau. Die eine Hälfte schien er überzeugt zu haben. Die anderen wirkten skeptisch.

Rusty stand mit einem blauen Marker in der Hand an einem großen Whiteboard. »Unseren Sachverständigen zufolge hat Trey

Brewster eine Lebenserwartung von fünfzehn Jahren. Das ist ziemlich traurig für einen jungen Mann von dreiundzwanzig, der vor seiner Begegnung mit dem GateLane Hospital Dirtbike-Rennen fuhr. Geben Sie ihm also fünfzehn Jahre. Angemessen versorgt werden kann er nur in einer Einrichtung, in der er rund um die Uhr betreut wird. Seine Eltern schaffen das nicht mehr. Das ist schlicht Tatsache. Könnte es eine glaubwürdigere Zeugin geben als Jean Brewster? Die Ärmste ist völlig erschöpft und kann einfach nicht mehr. Gehen wir also davon aus, dass Trey in einem geeigneten Heim mit Krankenpflegern, Hilfskräften, Hauswirtschaft und Technikern untergebracht wird und dort seine Medikamente und die Speziallösung bekommt, die er für seine Ernährung braucht. Solch eine Einrichtung kostet im Großraum St. Louis durchschnittlich vierzigtausend Dollar im Monat, eine halbe Million pro Jahr, und das fünfzehn Jahre lang.«

Rusty schrieb die Zahlen mit großer Geste am Whiteboard an, rechnete sie zusammen und kam auf siebeneinhalb Millionen Dollar. Aber das war noch nicht alles.

»Wenn man eine Inflationsrate von drei Prozent jährlich über einen Zeitraum von fünfzehn Jahren berücksichtigt, ergibt das ...« Er schrieb den Betrag in großen Zahlen an. »Neun Millionen Dollar.«

Er legte eine Pause ein, um die Zahl auf die Anwesenden wirken zu lassen, und ging zu seinem Tisch. Dort trank er einen Schluck Wasser aus einem Pappbecher, bevor er in aller Ruhe zum Rednerpult zurückkehrte. »Neun Millionen Dollar nur für Treys Pflege.«

Im Verhandlungssaal herrschte Stille, weil alle wussten, dass noch höhere Zahlen folgen würden.

»Der Alte hat gestern Abend angerufen«, sagte Kirk.

»Von welchem Telefon aus?«, fragte Diantha.

»Von seinem eigenen. Er hat ein neues Handy.«

»Ich dachte, er ist in Einzelhaft, weil er mit einem Handy erwischt wurde.«

»Nicht nur mit einem. Er besticht die Wärter, damit sie Handys für ihn hereinschmuggeln. Das ist im Gefängnis offenbar ein großes Geschäft.«

»Vermutlich zahlt er im großen Stil Schmiergelder.«

»Bestimmt. Mal spielt er Poker mit dem Gefängnisdirektor, dann wieder sitzt er ohne Telefon in Einzelhaft.«

»Warum hat er angerufen?«

»Du kennst doch Bolton. Wahrscheinlich wollte er mich nur wissen lassen, dass er wieder ein Handy hat. Außerdem rechnet er morgen mit mir. Ich bin mit dem Besuch an der Reihe. Darüber haben wir uns unterhalten. Und über Politik. Und über seine Chancen, nächstes Jahr auf Bewährung freizukommen.«

»Er hat doch erst fünf Jahre abgesessen.«

»Ja, aber er stellt sich das so vor.«

»Mir ist es lieber, wenn er im Gefängnis bleibt.«

»Das geht uns allen so.«

»Was hat er vor?«

»Das wollte er am Telefon nicht sagen, aber es hat bestimmt was mit Korruption und politischen Machenschaften zu tun.«

Rusty stand am Rednerpult und deutete mit einem roten Laserpointer auf das große Whiteboard. Er ließ seinen Blick von den
Geschworenen zum Whiteboard schweifen. »Bevor Trey die ver-
hängnisvolle Entscheidung traf, sich im GateLane Hospital einer
Routineoperation zu unterziehen, war er ein erfolgreicher Soft-
wareentwickler, der achtzigtausend Dollar im Jahr verdiente. Sein
Job ist weg. Sein Gehalt fällt weg. Er hat nichts mehr, bis auf das,
was Sie ihm zusprechen. Laut Gesetz hat er Anspruch auf Entschädigung für entgangenes Einkommen. Achtzigtausend Dollar
über einen Zeitraum von fünfzehn Jahren ergibt 1,2 Millionen.
Unter Berücksichtigung der Inflation wären das zwei Millionen.
Zuzüglich künftiger Pflegekosten und Schmerzensgeld ergibt
sich ein Gesamtbetrag von siebzehn Millionen Dollar.«

Er legte den roten Laserpointer beiseite, griff nach einem schwarzen Marker und addierte die zwei Millionen zu neun Millionen für
Pflegekosten und sechs Millionen Schmerzensgeld. Damit kam er
tatsächlich auf siebzehn Millionen Dollar.

Die sechs Geschworenen starrten auf die Summe. Es war scho-
ckierend viel Geld, aber auf der Tafel angeschrieben wirkte der
Betrag gar nicht so eindrucksvoll. Rusty hatte gut begründet, warum
die Zahlung gerechtfertigt war.

Er ging zu seinem Tisch, nahm einen zentimeterdicken Bericht
und blätterte darin, während er zum Pult zurückging. »Seinem
eigenen Finanzbericht zufolge hat das Unternehmen GateLane
Hospital System im vergangenen Jahr einen Überschuss von sechshundert Millionen Dollar erzielt. Von Gewinn will ich nicht sprechen, weil GateLane großen Wert auf seinen gemeinnützigen
Status legt. Das heißt, das Unternehmen zahlt keine Körperschafts-
steuer, weder an den Bundesstaat noch an den Staat Missouri.

Nach allen Ausgaben, einschließlich der sieben Millionen für den Vorstandsvorsitzenden und der fünf Millionen für den Geschäftsführer, nach Zahlung all dieser üppigen Gehälter, hatte GateLane also sechshundert Millionen Dollar mehr auf dem Konto als zu Jahresbeginn. Was passiert mit dieser ganzen zusätzlichen Liquidität? GateLane kauft Krankenhäuser auf. Das Unternehmen will sich ein Monopol sichern, damit es seine Preise noch weiter in die Höhe treiben kann.«

Luther Bancroft erhob sich kopfschüttelnd. »Einspruch, Euer Ehren. Hier geht es nicht um Kartellrecht.«

»Stattgegeben. Kommen Sie zur Sache, Mr. Malloy.«

Ohne den beiden auch nur einen Blick zu gönnen, fuhr Rusty fort: »Die einzige Möglichkeit, Beklagte wie das GateLane Hospital System zu beeindrucken, ist Strafschadenersatz.«

Er legte eine Pause ein, um die Wirkung zu verstärken, und stellte sich seitlich neben das Pult. »Strafschadenersatz. Schadenersatz, der verhängt wird, um ein Unternehmen, gleich ob profitorientiert oder gemeinnützig, für sein Fehlverhalten zu bestrafen. Für grobe Fahrlässigkeit. Bei welchem Betrag würde ein gigantischer Krankenhausbetreiber wie GateLane auch nur mit der Wimper zucken? Bei einem Prozent seines Jahresgewinns? Ach so, das Wort ›Gewinn‹ ist ja tabu. Nennen wir es anders. Sprechen wir von einem Puffer. Ein Prozent des Puffers wären sechs Millionen Dollar. Das ist viel Geld, würde den Vorstandsvorsitzenden aber vermutlich nicht beeindrucken, weil er mehr verdient. Zwei Prozent wären zwölf Millionen. Wissen Sie, was? Ich finde, drei Prozent, also achtzehn Millionen Dollar, klingen besser, und ich wette, bei einem Strafschadenersatz von achtzehn Millionen Dollar kommt die Botschaft an. Das tut weh. Das wird dafür sorgen, dass künftig sorgfältiger geprüft wird, was für Leute eingestellt und behalten werden.«

Mit einer bedächtigen Bewegung nahm er wieder die Kappe vom Marker und addierte achtzehn Millionen Dollar zur Gesamtsumme.

Alle sechs Geschworenen starrten auf das Whiteboard und verteilten in Gedanken fünfunddreißig Millionen Dollar, die ihnen nicht gehörten.

»Das ist viel Geld«, schloss Rusty. »Ich war schon oft in diesem Gerichtssaal. Ich habe viele Prozesse geführt und vor Hunderten von Geschworenen gestanden. Aber bisher habe ich nie eine solche Summe gefordert.«

Er ging zu Trey und legte ihm eine Hand auf die rechte Schulter. Dabei blickte er ihn voller Mitleid an und sagte mit brechender Stimme: »Aber ich hatte auch noch nie einen Mandanten, der es so verdient hatte wie Trey.«

Mit den Tränen kämpfend, sah er die Geschworenen an. »Ich danke Ihnen.«

11

Diantha saß an ihrem Schreibtisch und las ein Dokument, als es leise an ihre Tür klopfte. Bevor sie reagieren konnte, kam Kirk herein und schloss die Tür hinter sich. Er sah sie an. »Ich kann mich nicht konzentrieren.«

»Ich auch nicht«, erwiderte sie.

»Ich hasse es, wenn er in der Verhandlung ist«, sagte Kirk und ließ sich auf einen großen Ledersessel fallen.

»Ich hasse es, wenn er verliert«, gab sie zurück. »Wenn er gewinnt, ist das in Ordnung, wie ich mich vage erinnere.«

»Keine Nachricht aus dem Gerichtssaal?«

»Kein Wort. Mein Maulwurf kann in der Verhandlung sein Handy nicht benutzen. Bestimmt kommt bald eine Nachricht.«

»Diantha, ich habe ein Problem. Ich müsste morgen eigentlich den Alten im Gefängnis besuchen, aber ich kann nicht. Rusty war letzten Monat bei ihm und ist außerdem mit dem Prozess beschäftigt.«

Sie warf ihm einen fragenden Blick zu. »Warum kannst du nicht?«

»Weil ich einen Termin bei meinem Scheidungsanwalt habe.«

»Das tut mir leid, Kirk. Ich dachte, ihr hättet einen guten Eheberater gefunden.«

»Wir hatten die allerbesten Eheberater, Diantha, aber bei uns ist nichts mehr zu retten. Es ist vorbei. Besser gesagt, es geht gerade erst los. Einfach wird das nicht.«

»Ich hatte gehofft …«

»Ja, wir auch. Tatsache ist, dass wir es beide schon lange wissen. Es wird immer schlimmer, und wir wollen nicht, dass die Kinder darunter leiden.«

»Das tut mir wirklich leid, Kirk.«

»Ich weiß. Danke. Chrissy will nächste Woche die Scheidung einreichen.«

»Mit welcher Begründung?«

»Sie kann mich nicht ausstehen, und ich kann sie nicht ausstehen. Reicht das?«

»Kommt auf deinen Anwalt an. Wen hast du?«

»Bobby Laker. Hunderttausend Dollar Honorarvorschuss für den Anfang.«

»Wen hat sie engagiert?«

»Scarlett Ambrose.«

»Ich bin beeindruckt. Das wird ein richtiger Knaller. Ihr habt euch die schlimmsten Kampfhähne der Stadt an Land gezogen. Kann ich mir die Verhandlung ansehen?«

»Ich überlege es mir noch. Vielleicht verkaufen wir Eintritts-karten.« Er schloss die Augen, als hätte er Schmerzen, und presste zwei Finger gegen den Nasenrücken. Vor etwa einem Jahr hatte er sich zum ersten Mal Diantha anvertraut, als es bei ihm zu Hause zu kriseln begann. Er wollte, dass sie Bescheid wusste, weil es sich letztendlich auch auf die Kanzlei auswirken würde. Auf seine An-weisung hatte sie Rusty eingeweiht, der drei Scheidungen hinter sich hatte und nicht das geringste Mitgefühl zeigte.

Kirk fuhr sich mit den Fingern durch das dichte Haar und setzte ein gekünsteltes Lächeln auf. »Kannst du den Alten nicht besuchen?«

»Warum ich?«

»Weil kein anderer da ist. Ich bin an der Reihe, und Rusty will bestimmt nicht einspringen, selbst wenn sein Verfahren bis da-hin abgeschlossen ist. Ich könnte den Besuch wahrscheinlich um eine Woche verschieben, aber du weißt doch, wie wichtig ihm das ist. Er versucht, die Kanzlei von seiner Gefängniszelle aus zu kontrollieren.«

Sie starrte mit finsterer Miene auf eine Wand.

»Ich weiß, dass es viel verlangt ist«, fuhr er fort. »Ich schulde dir einen Gefallen. Ich schwöre dir, ich mache es mehr als wieder gut.«

»Und ob du das wirst«, grummelte sie kopfschüttelnd.

12

Luther Bancroft knöpfte den obersten Knopf seines edlen schwar-zen Leinensakkos zu, während er auf die Geschworenen zuging. Er hielt sich nicht mit gekünsteltem Lächeln oder überschwänglichen

Dankesbekundungen für ihren überragenden Einsatz auf. Stattdessen kam er gleich auf den Punkt.

»Mr. Malloy hier verwechselt Sie, die Geschworenen, wohl mit einem Geldautomaten. Er stellt sich mit erwartungsvollem Lächeln vor Sie hin, äußert seine Wünsche und erwartet, dass Sie umgehend stapelweise Geld ausspucken. Er verlangt eine Million für dies und eine Million für jenes. Dann meldet er noch ein paar Ansprüche an, für die Sie weitere Gelder auswerfen sollen. Es scheint ihm Vergnügen zu bereiten, mit dem Geld anderer Leute um sich zu werfen. Schmerzensgeld? Wie wäre es mit fünf oder zehn Millionen? Kommt auf Knopfdruck. Künftige Kosten für die medizinische Behandlung? Wie wäre es mit noch einmal fünf oder zehn Millionen? Das Geld wächst schließlich auf Bäumen, man muss es nur ernten. Und dann der ganz große Hammer – Strafschadenersatz! Da gibt es keine Grenze nach oben. Achtzehn Millionen klingen doch gut, nehmen wir einfach diese Taste. Und welche Gesamtsumme kommt dabei heraus? Wie viel wird der Geldautomat des Beklagten ausspucken? Fünfunddreißig Millionen! Wenn das kein Spaß ist!«

Das verfehlte seine Wirkung auf die Geschworenen nicht, mindestens drei wirkten einigermaßen belustigt.

Bancroft drehte sich um, ging zwei Schritte in Treys Richtung und blickte voller Mitleid auf ihn herab. Er schüttelte den Kopf und schien den Tränen nah, als er sich erneut an die Geschworenen wandte. »Wer würde nicht mit diesem jungen Mann und seiner Familie fühlen? Ihr Leid ist herzzerreißend und findet kein Ende. Ja, sie brauchen viel Geld, für die Pflege, für Treys Lebensunterhalt und all die anderen Dinge, die Mr. Malloy erwähnt hat. Es stimmt, Trey braucht Geld, sehr viel Geld.«

Er legte eine Pause ein und ging zurück zum Rednerpult. »Aber leider geht es Trey Brewster wie seinem Anwalt. Keiner von beiden hat eine Bankkarte. Keiner von ihnen hat das Recht, von GateLane Geld zu erwarten. Warum nicht, fragen Sie?«

Er wartete ein oder zwei Sekunden, damit die Anwesenden die Frage verdauen konnten, ging dann zum Tisch der Verteidigung und griff theatralisch nach einem Stapel Papiere, die er den Geschworenen praktisch unter die Nase hielt. »Das hier sind Anweisungen an die Geschworenen. Es sind gesetzliche Vorschriften, an die sowohl die Parteien als auch der Richter gebunden sind. In wenigen Augenblicken, wenn die Anwälte endlich fertig sind und wir alle wieder Platz genommen haben, wird der Richter Ihnen die rechtlichen Bestimmungen vorlesen. Sie haben sich unter Eid verpflichtet, sich an Recht und Gesetz zu halten. Und die rechtliche Lage ist eindeutig. Bevor Sie Schadenersatz auch nur in Erwägung ziehen oder, wie ich es nennen würde, Geld ausspucken können, müssen Sie die Haftung klären. Zuallererst müssen Sie entscheiden, dass mein Mandant, das GateLane Hospital, fahrlässig gehandelt hat und seiner Sorgfaltspflicht nicht nachgekommen ist. Ohne Haftung kein Schadenersatz.«

Im Gerichtssaal war es totenstill. Die gesamte Aufmerksamkeit galt Bancroft, auch die von Rusty, der so tat, als würde er gar nicht zuhören.

»Sehr geehrte Geschworene, dies ist ein tragischer Fall mit entsetzlichen Folgen für die Gesundheit des Betroffenen, aber sehen Sie es mir nach, wenn ich sage, dass es rechtlich gesehen in diesem Fall keine Rolle spielt, wie schlimm der Schaden ist. Weil mein Mandant dafür gar nicht haftet.«

Er warf die Anweisungen für die Geschworenen auf den Tisch der Verteidigung, sah die Jury ein letztes Mal an und sagte: »Ich danke Ihnen.«

Carl musterte die Gesichter der Geschworenen, schloss die Augen und schüttelte langsam den Kopf.

13

Der Tisch für das Mittagessen war für vier Personen reserviert. Tony's, ein italienisches Gourmetrestaurant im Stadtzentrum, war auch an ganz gewöhnlichen Tagen Rustys Lieblingslokal, besonders jedoch zum Abschluss eines schwierigen Verfahrens. Dann führte an gutem Essen und Spitzenweinen kein Weg vorbei. An den Verhandlungstagen beschränkten sich die Mahlzeiten häufig auf Gebäck vom Vortag zum Frühstück, ein kaltes Sandwich zu Mittag während der Arbeit, und bis zum Abendessen war jeder mit den Nerven so am Ende, dass gar nichts mehr schmeckte. Wenn sich die Geschworenen zur Beratung zurückzogen, hatte Rusty ein exquisites Mahl dringend nötig.

Sein kleines Team folgte dem Restaurantleiter im schwarzen Sakko zu einem Tisch für besonders gute Kunden und nahm seine Plätze ein. Kaum waren sie allein, setzte Rusty ein breites Lächeln auf. »Raus damit«, sagte er. »War mein Schlussplädoyer nicht genial?«

Wenn der Boss nach Komplimenten fischte, war Zurückhaltung fehl am Platz. Pauline sprang zuerst darauf an. »Alle sechs sind unglaublich mitfühlend, und du hast gekonnt aufgezeigt, dass dieser schwindelerregend hoch klingende Betrag nicht überzogen ist.«

»War die Zahl von fünfunddreißig Millionen ein Schock?«

»Zumindest im ersten Moment«, meinte Ben, »aber sie sind darüber hinweg. Allerdings hat Nummer vier die Augen verdreht.«

»Das macht er schon die ganze Zeit. Er ist nicht so einfach zu knacken wie die anderen. Ich wollte ihn ja ablehnen, wenn ich daran erinnern dürfte. Aber ich glaube, bei den anderen fünf haben wir eine Chance.«

Carl warf Ben einen entnervten Blick zu.

Der Kellner erschien. »Wie schön, Sie wieder bei uns begrüßen zu dürfen, Mr. Malloy.«

Rusty lächelte ihn an, und die anderen nutzten die Ablenkung, um besorgte Blicke zu wechseln.

»Hallo, Rocco«, sagte Rusty. »Wie geht es der Frau und den Kindern?«

»Bestens, vielen Dank. Soll ich Ihnen für den Anfang etwas von der Bar bringen?«

»Wir kommen gerade aus einer wichtigen Verhandlung und warten auf die Entscheidung der Geschworenen. Wir sind am Verdursten und völlig ausgehungert. Was haltet ihr von Champagner?« Er sah Ben und Pauline an, die es nicht gewagt hätten abzulehnen.

»Das könnte verfrüht sein«, gab Carl zu bedenken.

Rusty ignorierte ihn. »Veuve Clicquot, zwei Flaschen.«

»Eine ausgezeichnete Wahl. Kommt sofort.«

Rusty blickte Carl herausfordernd an. »Ich habe das Gefühl, dass du nicht so recht zufrieden bist. Was beschäftigt dich?«

»Dasselbe wie dich. Die verflixten Geschworenen. Ich bin nicht annähernd so zuversichtlich wie du.«

»Warte es nur ab. Du wirst schon sehen.«

14

Da die Verhandlungssäle verlassen und alle – Richter, Staats- und Rechtsanwälte, Geschworene, Prozessparteien, Gerichtsdiener – in der Mittagspause waren, war der imposante Gang im Hauptgeschoss so gut wie leer. Der lange, majestätische Korridor wurde auf einer Seite von prächtigen Gerichtssälen gesäumt, die andere nahmen hohe Buntglasfenster ein. An den Wänden hingen Porträts der bedeutendsten Richter der Stadt, bei denen es sich ausschließlich um steif wirkende alte weiße Männer handelte. Warmherzig wirkte keiner von ihnen. Zwischen alten, abgewetzten Holzbänken waren Bronze- und Granitbüsten von Gouverneuren, Senatoren und Politikern aus der zweiten Reihe platziert. Auch hier waren nur Weiße vertreten.

Auf einer Bank am hinteren Ende des Korridors hatten sich die Brewsters geradezu versteckt, um nur ja nicht aufzufallen, und bereiteten sich auf ihr Mittagessen vor. Trey schlief, die Schläuche lagen immer noch frei. Seine Mutter nahm behutsam einen davon und spritzte Spezialnahrung hinein. Als er versorgt war, setzte sie sich wieder auf die Bank und verstaute ihre Spritze. Mr. Brewster saß neben ihr und starrte wie immer zutiefst resigniert auf einen Fleck auf dem Boden vor ihm.

Aus einer Einkaufstüte holte Mrs. Brewster zwei kleine Sandwichs in Frischhaltefolie und zwei Flaschen Wasser. Ein Mittagessen für Arme.

Ganz in der Nähe bimmelte ein Aufzug, und die Türen öffneten sich. Luther Bancroft und einer seiner angestellten Anwälte kamen heraus, beide mit schweren Aktenkoffern. Sie sahen die Brewsters gleichzeitig und beobachteten einen Augenblick lang, wie die Familie ihr Mittagessen einnahm. Dann verschwanden sie mit schnellen Schritten im Gang. Die Brewsters schienen sie nicht bemerkt zu haben.

An der Tür blieb Bancrofts Mitarbeiter stehen. »Wissen Sie, es ist nicht zu spät für einen Vergleich«, sagte er. »Wir sollten GateLane anrufen und versuchen, ein paar Dollar für diese Leute herauszuholen.«

Bancroft schnaubte verächtlich. »Das haben wir gestern versucht, und Malloy hat uns zum Teufel geschickt.«

»Ich weiß. Aber sie werden am Boden zerstört sein, wenn sie am Ende gar nichts bekommen.«

»Sie wittern also einen Sieg für uns?«

»Natürlich. Malloy hat die Geschworenen mit seiner Gier verprellt. Das war ihnen deutlich anzusehen.« Er deutete mit dem Kopf zum hinteren Ende des Gangs, wo die Brewsters saßen. »Aber sie können nichts dafür. Organisieren wir eine Million Dollar für sie, damit sie wenigstens einen Teil ihrer Kosten decken können.«

Bancroft hielt nichts davon. »Malloy würde das ganze Geld einstreichen. Die armen Leute würden keinen Cent bekommen.«

»Es wäre fair, Bancroft.«

»Ich muss mich doch sehr wundern. Wir sind hier bei Gericht, und seit wann interessiert uns, was fair ist? Hier geht es darum, wer gewinnt und wer verliert, und wir stehen kurz davor, Malloy eine vernichtende Niederlage beizubringen. Reißen Sie sich zusammen. In unserem Job geht es hart auf hart, da ist kein Platz für Mitgefühl.«

Bancroft rauschte davon. Sein Mitarbeiter warf der Familie einen letzten Blick zu, dann folgte er seinem Chef.

Die Brewsters aßen ihre Brote in ihrer eigenen Welt, ohne etwas von dem Gespräch am anderen Ende des Ganges zu ahnen.

15

Rusty hielt eine Flasche Champagner in der Hand und bot allen davon an, aber sie lehnten ab. Also schenkte er sich selbst den Rest ein.

Rocco kam an den Tisch. »Dessert, Mr. Malloy? Heute gibt

es Schokoladenmousse, die mögen Sie doch besonders. Sie ist köstlich.«

Ben griff nach seinem Handy, warf einen Blick darauf und unterbrach. »Die Geschäftsstelle. Die Geschworenen haben sich auf ein Urteil geeinigt.«

Das Dessert war vergessen, als die vier einander ansahen. »Tut mir leid, Rocco«, sagte Rusty, »aber wir müssen sofort zurück zum Gericht. Die Geschworenen sind so weit.«

»Selbstverständlich. Ich bringe die Rechnung.«

Rusty sah sein Team an. »Das ging schnell, findet ihr nicht?«

Ihre nervösen Blicke sagten alles.

Eine halbe Stunde später hatten sie wieder ihre Plätze am Tisch der Klagepartei eingenommen, in dessen Nähe die Brewsters saßen. Eine Tür öffnete sich, und der Gerichtsdiener führte die Geschworenen zu ihren Plätzen. Nicht einer wagte es, den Klägern und ihren Anwälten ins Gesicht zu sehen, als sie sich setzten.

Der Richter zog sein Mikrofon näher zu sich heran. »Haben sich die Geschworenen auf ein Urteil geeinigt?«

Der Sprecher der Jury erhob sich. »Ja, das haben wir.« Er reichte dem Gerichtsdiener einen Zettel, der ihn, ohne ihn anzusehen, an den Richter weitergab. Dieser las ihn mit ausdruckslosem Gesicht und sagte nach einer ganzen Weile: »Der Urteilsspruch scheint in Ordnung zu sein. Er ist einstimmig und lautet: ›Wir, die Jury, entscheiden im Sinne des beklagten GateLane Hospital.‹«

Im Gerichtssaal blieb es einige Sekunden lang still, dann brach Mrs. Brewster in den Armen ihres Ehemannes zusammen. Rusty schloss die Augen und versuchte zu verstehen, wie es zu dieser Katastrophe hatte kommen können. Er bedachte die Geschworenen mit wütenden Blicken. Am liebsten hätte er ihnen gründlich die Meinung gesagt.

»Beide Seiten haben dreißig Tage, um Antrag auf Überprüfung des Urteils zu stellen«, sagte der Richter. »Ich danke den Geschworenen erneut für ihren Dienst. Sie sind entlassen. Die Sitzung ist geschlossen.« Er ließ den Hammer niedersausen und erhob sich.

16

Kirk stand an seinem Fenster, hatte die Hände in die Hüften gestützt und starrte mit leerem Blick auf die Glasscheibe. Ihm fehlten die Worte. Diantha saß in einem seiner Ledersessel und blickte immer wieder auf ihr Handy, als könnte das Desaster doch noch gut ausgehen.

»Schon wieder zweihunderttausend Dollar für nichts«, murmelte Kirk. »Wir können uns seine Karriere als überambitionierter Prozessanwalt nicht leisten.«

»Wir müssen ihn vom Gerichtssaal fernhalten«, stimmte Diantha zu.

»Von der Kanzlei, meinst du wohl. Weißt du vielleicht, wie?«

»Nein, sofern du ihm nicht den Hals umdrehen willst.«

»Der Gedanke ist mir jedenfalls schon gekommen.«

Kirk drehte sich um, ging zu seinem Schreibtisch und ließ sich in seinen Chefsessel fallen. »Wann ist seine nächste Verhandlung?«, fragte er entnervt.

»Ich weiß nicht. Ich sehe im Kalender nach. Hoffentlich erst in ein paar Jahren.«

»Bei dem Tempo, in dem er verliert, wird ihm kein Beklagter auch nur einen Cent für einen Vergleich anbieten. Das würdest du doch auch nicht tun.«

»Keine Ahnung, was ich tun würde, Kirk. Wirklich nicht. Die Kanzlei geht komplett den Bach runter.«

»Kann schon sein, aber wenn du morgen meinen Vater besuchst, darfst du das nicht so sagen.«

»Er ist nicht blöd. Ich übernehme das morgen, Kirk, aber das war das letzte Mal. Es ist eure Aufgabe, deine und die von Rusty, euren Vater im Gefängnis zu besuchen. Es ist nicht fair, das auf mich abzuschieben.«

»Ich verstehe dich ja.«

»Wirklich?« Sie stand auf, ging zur Tür und verließ wortlos den Raum. Als sie durch Kirks Gebäudeflügel ging, warfen ihr immer wieder Mitarbeiter besorgte Blicke zu. Mittlerweile wussten alle, dass Rusty schon wieder bei einer Jury durchgefallen war. Es dauerte nur ein paar Minuten, bis sich eine solche Nachricht verbreitete. Auf seiner Seite des Gebäudes war die Stimmung bestimmt völlig im Keller.

Am besten hielt sie sich möglichst von ihm fern. Auf ihrem Schreibtisch stapelte sich der Papierkram, und ihr Telefon klingelte, aber sie musste für ein paar Minuten abtauchen. Sie stieg in den Aufzug und drückte den Knopf für den sechsten Stock. Als die Türen zugingen, schloss sie die Augen und atmete tief durch. Bei jedem Stockwerk, das sie passierte, ertönte ein Klingelton. Die ersten drei Geschosse gehörten zur Kanzlei Malloy & Malloy, im vierten war eine Immobilienfirma untergebracht, im fünften mehrere Architekten und Wirtschaftsprüfer. Auf dem Weg nach oben schien die Luft mit zunehmendem Abstand zur Kanzlei leichter zu werden, und die Anspannung ließ nach. Der sechste Stock war ein Gewirr kleiner Suiten, die an Ingenieure, Versicherungsvertreter und verschiedene andere Freiberufler vermietet waren, bei denen hohe Fluktuation herrschte.

Am Ende des langen Gangs befand sich das Büro von Stuart

Broome, der für Malloy & Malloy die Bücher führte. Old Stu gefiel es im sechsten Stock, weil er damit maximalen Abstand zum Rest der Kanzlei hielt. Er war nicht alt, bewegte sich aber so. Genauer gesagt, war er zweiundsechzig, konnte aber mit dem wirren grauen Haar, den buschigen weißen Augenbrauen und der von tiefen Falten durchfurchten Stirn leicht für zwanzig Jahre älter durchgehen. Er war groß, hatte jedoch einen Buckel. Das integrierte Laufband an seinem Stehpult war nie in Betrieb. Der Gedanke lag nahe, das Ding einzuschalten und wie vorgesehen zu benutzen, damit er ein paar Kalorien verbrannte, aber dazu kam es nie, und so legte er seit Jahrzehnten mindestens zwei Kilo pro Jahr zu. Mit seinem Wanst und dem Buckel war Stu ein Musterbeispiel dafür, wie der menschliche Körper jede Form verlieren konnte, was er unter einem überdimensionalen schwarzen Blazer zu verbergen suchte, den er nie ablegte. Er trug ihn jeden Tag zu einem weißen Hemd und der immer selben schwarzen Krawatte, irgendeiner schwarzen Hose und ungeputzten schwarzen Schuhen.

Dreißig Jahre zuvor hatte Bolton Malloy Honda wegen mangelhafter Trikes verklagt und damit ein Vermögen verdient. Damals hatte er Old Stu engagiert, der dafür sorgte, dass es keine Schwierigkeiten mit der Steuerbehörde gab. Wie sich die Dinge entwickelten, war die Steuerbehörde jedoch gar nicht das Problem. Vielmehr suchte Boltons Ehefrau, die verblichene und längst vergessene Tilda, routinemäßig die Kanzlei auf der Suche nach Geld heim. Stu verschwor sich mit Bolton, um so viel wie möglich vor Tillie zu verstecken. Honorare hierhin und dorthin zu verschieben war bei Malloy & Malloy gängige Praxis geworden.

Um neugierigen Blicken zu entgehen, arbeitete Old Stu allein in seinem versteckten kleinen Winkel des Gebäudes. Im Laufe der Jahre hatte er so viele Sekretärinnen und Assistenten entlassen, dass er noch nicht einmal daran denken mochte, eine weitere Kraft einzuarbeiten. Er genoss seine Privatsphäre und erledigte seine Arbeit, ohne dass ihn irgendwer beaufsichtigte. Niemand aus der Kanzlei wagte sich auch nur in seine Nähe, in erster Linie, weil er niemanden sehen wollte. Mit Ausnahme von Diantha. Er hatte eine Schwäche für sie, und sie konnten über alles reden.

Im Augenblick brannte ihnen ein Thema unter den Nägeln: das Überleben der Kanzlei.

Sie klopfte an seine Tür und trat ein, bevor er etwas sagen konnte. Auf dem Laufband stehend, starrte er auf den Bildschirm eines uralten Computers und jonglierte mit Zahlen. Für sie hatte er immer ein Lächeln übrig, was bei ihm eine Seltenheit war.

»Komm herein, Liebes«, sagte er herzlich und wirkte plötzlich geradezu umgänglich. Er stieg von seinem Laufband und wedelte mit der Hand in Richtung des verstaubten Sofas in der Ecke.

»Noch mehr schlechte Nachrichten«, sagte sie, als sie sich setzte.

»Rusty hat schon wieder verloren?«

»Ja. Er hat von den Geschworenen fünfunddreißig Millionen Dollar gefordert. Bekommen hat er gar nichts. Null. Die Geschworenen sind dem Antrag der Beklagtenpartei gefolgt.«

Stu seufzte und sackte in sich zusammen. Er ließ sich in einen Sessel plumpsen und sah sie völlig resigniert an. »Zweihundertsiebzehntausend Dollar war der letzte Stand. Ohne Carls Endabrechnung, und wir wissen ja, dass man sich Carls Endabrechnungen an die Wand hängen könnte.« Er warf beide Hände hoch. »Puff.«

»Es wird noch schlimmer. Rusty hatte gestern Abend die Möglichkeit, einen Vergleich zu schließen. Angeboten wurde ihm eine bescheidene kleine Million, die er umgehend abgelehnt hat. So schnell, dass er noch nicht einmal seine Mandanten gefragt hat. Eine Million Dollar hätte gereicht, unsere Ausgaben zu decken, und für seine Mandanten wäre auch noch etwas übrig geblieben. Ich erwarte in Kürze eine Anzeige wegen Vernachlässigung der beruflichen Sorgfaltspflicht.«

»Das ist ja schon öfter vorgekommen.«

»Zu oft. Rusty ist außer Kontrolle, und ich weiß nicht, wie wir ihn einfangen sollen.«

»Es liegt ihm im Blut. Vor ein paar Jahren waren seine Auftritte im Gerichtssaal noch im ganzen Bundesstaat gefürchtet, zumindest in Zivilverfahren.«

»Ich erinnere mich. Das waren noch Zeiten. Jetzt ist ihm sein Gespür abhandengekommen.«

Sie studierten den Staub auf dem Couchtisch. »Es kommt noch schlimmer«, sagte sie nach einem Augenblick. »Ich besuche morgen Bolton.«

»Warum?«

»Diesen Monat ist Kirk an der Reihe, aber er hat am Vormittag einen Termin mit seinem neuen Scheidungsanwalt. Die Scheidung wird hässlich werden. Ich bin mir sicher, du wirst deine ganzen Unterlagen vorlegen müssen.«

»Von mir aus gern. Welche Version soll es sein?«

Sie lächelte über seine Offenheit und wusste, dass das kein Scherz war. »Nehmen Kirk und Rusty bei ihren Besuchen im Gefängnis nicht die aktuellen Finanzdaten mit?«

»Unter anderem. Bolton lässt sich die Gewinn-und-Verlust-Rechnung für den Vormonat und für das laufende Jahr vorlegen. Er sagt, er will wissen, was in ›seiner Kanzlei‹ vor sich geht. Rusty war letzten Monat dort und meinte, der Alte sei nicht

zufrieden mit den Zahlen. Immer höhere Gemeinkosten. Rück
läufige Einnahmen.«

»Das kann ihm doch egal sein. Er kommt nicht zurück. Seine
Zulassung als Anwalt ist ein für alle Mal weg, und außerdem hat
er doch noch das Tabakgeld.«

Old Stu lächelte. »Das Tabakgeld«, sagte er mit einem Lächeln.

17

Das Tabakgeld.

Im Jahr 1998 erklärten sich die vier größten Tabakkonzerne
der USA zu einem Vergleich bereit. Damit wurde eine ganze Reihe
von Großprozessen beigelegt, in denen sechsundvierzig Einzel-
staaten auf Entschädigung für die Behandlung von Raucherkrank-
heiten geklagt hatten. Die Einigung beinhaltete die Zahlung von
über dreihundert Milliarden Dollar, mehr als je zuvor in einem
Zivilverfahren. Die Unternehmen erklärten sich zudem bereit,
über acht Milliarden an die Anwälte zu zahlen, die die Verfahren
eingeleitet und die Branche an den Verhandlungstisch gebracht
hatten. Das war natürlich eine beispiellose Goldgrube für die Anwälte der Klageparteien oder zumindest für die Anwälte, die das
Risiko eingegangen waren und sich frühzeitig den Verfahren angeschlossen hatten.

Ein befreundeter Prozessanwalt, den Bolton Malloy sehr schätzte,
hatte ihn davon überzeugt, dass es lohnte, das Risiko einzugehen
und sich den Klagen anzuschließen. Zu Beginn benötigten die leitenden Anwälte dringend Liquidität, um die immer umfangreicher
werdende Prozessführung zu finanzieren, und waren auf der Suche
nach Financiers. Bolton stellte einen Scheck über zweihundert-

tausend Dollar aus, obwohl seine beiden Söhne und alle anderen in der Kanzlei dagegen waren. Vier Jahre später waren die Tabakkonzerne in die Defensive gedrängt und bereit, für einen Waffenstillstand zu bezahlen.

In dem nun einsetzenden Geldrausch wurden manche Anwälte geradezu unanständig reich. Die an der Spitze der Pyramide hatten alles aufs Spiel gesetzt und waren enorme Risiken eingegangen, sie wurden zuerst entschädigt. Einer kleinen Kanzlei in Texas wurden fünfhundert Millionen Dollar zugesprochen. Aber auch die anderen erhielten nach und nach ihren Anteil, der sich nach der Höhe ihrer Investition richtete. Bolton kam auf einundzwanzig Millionen, die er mit niemandem teilen wollte.

Seine Frau wusste grundsätzlich nicht viel über die internen Abläufe der Kanzlei, dafür hatte Bolton seit jeher gesorgt. Er erstickte die Gerüchte über das Vergleichsvolumen im Keim und weigerte sich, darüber zu sprechen. Ganz im Vertrauen erinnerte er seine beiden Söhne jedoch daran, dass sie mit den Klagen gegen die Tabakindustrie ursprünglich nichts zu tun haben wollten und ihn davor gewarnt hatten. Bolton wollte sich scheiden lassen, konnte aber den Gedanken nicht ertragen, dass sich gierige Anwälte in einem langwierigen Rosenkrieg eingehend mit seinen Finanzen befassten.

Sich den Klagen anzuschließen erwies sich als sein erster brillanter Zug. Sein zweiter war, die Zahlung seiner Honorare aufzuschieben und so zu strukturieren, dass die Gelder investiert und erst nach zehn Jahren ausbezahlt wurden. Vielleicht gelang es ihm in der Zwischenzeit, sich scheiden zu lassen, oder seine Frau tat ihm den Gefallen und segnete das Zeitliche. Ihre Gesundheit war nicht die beste.

Dann starb sie unter verdächtigen Umständen, ohne je etwas von dem Geld gesehen zu haben, und Bolton wanderte wegen

Totschlag ins Gefängnis. Er saß seit einem Monat ein, als die ersten Schecks aus den Verfahren gegen die Tabakindustrie eingingen – drei Millionen pro Jahr über einen Zeitraum von mindestens zwölf Jahren. Old Stu richtete überall auf der Welt Offshore-Konten ein und leitete die Gelder auf verschlungenen Wegen, die auch Heerscharen von Finanzbeamten nicht hätten nachverfolgen können, durch ein Labyrinth von Gesellschaften. Er wies in der Rechnungslegung der Kanzlei genügend Einnahmen aus, um die Steuerbehörde zufriedenzustellen, aber der weit überwiegende Teil des Tabakgeldes lag in zwielichtigen Steueroasen, wo Abkommen mit den USA nicht viel zählten.

Der geheime Plan war einfach. Sobald Bolton entlassen wurde, würde er untertauchen und sich – hoffentlich mit einer jungen Blondine am Arm – in ein exotisches Urlaubsparadies zurückziehen, wo er Zugang zu seinem Vermögen hatte und zusehen konnte, wie es sich vermehrte. Old Stu würde für seine Mühe großzügig entschädigt werden und ebenfalls ohne Geldsorgen in den Ruhestand gehen können.

Rechtlich und moralisch gehörte das Geld Malloy & Malloy. In voller Höhe. Und technisch gesehen verstieß es gegen die anwaltliche Berufspflicht, dass Juristen wie Rusty und Kirk ihre Honorare mit Nichtjuristen wie Bolton teilten. Diese rechtlichen und ethischen Feinheiten wurden nur ignoriert, weil die Söhne so zerstritten waren, dass sie sich gegen ihren Vater nicht durchsetzen konnten.

Aber eine Konfrontation war unausweichlich.

18

»Dir ist doch klar, dass es nur eine Frage der Zeit ist, bis sie etwas vom Geld haben wollen?«, fragte Diantha.

»Davon gehe ich aus.« Old Stu lächelte. »Aber sie werden es nicht finden.«

»Zieh dich warm an, sie stehen nämlich schon in den Start-löchern. Die Kanzlei schreibt rote Zahlen. Beide sind hoch ver-schuldet. Und jetzt will Kirk sich scheiden lassen, was bedeutet, dass höchst unangenehme Gestalten deine Bücher durchforsten werden.«

»Eins kann ich dir sagen, Diantha. In diesen Büchern gibt es jede Menge dubiose Zahlen. Das weiß ich, weil sie von mir stam-men, natürlich auf Drängen meines Arbeitgebers. Aber im Ge-gensatz zu meinem Chef werde ich nicht ins Gefängnis wandern, und schon gar nicht seinetwegen.«

»Gut zu hören, Stu. Sorg nur dafür, dass auch sonst keiner von uns unter die Räder kommt.«

19

Nachmittags um fünf hatte sich die Bar des Ritz-Carlton norma-lerweise mit angetrunkenen Geschäftsreisenden gefüllt, die zwan-zig Dollar pro Drink völlig in Ordnung fanden, weil sie die Rech-nung sowieso über ihr großzügiges Spesenkonto laufen ließen. Das war auch der Grund, warum attraktive junge Damen, die in den Büros im Stadtzentrum arbeiteten, gern in die Bar und die weitläufige Lounge kamen, was wiederum erfolgreiche Geschäfts-leute und Selbstständige aus St. Louis anzog.

Rusty liebte die Bar und stattete ihr mindestens einmal wöchentlich einen Besuch ab. Sonst traf er hier immer auf andere Juristen, die sich ein paar Drinks genehmigten, bevor sie nach Hause in die Vororte fuhren. Da er Single war, blieb er noch, wenn sich seine Bekannten auf den Heimweg machten, und versuchte, Frauen abzuschleppen. So weit die übliche Routine.

Heute Abend saß er jedoch bei seinem dritten Scotch allein an der Bar und verfluchte wieder einmal ein Geschworenengericht. Es war ein Fehler gewesen, so viel Geld zu verlangen. Er kannte St. Louis wie seine Westentasche und hätte wissen müssen, wie konservativ die Stadt war. Schwindelerregende Schadenersatzsummen waren hier noch keinem zugesprochen worden. Manche Städte waren bekannt dafür, dass bei Sammelklagen das Geld locker saß und enorme Beträge verteilt wurden. Miami, Houston, Boston und San Francisco waren Beispiele dafür. Aber nicht St. Louis. Er hätte einen Gang herunterschalten und nur zehn Millionen Dollar verlangen sollen. In früheren Jahren hatte er einmal fünf Millionen und einmal 6,4 Millionen Dollar bekommen, zehn hätten besser ins Bild gepasst. Das Problem war jedoch, wie er sich bei seinem Scotch eingestand, dass sein Ego mehr verlangte, viel mehr. Er wollte ganz allein St. Louis in das moderne Zeitalter schwindelerregend hoher Schadenersatzsummen führen. Er, Rusty Malloy, würde sich zum König der Sammelklagen der Stadt aufschwingen und milde lächeln, wenn weniger bedeutende Anwälte mit ihren Fällen zu ihm gelaufen kamen. Natürlich würde er nur ausgewählte Verfahren übernehmen.

Drei junge Frauen, die sich lautstark unterhielten, kamen herein und wurden von Rusty eingehend gemustert. Eine davon kannte er vom Sehen, hatte ihr vielleicht sogar mal einen Drink ausgegeben. Sie waren um die dreißig, vermutlich verheiratet und wollten sich amüsieren, bevor sie sich auf den Heimweg machten.

Kurze Röcke, hohe Absätze, ärmellose Tops, jede Menge nacktes Fleisch. Sie setzten sich in eine Ecke und inspizierten die Gäste an der Bar. Eine der Frauen warf Rusty einen Blick zu, dann eine zweite. Er gab José, dem Barkeeper, ein Zeichen und deutete mit dem Kopf auf die drei. José wusste, was das hieß – alles auf Rechnung von Mr. Malloy.

Die Frauen kicherten, als er sich zu ihnen gesellte. »Die erste Runde geht auf mich«, sagte er. »Was darf es sein?«

Wenn sie auf Ehemänner oder Lebensgefährten gewartet hätten, hätten sie ihn weggeschickt, aber das taten sie nicht. Die beiden auf der Couch rückten ein kleines Stück auseinander, und eine klopfte einladend auf das Polster. Er setzte sich zwischen sie und genoss den Blick auf ihre Beine. Ein Kellner erschien und nahm die Bestellungen auf.

Rusty war dreimal verheiratet gewesen, aber es war einfach nicht sein Ding. Er war noch nie einer Frau treu gewesen, und jetzt, mit sechsundvierzig Jahren, würde er sich auch nicht mehr ändern.

20

Diantha fuhr im Morgengrauen los und genoss ausnahmsweise die Fahrt, zumindest auf den ersten Kilometern. Es war eine angenehme Abwechslung, auf einer völlig freien Strecke unterwegs zu sein, während sich in der Gegenrichtung der Verkehr in die Stadt staute. Sie trank im Auto ihren Kaffee und hörte über Satellitenradio das britische BBC-Programm.

Das Saliba Correctional Center war zwei Stunden entfernt und lag abseits der großen Highways. Die Straßen wurden immer enger,

bis sie schließlich das Städtchen Kerrville erreichte, ein Provinz-
nest mitten im ländlichen Missouri. Große Schilder wiesen den
Weg, und es wurde klar, dass die Haftanstalt für den Ort lebens-
wichtig war. Ansonsten gab es in Kerrville nicht viel. Es handelte
sich um eine sogenannte Einrichtung mittlerer Sicherheitsstufe,
die für neunhundert Gefangene ausgelegt war. Tatsächlich beher-
bergte sie dem Internet zufolge aktuell fast doppelt so viele. Das
Gebäude war in den 1980er-Jahren errichtet worden, als kompromisslose Politiker den Krieg gegen Drogen ausriefen und der Bau
von Gefängnissen in allen fünfzig Bundesstaaten einen Boom erlebte, weil immer mehr Menschen in Haft kamen. Um die weniger
gewalttätigen Insassen von den Drogenhändlern zu trennen, wurde
die Haftanstalt 1995 um einen Flügel mit niedriger Sicherheitsstufe erweitert, und tief in dessen Innerem residierte der ehemals
hoch angesehene Bolton Malloy.

Diantha stellte ihr Auto auf einem riesigen Parkplatz ab und in-
spizierte ihr Gesicht im Spiegel. Kein Make-up, kein Schmuck,
nichts, was Aufmerksamkeit erregen konnte. Lange Hose, flache
Schuhe, eine hochgeschlossene Jacke, die vom Hals abwärts kein
bisschen Haut zeigte, wie auf der Website empfohlen. Sie war eine
elegante Frau, die großen Wert auf Mode legte und jeden Morgen
viel Zeit auf ihr Styling verwendete. Als graue Maus erkannte sie
sich kaum wieder.

In den Anfangstagen der Kanzlei, als sie direkt nach dem Studium als erste Rechtsanwältin bei Malloy & Malloy anfing, hatte
sie sich für die Arbeit immer schick gemacht. Die Männer wussten es zu schätzen, und besonders Bolton genoss ihre Gesellschaft. Die Büroangestellten waren alle junge Frauen gewesen,
die von Bolton großzügig bezahlt wurden. Er war ein anspruchs-
voller Chef, der Leinenanzüge, Seidenkrawatten, maßgeschnei-
derte Hemden und italienische Schuhe liebte. Die ungeschriebene

Kleiderordnung bei Malloy & Malloy besagte, dass gutes Aussehen Voraussetzung für beruflichen Erfolg war.

Sie ließ Handy und Aktenkoffer im Auto und schloss das Fahrzeug ab. Am Eingang zum Verwaltungsgebäude blieb sie einen Augenblick stehen und musterte die billige Bronzeplakette, die der Staat an die nackte Betonwand hatte schrauben lassen. Sie erinnerte an die Leistungen eines Gefängnisdirektors, der seit vierzig Jahren tot war. Winston Saliba.

Träumte irgendein Schulabgänger davon, dass einmal ein Gefängnis nach ihm benannt wurde?

Im Inneren erwartete sie ein schmuddeliger Empfangsbereich mit zwei Beamten, die geradezu auf den nächsten Besucher zu lauern schienen. Sie nahmen ihr den Führerschein ab und schickten sie durch den Metalldetektor. Nachdem sie verschiedene Formulare ausgefüllt hatte, musste sie in einem Warteraum eine halbe Stunde lang herumsitzen. Die Stühle waren aus Plastik und wackelten. Die Illustrierten waren drei Jahre alt. Der Raum roch nach billigem Desinfektionsmittel und Gasheizung. Als sie endlich an der Reihe war, führte ein Gefängnisbeamter sie durch einen Gang und mehrere Türen, die sofort wieder verriegelt wurden, zu einem Maschendrahtkäfig, in dem ein Golfcart wartete. Er deutete auf den Rücksitz, und sie stiegen ein. Während der Fahrt sprach er kein Wort, und sie hatte auch nichts zu sagen. Sie folgten einem schmalen Asphaltweg zwischen drei Meter hohen Maschendrahtzäunen, deren oberes Ende durch glitzernden Stacheldraht gesichert wurde. Im Hof dahinter hielten sich Dutzende Häftlinge auf und gafften sie an.

Wie irgendjemand an diesem elenden Ort überleben konnte, war ihr ein Rätsel. Das galt erst recht für ältere Weiße wie Bolton. Als sie ein Schild mit der Aufschrift »Camp D« sah, wusste sie, dass es nicht mehr weit war. Die Post, die sie ihm schickte, ging an Camp D.

Im Gebäude führte der wortkarge Gefängnisbeamte sie zu einem großen Besuchsraum, in dem Plastiktische und -stühle verteilt standen. An den Wänden waren Verkaufsautomaten aufgestellt. Andere Besucher gab es keine. Besuche, die keinen beruflichen Zweck hatten, waren nur am Wochenende erlaubt. Dagegen konnten Rechtsanwälte nach Belieben kommen und gehen. Er deutete auf eine Ecke, in der über vier Türen ein Schild mit der Aufschrift »ANWALTSSPRECHZIMMER« angebracht war. Eine dieser Türen öffnete er, zeigte auf einen Stuhl und sagte schließlich: »Er kommt gleich. Haben Sie etwas zu übergeben?«

»Nein.«

Der enge Raum wurde durch eine 1,20 Meter hohe Wand unterteilt, von der aus eine dicke Glasscheibe bis zur Decke reichte. Während endloser Minuten wurde ihr erneut bewusst, wie unfair es von Rusty und Kirk war, sie zu diesem Besuch zu drängen. Für Bolton waren die beiden zuständig, nicht sie. Sie hatte ihn fünf Jahre lang nicht gesehen und hätte auch jetzt gut darauf verzichten können.

Seine Tür öffnete sich, und ein Gefängnisbeamter erschien. Hinter ihm kam Bolton herein, der sie gar nicht beachtete, bis ihm die Handschellen abgenommen worden waren. Der Beamte verließ den Raum und schloss die Tür hinter sich. Bolton setzte sich auf seinen Plastikstuhl und lächelte sie an. Dann griff er nach dem Hörer auf seiner Seite. »Hallo, Diantha«, sagte er. »Mit dir habe ich nicht gerechnet.«

Schon seine ersten Worte waren eine Lüge. Kirk hatte ihn am Vorabend auf seinem illegalen Handy angerufen und ihm mitgeteilt, dass sie einspringen würde.

»Hallo, Bolton. Wie geht es dir?«

»Bestens. Die Tage und Wochen gehen ins Land. Bald bin ich wieder auf freiem Fuß. Wie läuft es so bei dir, Diantha? Schön, dich zu sehen. Wirklich eine angenehme Überraschung.«

»Mir geht es gut. Phoebe wächst wie Unkraut. Mittlerweile ist sie fünfzehn und tut ihr Bestes, um mich zum Wahnsinn zu treiben.« Sie brachte ein flüchtiges Lächeln zustande, aber es fiel ihr schwer.

»Und Jonathan?«

Sie nickte kurz und kam zu dem Schluss, dass sie keinen Grund hatte, bei der Wahrheit zu bleiben. »Jonathan geht es gut.«

»Du siehst fantastisch aus. Mit dem Alter wirst du immer schöner. Wundert mich gar nicht.«

»Ich nehme das mal als Kompliment. Du siehst übrigens in deinem Gefängnisoutfit nicht schlecht aus.«

Das stimmte sogar. Er war spindeldürr, durchtrainiert und hatte kein Gramm Fett auf den Rippen. Das helle Baumwollhemd und die passende Hose waren offenkundig gestärkt und gebügelt. Die ganz gewöhnlichen Häftlinge, an denen sie gerade vorbeigefahren war, trugen alle weiße Hosen mit blauen Längsstreifen und weiße Hemden. Offenbar bekamen die weniger gefährlichen Insassen von Camp D hochwertigere Kleidung, wenn sie die Mittel dafür hatten. Jeden Monat überwies sie tausend Dollar auf sein Konto, die er für Essen, Kleidung, Bücher und Luxusgegenstände wie Farbfernseher und mobile Klimaanlage ausgab. Sie hätte ihm im Auftrag von Rusty und Kirk noch mehr geschickt, aber die vom Gefängnis festgelegte Obergrenze waren tausend Dollar.

Nachdem Bolton jede Menge Schlaf bekam, sich ausgiebig erholen konnte und außerdem über praktisch unbegrenzten Zugang zu den Fitnessgeräten im Freien verfügte, wirkte er jünger als bei ihrem Abschied vor fünf Jahren. Außerdem gab es im Gefängnis keinen Alkohol, keine Frauen und keine Achtzehn-Stunden-Tage im Büro, sodass er zumindest körperlich geradezu aufgeblüht war.

Er beschwerte sich nicht. Wenn man Rusty und Kirk glauben

wollte, hatte der Alte nie jemand anderem die Schuld an seinem Schicksal gegeben. Reue wegen des Todes seiner Ehefrau hatte er allerdings auch keine gezeigt. Er hatte immer behauptet, sie nicht ermordet zu haben. Letztendlich hatte er sich des Totschlags schuldig bekannt, eines weit weniger schweren Delikts.

»Und wo steckt Kirk?«, fragte er.

Das wusste er ganz genau, aber sie spielte mit. »Er hatte einen wichtigen Termin mit seinem neuen Anwalt. Zwischen ihm und Chrissy steht es nicht zum Besten.«

»Wundert mich nicht. Und Rusty?«

»Er war die ganze Woche in der Verhandlung und konnte sich nicht freischaufeln.«

»Wie ist das Verfahren gelaufen?«

»Schon wieder verloren. Er hat von den Geschworenen fünf-unddreißig Millionen gefordert und nichts bekommen. Eine verheerende Niederlage.«

Er schüttelte entnervt den Kopf. »Ich weiß nicht, was mit dem Jungen los ist. Vor zehn Jahren haben ihm die Geschworenen aus der Hand gefressen, jetzt läuft es gar nicht mehr.«

»Er wird die Sache schon noch drehen. Du weißt ja, bei Prozessanwälten geht es auf und ab.«

»Wahrscheinlich hast du recht. Hast du die Finanzberichte mitgebracht?«

»Nein, habe ich nicht.«

»Darf ich fragen, warum?«

»Fragen kannst du natürlich. Die Antwort lautet, dass ich nicht freiwillig hier bin, Bolton. Und ausgerechnet du hast mir gar nichts zu sagen. Ich arbeite nicht mehr für dich und werde auch nie wieder für dich arbeiten. Als ich jung war, hast du so getan, als würde ich dir gehören, und ich habe immer noch schlechteste Erinnerungen an das, was damals passiert ist.«

»Wenn ich mich recht erinnere, war es immer einvernehmlich.«

»Ich war fünfundzwanzig, kam direkt von der Uni, und du hast mich eingestellt. Was danach passierte, war wohl kaum einvernehmlich. Du warst vom ersten Tag an hinter mir her und hast mir deutlich zu verstehen gegeben, dass ich meinen Job verliere, wenn ich mich weigere. So habe ich das in Erinnerung.«

Er schüttelte lächelnd den Kopf. »Wie heißt es noch? Männer sind vom Mars, Frauen von der Venus. Ich erinnere mich an eine heiße junge Frau in kurzen Röcken, die dachte, wenn sie mit dem Boss ins Bett steigt, wird sie Partnerin. Haben wir uns nicht schon vor Jahren darüber ausgesprochen? Ich dachte, die Sache wäre erledigt.«

»Für dich vielleicht, Bolton. Die Affäre lief drei Jahre lang, und ich habe sie beendet, nicht du.«

»Stimmt, damals haben wir uns zusammengesetzt, über alles gesprochen und beschlossen, Freunde zu bleiben. Mir waren unsere Freundschaft und deine Klugheit immer wichtig, Diantha. Ich war mir sicher, dass wir alles geklärt hatten.«

»Ach ja? Und warum bin ich seit fünfzehn Jahren in Psychotherapie, wenn wir unsere Beziehungsprobleme so gut aufgearbeitet haben?«

»Hör doch auf. Ich bin nicht an allen deinen Problemen schuld.«

Beide brauchten eine Auszeit. Sie saßen still da und ignorierten einander. »Es tut mir leid, Bolton«, sagte sie nach einer langen Pause. »Ich wollte das alles gar nicht sagen. Ich bin nicht hergekommen, um dir Dinge um die Ohren zu hauen, die schon lange zurückliegen.«

»Du bist immer noch ganz schön wütend und verletzt.«

»Das stimmt, aber ich arbeite daran.«

»Ich würde ja sagen, es tut mir leid, aber das habe ich schon. Offenbar war es nicht viel wert. Ich habe wunderschöne Erinnerungen an dich, Diantha. Ich will, dass wir miteinander auskommen, das schwöre ich dir.«

»Ich werde mir Mühe geben. Schließlich sind wir hier im Gefängnis, und ich soll dich eigentlich aufmuntern und keine alten Konflikte aufwärmen. Meine Probleme sind gar nichts im Vergleich zu deinen, Bolton. Wie stehst du das hier überhaupt durch?«

»Einen Tag nach dem anderen. Schon ist eine Woche vorbei, ein Monat, dann ein Jahr. Man hört auf zu jammern und merkt, dass man es schaffen kann. Man sorgt dafür, dass man nicht in Gefahr gerät. Zum Glück habe ich etwas Bargeld, das ich verteilen kann. Hier kann man sich fast alles kaufen.«

Er lächelte, verschränkte die Hände hinter dem Kopf und blickte zur Decke. »Fast alles, aber nicht, was wirklich zählt. Freiheit, Reisen, Frauen, Golf, gutes Essen, guten Wein. Aber ich komme schon zurecht, Diantha. Das hier ist fast vorbei, bald bin ich wieder auf freiem Fuß. Statistisch gesehen, habe ich dann noch zwanzig Jahre vor mir, und die will ich genießen. Ich werde St. Louis und all die schlechten Erinnerungen hinter mir lassen und irgendwo an einem netten, ruhigen Ort ein neues Leben anfangen.«

»Mit jeder Menge Geld.«

»Ganz recht, mit jeder Menge Geld. Ich war so schlau, mich den Verfahren gegen die Tabakkonzerne anzuschließen, als ihr, du und die Jungs und alle anderen in der Kanzlei, nichts davon wissen wolltet. Das Risiko hat sich gelohnt. Dann habe ich klugerweise verhindert, dass Tilda – Gott hab sie selig – das Geld in die Finger bekam. Und jetzt schnappe ich mir das Geld und setze mich ab. Willst du mitkommen?«

»Machst du mich schon wieder an?«

»Nein, das war ein Witz. Nimm nicht alles so ernst, Diantha, du scheinst mehr Probleme zu haben als ich, und ich sitze in diesem Drecksloch fest.«

»Wie willst du hier rauskommen?«

»Das würdest du wohl gern wissen! Sagen wir, ich habe einen Plan, und er lässt sich gut an.«

»Reden wir von etwas anderem. Ich bin erst seit einer Viertelstunde hier.«

»Lass dir Zeit, Diantha. Für Anwaltsgespräche gibt es keine zeitliche Begrenzung, und du bringst etwas Sonne in mein Leben.«

»Was ist mit der Kanzlei? Darüber willst du doch bestimmt mehr wissen.«

»Gute Idee. Wie viele angestellte Anwälte haben wir jetzt?«

»Zweiundzwanzig. Elf auf jeder Seite. Wenn Rusty jemanden einstellt, zieht Kirk nach. Bei Büroangestellten, Anwaltsassistenten, Hausmeistern genauso. Ausgaben und Nettoentnahmen müssen unbedingt gleich hoch sein. Wenn einer das Gefühl hat, der andere ist im Vorteil, gibt es Ärger.«

»Was ist mit den beiden bloß los?«

»Das fragst du schon, seit ich dich kenne.«

»Ja, das stimmt. Ich kann mich gar nicht erinnern, dass sie sich je verstanden hätten. Von der Wiege an herrschte Geschwisterkrieg. Sie wirtschaften die Kanzlei herunter, Diantha. Ich habe die Finanzdaten gesehen. Ich weiß, was läuft. Viel zu hohe Fixkosten, viel zu geringe Einnahmen. Wenn du dich recht erinnerst, herrschte bei mir immer ein strenges Regiment, und es wurde kein überflüssiger Cent ausgegeben. Ich habe gute Leute eingestellt und sie großzügig bezahlt. Diese beiden Kerle haben einfach nicht genug Verstand, um eine Kanzlei zu führen.«

»So schlimm sieht es auch wieder nicht aus, Bolton. Wir haben ein paar begabte Anwälte, die ich im Laufe der Jahre rekrutiert habe und die sich gut machen. Ich habe immer noch das Sagen, wenn auch nur, weil sonst keiner da ist. Da Rusty und Kirk nicht miteinander reden, läuft alles über meinen Schreibtisch, und ich leite die Kanzlei. In diesem Geschäft herrscht ein ständiges Auf und Ab.«

»Wahrscheinlich hast du recht.«

Er blickte nachdenklich zur Decke und ließ einige Zeit verstreichen. »Was wird in der Stadt über mich geredet, Diantha?«

»Das ist eine merkwürdige Frage von einem Mann, der sich nie dafür interessiert hat, was andere denken oder reden.«

»Fragen wir uns nicht alle, was von uns einmal bleiben wird?«

»Ganz ehrlich, Bolton, wenn mich jemand nach dir fragt, geht es immer um Tillies Tod und deine Gefängnisstrafe. Ich fürchte, so wirst du in Erinnerung bleiben.«

»Auch gut. Ehrlich gesagt, ist es mir tatsächlich egal.«

»Gut so.«

»Das Merkwürdige ist, dass ich überhaupt keine Reue empfinde. Ich habe diese Frau keinen Augenblick vermisst. Wenn ich an sie denke, was ich möglichst vermeide, freue ich mich immer, dass sie tot ist. Natürlich wäre es mir lieber gewesen, ich wäre nicht erwischt worden, und ich habe dumme Fehler gemacht, aber der Gedanke, dass Tillie unter der Erde liegt, macht mich glücklich.«

»Kann ich verstehen. Niemand vermisst sie, nicht einmal ihre beiden Söhne.«

»Sie war ein furchtbarer Mensch. Belassen wir es dabei.«

»Wir beide, du und ich, wir haben eigentlich nie über ihren Tod gesprochen.«

Er lächelte und schüttelte den Kopf. »Nein, und hier ist kein guter Ort dafür. Diese Sprechzimmer sind nicht immer sicher. Wer weiß, wer mithört.«

Sie sah sich um. »Da hast du wohl recht. Vielleicht irgendwann einmal, wenn du auf freiem Fuß bist.«

»Werden wir Freunde sein, wenn ich wieder frei bin, Diantha?«

»Warum nicht, Bolton? Solange du deine Hände bei dir behältst. Das war immer dein Problem.«

Er lachte. »Das war es, aber jetzt bin ich zu alt für das Spiel, meinst du nicht?«

»Nein, ich glaube, du bist unverbesserlich.«

»Kann schon sein. Meinen ersten Ausflug habe ich schon geplant. Ich fliege nach Las Vegas, miete mich in einem Wolkenkratzerhotel im Penthouse ein, spiele den ganzen Tag Karten, wette, esse Steak, trinke guten Wein und lasse mich von jungen Frauen verwöhnen. Geld spielt keine Rolle.«

»Du bist wirklich unverbesserlich.«

21

Den Tod von Tilda Malloy hatten sich viele gewünscht, nicht nur ihr Ehemann. Bolton hatte jedoch im Laufe der Jahrzehnte diesbezügliche Planungen am eifrigsten vorangetrieben. Nach zehn Jahren einer turbulenten Ehe, aus der er keinen einvernehmlichen Ausweg sah, hatte er angefangen zu überlegen, wie er sie ins Jenseits befördern konnte.

Es begann mit seiner plötzlichen Begeisterung für Forellenfischen an den Flüssen der Ozarks, was ihm zwar Spaß machte, aber längst nicht so, wie er vorgab. Mehrmals im Jahr fuhr er mit Freunden und später auch Rusty und Kirk in die Berge drei Stunden südlich von St. Louis, wo sie Ferienhäuschen mieteten, angelten und sich betranken wie in ihren Studententagen.

Das führte zum Kauf eines Blockhauses am Jack's Fork River im südlichen Missouri. Bolton verfolgte ein raffiniertes, langfristig angelegtes Täuschungsmanöver, indem er eine neu entdeckte

Liebe zur Natur heuchelte. Nach und nach fand er tatsächlich Gefallen an den ruhigen Wochenenden, besonders wenn Tillie nicht mitkam. Sie interessierte sich nicht für Unternehmungen, die nicht in einem Umkreis von fünfzehn Kilometern um ihren geliebten Country Club stattfinden konnten. Sie war überzeugt, dass die Berge voller Hinterwäldler waren, hielt Angeln für einen merkwürdigen Männersport, vermutete überall Insekten und anderes Getier und war sicher, dass dort weit und breit kein anständiges Restaurant zu finden war.

Als bei ihr im Alter von siebenundfünfzig Jahren eine koronare Herzkrankheit festgestellt wurde, war Bolton insgeheim hocherfreut, hielt aber eine halbwegs glaubwürdige Fassade als liebevoller Angehöriger aufrecht. Zu seinem Entsetzen tat sie plötzlich etwas für ihre Gesundheit, stellte ihre Ernährung auf pflanzliche Produkte um, trieb zwei Stunden am Tag Sport und hatte sich angeblich noch nie so gut gefühlt. Als eine Kontrolluntersuchung nach der anderen eine stetige Verbesserung zeigte, wurde klar, dass es mit ihrem Abtreten noch dauern konnte. Bolton verfiel in tiefe Niedergeschlagenheit und sann, wie schon seit Jahrzehnten, über ihr vorzeitiges Ableben nach.

Bei ihrem ersten Herzinfarkt mit zweiundsechzig Jahren schöpfte ihre Familie erneut Hoffnung. Obwohl das Thema nie angesprochen wurde, schien ein Leben ohne Tillie für Bolton, seine Söhne und vor allem ihre Ehefrauen wie ein Traum. Tillie war eine intrigante Schwiegermutter, die sich in alles einmischte und ständig Ärger machte.

Aus den Monaten wurden Jahre, und die alte Schachtel lebte munter weiter und war so bösartig wie eh und je. Ein zweiter Herzinfarkt mit vierundsechzig Jahren konnte sie nicht stoppen, und die gesamte Familie wurde immer deprimierter.

Auf Druck von Bolton verordnete ihr Arzt ihr einen zweiwöchigen Erholungsaufenthalt in den Bergen, ohne Handy, ohne Internet, ohne Fernsehen. Nur Erholung, Schonkost und viel Schlaf. Sie hatte ein luxuriöses Wellnesshotel in den Rocky Mountains im Kopf, in das ihre Freundinnen gingen, wenn sie auf Alkoholentzug waren, aber Bolton bestand auf seinem Wochenendhaus. Sie hatte dazu gar keine Lust und schimpfte drei Stunden lang vor sich hin, während Bolton am Steuer vor Wut kochte und nur mühsam der Versuchung widerstand, von der Straße abzufahren und sie in einem Graben zu erwürgen.

Beim Abendessen, das sie an dem kleinen, grob gezimmerten Tisch einnahmen, ging es einigermaßen gesittet zu. Fisch aus der Tiefkühltruhe zum Hauptgang und ein Glas Wein für ihn. Sie sagte, ihr sei nicht gut, die Fahrt habe sie zu sehr angestrengt, und sie wolle ins Bett gehen. Während sie sich fertig machte, holte Bolton, der trotz seiner dicken Handschuhe panische Angst hatte, eine über zwei Meter lange Königsnatter aus einer Kiste, die er im Schrank versteckt hatte, legte sie auf Tillies Seite in ihr gemeinsames Bett und deckte das Tier zu. Im Geiste hatte er den Ablauf tausendmal geübt, aber wer wusste schon, wie eine Königsnatter reagierte, auch wenn sie wohlgenährt und angeblich zahm war – was auch immer das heißen mochte –, wenn sie auf einem Baumwolllaken abgelegt und zugedeckt wurde. Würde sie sich angesichts dieser völlig neuen Erfahrung in ihrer Panik unter das Bett flüchten, wo Bolton sie mühsam wieder einfangen musste? Oder würde sie ein paar Sekunden vor Schreck erstarren, bis sie entdeckt wurde und die Hölle losbrach?

Die Schlange tat ihm den Gefallen und rührte sich nicht vom Fleck. Bolton gelang es, die Handschuhe auszuziehen, bevor Tillie aus dem Bad kam und darüber schimpfte, dass es so kalt war. Bevor sie die Decke zurückschlagen konnte, riss Bolton sie weg und brüllte los, als die gigantische schwarze Schlange mit der Fleckenzeichnung auf der blütenweißen Bettwäsche zum Vorschein kam. Tillie versagte vor Entsetzen die Stimme. Ohne einen Laut wich sie zurück und stürzte ohnmächtig rücklings gegen eine Wand.

Einen Moment lang waren alle wie erstarrt. Ohne die Schlange aus den Augen zu lassen, warf Bolton einen Blick auf seine Frau, die ohnmächtig zu sein schien. Die Schlange hob leicht den Kopf, musterte die auf dem Boden liegende Tillie und wandte sich dann Bolton zu. Plötzlich hatte sie genug und glitt mit schnellen Bewegungen vom Bett auf den Fußboden. Als Bolton sie einfangen wollte, beschleunigte sie ihr Tempo und schlängelte sich immer schneller über den Kiefernholzboden. Das verdammte Ding musste unbedingt wieder zurück in seine Kiste! In seiner Verzweiflung packte Bolton die Schlange am Schwanz, was dazu führte, dass sie sich blitzschnell zusammenrollte und zubiss. Bolton schrie auf, als sich die winzigen, rasiermesserscharfen Zähne in seine linke Hand gruben. Die Schlange war natürlich nicht giftig – so dumm war Bolton auch wieder nicht –, aber beißen konnte sie trotzdem, und es war extrem schmerzhaft. Bolton wich zurück und hielt sich die Hand, wobei er feststellte, dass er blutete. Er setzte vorsichtig einen Fuß vor den anderen – schließlich war die Schlange los – und ging zur Küche, wo er Eiswürfel in eine Schüssel tat, um seine Hand zu kühlen. Am Tisch sitzend, versuchte er, seine Gedanken zu ordnen. Sein Atem ging schwer, und er schwitzte immer noch. Er musste unbedingt klar denken. Am besten stellte er sich das Ganze als Tatort vor, was es auch war.

Die Blutung ließ nach, aber die Schwellung ging nicht zurück. Er wickelte ein Geschirrtuch fest um seine Hand und sah nach seiner geliebten Frau. Sie hatte sich nicht bewegt, aber zu seinem Kummer fühlte er einen schwachen Puls. »So gut wie tot« eröffnete mehrere Möglichkeiten, die er allesamt bereits mehrfach durchgegangen war. Keine davon berücksichtigte allerdings einen nicht zu übersehenden Schlangenbiss. Er spritzte ihr kaltes Wasser ins Gesicht, aber sie reagierte nicht. Der Puls wurde schwächer, war jedoch immer noch spürbar. Er machte einen großen Bogen um das Sofa, für den Fall, dass sich die Schlange dort versteckt hatte.

Boltons Zukunft hing von seinen nächsten Entscheidungen ab. Er hatte nur eine Chance, die Sache zu regeln. Er sah auf seine Armbanduhr: 21.44 Uhr. Sie war seit vielleicht zehn Minuten bewusstlos. Was trieb die Schlange unter dem Sofa oder wo auch immer sie sich versteckt hatte?

Seine sorgfältige Recherche hatte ergeben, dass der nächste Rettungsdienst im Örtchen Eminence angesiedelt war, das nur sechshundert Einwohner hatte, aber Verwaltungssitz des County war. Er wurde von Freiwilligen betrieben. Es war also höchst unwahrscheinlich, dass umgehend ein Team von geschulten Rettungssanitätern eintraf. Er musste aber zumindest den Notruf wählen, wenn er keinen Verdacht erregen wollte.

Am liebsten hätte er ein Glas Bourbon getrunken, aber er widerstand der Versuchung. Es war durchaus möglich, dass er noch mit Ärzten und Pflegepersonal sprechen musste, da durfte er keine Fahne haben.

Ihr Puls wurde schwächer.

Er öffnete die Türen und stocherte mit einem Besen unter dem Sofa herum. Keine Spur von der Schlange, die er so dringend finden musste.

Um dreiundzwanzig Uhr wählte er schließlich den Notruf und meldete, seine Frau bekomme keine Luft und klage über Schmerzen im Brustbereich. Vielleicht habe sie einen Herzinfarkt. Die Frau am Telefon klang, als wäre sie gerade von der Straße hereingekommen, um den ersten Anruf des Tages entgegenzunehmen.

Bolton nannte seinen Namen und beschrieb den Weg zu seinem Wochenendhaus, das wie viele in der Gegend selbst am helllichten Tag schwer zu finden war. Er erwähnte absichtlich nicht, dass der Rettungswagen an einer Kreuzung unbedingt links abbiegen musste, und sorgte so dafür, dass er mit Sicherheit ewig unterwegs sein würde.

Er lud die leere Kiste, in der die Schlange gewesen war, in den Kofferraum seines Autos, um sie später zu entsorgen. Dann sprach er erneut Tillie an und fühlte ihr Handgelenk. Warum musste sie es ihm auch so schwer machen? Sie hatte so eifrig trainiert, dass sie nur noch fünfzig Kilo wog, und zumindest dafür war er dankbar. Es gelang ihm, sie sich über die Schulter zu werfen, mit ihr die Stufen vor dem Haus hinunterzustolpern und sie auf den Rücksitz zu verfrachten. Sie gab keinen Laut von sich.

Poplar Bluff war eine Stunde entfernt und verfügte über ein anständiges Regionalkrankenhaus. Er hatte vor, deutlich nach Mitternacht dort anzukommen, und hoffte, dass dann nur noch die zweite Besetzung vor Ort war. Er fuhr so langsam wie möglich und bog einige Male falsch ab. Kein Mucks vom Rücksitz. Am Stadtrand hielt er an einem rund um die Uhr geöffneten Supermarkt an und nahm sich einen Kaffee mit. Da weit und breit niemand zu sehen war, tastete er noch einmal nach ihrem Puls und atmete erleichtert auf.

Tilda Malloy, die streitsüchtige Hexe, mit der er siebenundvierzig unglückliche Jahre lang verheiratet gewesen war, war endlich tot.

Bolton raste zum Krankenhaus und fuhr vor der Notaufnahme vor.

22

Die Schlange war immer noch im Haus. Sie döste zusammengerollt auf dem Küchenboden, als der Rettungswagen eintraf. Die Sanitäter entdeckten sie und hielten sicheren Abstand, während sie das Haus durchsuchten, aber niemanden vorfanden. Merkwürdigerweise standen alle Türen offen, alle Lichter brannten.

Das Protokoll der Einsatzzentrale würde später zeigen, dass der Anruf von Mr. Malloy um 23.02 Uhr einging. Der Rettungswagen traf nach Angabe der Besatzung um 23.55 Uhr ein, nachdem er sich mehrfach verfahren hatte. Die Sanitäter sicherten das Haus, schlossen die Türen und fuhren um 0.20 Uhr wieder ab.

Die Schlange nahmen sie mit. Der Teamleiter hatte eine Schwäche für Reptilien, von denen er selbst mehrere besaß, und hielt an den Schulen der Gegend oft Vorträge über den sicheren Umgang mit Schlangen. Er hatte noch nie ein so schönes Exemplar der seltenen Gefleckten Königsnatter gesehen und fing das Tier gekonnt ein. Wahrscheinlich handelte es sich nicht um ein Haustier, aber wenn sich ein Besitzer meldete, konnte er die Schlange immer noch zurückgeben. Es erhob jedoch nie jemand Anspruch auf sie.

Den Aufzeichnungen der Notaufnahme zufolge traf Mr. Malloy um 1.18 Uhr ein, mit seiner nicht mehr ansprechbaren Frau auf dem Rücksitz. Sie wurde auf eine Trage gelegt, in aller Eile in einen Untersuchungsraum gebracht und umgehend für tot erklärt.

Eine Krankenschwester befragte Mr. Malloy, um sich die wichtigsten Informationen zu verschaffen. Dabei fiel ihr seine geschwollene, verbundene Hand auf. Er behauptete abwehrend, er habe sich am Nachmittag bei der Arbeit an seinem Sonnendeck verletzt. Ein Arzt bestand darauf, sich die Hand anzusehen, und wunderte sich über die merkwürdigen halbkreisförmigen Biss-spuren. Mr. Malloy behauptete, er sei gar nicht gebissen worden, und verweigerte jede weitere Auskunft dazu. Die Krankenschwester, der das Blut auf dem Nachthemd der Toten aufgefallen war, hakte nach. Natürlich sei es sein Blut. Seine Hand habe geblutet, aber er habe keine Wahl gehabt und sie vom Schlafzimmer zum Auto schaffen müssen. Der Arzt fragte, ob sie die Verletzung fotografieren dürften, was er ablehnte.

Zwei Deputys erschienen mit einem angetrunkenen Fahrer, der sich verletzt hatte, sodass der Arzt Unterstützung bekam. Mutig geworden, bat er Bolton erneut, die Wunde fotografieren zu dürfen. Als sich dieser wütend weigerte, gab der Arzt einem Deputy mit dem Kopf ein Zeichen. Die beiden Beamten kamen herüber und inspizierten Boltons linke Hand.

»Sieht aus wie ein Schlangenbiss«, stellte einer von ihnen fest. »Aber nicht von einer Giftschlange. Bei einer Klapperschlange hat man zwei tiefe Einstichstellen und eine riesige Schwellung.«

Der andere Deputy stimmte ihm zu. »Ein perfekter Abdruck, von einer Reihe gleichmäßig kleiner Zähne. Das muss eine große Würgeschlange gewesen sein. Vermutlich eine Korn- oder eine Königsnatter.«

Bolton wedelte abwehrend mit der Hand. »Was wollen Sie eigentlich von mir? Ich habe gerade meine Frau verloren und hätte gern meine Ruhe. Ich habe keine Ahnung, wovon Sie reden.«

»Selbstverständlich. Entschuldigen Sie bitte.«

»Ja, natürlich. Tut uns leid.«

Die beiden gingen, und Bolton drückte sich im Gang herum, während er darauf wartete, dass ihm jemand sagte, wie es weitergehen sollte. Im Krankenhaus war kaum etwas los, und er ärgerte sich, dass es so lange dauerte. Etwa eine Stunde nach seiner Ankunft holte sich der Arzt, den er schon kannte, einen Stuhl und fragte ihn, ob er einen Kaffee wolle. Es war fast halb drei Uhr morgens, nicht seine übliche Zeit für Kaffee. Der Arzt erklärte ihm die Vorgehensweise: Gegen acht Uhr würde der Bestatter ins Krankenhaus kommen und sich nach den Umständen des Todes erkundigen. Bolton würde die Verstorbene identifizieren und ihre Krankengeschichte erläutern müssen. Wenn der Bestatter die Todesursache für geklärt hielt, würde er den Totenschein ausstellen.

»Sie wollte eine Feuerbestattung«, sagte Bolton gewichtig. Wollte sie nicht. Tillie hatte sich eine katholische Messe mit allem Pomp einschließlich Kommunion gewünscht. Bolton war insgeheim schon immer dagegen gewesen, weil er befürchtete, dass niemand kommen würde.

»Nach dem Recht des Bundesstaates Missouri müssen Sie vierundzwanzig Stunden warten, bevor ein Angehöriger eingeäschert werden kann«, gab der Arzt zu bedenken.

»Ich weiß, welche Gesetze im Bundesstaat Missouri gelten«, sagte Bolton patzig. »Ich praktiziere hier seit vierzig Jahren als Anwalt.« Das stimmte, aber er hatte sich beruflich nie mit Feuerbestattungen befasst. Mit dieser kleinen Nische der Rechtsprechung kannte er sich nur aus, weil er genau dieses Szenario bereits hundertmal eingeübt hatte.

Der Arzt war ein geduldiger Mensch. »Warum schlafen Sie nicht ein paar Stunden, und wir treffen uns um acht Uhr hier mit dem Bestatter?«

»Von mir aus.«

Er fuhr von Poplar Bluff zurück zu seinem Wochenendhaus. Einundfünfzig Minuten, die Straßen waren völlig frei. Er versuchte, mögliche Probleme im Vorfeld auszuräumen. Der Rettungsdienst hatte einen Aufkleber an der Tür hinterlassen, auf dem Ankunfts- und Abfahrtszeit notiert waren. Bolton ging bewaffnet mit einem

Besen auf Zehenspitzen durch das Haus und durchsuchte alle Ecken und Winkel nach der verflixten Schlange. Vielleicht hatte sie sich durch die Ritzen in den Wänden auf den vertrauten Dachboden zurückgezogen, aber Bolton hatte nicht die geringste Absicht, ihr dort nachzuspüren. Er schloss die Türen und schaltete so gut wie alle Lampen aus. Dann sammelte er Tillies Schuhe und Kleidung ein und packte sie in ihren Koffer. Ihre anderen Habseligkeiten – ein alter Schlafanzug, ein Bademantel, Unterwäsche, Hygieneartikel, Wanderstiefel, die sie nie getragen hatte – legte er in einen Pappkarton, den er neben dem Koffer im Gepäckraum seines Autos verstaute. Er wollte keine Spur von ihr in seinem Wochenendhaus haben.

Obwohl er ruhig war und nicht unter Zeitdruck stand, fühlte er sich angespannt, was er mit einem großen Glas Bourbon bekämpfte. Er streckte sich auf dem Sofa im Wohnzimmer aus, trank seinen Whiskey und wäre fast eingedöst, als ihm einfiel, dass sich die Schlange bei ihrer Flucht vom Tatort zuallererst unter dem Sofa versteckt hatte. Er sprang auf, ging im Haus umher und legte sich schließlich auf das Bett, wo ihm ein merkwürdiger Geruch in die Nase stieg – bestimmt ein Öl oder eine andere Körperflüssigkeit, die das schleimige Reptil abgesondert hatte. Überzeugt davon, dass das Haus unbewohnbar geworden war, nahm er sich eine Decke und zog sich auf einen Korbschaukelstuhl auf der Veranda zurück, wo er mithilfe eines zweiten Bourbons trotz der eisigen Luft einschlief.

Pünktlich um sechs Uhr heulte ein Kojote und riss ihn aus dem Schlaf. Er duschte, zog sich um, belud das Auto und fuhr um sieben Uhr los. So früh am Sonntagmorgen war sonst niemand unterwegs. In der Nähe eines Gemischtwarenladens hielt er an einem öffentlichen Müllcontainer und entsorgte alles, was an Tillie erinnerte, sowie die Kiste, in der die Schlange in den letzten vier Monaten gelebt hatte. So erleichtert, fuhr er zurück nach Poplar Bluff und gab ordentlich Gas. Diesmal brauchte er nur fünfzig Minuten.

Im Krankenhaus fand er den Arzt und die Krankenschwester vor, die er schon kannte. Auch der Bestatter war eingetroffen. Er zeigte ihnen seinen Führerschein und versicherte unter Eid, der Ehemann der Verstorbenen zu sein. Er legte sogar ihre beiden Reisepässe vor, die er für den Fall eingepackt hatte, dass sein Plan funktionierte. Nachdem sie sich davon überzeugt hatten, dass er tatsächlich der Ehemann war, erkundigten sie sich nach ihrer Krankengeschichte. Er sei überzeugt, dass ein Herzstillstand die Todesursache war, sagte er. In allen Einzelheiten schilderte er Tillies zahlreiche gesundheitliche Probleme: die koronare Herzkrankheit, die beiden Herzinfarkte, die lange Liste der Ärzte, bei denen sie in Behandlung gewesen war, die Krankenhausaufenthalte, die Unmengen von Medikamenten. Sein Erinnerungsvermögen war beeindruckend, seine Beweisführung überzeugend. Zu Übertreibungen griff er nur bei seiner erfundenen Beschreibung ihrer letzten Stunden, in denen sie angeblich über Brustschmerzen geklagt, sich aber trotz seines Drängens geweigert habe, sich zum Arzt fahren zu lassen. Am Ende, im alles entscheidenden Augenblick, habe sie mit einem Keuchen beide Hände gegen die Brust gepresst und sei zu Boden gestürzt. Er habe es mit Mund-zu-Mund-Beatmung versucht, aber vergeblich.

Die Schlange wurde natürlich mit keinem Wort erwähnt.

Das Urteil von Arzt, Krankenschwester und Bestatter war einstimmig. Die auf dem Totenschein angegebene Todesursache war Herzstillstand.

Sie legten sie in einen einfachen Metallsarg, wie er für diese Zwecke zum Einsatz kam, und rollten sie zum Leichenwagen.

Bolton folgte ihm zum Beerdigungsinstitut, wo sie in der Kühlung eingelagert wurde, was noch mehr Zeit kostete. Unter einem produktiven Tag stellte sich Bolton nicht vor, in einem Beerdigungsinstitut herumzuhängen.

Der Leiter des Instituts hatte einen dicht gedrängten Terminkalender, weil drei »Kunden« präsentiert werden mussten, wenn die Kirchgänger nach dem Ende des Gottesdienstes vorbeikamen. Alle drei waren ordnungsgemäß einbalsamiert, und zwei der Totenwachen sollten am offenen Sarg stattfinden. Bolton schlich sich in die Abschiedszimmer und warf einen Blick auf die Toten. Ein Meister seiner Kunst war der Bestatter nicht. Nachdem er eine Stunde totgeschlagen hatte, gelang es ihm, den Leiter des Instituts in seinem Büro abzufangen. »Hören Sie«, sagte er, »ich weiß, dass Sie bei einer Feuerbestattung eine gesetzliche Wartezeit von vierundzwanzig Stunden einhalten müssen, aber ich habe es eilig. Ich muss zurück nach St. Louis und die Trauerfeier planen. Meine Familie wartet auf mich, und alle sind verständlicherweise völlig aufgelöst. Es ist doch herzlos, uns warten zu lassen. Warum können wir die Einäscherung nicht jetzt vornehmen, damit ich mich auf den Weg machen kann?«

»Laut Gesetz sind es vierundzwanzig Stunden, Mr. Malloy.«

»Es gibt doch bestimmt irgendwo eine Gesetzeslücke, die ein beschleunigtes Verfahren im Interesse aller Beteiligten vorsieht. Etwas in der Art.«

»Mir ist keine solche Lücke bekannt.«

»Das merkt doch keiner. Wir erledigen das in aller Stille, dann sind Sie mich los. Es kommt bestimmt niemand vom Bundesstaat Missouri vorbei und überprüft Ihre Unterlagen. Bei mir wird es wirklich knapp, ich muss nach Hause und mich um meine Familie kümmern. Dort sind alle völlig am Ende.«

»Das wird nicht funktionieren, Mr. Malloy.«

Bolton zückte seine Brieftasche und öffnete sie langsam. »Was kostet so eine Feuerbestattung überhaupt?«

Der Bestattungsunternehmer lächelte ob seiner Unwissenheit. »Das hängt von mehreren Faktoren ab. Welche Art der Feuerbestattung hatten Sie sich vorgestellt?«

Bolton schnaubte entnervt und verdrehte die Augen. »Ich hatte mir gar nichts vorgestellt, außer dass Sie die Leiche in den Ofen schieben und mir einen Karton mit der Asche mit nach Hause geben.«

»Also eine direkte Einäscherung?«

»Wenn Sie das sagen.«

»Haben Sie eine Urne?«

»Wie dumm von mir. Ich habe gerade keine zur Hand. Natürlich habe ich keine Urne! Sie haben doch bestimmt eine zu verkaufen.«

»Wir haben eine Auswahl, ja.«

»Okay, zurück zur Frage. Was kostet eine Feuerbestattung?«

»Eintausend Dollar für eine direkte Einäscherung.«

»Und für eine indirekte?«

»Wie bitte?«

»Vergessen Sie es.« Bolton gab ihm seine American Express Platinum. »Ich zahle mit der Karte. Und ich will die billigste Urne.«

Der Bestattungsunternehmer nahm die Kreditkarte. Bolton holte einige Banknoten heraus, zählte zehn Hundertdollarscheine ab und legte sie auf den Tisch. »Noch einmal tausend, wenn Sie es bis heute Mittag schaffen. Einverstanden?«

Der Bestattungsunternehmer warf einen verstohlenen Blick auf die geschlossene Tür. Dann griff er nach den Scheinen, die er schneller verschwinden ließ als ein Blackjack-Croupier. »Kommen Sie in zwei Stunden wieder«, sagte er.

»Alles klar.« Bolton fuhr eine Weile herum, bis ihm einfiel, dass er seine Söhne anrufen musste, um sie über den Tod ihrer Mutter zu informieren. Beide waren gefasst, keiner brach in Tränen aus. Er suchte sich ein Schnellrestaurant, in dem er bei Pfannkuchen und Würstchen die Sonntagsausgabe des *St. Louis Post-Dispatch* las. Er aß bewusst langsam und kippte vier Tassen Kaffee herunter, während er sich an den Todesanzeigen erfreute und sich fragte, ob er eine für seine verstorbene Frau schalten lassen sollte.

Um halb eins raste er zurück nach St. Louis, ihre sterblichen Überreste in einer billigen Plastikurne im Kofferraum. Er konnte sich gar nicht an eine solche Hochstimmung, an dieses Gefühl völliger Freiheit erinnern. Er hatte das perfekte Verbrechen begangen und eine Frau aus dem Weg geräumt, von der er sich tausendmal gewünscht hatte, sie nie getroffen zu haben. Plötzlich lag eine strahlende Zukunft ohne Altlasten vor ihm. Er war erst fünfundsechzig, erfreute sich bester Gesundheit, und im Laufe des nächsten Jahres würden die Klagen gegen die Tabakkonzerne anfangen, Früchte zu tragen. Seine vierzigjährige Laufbahn als kämpferischer Rechtsanwalt war vorüber, und er konnte es gar nicht erwarten, die Welt zu bereisen, vorzugsweise in Gesellschaft einer jüngeren Frau. Er hatte zwei attraktive Kandidatinnen im Kopf, die beide geschieden waren und mit denen er schon längst hatte essen gehen wollen.

23

Eine Woche nach Tildas Bestattung, einer kleinen privaten Angelegenheit, die kaum Interesse fand, forderte Bolton energisch seine fünf Millionen Dollar aus einer Lebensversicherung ein. Er

und seine Frau hatten vor Jahren Lebensversicherungen abgeschlossen, in denen sie sich gegenseitig als Begünstigte einsetzten,
hauptsächlich weil er davon überzeugt war, dass sie vorzeitig das
Zeitliche segnen würde. Ihr erzählte er jedoch, es sei in ihrem
ureigensten Interesse, weil er statistisch gesehen mit großer
Wahrscheinlichkeit zuerst sterben würde. Als sich die Versicherungsgesellschaft Zeit ließ, drohte er als typischer Prozessanwalt
großspurig, sie wegen Bösgläubigkeit und verschiedener anderer
Delikte zu verklagen. Es war ein selten dummer strategischer
Fehler.

Die Versicherungsgesellschaft beschloss, sich die Sache näher
anzusehen, und verpflichtete eine Detektei, die bekanntermaßen
nicht zimperlich war. Die Ermittler, von denen die meisten Erfahrung bei Militär und Geheimdienst hatten, wurden sofort misstrauisch, als sie sich den zeitlichen Ablauf von Boltons Bewegungen in der schicksalhaften Nacht ansahen. Zwei Stunden und
sechzehn Minuten waren von seinem Notruf bis zu der Ankunft
an der Notaufnahme in Poplar Bluff vergangen. Mehrere Tests
ergaben, dass die durchschnittliche Fahrtzeit nur zweiundfünfzig
Minuten betrug, selbst wenn man sich genau an die Straßenver-
kehrsordnung hielt. Es lag nahe, dass sich ein vernünftiger Mensch
nicht sklavisch an die Geschwindigkeitsbegrenzung hielt, wenn
ein Herzinfarktopfer auf dem Rücksitz lag. Bolton schien auf
jeden Fall nicht in Eile gewesen zu sein.

Dazu würde er befragt werden, aber erst viel später.

Ein weiterer Faktor waren Wochentag und Uhrzeit. Mitten in
der Nacht von Samstag auf Sonntag herrschte im ländlichen Missouri nicht gerade dichter Verkehr.

Der Arzt und die Krankenschwester aus der Notaufnahme be-
richteten den Ermittlern, ihrer Meinung nach sei Mrs. Malloy bereits mindestens eine Stunde lang tot gewesen. Eine minimale

Totenstarre habe bereits eingesetzt, die Muskeln hätten angefangen, steif zu werden. In ihrem Bericht beschrieb die Krankenschwester Mr. Malloy als »nicht kooperativ«, und der Arzt merkte an, der Tod seiner Frau scheine ihn nicht weiter berührt zu haben. Beide erwähnten die mysteriöse Bisswunde an seiner linken Hand. Er habe jegliche Behandlung verweigert und die Wunde auch nicht von den anwesenden Deputys fotografieren lassen. Einer der Beamten sei sicher gewesen, dass es sich um den Biss einer großen Würgeschlange gehandelt haben musste.

Der Durchbruch war einer zufälligen Begegnung beim Ozark Mountain Snake Roundup zu verdanken, einer jährlich stattfindenden Veranstaltung in Joplin, zu der sich Fans, Züchter, Sammler, Schlangenbeschwörer und andere Liebhaber aus den Bergen und Tälern der Gegend und darüber hinaus einfanden. Der Leiter der freiwilligen Feuerwehr von Eminence, die auch für den Rettungsdienst zuständig war, war Stammgast und präsentierte stolz seine Schlangen, darunter zwei Neuzugänge: eine 1,50 Meter lange Klapperschlange, die er in einer Schlucht gefangen hatte, und die fast zweieinhalb Meter große Gefleckte Königsnatter, die er einen Monat zuvor aus dem Wochenendhaus der Malloys geholt hatte.

Ein Züchter aus Kansas City schien von der Königsnatter geradezu fasziniert. »Die kommt mir bekannt vor«, sagte er schließlich. »Darf ich fragen, wo Sie sie herhaben?«

»Ich habe sie bei einem Notfalleinsatz in einem Wochenendhaus gefunden.«

»Sie sieht genau aus wie Thurman.«

»Wer ist Thurman?«

»Thurman ist eine Königsnatter, die ich bei einem Händler in Knoxville gekauft habe, als sie erst dreißig Zentimeter lang war. Sie wollte gar nicht aufhören zu wachsen. Ich habe noch nie eine

Gefleckte Königsnatter gesehen, die fast zweieinhalb Meter lang ist. Sie?«

»Nein, nicht mal annähernd so groß. 1,50 Meter war die größte. Wie lange hatten Sie das Tier?«

»Drei Jahre. Habe es geradezu lieb gewonnen. Dann kam letztes Jahr dieser Typ im Laden vorbei und wollte Thurman ganz dringend haben. Ich dachte mir, wenn er unbedingt will, nannte ihm einen saftigen Preis und bekam sechshundert Dollar.«

»Sechshundert Dollar? Ich habe noch nie gehört, dass jemand so viel bezahlt hat.«

»Der Kerl hatte jede Menge Geld. Er fuhr so ein dickes deutsches Auto. Ich glaube, er war aus St. Louis.«

»Seinen Namen wissen Sie aber nicht mehr, oder?«

»Nein. Sie sagen, die Schlange war in dem Wochenendhaus?«

»Ja, alle Türen standen offen, und es war weit und breit niemand zu sehen. Bei uns ging ein Notruf ein, aber als wir hinkamen, war keiner da. Thurman hier hatte sich in der Küche zusammengerollt, als wäre er da zu Hause. Ich habe ihn nur in Pflege genommen.«

»Verkaufen wollen Sie ihn also nicht?«

»Im Moment nicht. Vielleicht in einem Jahr oder so, falls sich niemand meldet.«

»Warum überlässt jemand Thurman einfach seinem Schicksal?«

»Keine Ahnung.«

Der Züchter ging, und der Rettungsdienstleiter der freiwilligen Feuerwehr dachte nicht mehr darüber nach. Eine halbe Stunde später war er wieder da. »Sie haben mich doch nach dem Namen von dem Kerl gefragt, der Thurman gekauft hat. Ich habe im Laden angerufen, und mein Sohn hat in unseren Unterlagen nachgesehen. Der Typ hieß Malloy. Sagt Ihnen das was?«

»Ja, das ist er. Ihm gehört ein Wochenendhaus am Jack's Fork River.«

Im Laufe ihrer Nachforschungen arbeiteten sich die Ermittler der Versicherungsgesellschaft bis nach Eminence vor, wo sie beim Rettungsdienst Protokolle und Aufzeichnungen der eingegangenen Anrufe prüften. Dabei stießen sie auf den Rettungsdienstleiter der freiwilligen Feuerwehr, der ihnen alles über Thurmann erzählte. Er lud sie auf seine Farm draußen auf dem Land ein, wo er seine Schlangen hielt, aber sie lehnten höflich ab. Sie wären ihm jedoch dankbar, wenn er ihnen Fotos schicken könnte, sagten sie.

Sie rasten weiter nach Kansas City und spürten den Züchter auf, der Bolton Malloy auf einem Foto als den bewussten Kunden identifizierte und ihnen eine Kopie der Verkaufsquittung mitgab.

Die Versicherungsgesellschaft schickte daraufhin ihre Anwälte zu einem Gespräch mit dem Generalstaatsanwalt von Missouri, einem bestens vernetzten Veteranen, der nicht viel von Mr. Malloy hielt. Die Anwälte präsentierten eine Beweisführung, die sich allein auf Indizien stützte, und führten an, Bolton Malloy habe seine Frau vielleicht nicht selbst getötet, ihren Tod aber in jedem Fall billigend in Kauf genommen. Ein Mord ließe sich ihm wohl nicht nachweisen, aber bei Totschlag stünden die Chancen nicht schlecht. Zudem habe Bolton möglicherweise Versicherungsbetrug begangen, indem er nach ihrem Tod Ansprüche geltend gemacht habe.

Die Ermittlung wurde ebenso geheim gehalten wie die vom Generalstaatsanwalt eingeleiteten Maßnahmen, und Bolton tappte völlig im Dunkeln. Die Versicherungsgesellschaft hielt ihn weiter hin, um ihn zu rechtlichen Schritten zu zwingen. Schließlich ließ er sich tatsächlich dazu verleiten, Klage einzureichen, und wurde sofort mit einer Flut von Anträgen auf Offenlegung der für den Rechtsstreit bedeutsamen Tatsachen und Urkunden überschwemmt. Die Anwälte der Versicherungsgesellschaft konnten es gar nicht erwarten, ihm in einem großen Konferenzraum zu einer ganztägigen Protokollierung seiner Zeugenaussage gegenüberzusitzen.

Bevor es dazu kam, wurde Bolton jedoch eines Morgens zu seiner Überraschung im Eingangsbereich seiner geliebten Kanzlei von Polizeibeamten in Empfang genommen. Als er in Handschellen abgeführt wurde, warteten die Fotografen schon. Der Skandal entfaltete in den Medien seine ganze Sprengkraft, und die Juristen der Stadt kannten tagelang kein anderes Thema. Titelseiten, Aufmacher der Hauptnachrichten, das volle Programm. Bolton kam sehr schnell gegen Kaution frei und flüchtete sich in sein Wochenendhaus, wo er sich mit einer Schrotflinte verschanzte und kaum Schlaf fand, weil ihn Albträume von sich unter der Bettdecke windenden Schlangen heimsuchten.

Seine Anwälte beharrten auf seiner Unschuld, äußerten sich sonst aber kaum, während sie hinter den Kulissen aktiv wurden. In der Boulevardpresse war die Sache wochenlang ein Dauerbrenner, aber irgendwann ließ das Interesse nach. Die Staatsanwaltschaft wollte unbedingt die Höchststrafe von zwanzig Jahren erreichen, aber Bolton bestand hinter den Kulissen auf einer mündlichen Verhandlung. Einen Monat vor dem Termin überredeten ihn seine Anwälte, sich des Totschlags schuldig zu bekennen und für zehn Jahre ins Gefängnis zu gehen. Ansonsten komme er vielleicht nie wieder frei.

Seine Anwälte argumentierten mit dem fatalen Eindruck, den ein Auftritt von Thurman bei der Verhandlung hinterlassen würde. Was, wenn ein erfahrener Schlangenexperte, vielleicht sogar der Leiter der freiwilligen Feuerwehr selbst, die Schlange aus ihrer Kiste nahm und den entsetzten Geschworenen unter die Nase hielt? Dies ist die Schlange, die Bolton Malloy für sechshundert Dollar gekauft und vier Monate lang in seinem Wochenendhaus am Fluss gehalten hat, bis ihm die Gelegenheit günstig schien, seine herzkranke Ehefrau Tillie, die wie die meisten Menschen panische Angst vor Schlangen hatte, mit ihr zu konfrontieren.

Ob er sich vorstellen könne, so seine Anwälte weiter, was die Welt denken würde, wenn große Farbfotos von Thurman landesweit die Titelseiten füllten? Und was, wenn der Richter Kameras im Gerichtssaal erlaubte? Thurman würde berühmt werden wie keine Schlange vor ihm.

Er nahm die angebotenen zehn Jahre.

Entehrt, gedemütigt, verurteilt, ins Gefängnis verbannt wie ein gewöhnlicher Krimineller, ging er in den Bau. Zwei Monate nach Antritt seiner Haftstrafe traf die erste Rate des Tabakgeldes auf einem ausländischen Bankkonto ein, das Old Stu für ihn verwaltete. Die Zahlung versüßte ihm das harte Gefängnisdasein und gab seinem Leben Sinn.

24

Ihr Besuch im Gefängnis liegt drei Tage zurück. Diantha sitzt in einem tiefen, viele Male benutzten Ledersessel, hat die Schuhe ausgezogen und die Füße bequem auf einer niedrigen, gepolsterten Ottomane abgelegt. Sessel und Ottomane sind teuer, wie alles im Raum. Sie weiß die Qualität der Einrichtung zu schätzen, schließlich wurde sie mit ihrem Geld gekauft. Mimi verlangt mittlerweile zweihundertfünfzig Dollar pro Stunde. Das ist weniger als Dianthas Stundenhonorar, aber für eine Psychotherapeutin im Mittleren Westen ziemlich viel. Als sie sich vor fünfzehn Jahren zum ersten Mal begegnet sind, standen beide am Beginn ihrer beruflichen Laufbahn und verdienten längst nicht so gut. Sie sind gemeinsam erwachsen und beruflich erfolgreich geworden und könnten fast gute Freundinnen sein, wäre da nicht die Tatsache, dass Mimi die Therapeutin ist und Diantha die Patientin. Schon vor Jahren sind sie zu dem Schluss gekommen, dass ihnen ihre berufliche Beziehung zu wichtig ist, um sie wegen einer Freundschaft über Bord zu werfen.

»Ich fand es keine gute Idee, dass Sie ihn im Gefängnis besucht haben«, sagt Mimi.

»Ich weiß. Das hatten wir ja besprochen. Ich war aber dort.«

Mimi sitzt auf ihrem Stuhl, einem modernen Drehsessel mit allen Schikanen, mit dem sie gern über den Birkenholzboden rollt. Sie sprechen langsam und leise und nehmen während der Therapiestunde nur selten Blickkontakt auf, nachdem die anfänglichen Höflichkeitsfloskeln ausgetauscht sind.

»Und was war es für ein Gefühl, ihn wiederzusehen? Was war Ihr erster Gedanke?«

»Ein einziger reicht gar nicht.«

»Doch, es kann nur einen ersten Gedanken gegeben haben.«

»Merkwürdigerweise fand ich, dass er auffällig gut aussieht. Er ist einundsiebzig und sitzt seit fünf Jahren in Haft, aber er ist durchtrainiert, sonnengebräunt und in Form. Dann fühlte ich mich schuldig, weil ich mich mit seinem Aussehen beschäftigt habe.«

»Daran ist nichts falsch. Sie fanden ihn früher einmal attraktiv, und das beruhte auf Gegenseitigkeit.«

»Ja, und dann fragte ich mich, wie ich mit diesem alten Mann so lange ins Bett steigen konnte. Er war verheiratet, und alle wussten über uns beide Bescheid. Warum habe ich das getan?«

»Wir sprechen seit fünfzehn Jahren über dieses Thema, Diantha.«

303

»Ich weiß, aber ich verstehe es immer noch nicht.«

»Wir können die Zeit nicht zurückdrehen, um Ereignisse rückgängig zu machen. Sie waren doch darüber hinweg. Deswegen hatte ich Ihnen geraten, nicht hinzufahren. Boltons Anblick hat Erinnerungen geweckt und Fragen aufgeworfen, denen Sie sich bereits gestellt und die Sie geklärt hatten. Jetzt habe ich die Befürchtung, dass wir in vielerlei Hinsicht wieder am Anfang stehen.«

»Nein, mir geht es gut, Mimi. Ich hatte Gründe für diesen Besuch. Ich wollte den großen Meister hinter Gittern sehen, in Gefängniskleidung, wie er in Handschellen abgeführt wird, das volle Programm. Ich wollte ihn gedemütigt sehen, ohne seine ganzen Besitztümer, seine Titel, seine Position als berühmter Prozessanwalt. Und allein deswegen war es die Fahrt wert. Noch einmal werde ich es nicht tun, aber ich bin froh, dass ich dort war.«

»Mittellos ist er ja nicht gerade, wenn das stimmt, was Sie sagen.«

»Ganz und gar nicht. Bolton bezieht immer noch Leistungen aus früheren Vergleichsabsprachen. Damit wären wir bei meinem zweiten Punkt.«

»Und der wäre?«

»Entschädigung. Bolton soll bezahlen für das, was er mir angetan hat. Er hat eine naive junge Frau ausgenutzt, die für ihn arbeitete. Ich hatte das Gefühl, in der Falle zu sitzen und nicht Nein sagen zu können. Es war nie wirklich einvernehmlich.«

»Bitte, Diantha. Das ist ein Rückfall in eine frühere Phase und gefährlich.«

»Ich habe meine Entscheidung getroffen, Mimi«, sagte Diantha. »Auf der Rückfahrt vom Gefängnis. Bolton schuldet mir etwas, und diese Schuld ist jetzt fällig.«

25

Keiner der beiden Partner konnte sich erinnern, wann sie zuletzt versucht hatten, unter vier Augen miteinander zu sprechen. Sie hatten sich alle Mühe gegeben, ein solches Gespräch zu vermeiden. Im Augenblick brannte ihnen jedoch ein Thema unter den Nägeln, das zu heikel war, um es Diantha auf den Schreibtisch zu werfen und das Beste zu hoffen. Ihr alles zu überlassen war zur Routine geworden, für die sich beide Partner schämten, obwohl keiner das zugeben wollte. Und keiner hatte das Rückgrat, dem ein Ende zu setzen.

Sich auf Zeit und Ort für das Treffen zu einigen dauerte fast eine Woche. Von Anfang an stand fest, dass es nicht in der Kanzlei stattfinden sollte, aber nachdem diese einfache Frage geklärt war, wurde es kompliziert. Kirk schlug einen Nebenraum in einem seiner Country Clubs vor, aber Rusty hielt von diesen Einrichtungen genauso wenig wie von ihren Mitgliedern.

»Was willst du, einen Stripklub?«, hatte Kirk per E-Mail gekontert.

Da sie beide die Stimme des jeweils anderen nicht ertrugen, vermieden sie es zu telefonieren.

»Warum nicht«, schrieb Rusty Stunden später zurück.

Aus verschiedenen Gründen wollten sie nicht zusammen gesehen werden.

Schließlich vereinbarten sie, sich in einer Hotelsuite im zwei Stunden entfernten Columbia zu treffen. Natürlich fuhr jeder mit seinem eigenen Auto dorthin.

Da Kirks Reisekosten von den Scheidungsanwälten seiner Frau durchforstet werden würden, einigten sie sich mühsam darauf, dass Rusty, der im Moment gerade nicht verheiratet war, die Hotelreservierung übernehmen sollte.

Sie trafen sich um fünfzehn Uhr an einem Donnerstagnachmittag, und niemand in der Kanzlei ahnte auch nur, wo sie sich aufhielten. Keine schlechte Leistung für zwei wichtige Persönlichkeiten, die sich sonst immer mit Mitarbeitern umgaben. Rusty war zuerst da, checkte ein und holte sich eine Diätlimo aus der Minibar. Eine Viertelstunde später klopfte Kirk an die Tür. Sie schafften es, sich höflich zu begrüßen und sich die Hände zu schütteln. Beide waren fest entschlossen, sich wie zivilisierte Menschen zu benehmen und sich zu mäßigen. Beiden war klar, dass ein falsches Wort einen Streit auslösen konnte.

Sie setzten sich mit ihren alkoholfreien Getränken an einen kleinen Tisch. »Hast du in letzter Zeit mit dem Alten gesprochen?«, fragte Kirk.

»Letzte Woche, aber nur kurz. Du?«

»Er hat gestern Abend angerufen und war sehr stolz auf sein neues Handy. Beim nächsten Mal sollen wir nicht Diantha schicken. Er will einen von uns sehen. Wie du weißt, musste ich absagen.«

»Ja, tut mir leid mit der Scheidung und so. Ich habe schon ein paar hinter mir, und es ist nie schön. Keine Chance auf Versöhnung?«

»Ausgeschlossen. Dafür ist es zu spät.«

»Ich habe gehört, sie hat Scarlett Ambrose engagiert.«

»Leider.«

»Das wird hässlich.«

»Ist es schon. Ich ziehe dieses Wochenende aus.«

»Tut mir leid, das zu hören. Ich bin ja nicht stolz auf meine drei Scheidungen, aber zumindest habe ich es jedes Mal geschafft, einen Scheidungskrieg zu vermeiden.«

»Ich weiß, ich weiß. Wir sind ja auch nicht hier, um über unsere Scheidungen zu reden. Es geht um Geld. Wir stehen beide finanziell ziemlich schlecht da. Wegen der Scheidung wird es bei mir wahrscheinlich noch enger. Der Kanzlei geht das Geld aus, und die Zukunftsaussichten sind bescheiden. Sind wir uns darüber einig?«

Rusty nickte zustimmend. »Und der Alte sitzt dick und fett im Gefängnis und zählt die Tage bis zu seiner Entlassung. Das Tabakgeld summiert sich, ist aber für uns unerreichbar. Oder?«

»So ist es. Stu hält die Hand darauf und lässt nichts durchsickern. Hier ist der Knackpunkt. Das Geld gehört der Kanzlei, nicht Bolton Malloy. Er hat seine Zulassung verloren, sich unmöglich gemacht, ist im Gefängnis gelandet und wird nie wieder als Anwalt praktizieren. Es verstößt gegen jegliche Berufsethik, dass die Kanzlei Honorare an jemanden ohne Zulassung als Anwalt weitergibt. Das ist klar. Mich beunruhigt, dass er und Stu das Geld am Fiskus vorbeischleusen und Steuern hinterziehen. Was, wenn die Steuerbehörde hier einfällt und die Bücher sehen will? Was, wenn sie auf die versteckten Gelder stoßen? Rate mal, wer dann vor Gericht landet. Vermutlich nicht Bolton, obwohl ich ihn sofort hinhängen würde. Aber wahrscheinlich sind wir beide dran.«

»Da sind wir uns einig. Was willst du damit sagen?«

»Genau das, was wir beide denken, seit das Tabakgeld fließt. Wir haben Anspruch auf einen Teil davon. Wir waren Partner in der Kanzlei, als der Vergleich mit den Tabakkonzernen geschlossen wurde, und sollten unseren Anteil bekommen.«

»Wie viel?«

»Weiß ich nicht. Hast du Zahlen?«

Rusty stand auf und ging zu einem Sideboard, wo er in einem Aktenkoffer herumwühlte. Er nahm Unterlagen heraus und legte sie vor Kirk auf den Tisch. »Ich bin gestern Abend verschiedene Zahlen durchgegangen, was du wahrscheinlich schon öfter gemacht hast. Im Rahmen des Vergleichs hat das Gericht Malloy & Malloy Honorare in einer Größenordnung von einundzwanzig Millionen Dollar zugesprochen. Der Alte hat die Auszahlung klugerweise so strukturiert, dass die Gelder erst nach zehn Jahren fließen, natürlich in der Hoffnung, dass unsere liebe Mutter bis dahin das Zeitliche gesegnet hat. Die Geschichte kennen wir. Zehn Jahre lang hat also das Geld zu einem Zinssatz von rund fünf Prozent irgendwo gearbeitet. Vor fünf Jahren ist die erste Zahlung von drei Millionen bei uns oder vielmehr bei Stu aufgeschlagen. Damals belief sich der Gesamtbetrag auf etwas über fünfunddreißig Millionen. Wenn man davon ausgeht, dass das Kapital jährlich nur fünf Prozent bringt und jeweils drei Millionen ausbezahlt werden, laufen die Zahlungen noch vierzehn Jahre weiter. Bolton ist fast zweiundsiebzig. Was will ein Achtzigjähriger mit so viel Bargeld?«

»Das weiß ich alles, Rusty.«

»Schon klar. Ich wiederhole das nur, um zu erklären, warum wir jetzt einen Teil des Geldes an uns nehmen sollten.«

Kirk runzelte die Stirn und sah aus dem Fenster. »Was ist mit Stu?«

»Wir sorgen dafür, dass er reich wird. Er bekommt ein Stück vom Kuchen, damit er zufrieden ist, sich aufs Altenteil zurückzieht und Rosen züchtet. Wir müssen aber alle vier zusammenarbeiten.«

»Diantha?«

»Natürlich.«

Kirk stand auf, tigerte zur Tür und zurück, wobei er sich immer wieder das Kinn rieb. »Ich habe mich gestern Abend ausführlich mit ihr unterhalten. Das Treffen mit dem Alten war keine gute Idee. Es hat eine Menge alte Wunden aufgerissen, von denen ich dachte, sie wären längst verheilt. Offenbar nicht. Sie hat rundheraus gesagt, sie will einen Teil von dem Geld. Sie meint, das hat sie nach all den Jahren verdient.«

»Kann ich mir vorstellen«, sagte Rusty.

»Auf jeden Fall ist sie fest entschlossen und wird sich nicht abwimmeln lassen.«

»Soll mir recht sein. Von mir aus teilen wir mit ihr. Wie bekommen wir Stu dazu, dass er die Bücher zur Abwechslung mal für uns frisiert?«

»Sie meint, das ist ganz einfach. Sie hat den Eindruck, Stu bekommt kalte Füße wegen des ganzen Geldes, das er außer Landes schafft, und wegen der hinterzogenen Steuern. Er hat wohl sogar gesagt, dass er für den Alten nicht ins Gefängnis gehen würde.«

Rusty grinste. »Klingt gut. Was verlangt sie?«

»Gleiche Anteile für alle vier. Jeder bekommt zunächst eine Million. Das Geld muss auf Offshore-Konten verbleiben, wie jetzt. Nächstes Jahr bekommt jeder von uns eine halbe Million, dann bleibt für den Alten noch eine. Im Folgejahr genauso. Wenn es gut läuft, und warum sollte es das nicht, teilen wir uns die Honorare, bis die Zahlungen aufhören oder er aus dem Gefängnis kommt. Wir können die Ausschüttung nach Bedarf anpassen. Aber wir müssen zusammenhalten.«

»Wie sorgen wir dafür, dass der Alte nichts erfährt?«

»Wir lassen Stu die Monatsberichte frisieren. Solange der Alte im Gefängnis sitzt, wird er nichts merken. Wenn er herauskommt, gibt es mit Sicherheit Ärger, aber dann haben wir das Geld schon. Was will er tun? Uns verklagen, weil wir Honorare kassieren, auf die wir Anspruch haben?«

Rusty hörte auf zu grinsen. »Er wirft uns aus dem Gebäude.«

»Na und? Dann gehen wir woanders hin oder machen die Kanzlei dicht. Keine schlechte Idee. Mal was anderes machen.«

»Während wir unser Geld zählen.«

Zum ersten Mal seit vielen Jahren genossen die Malloy-Söhne ein Gefühl der Gemeinsamkeit. Endlich hatten sie den neuralgischen Punkt angesprochen. Sie hatten das Thema Bolton und seine gigantischen Honorare geklärt und keine Angst. Auf der Rückfahrt lächelte Kirk über das ganze Gesicht, während er Bach hörte und sich eine angenehme Zukunft weit weg von Chrissy und dem Leben als Rechtsanwalt vorstellte.

Rusty beschloss, im Hotel zu bleiben. Das Zimmer war bezahlt, und zu Hause wartete niemand auf ihn. Um fünf betrat er die Lounge des Hotels, bestellte sich an der Bar einen Drink und behielt die Tür im Auge, damit er sich auf die erste attraktive Kandidatin stürzen konnte, die hereinkam.

26

Old Stu wollte nichts davon wissen.

Er hörte halbwegs interessiert zu, als Diantha ihm ihre schwierige Vergangenheit mit Bolton schilderte. Sie dachte, sie hätte ihn überzeugt, aber als sie auf Geld zu sprechen kam, erstarrte sein verwittertes, hässliches Gesicht. Schadenersatz. Entschädigung für sexuelle Belästigung. Da es in der Kanzlei keine flüssigen Mittel gab, zumindest keine legalen, wusste Old Stu auf Anhieb, dass sie den Schatz im Auge hatte, der sich Jahr für Jahr auf Offshore-Konten ansammelte.

Sie preschte weiter vor und erklärte, die »Jungs« würden zunehmend Druck machen und eine höhere Vergütung verlangen. Er wirkte verblüfft.

Am liebsten hätte sie ihn daran erinnert, dass er bei der Kanzlei angestellt war und jederzeit mit oder ohne Begründung gekündigt werden konnte, beschloss aber, sich die schweren Geschütze noch aufzusparen. Sie würde ihre Kräfte neu sammeln und gemeinsam mit den Partnern ihren nächsten Zug planen. Der erste war – zumindest ihrer Meinung nach – ein Fehlschlag gewesen.

Sie verließ Stus Büro im sechsten Stock und fuhr mit dem Aufzug ganz nach unten. Dort sagte sie ihrer Sekretärin, sie sei für niemanden zu sprechen, und schloss sich in ihrem Büro ein. Sie zog ihre High Heels aus und streckte sich auf dem Sofa aus. An ein Nickerchen war nicht zu denken. Dafür war der Stress zu groß. Ihr erster Versuch, Stu als Komplizen für ihren Angriff auf Boltons geliebtes Tabakgeld zu gewinnen, war völlig danebengegangen. Wen sollte sie zuerst anrufen, Kirk oder Rusty?

Die Antwort war offensichtlich. Kirk war ein steifer Büromensch, der sich grundsätzlich nicht die Hände schmutzig machte. Rusty ging keinem Konflikt aus dem Weg und setzte seinen ganzen Charme ein, um zu erreichen, was er wollte. Kam er damit nicht weiter, war er immer bereit, die Daumenschrauben anzulegen und seine Gegner gegebenenfalls kaltzustellen. Wenn irgendwer in der Lage war, Old Stu das Leben schwer zu machen, war es Rusty Malloy.

Am frühen Vormittag hatte Stu ihr, Kirk und Rusty die Zahlen für den Vormonat gemailt. Es sah noch schlechter aus als befürchtet. Bald würden Anrufe von der Bank und die üblichen angespannten Besprechungen folgen.

Sie ging zu ihrem Schreibtisch, legte die Füße auf die Tischplatte und sah sich den Bericht genauer an. Jedes Jahr zahlten Kirk und Rusty sich selbst eine Vergütung von vierhundertachtzigtausend Dollar mit einem Jahresbonus, der sich nach dem Erfolg der Kanzlei richtete. Die Boni, die gemäß Boltons Vorgabe immer gleich hoch ausfallen mussten, wurden jedes Jahr am 30. Dezember hinter verschlossenen Türen ausgehandelt. Es war mit Abstand der schlimmste Tag des Jahres. Beide Partner kamen mit jeder Menge Zahlen an, und Diantha musste als Schiedsrichterin fungieren. In den letzten drei Jahren hatte sich Kirk mächtig aufgeregt, weil seine Seite der Kanzlei, die »rechte Seite«, viel höhere Bruttoeinnahmen vorzuweisen hatte als die von Rusty. Rusty konterte mit Fünf- und Zehnjahrestrends, aus denen eindeutig hervorging, dass seine Personenschadenprozesse viel lukrativer waren als Kirks Arbeit. Es war erst vier Jahre her, dass seine »linke Seite« doppelt so hohe Bruttoeinnahmen wie sein Konkurrent vorzuweisen gehabt hatte.

Das war, bevor er anfing, im großen Stil Geschworenenprozesse zu verlieren.

Konkurrent? Warum waren sie Konkurrenten und nicht Partner, die an einem Strang zogen? Bolton hatte gesagt, sie seien sich nie einig gewesen. Und jetzt standen sie am Rande des Abgrunds.

Wenn die Geschäfte in den nächsten beiden Monaten weiter so liefen wie bisher, würde es am Jahresende keine Bonuszahlungen geben. Tatsächlich klaffte zwischen Einnahmen und Ausgaben eine Lücke, die so groß war, dass Kirk und Rusty gemäß Gesellschaftsvertrag verpflichtet waren, das Defizit auszugleichen. Ein hässliches Szenario, das es bisher nicht gegeben hatte.

Für Diantha lag auf der Hand, dass die einzig sinnvollen Maßnahmen gewesen wären, angestellte Anwälte und andere Mitarbeiter zu entlassen, die Gehälter der beiden Partner zu beschneiden und Rusty irgendwie dazu zu bewegen, keine Hochrisikofälle mehr anzunehmen. Nichts davon lag im Bereich des Möglichen, daher würde sie es auch nicht vorschlagen.

Während sie die Finanzdaten studierte, fragte sie sich erneut, wie eine einst florierende Kanzlei so heruntergewirtschaftet werden konnte. Als sie gerade Feierabend machen und shoppen gehen wollte, klopfte ihre Sekretärin an die Tür.

Im Eingangsbereich wartete ein Zusteller mit einer gerichtlichen Verfügung, ein junger Mann mit Hoodie und Oversize-Sportschuhen. »Diana Bradshaw?«, fragte er patzig.

»Mein Name ist Diantha Bradshaw.«

Er studierte angestrengt seine Papiere. »Richtig, und Sie sind Zustellungsbevollmächtigte für Malloy & Malloy?«

»Das stimmt.«

»Ich habe eine Zustellung der Kanzlei Bonnie & Clyde für Sie. Eine Klage, die wir vor zwei Stunden eingereicht haben.«

Er übergab ihr die Unterlagen, die sie annahm, ohne sich zu bedanken. Der Junge verschwand wieder.

Bonnie & Clyde brachten nichts als Ärger. Sie waren vielleicht die bekanntesten Rechtsanwälte in St. Louis, allerdings nicht wegen ihres juristischen Talents. Das Ehepaar hatte sich sein Brot mühsam als Vorstadt-Scheidungsanwälte verdient, bis Clyde in einem Verfahren wegen eines Sattelschlepperunfalls einen Vergleich erreichte, der ihm eine größere Summe einbrachte. Seine Ehefrau war immer unter dem Namen Bonita bekannt gewesen. Beide hatten einen Sohn im Teenageralter, der zu viel fernsah und von den minderwertigen Werbespots der Kanzleien fasziniert war, die sich auf Personenschäden spezialisiert hatten. Es war seine Idee gewesen, seiner Mutter einen neuen Namen zu verpassen und das Fernsehprogramm mit Werbung zu überschwemmen, bei der die beiden wie Warren Beatty und Faye Dunaway gekleidet mit Maschinenpistolen herumfuchtelten und schmierige Versicherungsbosse um Berge von Bargeld erleichterten, die sie dann ihren Mandanten aushändigten. Sie änderten den Namen ihrer Kanzlei in Bonnie & Clyde.

Zuerst war die örtliche Anwaltskammer entsetzt über die Werbespots und schickte den beiden eine Abmahnung, aber die Kampagne rollte unaufhaltsam weiter und war ohnehin durch die Redefreiheit gedeckt.

Die Geschädigten kamen in Scharen, und Bonnie und Clyde wurden reich. Sie erweiterten ihre Kanzlei, stellten mehrere Anwälte ein und verlegten sich auf Plakatwerbung.

Sie waren von Trey Brewsters Eltern verpflichtet worden, um Rusty und die Kanzlei wegen fehlerhafter Rechtsberatung zu verklagen. Zehn Millionen Entschädigung und zehn Millionen Strafschadenersatz.

Diantha las die hastig zusammengeschusterte Klageschrift. »Schade, dass ich nicht die andere Seite vertrete«, murmelte sie vor sich hin.

27

Für die Drecksarbeit, und davon gab es bei jeder ernsthaft auf Personenschäden spezialisierten Kanzlei mehr als genug, hatte Rusty mehrere Ansprechpartner. Besonders erfahren war ein ehemaliger Polizeibeamter namens Walt Kemp, ein Ermittler, der in seiner eigenen Agentur Spürnasen beschäftigte, die systematisch nach Unfallopfern Ausschau hielten, die Krankenhäuser abgrasten, Zeugen ausfindig machten und alles erledigten, was noch so anfiel. Walt kannte die Straßen und hatte Kontakte in vielen zwielichtigen Milieus. Dazu zählten auch Gefängnisse.

Sie trafen sich in einem russischen Deli in Dutchtown, im alten Teil der Stadt, zu einem Sprottensandwich mit Ei. Walts Nullachtfünfzehn-Büros waren gleich um die Ecke, wo die Miete billig war.

»Ich habe eine etwas spezielle Anfrage«, sagte Rusty leise.

»Das wäre ja nicht das erste Mal.« Walt wischte sich lächelnd den Bierschaum aus dem Schnurrbart.

»Kennst du jemanden von Saliba Correctional?«

»Du meinst, jemanden wie deinen Vater?«

Rusty verschluckte sich und lachte nervös. »Ja, der Alte sitzt da ein. Sonst noch jemanden?«

»Insassen oder Gefängnisbeamte?«

»Keine Insassen. Jemanden, der etwas zu sagen hat.«

»Kann gut sein. Was ist los?«

»Es geht tatsächlich um Bolton. Er ist seit fünf Jahren dort und bekommt immer wieder ein Handy in die Finger.«

»Nichts Ungewöhnliches. In jedem Gefängnis gibt es einen riesigen schwarzen Markt für Mobiltelefone. Und Drogen. Und so ziemlich alles andere.«

»Wie dem auch sei, Bolton hat jedenfalls jetzt eins und treibt uns ehrlich gesagt damit in den Wahnsinn. Er kann sich einfach nicht aus den Angelegenheiten der Kanzlei heraushalten.«

»Was willst du von mir?«

»Einen anonymen Anruf bei der Gefängnisverwaltung. Sag, Häftling zwei-vier-acht-acht-eins-drei hat ein Handy. Dann finden sie das Gerät und stecken ihn einen Monat lang in Einzelhaft. Hatten wir alles schon.«

»Du willst, dass dein Vater in Einzelhaft kommt?«

»Nur einen Monat oder so. Er treibt uns in den Wahnsinn und macht jede Menge Ärger.«

Walt aß einen Bissen und fing an zu lachen. »Irre. Die Sache gefällt mir.«

»Kümmere dich darum, okay?«

»Von mir aus. An wen geht die Rechnung? An die Kanzlei?«

»Ja, aber nenn es irgendwie anders. Du warst bei deiner Rechnungsstellung immer schon kreativ.«

»Das liegt daran, dass meine Auftraggeber Rechtsanwälte sind.«

»Sorg dafür, dass das erledigt wird. Je eher, desto besser.«

»Postwendend, Boss.«

28

Eine der wichtigsten Maßnahmen bei der Vorbereitung der Macht-übernahme war, die Kommunikationswege zu unterbrechen. Nach-dem bestätigt war, dass Bolton tatsächlich wieder in Einzelhaft saß, mussten in einem nächsten Schritt die Verbündeten des Gegners unschädlich gemacht werden. Auch dafür war Rusty zu-ständig.

Er platzte unangekündigt und kampflustig in Stuart Broomes Büro im sechsten Stock. Old Stu wurde kalt erwischt. Rusty hatte keinen Termin vereinbart und sich seit vielen Monaten nicht bei ihm blicken lassen.

»Wir müssen reden«, sagte Rusty knapp, um klarzustellen, dass es keine Alternative gab.

»Guten Morgen, Rusty. Was führt dich her?«, fragte Stu sarkas-tisch, während er von seinem bewegungslosen Laufband stieg.

»Das kann ich dir gern erklären, Stu. Es ist an der Zeit, dass die Kanzlei etwas von dem Tabakgeld bekommt, das ihr beide, du und Bolton, auf Offshore-Konten hortet. Die Honorare werden an die Kanzlei Malloy & Malloy gezahlt, der mein lieber Vater nicht mehr angehört. Du hast verschiedene Optionen, Stu, also hör gut zu. Erstens kannst du Nein sagen und uns das Geld vor-enthalten, weil du zu Bolton stehst und nicht zu uns. In diesem Fall kündige ich dir mit sofortiger Wirkung und lasse dich aus dem Gebäude eskortieren. Im Gang warten zwei Wachmänner, bewaffnet, wie ich betonen möchte, und wenn ich dir gekündigt habe, fasst du nichts mehr auf deinem Schreibtisch an.«

Stu war aschfahl geworden und rang nach Atem. Als er sprach, klang seine Stimme gequält und heiser. »Wachleute? So weit ist es also gekommen?« Er schleppte sich zu seinem Sofa und ließ sich auf die Polster fallen.

»Du hast ganz richtig gehört, Stu. Bewaffnete Sicherheitsleute. Kündigung ohne weitere Leistungen und Abfindung, und wenn du uns verklagen willst, sehen wir uns vor Gericht. Das dürfte die Sache ein paar Jahre lang blockieren, während sich deine Anwälte ein Vermögen unter den Nagel reißen.«

»Was ist die andere Alternative?«

»Stell dich auf unsere Seite und werde reich. Wir gründen eine kleine Gesellschaft mit begrenzter Haftung, die für die vier Gesellschafter höchst lukrativ sein wird.«

»Vier?«

»Ich, du, Kirk und Diantha. Zu gleichen Teilen. Wir sorgen dafür, dass wir unseren Anteil an den bereits eingegangenen und den noch ausstehenden Tabakgeldern bekommen.«

»Bolton bringt mich um, Rusty. Und euch drei wahrscheinlich auch, wenn er schon dabei ist.«

»Im Augenblick sitzt Bolton in Einzelhaft, Stu. Und wenn er da herauskommt, muss er immer noch fünf Jahre absitzen. Er denkt, er kommt auf Bewährung frei, aber er lässt sich ständig mit Schmuggelware erwischen und wird sogar der Bestechung von Gefängnisbeamten beschuldigt. Typisch Bolton. Im Augenblick sind wir außer seiner Reichweite. Wir lassen ihm ja einen Teil von seinem Geld, er wird also so oder so reich.«

»Wie viel nehmen wir?«

»Für den Anfang eine Million für jeden. Dann eine Zeit lang eine halbe Million für jeden pro Jahr. Genaueres legen wir später fest. Das Geld bleibt auf Offshore-Konten, es erfährt also niemand davon.«

Stu rieb sich das schlaffe Kinn und sah aus, als hätte er am liebsten geweint. Er senkte den Blick und starrte betrübt auf seine Schuhe. »Ich war noch nie in Versuchung, Geld zu stehlen.«

»Stehlen!«, brüllte Rusty. »Soll das ein Witz sein? Dieses Geld stammt aus ehrlich verdienten Honoraren unserer Kanzlei, einer Kanzlei, die Bolton gezwungenermaßen unehrenhaft verlassen musste, weil er verurteilt wurde, seine Zulassung als Anwalt verlor und im Gefängnis landete. Bisher ist es ihm gelungen, uns einzuschüchtern und uns von dem Geld fernzuhalten, aber damit ist jetzt Schluss. Bolton kann nicht alles für sich behalten, Stu. Wir wollen ja auch nicht das ganze Geld. Wir schlagen vor, die Honorare fair aufzuteilen, nicht mehr und nicht weniger.«

»Aber ich bin kein Anwalt und kann keinen Anspruch auf Honorare erheben.«

»Stimmt, aber einen Bonus kannst du doch annehmen?«

Das gefiel Stu, und schon dachte er an die erste Rate. Er stand auf und versuchte vergeblich, sich gerade aufzurichten, wurde aber von seinem Buckel und dem vorstehenden Bauch daran gehindert. Es wäre ein erbärmlicher Anblick gewesen, wäre da nicht das Lächeln auf seinem Gesicht gewesen, eine echte Seltenheit. »Weißt du«, sagte er nicht mehr ganz so bedrückt, »wenn ihr mich feuert, findet ihr das Geld nie.«

Rusty war darauf gefasst und schoss zurück. »Hältst du uns für dumm? Wir haben Kontakt zu einer Firma forensischer Buchprüfer, die oft für das FBI arbeitet. Sie könnten den Weg des Geldes von der Quelle, den Tabakkonzernen und ihren Versicherungsgesellschaften, an nachverfolgen und es so aufspüren. Die Steuerbehörde ist dazu übrigens auch in der Lage, wenn sie will.«

Old Stu musste sich widerstrebend geschlagen geben. »Okay, okay.« Er hob beide Hände und kapitulierte. »Ich bin dabei.«

»Gut so, Stu. Ein kluger Zug.«

»Unfassbar, dass ich Bolton in den Rücken falle. Ich kann ihm nie wieder gegenübertreten.«

»Das musst du vielleicht auch nicht. Vielleicht wird er seine Zeit absitzen, sein Geld nehmen, zumindest das, was davon übrig ist, und in den Sonnenuntergang reiten. Er hat hier keine Freunde, die der Rede wert wären, Stu. Das weißt du.«

»Aber er dachte, ich wäre sein Freund.«

»Er hat dich benutzt, so wie er jeden anderen in seinem Leben benutzt hat. Um Bolton Malloy brauchst du keine Träne zu vergießen. Der kommt schon zurecht. Und wir auch.«

»Das stimmt wohl.«

29

Innerhalb der nächsten Woche traf sich Stu einzeln mit jedem seiner drei Mitverschwörer, um das undurchdringliche Netz von Offshore-Bankkonten und Strohfirmen zu erklären, das er für Bolton und das Tabakgeld eingerichtet hatte. Sie waren gebührend beeindruckt von dem verschlungenen Labyrinth, das den Geldfluss verschleiern und vor den amerikanischen und anderen Steuerbehörden verbergen sollte. Als hätten sie sich abgesprochen, bestanden alle drei darauf, »ihr« Geld weiterzuverschieben und bei anderen ausländischen Banken zu deponieren, mit denen sie ungestört direkt zusammenarbeiten konnten. Stu war ein wenig verletzt, dass sie es so eilig hatten, die Mittel seinem Zugriff zu entziehen.

Rusty hielt es als Erster nicht mehr aus. Um eine neue Freundin zu beeindrucken, charterte er einen Jet und flog auf die britischen Jungferninseln, wo sie eine Woche lang in einer Villa am Meer abstiegen und am Pool faulenzten. Während sie sich eine Wellnessbehandlung gönnte, traf er sich mit Vertretern seiner neuen Bank und vergewisserte sich, dass das Geld in guten Händen war. Mehr sei unterwegs, versicherte er ihnen, und sie verbrachten ein paar angenehme Stunden damit, eine Anlagestrategie zu entwerfen. Mit einer Million in der Hand und einer Zahlung von mindestens einer halben Million pro Jahr in Aussicht machten Investitionen richtig Spaß.

Als er eines Nachmittags am schimmernden, indigoblauen Ozean auf einer schattigen Terrasse saß und einen Rumpunsch trank, fing Rusty ernsthaft an zu überlegen, ob er seine Karriere als Anwalt nicht aufgeben sollte. Er hatte den Druck satt, die Schinderei, die langen Arbeitstage, die anstrengende Beziehung zu seinem Bruder, und vor allem hatte er es satt, im Gerichtssaal sang- und klanglos unterzugehen. Er war sechsundvierzig und fragte sich, ob er den Höhepunkt seiner Karriere als Prozessanwalt bereits hinter sich hatte. Auf jeden Fall hatte er das Gespür für die Geschworenen verloren. Die Versicherungsgesellschaften fürchteten ihn nicht mehr als Gegner.

Warum sollte er nicht seinen neu erworbenen Reichtum nehmen und ein einfacheres Leben am Strand führen?

Diantha und ihr Ehemann lebten augenblicklich nicht zusammen, aber eine Europareise schien ein probates Mittel, die Beziehung zu kitten. Als die ersten drei Tage gut liefen und sie beschlossen hatten, es noch einmal miteinander zu versuchen, berichtete sie ihm von dem neuen System der Teilhabe an den Honoraren von Malloy & Malloy. Jonathan war beeindruckt und nun erst recht motiviert, die Ehe zu retten. Sie hatten Besprechungen bei verschiedenen Banken und planten eine Strategie, um die Gelder zu verwalten. Nach einigen Tagen in Zürich flogen sie nach Paris und bummelten Arm in Arm durch die Straßen.

Kirk konnte nicht weg, um nach seinem neu erworbenen Vermögen zu sehen, weil die Scheidungsanwälte seiner Frau sehr bald seine Finanzen unter die Lupe nehmen würden. Jede Bewegung, jede Ausgabe würde von ihnen eingehend geprüft werden. Da er panische Angst davor hatte, dass Anrufe, Textnachrichten oder E-Mails zurückverfolgt wurden, kontaktierte er schließlich über ein verschlüsseltes E-Mail-Konto eine Londoner Bank. Nachdem sichere Kommunikationswege eingerichtet waren, verschob Kirk sein Geld zu einer britischen Bank mit Sitz auf den Kaimaninseln. Dort war es sicher, da konnte Chrissy noch so viele Anwälte engagieren.

Die geheime Finanzspritze veranlasste Kirk dazu, ihr praktisch alles, was sie besaßen, und angemessene Unterhaltsleistungen anzubieten, wenn sie sich gütlich einigten. Der Kindesunterhalt allein würde schmerzlich hoch ausfallen, aber schließlich waren es auch seine Kinder, und er wollte für sie sorgen. Es stellte sich jedoch heraus, dass ihre leitende Anwältin, die gefürchtete Männerhasserin Scarlett Ambrose, Blut gerochen hatte und sich ein weiteres prominentes Opfer nicht entgehen lassen wollte. Ein hässlicher Prozess, der für Schlagzeilen sorgte, kam ihr gerade recht, um ihr aufgeblähtes Ego zu befriedigen. Chrissy schien von ihrer manipulativen Anwältin einer Gehirnwäsche unterzogen worden zu sein und wollte nicht verhandeln. Sie trennten sich, weil sie einander nicht ausstehen konnten, nicht weil einer der beiden sich ein Fehlverhalten zuschulden hatte kommen lassen. Aber Scarlett Ambrose wollte jegliche dreckige Wäsche ans Tageslicht zerren und setzte ihre Spürhunde auf Kirks Finanzen an.

Sucht ihr nur, sagte er sich im Stillen. *Mein Geld ist jetzt im Sand der Kaimaninseln verbuddelt.*

30

Rusty war mit dem monatlichen Besuch im Saliba Correctional Center an der Reihe. Diese unangenehme Fahrt hatte er in den vergangenen fünf Jahren mindestens dreißigmal auf sich genommen, und jeder Kilometer war eine Qual gewesen. Er dachte an die früheren Besuche und an den Widerwillen, der immer stärker wurde, je näher er dem Gefängnis kam. Ihm war noch sehr gut im Gedächtnis, wie er sich bemüht hatte, Mitgefühl für seinen Vater zu empfinden, der eingesperrt war, Arbeitskleidung wie ein gewöhnlicher Krimineller tragen, für fünfzig Cent pro Stunde in der Bibliothek arbeiten und das ungenießbare Essen herunterwürgen musste. Zugleich hasste er den Mann, weil er das Leben so vieler Menschen manipuliert hatte, insbesondere das seiner beiden Söhne. Er war immer noch empört über den gnadenlosen Gesellschaftsvertrag, den Bolton Rusty und Kirk aufgezwungen hatte und der sie auf Gedeih und Verderb aneinanderfesselte. Vor allem aber verachtete er den alten Mann für seine Gier, seine Entschlossenheit, das gesamte Tabakgeld für sich zu behalten, damit er im Ruhestand in Saus und Braus leben konnte.

Merkwürdigerweise nahm er ihm den Tod seiner Mutter nicht übel. Eigentlich tat das niemand. Rusty und Kirk verdachten Bolton, dass er sich so dumm angestellt hatte, dass er erwischt worden war, seine Zulassung als Anwalt verloren und Schande über die Familie und die Kanzlei gebracht hatte, aber niemand hatte Tillie je vermisst, nicht für den Bruchteil einer Sekunde.

Heute war alles anders. Der Groll war verflogen, denn jetzt wurde Boltons Vermögen an die Leute verteilt, die es verdienten, und er selbst hatte nichts davon. Rusty freute sich geradezu auf den Besuch, damit er dem gierigen alten Mann insgeheim ins

Gesicht lachen konnte. Zum ersten Mal in seinem Leben hatte er die Oberhand über seinen Vater.

Vor der Tür zum Anwaltssprechzimmer stellte der Gefängnisbeamte die obligatorische Frage. »Haben Sie dem Gefangenen etwas zu übergeben?«

Rusty reichte ihm einen großen Umschlag. »Nur den monatlichen Finanzbericht.«

Der Beamte öffnete den Umschlag, nahm die fünf mit Zahlen bedeckten Blätter heraus, überflog sie, als wüsste er, was er da vor sich hatte, und steckte sie wieder in den Umschlag. Rusty amüsierte sich über diese Pseudo-Sicherheitsmaßnahme. Niemand hätte die Zahlen verstehen können, die Old Stu in diesem Monat für Bolton zusammengestellt hatte.

Rusty ging in den kabinenartigen Raum und setzte sich. Zehn Minuten vergingen, bevor Bolton mit dem Umschlag in der Hand auf der anderen Seite erschien. Er wirkte müde, brachte aber ein Lächeln zustande. Sie begrüßten sich, und Rusty berichtete, seine Tochter, sein einziges Kind, mache sich im Internat sehr gut. Ihre Mutter, seine zweite Ehefrau, hatte sie schon vor Jahren dorthin abgeschoben.

»Kirk und Chrissy lassen sich also endlich scheiden«, sagte Bolton. »Wie geht es den Kindern?«

Rusty sah die Kinder nie und hatte keine Ahnung. Als er noch auf freiem Fuß war, hatte auch Bolton keinen Kontakt zu ihnen gehabt. Er fragte nur aus Höflichkeit, und Rusty war nicht klar, warum er sich überhaupt die Mühe machte. Die Malloys waren noch nie eine Familie gewesen, die sich um den Weihnachtsbaum versammelte und Geschenke austauschte. Das lag an Tillie. Sie war eine kalte, harte Frau, die sich nicht für ihre eigenen Enkel interessierte und ihre Schwiegertöchter verabscheute.

Sie unterhielten sich über die Kanzlei und neue Fälle, die sich vielversprechend anließen. Rusty war seinem Vater viel ähnlicher als Kirk. Zu seinen besten Zeiten hatte Bolton keinen Konflikt im Gerichtssaal gescheut und sich als Anwalt für Personenschadenprozesse einen Namen gemacht. Er hielt nichts von Anwälten, die sich hinter ihren Schreibtischen verschanzten und nie vor Gericht zogen.

»Du hast also vier Prozesse hintereinander verloren.« Bolton zog die Augenbrauen hoch.

Rusty zuckte mit den Schultern, als hätte das nichts zu bedeuten. »So läuft das eben, Dad, das weißt du doch selbst am besten.« Es schmerzte, aber Rusty versuchte, sich nichts anmerken zu lassen. Um weitere Nachfragen zu vermeiden, ging er zum Gegenangriff über. »Wie war es in der Einzelhaft?«

Bolton öffnete den Umschlag und nahm die Papiere heraus. »Ich kann alles verkraften, womit mir diese Mistkerle hier kommen.«

»Bestimmt. Aber warum lässt du nicht die Finger von den Handys? Das ist das dritte oder vierte Mal, dass sie dich erwischt haben. Mit so einer Akte kannst du Bewährung vergessen.«

»Lass das meine Sorge sein. Sieht so aus, als wären die Geschäfte vergangenen Monat gut gelaufen. Mit den Einnahmen geht es aufwärts, die Ausgaben sind gleich geblieben.«

»Gutes Management«, witzelte Rusty. Die Tatsache, dass der alte Mistkerl darauf bestand, sich die Monatsberichte einer Kanzlei vorlegen zu lassen, in der er nie wieder Partner sein würde, trieb ihn zur Weißglut. Immer wieder hatte Bolton angedeutet, dass er zu Malloy & Malloy zurückkehren und die Kanzlei wie in den alten Tagen im Gefechtsmodus führen könnte, dann wieder sprach er davon, sich mit seinem Geld auf eine Karibikinsel zurückzuziehen. Tatsächlich durfte er nie wieder als Rechtsanwalt praktizieren. Aber alte Gewohnheiten waren hartnäckig, und Bolton behielt seit über vierzig Jahren die Geschäftsentwicklung im Auge.

Allerdings sahen die Zahlen nur so gut aus, weil sich Stu letzt-endlich hatte überreden lassen, die Bücher zugunsten der Partner zu frisieren, nicht wie früher im Sinne von Bolton. Old Stu war jetzt ein vollwertiger Komplize der Verschwörung, und die Finanz-daten, von denen Bolton so beeindruckt war, waren in etwa so aussagekräftig wie ein Antrag auf einen Privatkredit.

Bolton legte die Unterlagen beiseite. »Du musst mir einen Ge-fallen tun, Rusty.«

Rusty zuckte zusammen. »Und welchen?«

»Ich will, dass du die Wiederwahl von Dan Sturgiss unterstützt.«

»Der ist Republikaner.«

»Als ob ich das nicht wüsste.«

»Außerdem ist er ein Trottel.«

»Und der Amtsinhaber, der voraussichtlich wiedergewählt wird.«

»Ich habe noch nie für einen Republikaner gestimmt. Dafür ist Kirk zuständig.«

»Er wird aber gewinnen, Rusty. Hal Hodge ist kein starker Kandidat.«

»Stark oder nicht, er ist Demokrat. Was hast du vor?«

»Ihr Jungs kapiert einfach nicht, wie es in der Politik läuft. Ihr haltet euch damit auf, wer Demokrat und wer Republikaner ist, und verliert das wahre Ziel aus den Augen. Den Sieg! Es kommt darauf an, auf den Gewinner zu setzen, Rusty, egal zu welcher Partei er gehört.«

»Das kommt mir bekannt vor. Das hast du bestimmt schon tausend Mal gesagt.«

»Dann hör endlich auf mich. Sturgiss wird mit einem Vor-sprung von mindestens zehn Punkten gewinnen.«

Der Alte hatte normalerweise recht und verstand sich darauf, nicht nur auf den richtigen Kandidaten zu setzen, sondern auch noch kurz vor der Wahl plötzlich eine aktive Rolle im Wahlkampf zu übernehmen. Geld schadete da nicht.

Rusty wusste genau, worauf es hinauslief. »Und du bist überzeugt, dass Sturgiss deine Freilassung organisieren wird?«

»Ich weiß nur, dass Hal Hodge es nicht tun wird. Mit Sturgiss kann ich reden. Du weißt, dass der Gouverneur enormen Einfluss auf den Bewährungsausschuss hat. Wir sorgen dafür, dass er wiedergewählt wird, und dann beantrage ich vorzeitige Entlassung auf Bewährung.«

Oh, lieber Vater. Wenn du wüsstest, wie viele Menschen, deine eigene Familie eingeschlossen, großen Wert darauf legen, dass du bleibst, wo du bist, und jeden einzelnen Tag deiner zehn Jahre absitzt.

»Ich überlege es mir«, sagte Rusty, um dem alten Mann den Gefallen zu tun. Natürlich würde er darüber nachdenken. Er würde über alle Möglichkeiten nachdenken, die sicherstellten, dass Bolton auch weiterhin hinter Schloss und Riegel saß.

Sie unterhielten sich eine Stunde lang über die alten Zeiten. Bolton brannte immer auf Neuigkeiten über die Rechts- und Staatsanwälte und vor allem die Richter, die er früher einmal gut gekannt hatte. Nur wenige schrieben ihm von Zeit zu Zeit ein paar Zeilen, und kaum jemand besuchte ihn. Er fühlte sich von der Rechtsanwaltskammer im Stich gelassen, deren Vizepräsident er einmal gewesen war.

Aber Selbstmitleid lag ihm nicht. Er war hart im Nehmen und saß die Strafe ab, die er verdient hatte. Wenn er gesund blieb, war er eines Tages wieder frei und hatte noch zehn oder fünfzehn Jahre vor sich, um es richtig krachen zu lassen, die Welt zu bereisen und sein Bestes zu tun, um sein Vermögen durchzubringen.

31

Das Abendessen kostete fünfundzwanzigtausend Dollar pro Platz und wurde von einem angesagten neuen Koch aus Spanien zubereitet, den Kirk zu diesem Anlass einfliegen ließ. Ort des Events war die luxuriöse Lobby von Malloy & Malloy, die mit dem üppigen Blumenschmuck einem Mafiabegräbnis alle Ehre gemacht hätte. Der führende Veranstalter der Stadt hatte die Organisation übernommen und Besteck, Geschirr, Gläser und Tischdecken in bester Qualität besorgt. Zwei gut ausgestattete Bars servierten teure hochprozentige Getränke und edlen Champagner. Die Kellner, die schwarze Krawatten trugen, gingen mit Tabletts von einem Gast zum anderen, um rohe Austern und Kaviar anzubieten. In einer Ecke spielte leise ein Streichquartett, während immer mehr Gäste eintrafen und sich zu den anderen gesellten.

Kirk hatte Gouverneur Sturgiss eine Fundraising-Veranstaltung versprochen, bei der mindestens eine Million zusammenkommen würde. Er hatte alle seine Beziehungen spielen lassen, auf alte Bekannte Druck ausgeübt und seine eindrucksvolle Adresskartei durchforstet. Das Ergebnis war ein überzeugender Erfolg. Er hatte sechsundfünfzig Plätze an führende Geldgeber der Republikaner in St. Louis verkauft und würde mindestens dreißig Prozent mehr erzielen als ursprünglich angestrebt.

Die Sturgiss-Kampagne war begeistert. Das Rennen war knapper als erwartet und nicht so reibungslos gelaufen wie vier Jahre zuvor. Die Spenden gingen nur zögerlich ein, obwohl Hal Hodge bei der Beschaffung von Geldern immer noch zurücklag. Ein Abend für eine Million Dollar wurde dringend gebraucht, und wieder einmal hatte Kirk Malloy zu seinem Wort gestanden.

Er war da, der Mann der Stunde, mit seinen Mitarbeitern, aber nicht mit seiner Ehefrau. Er und Chrissy traten schon längst nicht mehr gemeinsam in der Öffentlichkeit auf. Seine Angestellten begrüßten die Gäste, plauderten mit ihnen, lachten über alles, was auch nur annähernd witzig war, tranken nach Herzenslust und würden sich in den Hintergrund zurückziehen, wenn das Essen begann. Der Preis für einen Platz lag weit über ihrer Gehaltsklasse.

Rusty hätte sich nie im Leben bei einem Fundraiser der Republikaner erwischen lassen, Kirk hielt sich dafür von den Demokraten fern. Diantha war natürlich da, weil sie immer da war. Außerdem würde Rusty über alle Einzelheiten informiert werden wollen. Wenn er seinerseits in der Kanzlei politische Veranstaltungen organisierte, musste wiederum Kirk unbedingt erfahren, was so geredet wurde.

Sie trank Champagner und tat ihr Bestes, dem unangenehmsten Menschen im Raum aus dem Weg zu gehen, einem Mann fürs Grobe namens Jack Grimlow, besser bekannt als Jackal wie Schakal. Sie hatte mehrere Gouverneure kommen und gehen sehen, und alle hatten eine Kreatur wie Jackal, einen Handlanger, der mit den zwielichtigeren Seiten der Politik vertraut war. Jackal fungierte als Geldeintreiber für Sturgiss, räumte Unannehmlichkeiten aus dem Weg, war sein Vertrauter und Komplize, machte für ihn Geschäfte, bekam unausgegorene Ideen als Erster zu hören und scheute auch vor Gewalt nicht zurück. Diantha hasste den Mann, weil er so widerwärtig war und außerdem Frauen gegenüber aufdringlich wurde. Er war ein Grapscher. Es war allgemein bekannt, dass der Schakal seine Machtposition schamlos ausnutzte und ständig versuchte, Frauen abzuschleppen. Schließlich erwischte er sie an der Bar, aber es gelang ihr, Abstand zu halten. Sie redeten endlos über den Wahlkampf, dann überraschte er sie mit der Frage, ob sie Bolton in letzter Zeit gesehen habe.

Sie leugnete es rundheraus und ließ einen Versuchsballon steigen.

»Ich habe gehört, er spricht gelegentlich mit dem Gouverneur.«
Sie hatte nichts dergleichen gehört.

Jackal lachte, wie immer. »Ich glaube, der Gouverneur hat wirklich ein Gespräch mit Bolton erwähnt.«

»Er ist mehrfach mit eingeschmuggelten Handys erwischt worden.«

»Klingt ganz nach Bolton Malloy, was?«

»Allerdings.«

Der Oberkellner klopfte mit einem Löffel an ein Glas und bat um Ruhe. Kirk trat stolz vor und begrüßte seine Gäste. Er dankte ihnen für ihre Großzügigkeit, versprach ein köstliches Mahl mit ein paar kurzen Reden und bat alle zu Tisch.

Das Abendessen für die Crème de la Crème war angerichtet.

32

Eine Woche später arbeitete Rusty an einem Dienstag von zu Hause aus, weil Kirk im Büro war. Trotz der geheimen Geldflut blieben die Brüder in ihrer Vergangenheit – oder auch ihrer Gegenwart – gefangen.

Walt Kemp rief an, um sich mit ihm zum Mittagessen zu verabreden. Einen Grund wollte er nicht nennen, sagte aber, es sei wichtig. Natürlich war es das. Nachdem sie sich in den vergangenen zehn Jahren vielleicht dreimal zum Mittagessen getroffen hatten, musste etwas im Busch sein. Rusty fuhr wieder zu dem russischen Deli in Dutchtown, wo Walt schon am Tisch vom letzten Mal saß. Sie bestellten wieder Sprottensandwich mit Ei und tschechisches Pils dazu. Als sie halb aufgegessen hatten, kam Walt endlich zum Thema.

»Wir wurden mal wieder engagiert, um einen Ehemann auf Abwegen zu beschatten. Sagt dir der Name Jack Grimlow was?«

»Den kenne ich.« Rusty nickte wissend. »So eine schmierige Gestalt aus dem Dunstkreis der Politik, arbeitet für den Gouverneur. Spitzname Jackal wie Schakal.«

»Ich dachte mir schon, dass du ihn kennst. Er hat eine Affäre nach der anderen, und seine Frau hat die Nase voll. Sie hat hinter seinem Rücken Scheidungsanwälte engagiert, die ihr Handwerk verstehen und jede seiner Bewegungen verfolgen. Wir wurden angefragt, die Bezahlung ist gut, und jetzt sind wir an Bord. Jackal hat mindestens zwei Vollzeitgeliebte und lässt auch sonst nichts anbrennen. Ist hinter allem her, was nicht bei drei auf den Bäumen ist. Seine Frau wird ihn sehr bald abservieren.«

»Hochinteressant, und ich wünsche ihm alles Schlechte, aber warum erzählst du mir das?«

»Nur Geduld. Nachdem es uns nicht gelungen ist, seine Bewegungen online oder über seine Telefone nachzuverfolgen, haben wir Hacker engagiert, die sich mal umgesehen haben.«

»Das verstößt in mindestens fünfzig Bundesstaaten gegen das Gesetz.«

»Danke für die Rechtsberatung. Das wissen wir, wir sind ja nicht dumm. Sagen wir mal, die Hacker sind keine amerikanischen Staatsbürger und arbeiten von sicheren Standorten in Osteuropa aus. Sie sind extrem gut und wurden nur einmal fast erwischt, als sie sich vor fünf Jahren in den ultrasicheren, hackergeschützten CIA-Systemen herumgetrieben haben. Erinnerst du dich?«

»Nein, und ich kann dir wirklich kaum folgen.«

»Ich bin gleich so weit, Rusty, und es lohnt sich. Wir lesen also Jackals geheime E-Mails mit und verfolgen, wie er im gesamten Bundesstaat von einem Bett ins andere hüpft, immer in offizieller

Mission im Gefolge des Gouverneurs unterwegs. Sieht so aus, als würde der Gouverneur ebenfalls gelegentlich auf Abwege geraten, und Jackal kann da immer was arrangieren.«

»Machst du Witze?«

»Ich habe Beweise, aber ich komme vom Thema ab. Auf jeden Fall haben wir E-Mails gefunden, die nichts mit Frauengeschichten zu tun hatten, aber in direktem Zusammenhang mit einem System für den Handel mit Begnadigungen standen.«

»Sturgiss verscherbelt Begnadigungen?«

»Keine Überraschung. In anderen Bundesstaaten ist das auch schon vorgekommen, nicht besonders oft und nicht in letzter Zeit, aber es ist passiert. Der Gouverneur verfügt über das uneingeschränkte Recht, jeden zu begnadigen, der nach den Gesetzen des Bundesstaates verurteilt wurde, und das könnte sich als ergiebige Einnahmequelle erweisen.« Kemp trank sein Bier aus und wischte sich den Schnurrbart ab. »Da aber die meisten Häftlinge keinen Cent haben und aus Familien mit niedrigem Einkommen stammen, ist die Zielgruppe für den Verkauf von Begnadigungen relativ klein.«

»Das liegt auf der Hand.«

»Aber für jemanden, der sich mit Politik auskennt und dessen Familie Geld auftreiben kann, könnte es funktionieren.«

»Jetzt verstehe ich.«

»Du musst auch bedenken, dass Sturgiss selbst kein wohlhabender Mann ist. Wenn er jetzt oder in vier Jahren aus dem Amt scheidet, wird er keine großen Vermögenswerte angehäuft haben. Da ist die Versuchung groß, seinen Namen gegen Bezahlung unter ein paar Begnadigungen zu setzen und dieses leicht verdiente Geld irgendwo zu parken. Mit einem Handlanger wie Jackal, der die Drecksarbeit erledigt, ist das ein Kinderspiel.«

»Ich glaube, ich weiß, worauf du hinauswillst.«

Kemp warf einen Blick auf seinen eigenen leeren Teller, dann auf den von Rusty. »Bist du fertig?«

»Jetzt schon.«

Kemp sah sich um und senkte die Stimme. »Gut. Gehen wir in mein Büro gleich um die Ecke, dann zeige ich dir eine Mail, die für dich von Interesse sein dürfte.«

»Ich kann es kaum erwarten.«

Kemps Büro war ein ehemaliger Laden in einer Straße mit vielen solchen Geschäften. Die Räumlichkeiten waren entkernt und renoviert worden. Der wohnliche Kiefernholzboden, die Backsteinwände und die hohen Decken waren eine angenehme Überraschung. Sie gingen zu einem lang gestreckten Konferenzraum mit Breitwandbildschirmen an beiden Enden. Kemp öffnete ein Laptop, scrollte, bis er gefunden hatte, was er suchte, und blickte auf einen der großen Bildschirme.

»Hier ist eine Mail, die vor drei Wochen auf einem von Jackals geheimen E-Mail-Konten eingegangen ist«, sagte er. »Seine Adresse ist MoRam7878@yahoo.com. Der Absender ist RxDung22steele@windmail.com. Keine Ahnung, wer sich wirklich dahinter verbirgt.«

Rusty starrte auf den Bildschirm und las. »*Persönlicher Kontakt mit BM im Saliba CC. Bestätigte Vereinbarung über zwei Mio. Vollständig und ohne Auflagen, Erledigung ab Januar.*«

Er schwieg einen Augenblick, um das zu verdauen. Schließlich sprach Kemp weiter. »In Saliba gibt es achtzehnhundert Häftlinge. Keine Ahnung, wie viele BM sein könnten, aber es ist nur eine Handvoll. So wie ich es verstehe, hat sich der Absender im Gefängnis mit Bolton getroffen und für Januar eine volle Begnadigung ohne Auflagen gegen Zahlung von zwei Millionen Dollar mit ihm vereinbart.«

»Januar wäre nach der Amtsübernahme, sofern Sturgiss wiedergewählt wird. Gibt es nach dieser Mail noch weitere Nachrichten?«

»Nein, zumindest nicht über die Konten, die wir ausfindig

machen konnten. Jackal ist gewieft und hält sich möglichst von E-Mails und Textnachrichten fern. Er trägt mindestens drei Handys mit sich herum und spricht immer mit irgendwem, aber unseren Ermittlungen zufolge hinterlässt er kaum Spuren.«

Rusty schüttelte den Kopf und ging um den Konferenztisch herum. »Irgendwelche Hinweise, dass sonst jemand davon weiß?«, fragte er vom anderen Ende des Tischs.

»Wer zum Beispiel?«

»Das FBI.«

»Nein, gar keine. Das hier ist nur ein Kollateralschaden. Wir haben nach Affären gesucht, und nur dafür werden wir bezahlt. Über diese Sache sind wir zufällig gestolpert.«

»Was wirst du damit anfangen?«

»Rein gar nichts. Wir mischen uns nicht ein. Ich zeige dir das nur, weil es um deinen Vater geht und du mein Kunde bist. Übrigens können wir nicht zum FBI gehen, weil wir uns gar nicht in die Systeme hätten einhacken dürfen. Nein, wir wissen von nichts.«

Rusty ging zu Kemp, baute sich dicht vor ihm auf und fuchtelte warnend mit dem Finger. »Walt, was uns beide angeht, habe ich diese Mail nie gesehen. Ist das klar?«

»Absolut klar.«

Er betätigte eine Taste auf einer Fernbedienung, und der Bildschirm wurde schwarz.

33

Etwa die Hälfte des sechsten Stockwerks im Malloy-Gebäude war belegt. Die übrigen Räume waren entweder noch nicht vermietet oder wurden gerade von den neuen Mietern renoviert. Rusty suchte sich ein kleines, leer stehendes Büro, in dem zuletzt ein Versicherungsmakler untergebracht gewesen war. Strom und Wasser waren nicht abgestellt, aber es waren kaum noch Möbel da. Er holte sich einen Tisch und suchte ein paar Klappstühle zusammen. Hier würde sie niemand entdecken. Old Stu war ganz am anderen Ende des Gangs und verließ sein Büro nur selten.

Diantha sah der Besprechung mit Unbehagen und Sorge entgegen. Nichts passte zusammen. Zum einen hielten sich Rusty und Kirk so gut wie nie im selben Raum auf. Zweitens hatte es ihres Wissens noch nie eine Besprechung im sechsten Stock gegeben. Drittens war ihr kurzer Handychat mit Rusty so rätselhaft und verdächtig gewesen, dass bei ihr alle Alarmglocken schrillten. Er war allen ihren Fragen ausgewichen.

Als sie eintraf, saßen beide schon in dem Raum, und ein kurzer Blick auf sie steigerte ihre Sorge noch. Geld und gesellschaftlicher Status waren für sie von Kindesbeinen an selbstverständlich gewesen, was dazu geführt hatte, dass sie ein gesundes Selbstvertrauen entwickelten. Manchmal waren sie arrogant und überheblich. Sie hielten sich für etwas Besseres und erwarteten, dass alles nach ihren Vorstellungen lief. Von ihrem Vater hatten sie eine Forschheit geerbt, die teilweise an Dreistigkeit grenzte.

Schon der erste Blick verriet ihr, dass sie besorgt und geradezu verängstigt waren. Sie hatte sie noch nie so verstört gesehen. Die Begrüßung sparte sie sich. Sie setzte sich und zog einen zweiten Klappstuhl für ihre riesige Handtasche heran. Sie nahm ihr Handy heraus, stellte es auf lautlos und legte es neben die Tasche. Weder Rusty noch Kirk konnten das Gerät sehen, und keiner bekundete irgendein Interesse daran.

Aus Gründen, die sie nie richtig erklären konnte, griff sie beiläufig nach ihrem Handy, wie um Nachrichten zu lesen, öffnete die App für Sprachaufnahmen und aktivierte die Aufzeichnung.

Sie legte das Gerät ab und warf einen Seitenblick auf Rusty. Sein Handy lag auf dem Tisch.

Das geschickte Manöver, das sie gar nicht geplant hatte, sollte den Rest ihres Lebens und das Leben manch anderer in ihrem Umfeld auf den Kopf stellen.

Kirk sah sie an. »Wir sind hier, weil der Gouverneur Bolton versprochen hat, ihn gegen Zahlung von zwei Millionen Dollar zu begnadigen.«

Sie versuchte, einen Laut des Entsetzens zu unterdrücken, aber es gelang ihr nicht ganz. Sie wich zurück, als hätte ihr jemand ins Gesicht geschlagen, und wiederholte die Worte im Flüsterton. Dann sah sie Kirk an, aber er erwiderte ihren Blick nicht. Rusty kaute nervös an seinen Fingernägeln.

»Der Deal wird von Jackal vermittelt, was mich nicht wundert«, sagte er. »Ein privater Ermittler, den ich kenne, ist auf geheime Mails von Jackal gestoßen. Ich habe eine Nachricht gesehen, mit der die Bestechung bestätigt wird. Zwei Millionen für eine volle Begnadigung ohne Auflagen im Januar. Sieht so aus, als wäre es beschlossene Sache.«

Sie rang nach Luft und starrte beide mit weit aufgerissenen Augen an. »Weiß die Polizei davon?«

»Das glaube ich nicht. Mein Kontaktmann hat niemandem davon erzählt und wird den Mund halten. Er will nicht in die Sache hineingezogen werden, um keine Aufmerksamkeit zu erregen.«

»Ich wundere mich doch sehr über Dan Sturgiss. Ich hätte nicht gedacht, dass er korrupt ist.«

»Er ist pleite«, sagte Kirk. »Und seine Kampagne braucht Geld.«

»Außerdem hört er auf Jackal, der seine eigene Großmutter bestehlen würde. Bolton lässt die beiden nach seiner Pfeife tanzen. Bevor wir es uns versehen, ist er wieder auf freiem Fuß.«

Alle drei holten tief Luft, während sie über diese entsetzliche Vorstellung nachdachten. Diantha warf einen verstohlenen Blick auf ihr Handy. Eine Minute zweiundfünfzig Sekunden einer Gesprächsaufzeichnung, die den Bundesstaat erschüttern und einen beispiellosen Skandal auslösen würde. Was hieß das für sie? Sollte sie die Aufzeichnung stoppen? Sollte sie den Raum verlassen? Ihr drehte sich der Kopf, und sie konnte keinen klaren Gedanken fassen.

Kirk räusperte sich, weil seine Kehle wie ausgedörrt war. »Wir wissen alle, was für uns auf dem Spiel steht. Wenn Bolton freikommt, merkt er sofort, dass ein Teil von seinem Offshore-Geld fehlt. Wir müssen es zugeben, da lässt sich nichts beschönigen. Er wird ausrasten und uns mit der Kanzlei aus dem Gebäude werfen. Malloy & Malloy ist dann Geschichte. Außerdem wird er ein paar knallharte Rechtsanwälte verpflichten und uns mit Klagen überziehen, um sein Geld zurückzubekommen. Und vermutlich wird er die Verfahren sogar gewinnen. Bolton bleibt Bolton, und als Anhänger der Strategie der verbrannten Erde wird er vermutlich auch noch bei der Bundesanwaltschaft Strafanzeige gegen uns erstatten.«

»Ist das alles?«, fragte Diantha, die das Gefühl hatte, einen riesigen Knoten im Bauch zu haben.

»Auf Anhieb fällt mir nicht mehr ein. Aber gib mir etwas Zeit.«

Rusty runzelte angestrengt die Stirn. »Ich bin mir nicht sicher, ob er tatsächlich Strafanzeige erstatten würde, aber überraschen würde es mich nicht.«

»Zwangsräumung?«, fragte sie.

»So steht es im Mietvertrag«, erwiderte Kirk. »Ich habe ihn vor einer Stunde noch einmal gelesen. Das Gebäude gehört ihm, und er kann seiner alten Kanzlei mit einer Frist von zehn Tagen kündigen. Die übrigen Mieter bekommen dreißig Tage, und es muss ein triftiger Grund vorliegen. Für Malloy & Malloy gilt das nicht.«

»Die Zwangsräumung wird der erste Schritt sein«, sagte Rusty. »Dann die Gerichtsverfahren. Und es wird sich nicht geheim halten lassen. Die Malloys werden wieder mal auf den Titelseiten landen.«

»Ich sehe die Schlagzeile schon vor mir«, stimmte Kirk zu. »Malloy-Brüder beschuldigt, Kanzlei auszunehmen, während Vater im Gefängnis sitzt.«

»Moment mal«, mischte sich Diantha ein. »Als wir uns darauf geeinigt haben, das Geld zu nehmen, hatten wir doch das Gefühl, Anspruch darauf zu haben. Rechtmäßig erworbene Anwaltshonorare, die Malloy & Malloy zustehen, richtig? Und Bolton gehört der Kanzlei nicht mehr an.«

Kirk schüttelte den Kopf. »Theoretisch klingt das gut, aber tatsächlich hat der Alte die Honorare ganz alleine verdient. Wir waren alle gegen die Tabakklagen, woran er uns oft genug erinnert hat, und als sich das Blatt wendete, hat er uns nicht mehr an den Verfahren beteiligt. Er hat nie darüber gesprochen, in erster Linie, weil er nicht wollte, dass Tillie davon erfuhr.«

»Und dann wäre da noch dieser verdammte Gesellschaftsvertrag«, gab Rusty zu bedenken. »Unterzeichnet am Tag vor seinem Haftantritt. Wir haben uns verpflichtet, das Tabakgeld nicht anzufassen. Ich bin mir nicht sicher, ob diese Klausel wirksam ist, aber ihr könnt euch darauf verlassen, dass er sie als Angriffswaffe nutzt.«

Eine lange, drückende Pause trat ein, während die drei versuchten, das Unfassbare zu verarbeiten. »Ich weiß nicht, ob er sich wirklich um das Geld streiten würde«, sagte Diantha dann. »Schließlich ist genug für ihn übrig und mehr unterwegs. Ein großer

Rechtsstreit würde jede Menge unerwünschte Aufmerksamkeit erregen, was dazu führen könnte, dass die Offshore-Konten entdeckt werden. Damit würde er sich erst recht in Schwierigkeiten bringen. Bolton hat im großen Stil Steuern hinterzogen und könnte dafür leicht in einem Gefängnis landen, in dem Bestechung nicht funktioniert.«

»Guter Punkt«, stimmte Kirk zu.

Rusty schüttelte erneut den Kopf. »Das Problem ist, dass wir nicht vorhersagen können, welche unbeabsichtigten Folgen das nach sich zieht. Wir wissen nicht, was Bolton tun wird, und werden keine Möglichkeit haben, ihn unter Kontrolle zu bringen. Ich persönlich kann mir nicht vorstellen, dass er sich ohne heftige Gegenwehr damit abfindet.«

»Auch wieder wahr«, meinte Kirk. »Wenn er freikommt, wird er außer sich vor Wut sein und eine Bombe nach der anderen zünden.«

»Schon«, sagte Diantha, »aber sowohl Bolton als auch Gouverneur Sturgiss sind in diese Korruptionsaffäre verwickelt. Wir haben damit nichts zu tun. Wir könnten doch als ehrbare Bürger dem FBI einen Tipp geben. Es wird einen gewaltigen Skandal geben, einen Tsunami, aber wir werden ungeschoren davonkommen. Sturgiss wird gestürzt und erhält seine gerechte Strafe. Bolton bekommt noch einmal zehn Jahre und stirbt im Gefängnis. Das Geld gehört uns.«

Rusty blickte immer noch finster drein. »Klingt gut, wird aber nicht funktionieren. Jede strafrechtliche Ermittlung gegen Bolton Malloy wird letztendlich zu den Geldern auf den Offshore-Konten führen. Dann sind wir alle erledigt.«

Kirk und Diantha zogen die Augenbrauen hoch und wechselten rasch einen Blick. *Der Mann ist schneller als wir,* war der Gedanke dahinter. *Er tickt wie ein Verbrecher. Gut, dass er auf unserer Seite steht.*

Rusty knackste mit den Knöcheln und fuhr sich mit den Fingern durch das Haar. Sie konnten geradezu hören, wie sein Gehirn arbeitete. »Hier ist ein Vorschlag, der funktionieren wird und gewährleistet, dass nichts herauskommt. Außerdem bleibt Bolton, wo er ist. Wir gehen zu Jackal und sagen ihm, was wir über die Bestechungsaffäre um den Alten wissen. Wenn sie sich bestechen lassen wollen – das können sie haben. Wir zahlen 2,5 Millionen, damit Bolton seine volle Strafe absitzen muss. Sturgiss bekommt sein Geld und noch etwas obendrauf. Wir behalten unseres zum größten Teil. Bolton wird gesagt, die Sache läuft nicht, und er denkt, Sturgiss hat kalte Füße bekommen.«

Kirk blieb der Mund offen stehen. »Du willst den Gouverneur bestechen, damit er Bolton im Gefängnis lässt?«

»Ich dachte, das hätte ich deutlich genug gesagt. Für dich alles klar, Diantha?«

»Allerdings. Ich bin sprachlos.«

»Sag mir, warum es nicht funktionieren sollte«, sagte Rusty mit zynischem Grinsen.

Ihnen fehlten tatsächlich die Worte. Kirk lehnte sich auf seinem Stuhl zurück und starrte an die Decke, als könnte er dort eine Antwort finden. Diantha presste zwei Finger gegen den Nasenrücken und fühlte pochende Kopfschmerzen anrollen. Dann erinnerte sie sich an ihr Handy. Die Aufzeichnung war jetzt zweiundzwanzig Minuten und sechsundvierzig Sekunden lang und lief noch. Das aufgenommene Gespräch konnte sie alle drei ins Gefängnis bringen, wo sie Bolton Gesellschaft leisten würden.

Wenn sie sich nicht umgehend absicherte. »Ich weiß nicht recht«, sagte sie.

»Es ist genial«, verkündete Rusty. »Je länger ich darüber nachdenke, desto perfekter wird es. Bolton sitzt noch fünf Jahre, und wir behalten den Großteil des Tabakgeldes.«

»Und wenn Jackal Nein sagt?«, fragte Diantha.

»Dann drohen wir damit, zum FBI zu gehen. Er wird klein beigeben. Mit dem Idioten werde ich fertig.«

Kirk gluckste in sich hinein und lachte dann laut. »Es wird funktionieren. Jackal wird zugreifen, weil wir mehr bezahlen, und vor allem, weil er sich damit nicht strafbar macht. Überlegt doch mal! Begnadigungen gegen Geld, das ist offensichtlich illegal. Aber sich bestechen zu lassen, um was zu tun? Sich *keine* Begnadigung abkaufen zu lassen? Das wäre ja ganz was Neues.«

Rusty war so aufgedreht, dass er gar nicht mehr zu bremsen war. »Es gibt in keinem Bundesstaat ein Gesetz, das es verbieten würde, Straftäter *nicht* für Geld zu begnadigen. Es ist perfekt.«

Diantha warf einen Blick nach unten: vierundzwanzig Minuten und neunzehn Sekunden, und sie verstrickten sich immer tiefer in der Sache. »Ich bin nicht dabei, Jungs«, sagte sie entschlossen. »Mir gefällt das nicht, und ich bin nicht eurer Meinung. Das muss irgendwie rechtswidrig sein.«

»Komm schon, Diantha«, drängte Kirk. »Wir stehen doch alle auf einer Seite, oder?«

»Ganz bestimmt nicht. Wir teilen uns das Tabakgeld, weil wir Anspruch auf einen Teil davon haben. Das hier ist eine ganz andere Liga. Ich bin raus.«

Sie schnappte sich ihr Handy, warf es in ihre Handtasche, erhob sich und rauschte dramatisch ohne ein Wort aus dem Raum. Sie sprintete praktisch zum Aufzug. Da sie ständig damit rechnete, dass einer der beiden sie zurückholen wollte, nahm sie lieber die Treppe und blieb erst zwischen dem vierten und dem fünften Stock stehen, um wieder zu Atem zu kommen. Sie nahm ihr Handy heraus und stoppte die Aufnahme: sechsundzwanzig Minuten und siebenundzwanzig Sekunden.

Was sollte sie jetzt damit anfangen?

34

Mimi geht zu einem großen Fenster und blickt auf den Verkehr hinunter. Es war eine lange Therapiestunde, fast neunzig Minuten, aber sie hat es nicht eilig, weil ihre Patientin labil ist wie seit Jahren nicht mehr. Mimi verschränkt die Arme und spricht beiläufig gegen die Scheibe. »Sie vertrauen den beiden nicht mehr, stimmt's?«

Die Antwort kommt langsam und ist wohlüberlegt. »Nein.«

»Haben Sie ihnen je vertraut?«

»Ich glaube schon. Wir arbeiten seit achtzehn Jahren zusammen. Der Anfang war recht holprig, aber im Laufe der Jahre haben wir gelernt, einander zu respektieren. Aber jetzt bricht ihre Welt zusammen, und sie stehen unter Druck. Ihre Probleme sind selbst gemacht, aber das sind schließlich die meisten.«

»Haben sie früher schon mal Straftaten begangen?«

»Nicht, dass ich wüsste. Vielleicht haben sie ein paar Gesetze zur Wahlkampffinanzierung etwas großzügig ausgelegt, wie sie es von ihrem Vater gelernt hatten, aber mir ist nichts Konkretes bekannt. Wie gesagt, sie tun so, als würden sie sich mit diesem Plan nicht strafbar machen.«

»Sie sind Rechtsanwältin. Was halten Sie davon?«

»Es ist schlicht und einfach Bestechung, und es ist schwer vorstellbar, dass ihnen das nicht klar ist. Sie sind hochintelligent und müssten wissen, dass es illegal ist.«

Mimi dreht sich um und lehnt sich, immer noch mit vor der Brust verschränkten Armen, an die Fensterscheibe. Sie sieht Diantha an, die auf der Couch liegt, ihre High Heels ausgezogen und die Augen geschlossen hat. »Ich glaube, Sie stecken in einer gefährlichen Lage«, sagt Mimi. »Haben Sie Angst?«

»Ja, große Angst. Es sind zu viele Kriminelle in die Sache

verstrickt, irgendwas wird schiefgehen. Wenn das passiert, weiß niemand, wer zwischen die Fronten gerät.«

»Sie müssen sich selbst schützen. Trauen Sie niemandem.«

»Es gibt niemanden, dem ich vertrauen könnte.«

35

Von den vielen Staatsanwälten im Büro des Bundesanwalts für den Eastern District von Missouri kannte Diantha nur eine gewisse Adrian Reece, die dafür bekannt war, dass sie Zwangsprostitution unerbittlich verfolgte. Sie hatten beide einem Ausschuss für die Ehrung von »Frauen in der Justiz« angehört und waren in Verbindung geblieben. Gelegentlich trafen sie sich zu einem langen Mittagessen, bei dem sie sich ausgiebig über die Albernheiten ihrer männlichen Kollegen amüsierten.

Adrian war bei Dianthas Anruf sofort am Telefon gewesen, und Diantha hatte darauf bestanden, dass sie sich so schnell wie möglich trafen. Sie habe sich den Nachmittag freigeschaufelt, und Adrian müsse sich unbedingt Zeit nehmen. Zwei Stunden später saßen sie in einer Eisdiele in einem belebten Einkaufszentrum. In der einen Ecke fand eine lärmende Geburtstagsfeier statt, was gewährleistete, dass niemand mithören konnte.

Bei einem abgestandenen Kaffee übergab Diantha ein Schreiben, das sie an Mr. Houston Doyle, Bundesanwalt für den Eastern District, adressiert hatte. Sie nickte Adrian zu. »Bitte lies das.«

Sehr geehrter Mr. Doyle,
in meinem Besitz befindet sich die Aufzeichnung einer Besprechung, die vor zwei Tagen stattgefunden hat. Gegenstand des Gesprächs waren

Begnadigungen, die Gouverneur Sturgiss gegen Bezahlung gewährt. Ich bin
davon überzeugt, dass im Auftrag des Gouverneurs tätige Kräfte eine Ver-
einbarung mit einem Insassen eines Gefängnisses des Bundesstaats getrof-
fen haben, der über erhebliche finanzielle Mittel verfügt.

Im Anhang zu diesem Schreiben finden Sie eine Immunitätsvereinba-
rung. Damit sage ich meine Kooperation zu, sofern von einer Strafverfolgung
abgesehen wird. Ich habe keine Straftaten begangen. Meine Identität wird
während der Ermittlungen, gleich welcher Art, anonym bleiben. Sobald
wir beide die Vereinbarung unterzeichnet haben, werde ich eine Auf-
nahme übergeben, deren Existenz unter keinen Umständen bekannt wer-
den darf.

Mit freundlichen Grüßen
Diantha Bradshaw
Geschäftsführerin, Malloy & Malloy

Adrian warf einen Blick in die Runde. »Ist das dein Ernst?«

»Und ob. Wie schnell kannst du das Doyle übergeben?«

Adrian sah auf die Uhr, obwohl sie genau wusste, wie spät es
war. »Ich habe ihn heute Morgen gesehen, er ist also in der Stadt.
Wie dringend ist es?«

»Extrem dringend. Die Wahlen stehen vor der Tür.«

Adrian nahm das zur Kenntnis, wirkte aber immer noch verwirrt. »Begnadigungen gegen Geld? Das klingt so, so altmodisch,
weißt du.«

»Warte, bis du den Rest der Geschichte hörst.«

36

Für eine Staatsanwaltschaft, die von modernen Varianten des Verbrechens – Cyberkriminalität, Terrorzellen, Crystal-Meth-Küchen, Drogenhandel, Kinderpornografie, Hassgruppen, Insiderhandel, Kreditkartenbetrug, Online-Piraterie und russischen Hackerangriffen, um nur einige Beispiele zu nennen – geradezu überschwemmt wurde, klang die Vorstellung, dass sich ein Gouverneur für die Begnadigung von Straftätern bezahlen ließ, tatsächlich altmodisch. So einfach, so Low Tech, so nostalgisch. Und so unwiderstehlich, dass Houston Doyle seinen prall gefüllten Terminkalender komplett freiräumte, um Rechtsanwältin Diantha Bradshaw in seinem riesigen, imposanten Büro im Thomas F. Eagleton United States Courthouse zu begrüßen.

Er war von einer demokratischen Regierung ernannt worden. Sturgiss war Republikaner. Nicht, dass es tatsächlich von Bedeutung gewesen wäre. Einen Gouverneur, gleich welcher Partei, auf frischer Tat zu ertappen, war so verlockend, dass Doyle sein Glück nicht fassen konnte. Das Medienecho würde jedes laufende Verfahren auf seiner überfüllten Prozessliste ausstechen und auch künftig kaum zu toppen sein.

Diantha und Adrian saßen auf einer Seite des opulenten Mahagonitischs, für den die Steuerzahler aufgekommen waren. Doyle hatte auf der anderen Seite Platz genommen, neben Foley, irgendeinem hohen Beamten vom FBI. Sie brachten die üblichen Höflichkeitsfloskeln im Eiltempo hinter sich und kamen zur Sache.

»Wer ist Stuart Broome?«, fragte Doyle mit der Immunitätsvereinbarung in der Hand.

»Buchhalter bei Malloy & Malloy«, sagte Diantha. »Enger Vertrauter von Bolton und seit vielen Jahren Meister der kreativen Buchführung, der alles darüber weiß, wie sich Gelder an Orten verstecken lassen, von denen die meisten Reisebüros noch nie gehört haben.«

»Und warum wollen Sie für ihn auch Immunität?«

»Weil er Angestellter der Kanzlei ist und immer getan hat, was ihm sein Chef gesagt hat. Weil er mein Freund ist. Weil er sich nicht strafbar gemacht hat, und selbst wenn das der Fall wäre, dann nur auf Anweisung von Bolton Malloy. Wenn seine Immunität nicht garantiert ist, gibt es keinen Deal.« Sie konnte fordern, was sie wollte, weil Doyle dem Gouverneur unbedingt das Handwerk legen wollte.

»Von mir aus. Ich habe die Vereinbarung gemeinsam mit meinen Leuten geprüft. Das geht in Ordnung.« Doyle unterschrieb, schob ihr das Dokument zu, und Diantha unterschrieb ebenfalls.

Doyle konnte seine Ungeduld kaum zügeln. »Und jetzt die Aufnahme«, sagte er lächelnd.

Diantha holte ihr Handy heraus, legte es mitten auf den Tisch und tippte das Display an. Die drei Stimmen waren klar und deutlich zu verstehen.

Da sie sich die Aufnahme schon zweimal angehört hatte, kannte sie jedes Wort, aber den Bundesanwalt und das FBI einzuweihen war eine ganz andere Sache. Beinahe hätte sie sich erfolgreich eingeredet, dass sie ihren alten Freunden nicht in den Rücken fiel, dass ihr Verhalten angesichts dessen, was diese alten Freunde vorhatten, angemessen und gerechtfertigt war. Hatte sie nicht das Recht, sich selbst und Stu gegen völlig unvorhersehbare Folgen abzusichern? Aber als sie die wohlbekannten Stimmen hörte, wurde ihr schmerzhaft bewusst, dass sie sich etwas vorgemacht hatte. Sie lieferte die beiden ans Messer und stellte ihr Leben auf den Kopf. Und ihr eigenes gleich mit. Eine Welle des Schuldgefühls überkam sie, aber sie wollte auf keinen Fall einknicken.

Doyle lauschte mit geschlossenen Augen, um sich kein Wort entgehen zu lassen. Foley versuchte, sich Notizen zu machen, gab aber nach der Hälfte der Zeit auf.

Am Ende des Gesprächs sagte Diantha sich überzeugend von den Verschwörern los und behielt damit eine weiße Weste. »Irgendwelche Hinweise, dass schon Geld geflossen ist?«, fragte Doyle, als sie die Aufnahme anhielt.

»Es hat keine Übergabe gegeben. Stu Broome würde davon wissen.«

»Und Sie sind sicher, dass die beiden wirklich den Gouverneur bestechen wollen, damit er ihren Vater nicht begnadigt?«

»Ja, und ich bin felsenfest davon überzeugt, dass Bolton Malloy versuchen würde, sich aus dem Gefängnis freizukaufen. Ich bin etwas enttäuscht von Kirk und Rusty, aber sie stehen unter gewaltigem Druck. Das Geld hat alles verändert.«

»Wissen Sie, über welche Summen Bolton Malloy verfügt?«

»Ungefähr. Aus dem Vergleich mit den Tabakkonzernen bekommt er drei Millionen pro Jahr, seit mittlerweile fünf Jahren. Ein Bruchteil davon läuft über die Kanzlei, um die Sache legal wirken zu lassen, aber der weit überwiegende Teil des Geldes ist offshore in verschiedenen Steuerparadiesen geparkt. Mr. Broome weiß, wo.«

Foley hatte das Gefühl, auch etwas sagen zu müssen. »Drei Millionen Dollar pro Jahr. Über welchen Zeitraum?«

»Das kommt darauf an, wie hoch die Rendite ist, aber mindestens zwölf Jahre, vielleicht mehr.«

»Und solche Honorarzahlungen sind in Ihrem Geschäft nicht unüblich?«

»Das habe ich nicht gesagt. Der Tabakvergleich war für Prozessanwälte eine Goldgrube von historischen Dimensionen, aber es hat andere solche Fälle gegeben. Bolton hatte einfach Glück, weil er sich den Klagen früh genug angeschlossen hat.«

Doyle wedelte abwehrend mit der Hand. »Damit können wir uns später beschäftigen. Viel dringender ist, dass Washington uns grünes Licht gibt. Ich nehme an, die Malloys werden sich demnächst mit Jackal treffen.«

»Der Gedanke liegt nahe«, stimmte Diantha zu. »Woher weiß ich, was los ist?«

»Wir können Sie nicht über die Ermittlungen informieren, aber Sie können mich jederzeit anrufen. Oder Adrian. Ich werde Sie auf dem Laufenden halten. Sie gehen am besten wieder in die Kanzlei und tun, als ob nichts wäre.«

»Aber passen Sie auf, was Sie sagen«, warnte Foley. »Wir hören mit.«

»Ist klar.«

37

Die Begeisterung dafür, einem verbrecherischen Gouverneur und ganz besonders einem Republikaner das Handwerk zu legen, wurde von den maßgeblichen Stellen in Washington geteilt. Im Justizministerium und in der FBI-Zentrale im Hoover Building an der Pennsylvania Avenue wurden eilig Besprechungen angesetzt. Der Justizminister und der Leiter des FBI waren schnell an Bord und gaben ihren Leuten in Missouri entsprechende Anweisungen. Wichtige Menschen in dunklen Anzügen machten sich an Bord eines Privatjets auf den Weg von Washington nach St. Louis. Um zweiundzwanzig Uhr lagen die erforderlichen Gerichtsbeschlüsse vor, und die Überwachungsmaßnahmen waren weitgehend organisiert.

Alle drei Handys von Jackal wurden angezapft, genau wie die

Mobiltelefone von Rusty und Kirk. Überall in der Kanzlei und in den Büros des Teams, das die Kampagne für Sturgiss' Wiederwahl organisierte, wurden Abhörvorrichtungen installiert. Gerichtsbeschlüsse erlaubten dem FBI, den E-Mail-Verkehr der Beteiligten zu überwachen. Ein FBI-Hacker benötigte vier Stunden, um Jackals geheime Mailadressen aufzuspüren. Nachdem alle Vorkehrungen getroffen waren, konnten sie nur noch warten.

Nicht lange. Wie Diantha vorhergesagt hatte, nahm Kirk Kontakt zu Jackal auf. Rusty stand politisch auf der anderen Seite und wollte mit Sturgiss und seinen Leuten möglichst wenig zu tun haben. Der Anruf ging von Kirks Handy an eine von Jackals Nummern. Beide nutzten denselben Anbieter, was die Überwachung erleichterte. Sie verabredeten sich für den nächsten Tag zum Mittagessen in einem Country Club in einem Vorort weit außerhalb der Stadt. Das war nicht unerwartet: Kirk war dort Mitglied und kannte die meisten Leute, die dort tagsüber herumhingen und auf eine Partie Golf oder die Happy Hour warteten. Vertrautes Terrain – Unbekannte, die sich dort herumtrieben, würden nicht unbemerkt bleiben. Außerdem gefiel ihm der Gedanke, beim Mittagessen mit einem Vertrauten des Gouverneurs gesehen zu werden.

Das FBI übergab dem Geschäftsführer einen Durchsuchungsbeschluss, den dieser vom Anwalt des Klubs prüfen ließ, und dann schwärmten die Beamten aus. Für das Mittagessen standen drei Restaurants zur Verfügung. Mr. Malloy bevorzugte den Men's Grille in der Nähe des Pro-Shops. Frauen waren dort nach wie vor nicht zugelassen. Dann gab es den eleganteren Banquet Room, und das FBI regte an, diesen am nächsten Tag aufgrund von Problemen mit der Küche geschlossen zu halten. Der Geschäftsführer protestierte zunächst, lenkte aber rasch ein, als ihn der Anwalt daran erinnerte, dass der Klub vollumfänglich kooperieren wollte. Das dritte Restaurant nannte sich Patio, und Mr. Malloy hatte gelegentlich schon dort gegessen, allerdings nicht so oft wie seine Frau.

Um neun Uhr am nächsten Morgen rief Kirks Sekretärin an, um einen Tisch für zwei im Men's Grille zu reservieren. Im Anschluss daran wurde dieser aufgrund von Rohrleitungsproblemen für eine Stunde geschlossen, während ein Team von FBI-Technikern zwei vom Geschäftsführer ausgewählte Tische verwanzte. Als Kirk um zwölf Uhr eintraf und in der Nähe des Pro-Shops parkte, beobachteten und filmten ganze acht FBI-Beamte jede seiner Bewegungen. Bei Jackal, der fünf Minuten später eintraf, lief es genauso. Die beiden wurden an ihren Tisch geführt, wo zwei versteckte Kameras ihre herzliche Begrüßung aufnahmen.

Von den zehn Tischen im Restaurant waren acht besetzt. Die Mitarbeiter hatten Anweisung, sich ganz normal zu verhalten.

Eine Anklagejury an einem Bundesgericht sollte bald darauf das gesamte Gespräch zu hören bekommen. Strafbar waren die folgenden Äußerungen:

KIRK: Wir wissen, dass unser Vater im Januar auf freien Fuß kommen soll, wenn die entsprechenden Gelder geflossen sind.

JACK: *[lacht]* Ach wirklich. Keine Ahnung, wovon Sie reden.

KIRK: Hören Sie doch auf, Jack. Wir wissen Bescheid. Zwei Millionen für eine volle Begnadigung ohne Auflagen.

JACK: *[nach einer ausgedehnten Pause]* Jetzt bin ich aber überrascht. Hat Bolton seine Söhne doch eingeweiht.

KIRK: Hat er nicht. Bolton hat gar nichts darüber gesagt. Wir haben aus einer anderen Quelle Hinweise bekommen und den

Sachverhalt anhand einer E-Mail von einem Ihrer geheimen Konten überprüft. So sicher sind die gar nicht, Sie sollten vorsichtiger sein, Jack. Wir wissen, was der Deal ist. Bolton will im Januar freikommen. Keine Ahnung, wo die zwei Millionen letztendlich landen, aber das kann uns wohl egal sein. Also Schluss mit dem Geschwafel. Wir wissen Bescheid und wollen Tacheles reden.

JACK: Haben Sie ein Problem mit dem Deal?

KIRK: Ein ganz gewaltiges Problem. Unser Leben ist viel einfacher, wenn Bolton seine Nase nicht in die Angelegenheiten der Kanzlei steckt. Er hat nur zehn Jahre bekommen, ein ziemlich mildes Urteil dafür, dass er unsere Mutter aus dem Weg geräumt hat. Er hätte zwanzig verdient gehabt. Tatsache ist, dass er nur fünf Jahre abgesessen hat. Wenn er jetzt begnadigt wird, löst das eine Welle der Entrüstung aus, die Sturgiss nicht überleben wird.

JACK: *[knurrt etwas, lacht gekünstelt]* Wenn Sturgiss erst einmal wiedergewählt ist, interessiert das keinen mehr. In vier Jahren kann er sowieso nicht mehr antreten. Was die Idioten von der Presse sagen, geht ihm am Arsch vorbei.

KIRK: Politik ist für uns zweitrangig. Wir sind einfach gegen eine Begnadigung.

JACK: *[lacht wieder]* Nur, damit wir uns nicht missverstehen. Sie wollen, dass Ihr Vater im Gefängnis bleibt?

KIRK: Ja, genau. Und wir sind bereit, dafür zu zahlen.

JACK: *[lacht wieder, legt eine lange Pause ein]* Ich muss sagen, so was habe ich noch nicht erlebt. Ich hätte echt nicht gedacht, dass mich noch etwas überraschen kann. *[wieder eine Pause]* Nachdem sich die Malloys unbedingt gegenseitig überbieten wollen, wüsste ich gern, was Sie zahlen würden.

KIRK: Zweieinhalb.

JACK: *[pfeift]* Okay. Das ist eine Ansage. Zweieinhalb dafür, dass Ihr Vater nicht begnadigt wird und weiter hinter Gittern sitzt.

KIRK: Ganz richtig. Für den Gouverneur hat das den Vorteil, dass er nicht gegen das Gesetz verstößt. Schließlich bekommt er das Geld nicht für eine Begnadigung.

JACK: Der Gouverneur hat damit nichts zu tun.

KIRK: Natürlich nicht.

JACK: Ich bespreche das mit dem, äh, Ausschuss und melde mich wieder. Viel Zeit haben wir nicht. Wie wäre es, wenn ich morgen bei Ihnen in der Kanzlei vorbeikomme?

KIRK: Das geht in Ordnung. Ich bin da.

Am folgenden Tag beschattete das FBI Jackal, als er sich in einem schwarzen SUV, der auf das Kampagnenteam zugelassen war, von der Wahlkampfzentrale zum Malloy-Haus fahren ließ. Er ließ sich am Gehsteig absetzen und ging zum Eingang, ohne sich auch nur ein Mal umzusehen. Die meisten Kriminellen hätten zumindest einen Blick über die Schulter geworfen, aber Jackal war zu erfahren, um sich ein etwaiges Unbehagen anmerken zu lassen.

In der Kanzlei selbst hielten sich keine FBI-Agenten auf, weil das als zu riskant eingestuft worden war, aber Kirks Büro und die drei Konferenzräume auf seiner Seite waren völlig verwanzt. Zwei Lieferwagen mit Technikern und Abhörtechnik parkten am Bordstein.

Sechs Tage später sollte die Anklagejury das zweite Gespräch zu hören bekommen.

Auch hier fiel wieder eine ganze Reihe strafbarer Äußerungen:

KIRK: Setzen Sie sich.

JACK: Nein danke. Es wird nicht lange dauern. Der Ausschuss ist letzte Nacht zusammengetreten, um Ihr Angebot zu prüfen, hält es jedoch für zu niedrig. Unser Preis beläuft sich auf drei Millionen. Die Hälfte jetzt, so schnell wie möglich, zahlbar an unser politisches Aktionskomitee, alles mustergültig. Die andere Hälfte ist im Januar fällig und läuft über Offshore-Konten.

KIRK: *[knurrt etwas]* Hätte ich mir denken können. Ihre Leute holen für diese Begnadigungen heraus, was geht.

JACK: Das ist keine Begnadigung. Es ist eine Nichtbegnadigung. Sind Sie dabei oder nicht?

KIRK: *[eine lange Pause]* Okay, von mir aus. Drei bekommen wir hin.

JACK: Und dann wäre da noch meine bescheidene Vermittlungsgebühr. Zwei fünfzig, vorab fällig, offshore.

KIRK: Natürlich. Sonst noch was?

JACK: Hier sind die Angaben für die Überweisung. Hinterlassen Sie keine Spuren. Keine Aufzeichnungen auf Papier, keine E-Mails, Textnachrichten, Handytelefonate. Das lässt sich alles zurückverfolgen.

KIRK: Was Sie nicht sagen.

Jackal wurde auf dem Rückweg zur Wahlkampfzentrale beschattet. Eine Stunde später rief Kirk Rusty zu Hause an und erstattete ihm Bericht. Beide schimpften über den Gouverneur und Jackal und überlegten fieberhaft, wie sie weiter vorgehen sollten. Keiner wollte so viel für Schmiergeld ausgeben, aber der Gedanke, dass Bolton freikommen könnte, trieb ihnen den Angstschweiß auf die Stirn. Schließlich vereinbarten sie, das Angebot anzunehmen. Kirk würde in den sechsten Stock fahren und Old Stu mit der Überweisung beauftragen, damit die Sache ins Rollen kam.

Das Gespräch wurde abgehört und aufgezeichnet. Sobald Kirk Old Stus Büro betrat, wurde jeder Laut von den Wanzen erfasst. Stu spielte mit, nahm die Instruktionen entgegen, kopierte sie für das FBI und versprach, die beiden Überweisungen in die Wege zu leiten: eine in Höhe von 1,5 Millionen Dollar an das Wahlkampfteam und eine zweite in Höhe von zweihundertfünfzigtausend Dollar auf ein Schweizer Nummernkonto.

Kirk bezweifelte sehr, dass irgendwer im Wahlkampfteam etwas von Jackals »Vermittlungsprovision« wusste – auch nicht Sturgiss selbst.

In der Mittagspause zog er sich in die Hotelsuite zurück, die er monatsweise angemietet hatte. Er war seit zwei Wochen dort abgestiegen und hatte die Nase schon gründlich voll. Aber so beengt es dort auch war, es war immer noch besser, als unter einem Dach mit Chrissy zu leben.

Er nahm eine ausgiebige heiße Dusche und versuchte, den Schmutz der politischen Machenschaften abzuwaschen.

38

Diantha traf Adrian Reece nach der Arbeit in einer Weinbar nahe der Washington University. Sie bestellten eine halbe Flasche Riesling und zogen sich in eine dunkle Ecke zurück. Diantha hatte der Versuchung widerstanden, Houston Doyle direkt anzurufen. Er war ein viel beschäftigter Mann, der nicht viel preisgeben würde.

Adrian äußerte sich sehr zurückhaltend. Die Überwachung habe bestens funktioniert. Die drei Verschwörer hätten mehr als genug gesagt, um Material für eine Anklage zu liefern. Die Anklagejury werde sich in drei Tagen mit der Sache befassen, und alle gingen davon aus, dass dann offiziell Anklage erhoben werde. Die Ermittlungen gegen Gouverneur Sturgiss würden bald nach der Wahl aufgenommen werden. Höchste Stellen in Washington hätten wissen lassen, gegen Sturgiss würden erst Schritte eingeleitet, wenn die Stimmen ausgezählt seien. Sofern dann Anklage erhoben werde, gelte die Unschuldsvermutung und das Recht auf ein faires Verfahren. Eine schnelle Anklage direkt vor der Wahl rieche zu sehr nach politischer Einflussnahme, das wolle der Justizminister vermeiden.

Früh am nächsten Morgen rief Diantha die beiden Partner der Kanzlei zu Hause an und sagte, sie müsse sich mit ihnen treffen. Rusty wollte nicht, weil es ein Dienstag war, an dem er nie in die Kanzlei kam, um seinem Bruder nicht zu begegnen. Sie wusste das, aber es war ihr egal. Die Besprechung sei notwendig, ja sogar dringend. Um zwölf Uhr bei ihr im Büro.

Diantha ging davon aus, dass auch ihr eigener Bereich – Büro, Telefone, Computer – überwacht wurde, und hatte nichts dagegen. Die Besprechung hatte nichts mit Kirks und Rustys illegalen Machenschaften zu tun. Die Klärung war längst überfällig, und sie verfolgte einen Plan.

Als beide mehr oder weniger streitlustig eintrafen, konterte sie mit ausgesuchter Höflichkeit. »Da ist eine Sache, die schon vor Jahren hätte geklärt werden müssen. Wenn ihr nicht tut, was ich sage, bin ich weg. Ich habe meine Kündigung geschrieben und bin bereit zu gehen. Wie wir alle wissen, würde ich jede Menge wertvolle Informationen mitnehmen.«

Jetzt hatte sie ihre volle Aufmerksamkeit. Beide starrten sie ungläubig an. »Das ist ein neuer Gesellschaftsvertrag«, sagte sie und griff nach einem Dokument, »der mit heutigem Datum wirksam wird und die Eigentumsverhältnisse in der Kanzlei neu regelt. Ich trete als vollwertige Partnerin ein, mit gleichen Rechten. Damit sind wir zu dritt.«

»Du willst ein Drittel?«, fragte Kirk.

»Ja.«

Rusty schien verwirrt. »Okay, aber das würde heißen, dass du dich in die Kanzlei einkaufen musst. Wenn du eine Beteiligung willst, musst du dafür bezahlen.«

»Ich weiß, wie das läuft, Rusty. Ich möchte aber darauf hinweisen, dass ich meine Beteiligung hier längst erworben habe, weil ich schon vor Jahren Partnerin hätte werden müssen, viel zu lange mit einem Angestelltengehalt abgespeist und nicht am Gewinn beteiligt wurde. Und weil ich schon vor langer Zeit einen hohen Preis gezahlt habe, als ich von Bolton sexuell belästigt und missbraucht wurde. Außerdem bin ich wegen eurer kaputten Beziehung seit Jahren de facto geschäftsführende Partnerin. Geschäftsführende Partner werden in jeder Kanzlei in angemessener Höhe beteiligt.«

Für die beiden war das wie eine Ohrfeige. Sie schnappten nach Luft. Rusty fasste sich zuerst wieder. »Aber ein volles Drittel?«

Sie hatte mit dieser Frage gerechnet. »Ein Drittel wovon? Im Augenblick ist ein Drittel der Kanzlei nicht viel wert. Steigende Verschuldung, aufgeblähte Gemeinkosten, einbrechende Einnahmen und mangelnder Erfolg bei Gericht – nicht gerade eine attraktive Anlage.«

»Wir erholen uns wieder«, beteuerte Rusty, aber nur, um nicht klein beizugeben.

»Vielleicht«, sagte sie. »Und dann will ich mit einem Drittel am Nettogewinn beteiligt sein.«

»Was ist mit dem Tabakgeld?«, fragte Kirk.

»Was das betrifft, gilt unsere Absprache. Für uns vier. Diesmal geht es um die Kanzlei Malloy & Malloy und die Frage, wem sie gehört. Ich hätte schon vor Jahren Partnerin werden müssen. Es heißt, friss oder stirb, Jungs. Ich lasse nicht mit mir handeln.«

»Können wir den Vertrag zumindest erst lesen?«, fragte Rusty.

»Selbstverständlich.« Sie gab beiden eine Kopie, und natürlich wollte jeder schneller lesen als der andere. »Du hast die Klauseln weggelassen, die uns verbieten, das Tabakgeld anzurühren«, stellte Kirk fest.

»Ja, ich dachte, das wäre eine nette Geste. Dieser Vertrag ist für eine Zukunft gedacht, in der Bolton Malloy nicht vorkommt.«

Rusty warf sein Exemplar auf den Tisch. »Ich bin dabei.« Beide unterzeichneten und umarmten sie.

Wenn ihr wüsstet, dachte sie, als die beiden ihr Büro verließen.

39

Die Anklagejury fand Sachverhalt und Tatvorwürfe so verwirrend, dass sie auch nach über zwei Stunden noch zu keiner Entscheidung gekommen war. Es war schwer zu glauben, dass die Malloy-Brüder bereit waren, eine solch enorme Summe auszugeben, damit ihr Vater im Gefängnis blieb. Houston Doyle präsentierte den Fall selbst und erklärte geduldig, zum einen seien die Kanzlei und ihre Partner sehr wohlhabend, und zum anderen habe Malloy senior seinerseits einen Bestechungsversuch in die Wege geleitet, um auf freien Fuß zu kommen. Doyle sah sich sogar gezwungen, die Hypothese zu vertreten, die Söhne vermissten ihre Mutter und hegten einen Groll gegen ihren Vater.

Die Mehrheit der Geschworenen war entsetzt von der Vorstellung, dass der Gouverneur korrupt sein sollte, und wollte gegen ihn ebenfalls Anklage erheben, Wahl hin oder her. Doyle versicherte ihnen, Ermittlungen seien bereits eingeleitet, und das FBI behalte Sturgiss im Auge. Er werde noch zur Rechenschaft gezogen werden.

Letztendlich wurde Anklage gegen Kirk, Rusty und Jack Grimlow erhoben. Verabredung zur Bestechung eines Amtsträgers in einem Fall, ein Verbrechen, das mit maximal vier Jahren Gefängnis und einer Geldstrafe von zehntausend Dollar bedroht war.

Adrian Reece rief Diantha am selben Abend an, um sie zu informieren, und bat sie, sich am nächsten Morgen von der Kanzlei fernzuhalten. Bleib zu Hause, geh nicht ans Telefon und sieh dir die Nachrichten an.

Um 3.10 Uhr piepste Rustys Handy auf dem Nachttisch. Eine Stimme, die ihm vage vertraut vorkam, sagte: »Rusty, hier ist ein alter Freund. Das FBI hat einen Haftbefehl gegen dich und wird morgen bei dir in der Kanzlei auftauchen. Irgendwas mit Bestechung.« Bevor Rusty auch nur ein Wort sagen konnte, hatte der Anrufer aufgelegt. Die Leitung war tot.

Er saß mehrere Minuten in der Dunkelheit und versuchte, seine Gedanken zu ordnen, aber vergeblich. In aller Eile zog er Jogginganzug und Sportschuhe an, stopfte eine Tube Zahnpasta in seine Reisetasche, griff sich so viel Bargeld, wie er finden konnte, und ging nach unten, ohne das Licht einzuschalten. Er schlich sich aus dem Hinterausgang, stieg in seinen Ford SUV und fuhr davon.

Das FBI, das den Anruf mitgehört und ein Ortungsgerät an seinem Tank befestigt hatte, beobachtete ihn bei seinem Fluchtversuch. Als er sich einer Hauptverkehrsstraße näherte, tauchte plötzlich aus dem Nichts überall Blaulicht auf.

Kirk war am Freitagvormittag nie im Büro. Er hatte geplant, ein paar Stunden in seiner Hotelsuite zu arbeiten und dann seinem

Scheidungsanwalt einen weiteren höchst unerfreulichen Besuch abzustatten. Dieser Termin sollte ihm jedoch im Vergleich zu den tatsächlichen Ereignissen wie ein Ausflug zur Eisdiele vorkommen.

Um sieben Uhr morgens klopfte es energisch. Das klang nicht nach Housekeeping, schon gar nicht um diese Uhrzeit. Er stellte sich an die Tür. »Wer ist da?«

Bei der Antwort wurden ihm die Knie weich. »FBI! Machen Sie auf. Wir sind bewaffnet.«

Jackal hielt sich mit dem Gouverneur in Kansas City auf. Es war die heiße Phase des Wahlkampfs, bis zur Stimmabgabe fehlten nur noch wenige Tage. Er wurde vor dem Morgengrauen aus einem Hotelzimmer geholt und durch die Lobby abgeführt. Zum Glück hielt sich niemand dort auf. Ein Berater informierte Gouverneur Sturgiss.

Um neun Uhr war die Nachricht von den Festnahmen an die Presse durchgesickert, und Journalisten tauchten am Malloy-Gebäude und sogar am Gefängnis auf. Als die ersten Informationen eine halbe Stunde später im Internet kursierten, wartete Diantha bereits nervös auf dem Sofa und starrte auf ihren Laptop. Um zehn Uhr hatte die Story Fahrt aufgenommen und verbreitete sich wie ein Lauffeuer in der Cyberwelt. Ein örtlicher Fernsehsender strahlte um zehn Uhr Nachrichten und den Wetterbericht aus. Erste Fotos von den Angeklagten wurden gezeigt, besser gesagt, Verbrecherfotos von den Malloy-Brüdern. Während der Skandal immer weitere Kreise zog, vibrierte Dianthas Handy ununterbrochen.

Um elf Uhr wies sie ihre Sekretärin an, alle Mitarbeiter der Kanzlei nach Hause zu schicken und hinter sich abzuschließen. Sie komme nicht ins Büro. Dann rief sie Old Stu an, um sich nach ihm zu erkundigen. Er sagte, er sei froh, dass er von dem Theater unten nichts mitbekomme, und befasse sich gerade mit neuen Vorschriften zu aufgeschobener Abschreibung.

Um zwölf Uhr gab Houston Doyle eine Pressekonferenz, um sich zu der Sache zu äußern. Die Journalisten bestürmten ihn mit Fragen zu Gouverneur Sturgiss, der offensichtlich nicht angeklagt worden war. Trotzdem zählten alle zwei und zwei zusammen und kamen auf vier. Die mutmaßlichen Verbrechen betrafen einen Amtsträger. Jack Grimlow arbeitete ausschließlich für den Gouverneur. Doyle wahrte eisern die Vertraulichkeit und erhob keinerlei Vorwürfe gegen den Gouverneur. Allerdings sagte er mehr als ein Mal, die Ermittlungen seien noch nicht abgeschlossen und er erwarte weitere Anklagen. Das trieb die Journalisten fast zur Raserei.

Um vierzehn Uhr erschienen Rusty und Kirk weit weg von der Meute der Reporter mittels Videoübertragung vor einem Bundesrichter. Sie hatten noch keine Zeit gehabt, einen Anwalt zu verpflichten, aber beide bemühten sich intensiv darum. Sie waren getrennt untergebracht, damit sie sich nicht absprechen oder einander Ratschläge geben konnten. Rusty verlangte, gegen eine angemessene Kaution auf freien Fuß gesetzt zu werden, aber die Staatsanwaltschaft erhob Einspruch und wollte dies in einem weiteren Termin klären lassen. Der Bundesanwalt verwies darauf, dass beide Männer Zugang zu Geld hatten und Ferienhäuser besaßen. Zumindest für den Augenblick sei daher von Fluchtgefahr auszugehen. Weiterhin wurde angeführt, dass Rusty Malloy erst vor drei Wochen einen Privatjet für einen Urlaub in der Karibik gechartert hatte.

Die Tatsache, dass die Bundesanwaltschaft davon wusste, war für Rusty ein Schock. Das FBI schnüffelte also schon seit einiger Zeit in seinen Angelegenheiten herum.

Der Richter, ein Mann, den Rusty kannte und mit Vornamen

ansprach, hielt nichts von dem Argument mit der Fluchtgefahr, war aber auch nicht bereit, eine Kaution festzulegen. Er setzte dafür einen Termin um neun Uhr am Montagmorgen an.

Falls sie keinen Verteidiger auftrieben, der irgendwelche Tricks kannte, würden die Malloy-Brüder das Wochenende im Gefängnis verbringen.

40

Der gewiefteste Verteidiger am Ort war F. Ray Zalinski, ein Spezialist für Wirtschaftskriminalität, den Rusty seit Jahren kannte. F. Ray hatte den Tag am Bundesgericht in Columbia begonnen, war aber, als er die Nachrichten hörte, sofort nach St. Louis zurückgekehrt. Um 14.45 Uhr traf er endlich am Gefängnis ein und wurde zu einem Anwaltssprechzimmer geführt, wo er eine halbe Stunde auf seinen Mandanten wartete. Rusty erschien schließlich in Handschellen und einem ausgeblichenen orangefarbenen Overall, der ihm zu groß war. Als die Gefängnisbeamten die Handschellen abnahmen und die Tür schlossen, setzten sich beide verlegen an den Metalltisch.

»Danke fürs Kommen«, sagte Rusty mit belegter, heiserer Stimme.

F. Ray lächelte ihm aufmunternd zu. »Ich nehme an, du willst mich als Verteidiger?«

»Ja klar, danke. Ich habe versucht, dich telefonisch zu erreichen.«

»Wie geht es dir?«

»Was denkst du denn? Nicht gut. Ich stehe immer noch unter Schock. Das Ganze kommt mir vor wie ein Albtraum, ich kann es einfach nicht fassen. Es fällt mir schwer, jetzt nicht die Nerven zu verlieren.«

»Ich habe auf der Fahrt hierher mit Doyle telefoniert und die Möglichkeit einer Kaution mit ihm besprochen. Sieht so aus, als würdest du das Wochenende über hier festsitzen und am Montag freikommen.«

Rusty zuckte mit den Schultern, als spielte das keine Rolle. »Mir egal. So schlimm ist es nicht. Zumindest fühle ich mich sicher. Viel sicherer als da draußen. Hast du die Nachrichten gesehen?«

»Nein, noch nicht.«

»Es ist furchtbar. Alles ist furchtbar. Ich kann es nicht fassen.«

»Willst du über die Tatvorwürfe sprechen?«

Rusty schüttelte den Kopf und kratzte sich am Kinn. Eine Minute verstrich. »Nach dem Jurastudium hat mein Vater mich gezwungen, als Pflichtverteidiger zu arbeiten. Ich sollte das Geschäft von der Pike auf lernen und aus erster Hand erfahren, wie es auf der Straße zugeht. Ich hatte jede Menge Mandanten, alle mittellos und fast alle schuldig. Damals habe ich gelernt, dass man straffällig gewordene Mandanten niemals fragt, ob sie schuldig sind, ob sie ein Verbrechen begangen haben. Warum? Weil sie nie die Wahrheit sagen. Außerdem will man die Wahrheit gar nicht wissen.«

»Ich würde aber gern die Wahrheit hören, Rusty. Das würde mir die Arbeit erleichtern.«

»Von mir aus. Tatsache ist, dass Bolton mit Sturgiss vereinbart hatte, dass er gegen Zahlung von zwei Millionen Dollar begnadigt wird. Als uns das zu Ohren kam, gingen wir zu Jackal und boten an, mehr dafür zu zahlen, dass er nicht begnadigt wird. Es gibt eine Menge Gründe, warum Bolton im Gefängnis bleiben muss.«

»Wie viel?«

»Jackal machte uns ein Gegenangebot über drei Millionen

Dollar plus einer Provision für ihn, die unter uns bleiben sollte. Wir waren damit einverstanden.«

»Wer hat das FBI informiert?«

»Keine Ahnung.«

»Okay. Du musst davon ausgehen, dass das FBI überall mithört. Sprich weder mit deinem Bruder noch mit sonst jemand von der Kanzlei. Am besten redest du mit gar niemand, Punkt. Wenn du am Montag freikommst, suchen wir dir einen Unterschlupf. Hältst du bis dahin durch?«

»Ja. Wenn Bolton fünf Jahre im Gefängnis übersteht, schaffe ich mit Sicherheit ein langes Wochenende.«

»Gut. Noch etwas, worüber du nachdenken solltest. Es gibt mehrere Angeklagte, die im Verfahren nicht alle gleich behandelt werden. Je früher du dich mit Doyle auf einen Deal einigst …«

»Ich weiß nicht …«

»Du musst kooperieren, Rusty. Meine Aufgabe ist, für dich einen Freispruch herauszuholen, aber wenn das nicht funktioniert, musst du dafür sorgen, dass du den besten Deal bekommst. Du musst alles tun, um deine eigene Haut zu retten, weil die anderen mit Sicherheit dasselbe tun.«

»Ich soll als Kronzeuge aussagen?«

»Ganz genau. Du lässt die anderen auffliegen und sicherst dir damit einen guten Deal. Wenn du Doyle lieferst, was er haben will, erleichterst du ihm die Arbeit und bekommst ein milderes Urteil. Die große Frage ist: Bist du bereit, Jackal ans Messer zu liefern?«

»Jederzeit.«

»Und deinen Bruder?«

»Selbstverständlich.«

»Und wie würdest du das anfangen?«

»Ich würde sagen, Kirk hat mit Jackal direkt verhandelt. Ich war gar nicht dabei. Es war eine Absprache zwischen den beiden, mit der ich nichts zu tun hatte. Ich dachte, der Vorschlag, Sturgiss dafür zu bezahlen, dass Dad im Gefängnis bleibt, wäre ein Witz. Mir war nicht klar, dass das ernst gemeint war.«

»Gefällt mir. Könnte funktionieren.«

41

Drei Türen weiter saß Kirk mit seinem neuen Verteidigerteam – zwei Rechtsanwälten und einem Anwaltsassistenten – zusammen. Sein orangefarbener Overall passte besser als der von seinem Bruder und war nicht ganz so verblichen.

Der leitende Anwalt, Rick Dalmore, führte das Erstgespräch, während der andere Anwalt und der Anwaltsassistent sich Notizen machten. Kirk hielt sich im Gegensatz zu seinem Bruder eher bedeckt.

»Wessen Idee war es, Jack Grimlow ein Gegenangebot zu unterbreiten?«, wollte Dalmore wissen.

»Eindeutig Rustys«, behauptete Kirk. »Ich fand das Wahnsinn, und dazu stehe ich. Er hat einen Tipp bekommen, keine Ahnung, von wem. Rusty hat behauptet, eine E-Mail gesehen zu haben, aus der hervorging, dass Dad Sturgiss bestechen wollte. Rusty drehte völlig am Rad und wollte unbedingt, dass Dad im Gefängnis bleibt und seine volle Strafe absitzt. Deswegen kam ihm die Idee, den Einsatz zu erhöhen und Dad zu überbieten. Es war Irrsinn.«

»Aber Sie haben sich mit Jackal getroffen.«

»Das stimmt. Zweimal. Beim ersten Mal im Country Club, beim zweiten Mal in meinem Büro.«

»Warum haben Sie sich mit ihm getroffen, wenn Sie ihm nicht trauten?«

»Soll das ein Witz sein? Niemand traut Jackal über den Weg, aber er ist ein wichtiger Mann beim Gouverneur. Ich bin mit dem Gouverneur befreundet. Rusty hat sich geweigert, Jackal zu treffen, weil er ihn nicht ausstehen kann. Er hasst Republikaner. Also musste ich das übernehmen. Damals dachte ich, das Ganze ist ein Witz, und Rusty würde die Sache auf keinen Fall durchziehen.«

»Das Komplott war also Rustys Idee?«

»Von Anfang bis Ende.«

Dalmore lächelte den Anwaltsassistenten und dann Kirk an. »Das ist eine zentrale Frage, und wenn Sie halbwegs unbeschadet aus der Sache herauskommen wollen, werden Sie möglicherweise gegen Ihren Bruder aussagen müssen. Ist das ein Problem?«

»Ganz und gar nicht.«

»Sie schaffen das also?«

»Ja, kein Problem.«

»Gut. Ich mag Ihre Geschichte. Daraus lässt sich etwas machen.«

42

Dank der zwei Martinis, die Jonathan, der wieder zu Hause wohnte und hart daran arbeitete, sich als aufmerksamer Ehemann zu erweisen, meisterhaft gemixt hatte, schlief Diantha ganze sieben Stunden, bevor sie im Morgengrauen erwachte. Es sollte ein weiterer fürchterlicher Tag werden.

Jonathan, der sein eigenes Schlafzimmer hatte, war bereits auf, und es roch nach Kaffee. Sie schlenderte in die Küche. »Wie schlimm ist es?«, erkundigte sie sich.

»Ziemlich schlimm«, sagte er, während er ihr eine Tasse eingoss und sie neben der Samstagsausgabe des *Post-Dispatch* auf den Tisch stellte. Die Schlagzeile quer über die Titelseite verkündete in fetten Lettern: **MALLOY-BRÜDER IN BEGNADIGUNGSAFFÄRE VERHAFTET**. Direkt darunter waren drei große Schwarz-Weiß-Fotos abgedruckt, die Bolton und rechts und links von ihm seine beiden Söhne zeigten. In der Mitte der rechten Spalte war Jack Grimlow abgebildet, der als hochrangiger Berater von Gouverneur Dan Sturgiss beschrieben wurde.

»Oh Mann«, murmelte sie, während sie nach ihrer Tasse griff. Sie las den ersten Artikel, dann einen zweiten. Da die Anklage Verschlusssache war, gab sich Houston Doyle sehr zugeknöpft. Die Angeklagten und ihre Anwälte äußerten sich gar nicht. Daher gab es kaum Fakten, die als Grundlage für eine ausführliche Prüfung und Berichterstattung dienen konnten. Hochinteressant war nur, welche Schlüsse gezogen wurden. Anscheinend ging die Presse davon aus, dass die drei Malloys unter einer Decke steckten und versucht hatten, für »mehrere Millionen Dollar« eine Begnadigung zu erkaufen.

Sie warf einen Blick auf Jonathans Laptop. »Was sagt das Internet?«

»Alles und nichts. Immer dieselbe Geschichte.«

Sie sah auf ihr Telefon und stellte fest, dass sie Unmengen von Anrufen erhalten hatte. Ihr Posteingang war voll und würde es auch bleiben.

»Die meisten Schreiber scheuen sich – zumindest jetzt noch –, eine direkte Verbindung zu Sturgiss herzustellen«, sagte Jonathan. »Manche wagen sich weiter vor. Ein paar besonders Mutige fordern, dass sofort Anklage gegen ihn erhoben wird, weil die Wahl schon in drei Tagen ist. Du kannst dir nicht vorstellen, was für ein Müll da produziert wird.«

»Das ist doch immer so.«

»Die *New York Times*, das *Wall Street Journal*, die *Tribune* und ein halbes Dutzend andere Zeitungen berichten darüber. Jeder vermutet eine Verbindung zu Sturgiss, deswegen verbreitet sich die Geschichte wie ein Lauffeuer. Schon mal von *Whacker* gehört?«

»Nein.«

»Das ist ein Online-Nachrichtendienst, der einen Artikel zur Geschichte illegal erlangter Begnadigungen in den Vereinigten Staaten veröffentlicht hat. Liest sich ziemlich gut. Es hat mehrere Fälle gegeben, zumeist Bestechung des Bewährungsausschusses oder etwas in der Art. Der letzte Fall war in den 1970er-Jahren in Tennessee. Ein Gouverneur namens Ray Blanton wurde beschuldigt, Begnadigungen, Lizenzen für den Verkauf von Alkohol und alles, was an seinem Amtssitz noch so auffindbar war, zu verscherbeln.«

»Netter Mensch.«

»Entschuldige, ich denke nur laut. Dritte Tasse. Gibt es eine Verbindung zu Sturgiss?«

Sie warf ihm einen warnenden Blick zu und tippte mit dem Zeigefinger an ihre Lippen. »Keine Ahnung.« Er verdrehte die Augen. Ihm war entfallen, dass möglicherweise jemand mithörte. Sie hatte große Zweifel, dass das FBI ihr Haus verwanzt hatte, aber sicher war sie nicht. Auf jeden Fall ging sie davon aus, dass die Beamten ihr Handy angezapft und jeden Quadratzentimeter von Malloy & Malloy abgedeckt hatten.

Während die ersten Sonnenstrahlen in die Essecke fielen, surfte sie eine Weile im Internet. Jonathan machte inzwischen Rührei und Toast. Ihre Tochter Phoebe war fünfzehn und würde vermutlich bis Mittag schlafen, wie jeden Samstag, wenn sie niemand daran hinderte.

Um 7.05 Uhr klingelte es, und Jonathan warf ihr einen Blick zu. Er ging zur Haustür, öffnete sie einen Spaltbreit und wechselte ein paar Worte mit einem Reporter, der ihm ein kleines Aufnahmegerät unter die Nase hielt. Jonathan gab ihm dreißig Sekunden, um sein Grundstück zu verlassen, dann würde er die Polizei holen. Er knallte die Tür zu und beobachtete den Mann durch die Jalousien.

Von den angestellten Anwälten mochte Diantha Ben Bush, der bei Prozessen seit vielen Jahren Rustys bester Mann war, am liebsten. Sie scrollte durch ihre letzten Anrufe und sah, dass Ben es am Freitagnachmittag viermal bei ihr versucht hatte. Sie rief ihn an, holte ihn aus dem Bett und bat ihn, zu ihr nach Hause zu kommen, sobald er so weit war.

Um acht Uhr schickte sie eine E-Mail an alle zweiundzwanzig angestellten Anwälte, siebzehn Anwaltsassistenten, achtundzwanzig Sekretärinnen und ein Dutzend sonstige Mitarbeiter, um ihnen mitzuteilen, dass die Kanzlei vorübergehend geschlossen bleiben würde. Alle wurden gebeten, von zu Hause aus zu arbeiten und sich möglichst auf dem Laufenden zu halten. Gerichtstermine sollten wahrgenommen werden. Die Presse sei strikt zu ignorieren. Für die Angelegenheiten der Kanzlei gelte mehr denn je absolute Vertraulichkeit.

Ben Bush traf um neun Uhr ein und wurde von Jonathan in Empfang genommen. »Behalten Sie den Mantel gleich an«, sagte er. In der Küche wartete Diantha in Jeans und Mantel auf ihren Kollegen. Sie schüttelte ihm die Hand und gab ihm mit dem Kopf ein Zeichen. »Ich möchte Ihnen etwas zeigen«, sagte sie. Sie gingen nach draußen auf die Terrasse und schlenderten durch den Garten.

»Haben Sie meine E-Mail bekommen?«, fragte sie.

»Ja, danke. Es herrscht allgemeine Panik.«

»Mit gutem Grund. Die Kanzlei bleibt eine Woche lang geschlossen, vielleicht länger. Vielleicht für immer.«

»Das ist aber tröstlich.«

»Es gibt nicht den geringsten Grund, zuversichtlich oder optimistisch zu sein. Bitte fahren Sie zum Gefängnis und besuchen Sie Kirk und Rusty. Sagen Sie ihnen, sie sollen aufhören, mich anzurufen. Beide haben es gestern Abend vom Gefängnis aus versucht. Das FBI hört alle Telefonate ab – bei mir, bei Kirk und Rusty, bei Ihnen, wer weiß, bei wem sonst noch. Auf jeden Fall müssen die beiden sich von jedem Telefon fernhalten. Ist das klar?«

»Natürlich. Das FBI hört mit?«

»Wahrscheinlich ja. Sie haben sich vor einer Woche entsprechende Gerichtsbeschlüsse besorgt, und ich gehe davon aus, dass alles verwanzt ist.«

»Mist! Deswegen stehen wir hier draußen in der Kälte?«

»Genau.«

»Okay, okay. Die beiden kommen Montag frei, oder?«

»Das ist der Plan. Sie dürfen sich für längere Zeit nicht in der Nähe der Kanzlei blicken lassen. Erklären Sie ihnen das. Sie müssen sich bedeckt halten. Die Presse ist überall.«

»Ich bin gestern schon angerufen worden.«

»Ich möchte, dass Sie Montagmorgen den Sicherheitsdienst kontaktieren, persönlich, nicht per Telefon, und Zugangscodes und Schlüsselkarten ändern lassen. Für die gesamte Kanzlei.«

»Sie sperren Rusty und Kirk aus?«

Sie drehte sich zu ihm um und lächelte angespannt, während sie ihm einen warnenden Blick zuwarf. »Hören Sie mir gut zu, Ben. Die beiden kommen nicht wieder. Dem FBI liegt die Aufnahme eines Gesprächs vor, bei dem sie mit Jack Grimlow verabreden, Sturgiss zu bestechen. Schuldiger geht nicht. Sie werden

verurteilt werden und damit automatisch ihre Zulassung als Rechtsanwälte verlieren. Das ist das Ende der Kanzlei. Malloy & Malloy
wird es nicht mehr geben, und selbst wenn, würde niemand unsere Dienste in Anspruch nehmen wollen.«

Ben war wie vor den Kopf geschlagen, hätte aber gern gewusst,
woher sie so viel wusste und wer dem FBI einen Tipp gegeben
haben mochte. Aber das behielt er zumindest für den Augenblick
für sich.

Er wandte den Blick ab und versuchte, das Ganze zu verarbeiten. »Wir sind also alle unseren Job los?«

»Ich fürchte schon. Wie viele erfolgversprechende Verfahren
hat Rusty im Moment? Ich bin auf acht gekommen.«

»Wie definieren Sie ›erfolgversprechend‹?«

»Potenzielle Vergleichssumme mindestens eine halbe Million.«

Er schloss die Augen und versuchte nachzurechnen. »Nicht
ganz falsch, aber ich würde sagen, eher fünf oder sechs.«

»Warum übernehmen Sie diese Fälle nicht und machen sich
selbstständig? Ich sorge dafür, dass die Kanzlei Ihnen die Akten
aushändigt.«

Ben lächelte, nickte und wusste nicht recht, was er sagen
sollte.

»Sie sind seit fast zehn Jahren dabei, Ben«, sagte sie. »Das ist
eine lange Zeit für einen angestellten Anwalt bei Malloy. Da
sie keine Chance haben, Partner zu werden, ziehen die meisten
schnell weiter.«

»Darüber haben wir doch schon gesprochen. Ich will eigentlich
schon lange weg. Und ich bin ganz gewiss nicht der Einzige.«

»Jetzt ist der richtige Zeitpunkt.«

»Die Leute verlassen ohnehin schon das sinkende Schiff. Das
Arbeitsklima war immer furchtbar, und jetzt noch das. Malloy &
Malloy macht sich im Lebenslauf bestimmt nicht gut.«

»Sehr traurig. Das war mal eine hervorragende Kanzlei.«

»Ich kann gar nicht glauben, dass sie ins Gefängnis wandern, Diantha. Das haben sie auch wieder nicht verdient.«

»Kann schon sein, aber es liegt nicht in unserer Hand. Der Apfel fällt nicht weit vom Stamm, Ben. Keine schlechten Menschen, aber so privilegiert, dass sie glauben, über dem Gesetz zu stehen.«

»Was passiert mit Bolton?«

»Sieht schlecht aus. Darüber reden wir später. Nachdem Sie Kirk und Rusty besucht und mir Bericht erstattet haben. Können Sie morgen früh herkommen? Wir haben viel zu besprechen.«

»Natürlich.«

»Und keine Telefonate.«

43

In Haftanstalten genoss die Bibliothek nicht gerade oberste Priorität. Vor vielen Jahren hatte der Oberste Gerichtshof der Vereinigten Staaten entschieden, dass jedes Gefängnis eine Bücherei mit aktuellen Büchern und Zeitungen haben musste, damit die Insassen Zugang zu Wissen erhielten, das in ihren Verfahren nützlich sein konnte. Gefangene, über deren Berufung noch nicht entschieden war, nutzten die Bibliothek und belagerten ehemalige Juristen, die dort Hof hielten. Drei davon saßen in Saliba ein, und alle hatten jede Menge schillernde Geschichten auf Lager, um zu erklären, wie sie vom rechten Weg abgekommen und erwischt worden waren.

In seinen fünf Jahren im Saliba Correctional Center hatte sich Bolton fundierte Spezialkenntnisse angeeignet und dafür gesorgt, dass zwei Mithäftlinge wieder auf freien Fuß kamen. Zwei Erfolge für ihn. Er hatte eine vollgestellte Ecke der Bibliothek beschlagnahmt und mit alten Metallregalen abgetrennt. Sogar einen Schreibtisch hatte er, ein Erbstück von irgendeiner Behörde, den er tadellos in Ordnung hielt.

Am Samstagmorgen saß er mutterseelenallein an seinem Schreibtisch. Vor ihm lag die letzte Ausgabe des *Post-Dispatch*. Er starrte ungläubig auf sein Foto und fragte sich, was schiefgelaufen war. Er hatte einen Deal! Warum war er schon wieder auf der Titelseite?

Er musterte die Gesichter seiner beiden Söhne und fragte sich, wie um alles in der Welt diese beiden Schwachköpfe es geschafft hatten, alles zu vermasseln.

44

Als um 9.05 Uhr am Montagmorgen der Video-Kautionsprüfungstermin begann, hatten die Rechtsanwälte die Vorarbeit bereits erledigt und dafür gesorgt, dass ihre Mandanten freikommen konnten. Der Richter legte für Kirk und Rusty je eine Million Dollar fest und ließ sie ihre Pässe abgeben. Er verzichtete auf elektronische Fußfesseln, untersagte ihnen aber, den Bundesstaat zu verlassen.

Rustys luxuriöse Eigentumswohnung war für Steuerzwecke mit 2,1 Millionen Dollar veranlagt, das Darlehen belief sich auf 1,3 Millionen Dollar. Der Richter erlaubte ihm, anstelle von Bargeld die Eigentumsurkunde als Sicherheit zu hinterlegen. F. Ray Zalinski verließ das Gefängnis durch den Haupteingang und stellte sich der Presse, während einer seiner angestellten Anwälte das Gericht mit ihrem Mandanten, der sich auf dem Rücksitz versteckte, durch die Tiefgarage verließ. Sobald sie die Stadt hinter sich gelassen hatten, hielten sie an einem Diner und frühstückten. Von dort fuhren sie zwei Stunden bis zu einem teuren Therapiezentrum, bei dem Rusty zu einem einmonatigen Aufenthalt wegen Alkoholismus und Drogenmissbrauch angemeldet war. Rusty hatte seit dem College keine Drogen mehr genommen und war auch kein Alkoholiker. F. Ray zufolge war der erste Trick bei der Verteidigung von Wirtschaftsverbrechen aber, dafür zu sorgen, dass der Mandant clean und nüchtern war und die Entziehungskur als Argument für ein milderes Urteil anführen konnte. Außerdem ließ sich auch jegliches kriminelle Verhalten mit Drogenmissbrauch begründen.

Kirks Vormittag lief nicht so reibungslos. Sein luxuriöses Haus in einer bewachten Wohnanlage hätte dem Gericht als Sicherheit genügt. Allerdings gehörte es ihm gemeinsam mit Chrissy, die keinerlei Interesse daran hatte, ihren Anteil aufs Spiel zu setzen. Sie weigerte sich, irgendwelche Papiere zu unterschreiben, und sagte Dalmore, Kirks Anwalt, von ihr aus könne er ruhig im Gefängnis schmoren. Dalmore spürte Diantha auf, die Old Stu an Bord holte, um einen »Kredit« an Kirk über hunderttausend Dollar zu fabrizieren, damit er den Kautionsagenten bezahlen konnte.

Die Kaution für Jack Grimlow betrug nur zweihundertfünfzigtausend Dollar, und er zahlte zehn Prozent davon an einen anderen Kautionsagenten, um auf freien Fuß zu kommen. Als er das Gefängnis um die Mittagszeit verließ, saß Kirk immer noch in seiner Zelle. Grimlow gelang es ebenfalls, den Reportern aus dem Weg zu gehen. Die Wahl war am nächsten Tag, und er wollte nicht gesehen werden.

45

Der Malloy-Skandal wäre Dauerbrenner in den Medien geblieben, wäre da nicht die Wahl gewesen. Am Dienstag gingen die Wähler, wenn auch nicht sehr zahlreich, an die Urnen. Hal Hodge, dem Herausforderer, war es nicht gelungen, irgendwen außerhalb seiner Stammklientel zu begeistern. Dan Sturgiss war mit weitem Vorsprung ins Rennen gegangen, hatte sich aber mehrere Patzer erlaubt. Die Affäre um die Begnadigungen, die er mutmaßlich gegen Bezahlung gewährte, wirkte sich nicht gerade zu seinem Vorteil aus, aber um zweiundzwanzig Uhr am Wahlabend führte er immer noch mit zweihunderttausend von drei Millionen abgegebenen Stimmen und war eindeutig auf dem Weg zu einer zweiten Amtszeit. Als er sich im Ballsaal eines Hotels an seine Unterstützer wandte, behauptete er, keine Kenntnis von einem Bestechungskomplott zu haben. Seine Stimme war belegt, und er wäre fast in Tränen ausgebrochen bei der Vorstellung, dass er solch furchtbarer Dinge verdächtigt werden könnte. Aber er werde den Kampf nicht aufgeben!

Houston Doyle verfolgte die Auszählung und die Rede zusammen mit seiner Frau vor dem Fernseher.

»Glaubst du ihm?«, fragte sie.

»Nein. Aber er lügt ziemlich überzeugend.«

»Wird gegen ihn Anklage erhoben werden?«

»Du weißt, dass ich mit dir nicht über die Sache reden kann.«

»Schon klar. Das sagst du immer, und dann reden wir doch drüber.«

»Es kommt auf Jack Grimlow an. Wenn er die Schuld auf sich nimmt und dichthält, reichen die Beweise gegen Sturgiss vielleicht nicht. Zur Geldübergabe ist es ja nie gekommen.«

»Okay, das verstehe ich. Wie willst du dann die Malloys überführen?«

»Wir haben eine Aufzeichnung, aus der hervorgeht, dass sie die Bestechung planen. Leider ist Sturgiss nicht dabei.«

»Er kommt also davon?«

»Im Augenblick würde ich sagen, die Chancen stehen fifty-fifty.«

46

Am Donnerstag waren die Wahlen abgehakt, und die Presse stürzte sich erneut auf die Malloy-Brüder, die allerdings abgetaucht waren. Und ihre Anwälte verweigerten jeden Kommentar.

Am späten Nachmittag wurde bekannt, dass die Anwaltskammer von Missouri die Zulassungen von Kirk und Rusty vorübergehend aussetzte, bis die Ermittlungen abgeschlossen waren.

Kirk erfuhr davon, während er bei Nick Dalmore, seinem Strafverteidiger, im Konferenzraum saß. Damit konnte er weder seine Kanzlei betreten, zu der er allerdings sowieso keinen Zugang mehr hatte, noch Kontakt zu Mandanten aufnehmen. Von Dalmores Kanzlei fuhr er zu der von Bobby Laker, seinem Scheidungsanwalt. Scarlett Ambrose, die Chrissy aggressiv vertrat, stellte Forderungen und wollte noch mehr Unterlagen sehen.

Danach zog sich Kirk in sein Hotelzimmer zurück und ließ sich volllaufen.

Rusty hatte keinen Zugang zu Alkohol, hätte aber alles für einen Drink gegeben. Er saß immer noch in der Klinik fest und machte eine völlig überflüssige Therapie. Sie hatten ihm seinen Laptop abgenommen, aber er hatte sie so lange beschwatzt, bis er ihn zurückbekam, sodass er jetzt im Internet verfolgen konnte, wie sein Leben vor die Hunde ging.

Am Freitagmorgen, eine Woche nach den Festnahmen, suchte sein Anwalt, F. Ray, Houston Doyle in dessen imposantem Büro im Thomas Eagleton U.S. Courthouse auf. F. Ray war zehn Jahre älter, und beide kannten sich seit Jahren und respektierten einander. Normalerweise wäre Doyle aus Respekt vor dem älteren Kollegen gern bereit gewesen, sich mit ihm in dessen Kanzlei zu treffen, einer luxuriösen Flucht von Büroräumen vierzig Stockwerke über St. Louis. Aber mittlerweile war Houston Bundesanwalt, und alle Termine richteten sich nach ihm. Außerdem wollte F. Ray etwas von ihm, einen riesigen Gefallen, und Doyle legte Wert darauf, dass die Gespräche darüber auf seinem eigenen Terrain stattfanden.

Nachdem sie Kaffee getrunken und die Wahlen analysiert hatten, kam F. Ray zum Thema. »Ich weiß, dass wir noch in einem frühen Stadium sind, aber ich hätte eine Anregung. Wie wäre es, wenn mein Mandant kooperiert? Wenn er einknickt und sich auf einen Deal einlässt, erleichtert das Ihre Arbeit gewaltig.«

»Vielen Dank, Ray. Ich bin froh, dass Ihnen so daran liegt, mir das Leben zu erleichtern. Was hat Rusty anzubieten?«

»Volle Kooperation.«

»Sie meinen, er liefert seinen eigenen Bruder ans Messer?«

»Die beiden können sich nicht ausstehen. Sie liegen sich schon seit ihrer Kindheit in den Haaren.«

»Und wie lautet seine Version der Geschichte?«

»Bolton war gegen Zahlung von zwei Millionen eine volle Begnadigung zugesichert worden. Kirk wollte verhindern, dass Bolton freikam. Also ging er zu Jackal und machte ihm ein besseres Angebot. Rusty hielt das zunächst für einen Scherz – einen Gouverneur zu bestechen, damit jemand im Gefängnis bleibt.«

»Sehr witzig.« Doyle stand auf und ging zu seinem Mahagonikonferenztisch. An einem Ende stand ein kleines Audiogerät, an das ein runder Lautsprecher angeschlossen war. Er deutete auf einen Stuhl. »Setzen Sie sich doch zu mir.« F. Ray war verwirrt, folgte aber der Aufforderung.

»Uns liegen drei Aufnahmen vor«, sagte Doyle, als beide saßen. »Die erste wurde von einem Zeugen angefertigt, der nicht genannt werden wird. Die zweite und dritte stammen vom FBI. Für Sie sicherlich sehr interessant.« Er betätigte einen Knopf, und die erste Aufnahme begann. »Kirk und Rusty in ihrer Kanzlei«, sagte Doyle. »Die Stimme der Frau wurde verändert, aber Sie kennen sie ohnehin nicht.«

Eine halbe Stunde später betätigte Doyle erneut eine Taste, um die dritte Aufnahme zu stoppen. »Ihr Mandant lügt Sie an«, sagte er.

F. Ray schüttelte resigniert den Kopf. »Es wäre nicht das erste Mal.«

»Keine Kooperation, Ray, weil ich darauf nicht angewiesen bin. Mit diesen Aufnahmen habe ich beide am Wickel. Wollen Sie, dass eine Jury das zu hören bekommt?«

F. Ray schüttelte erneut den Kopf. »Wie wollen Sie vorgehen?«, fragte er.

»Ganz unter uns: Ich werde jedem von ihnen dreißig Monate und zehntausend Dollar Geldstrafe anbieten. Ihre Zulassung können sie erst nach fünf Jahren wieder beantragen.«

»Autsch.«

»Es könnte schlimmer sein. Wir könnten vor Gericht gehen und die Aufnahmen abspielen. Erinnert mich irgendwie an den Deal mit Bolton, der unbedingt verhindern wollte, dass die Geschworenen diese dicke Schlange zu Gesicht bekommen. Manchmal sind die Beweise einfach zu überzeugend.«

47

Später am selben Morgen schickte Diantha eine verschlüsselte E-Mail an die angestellten Anwälte und anderen Mitarbeiter der Kanzlei. Sie erklärte, die Kanzlei habe angesichts der Aussetzung von Kirks und Rustys Zulassung durch die Anwaltskammer des Bundesstaats keine andere Wahl, als auf unbestimmte Zeit zu schließen. Sie gehe davon aus, dass die Geschäftstätigkeit im neuen Jahr wiederaufgenommen werden »könnte«. Sie wies jedoch darauf hin, dass sich die Situation ständig ändere und daher keinerlei Gewissheit bestehe. Sie schloss mit den Worten: *»Trotz allem wünsche ich Ihnen frohe Festtage. Diantha Bradshaw, geschäftsführende Partnerin.«*

Alle kannten sie als Geschäftsführerin. War sie jetzt etwa die einzige verbleibende Inhaberin der Kanzlei?

Um vierzehn Uhr am Freitagnachmittag traf sie sich in der Eingangshalle des Robert A. Young Federal Building im Stadtzentrum mit Stuart Broome. Er schien noch mehr gealtert zu sein und benutzte einen Gehstock. Sie nahmen den Aufzug zu den Büros der Steuerbehörde und wurden in ein kleines Besprechungszimmer geführt. Ihr Termin mit Ms. Mozeby, der für den Bundesstaat Missouri zuständigen Behördenleiterin, war um 14.15 Uhr. Sie kam fünf Minuten zu spät und wurde von zwei Lakaien begleitet. Kaffee wurde nicht angeboten.

Um diesen Termin zu bekommen, hatte sich Diantha durch mehrere Bürokratieebenen arbeiten müssen, bis sie jemanden fand, der den Ernst der Lage verstand. Diese Person, deren Name nun vergessen war, hatte Ms. Mozeby erfolgreich zu einer Audienz überredet. Um die Angelegenheit zu beschleunigen, hatte Diantha per E-Mail ein vertrauliches Dokument geschickt, in dem sie auf zwei Seiten den Sachverhalt schilderte. Zumindest musste sie nicht bei null anfangen, und der Schock wurde wenigstens teilweise gemindert.

Diantha gab den Ton vor. »Ich würde Ihnen gern zunächst die Kopie einer Immunitätsvereinbarung übergeben, die vom Bundesanwalt für den Eastern District unterzeichnet ist und sowohl für mich selbst als auch für Mr. Broome hier gilt.«

»Ich habe mit Mr. Houston Doyle gesprochen und bin über die Vereinbarung informiert«, entgegnete Ms. Mozeby kühl und förmlich.

Diantha nickte und fuhr fort. »Die Steuerhinterziehung läuft noch, und wir möchten dem im Namen der Kanzlei ein Ende setzen, eine berichtigte Steuererklärung einreichen und unsere Steuerschulden begleichen.«

»Wie viel hat Bolton Malloy an Honorarzahlungen aus dem Tabakvergleich erhalten?«

»Fünfzehn Millionen. Drei Millionen pro Jahr in den vergangenen fünf Jahren.«

Ms. Mozeby war beeindruckt und warf dem Lakaien zu ihrer Rechten einen Blick zu. »Und wie viel hat er als Einkommen angegeben?«

Diantha sah Old Stu an. »Ungefähr zehn Prozent sind über die Kanzlei gelaufen«, sagte er. »Der Rest wurde nicht verbucht, sondern in Steueroasen weltweit versteckt.«

»Und wer weiß, wo das Geld liegt?«

»Ich. Ich habe es auf Weisung meines Arbeitgebers Bolton Malloy dort deponiert. Er legte Wert auf eine ziemlich aggressive Steuerhinterziehung.«

»Und wie lange gehen noch Honorare ein?«

»Basierend auf einer geschätzten jährlichen Rendite von vier Prozent«, sagte Diantha, »dürften die Einnahmen noch mindestens elf Jahre lang fließen.«

»Und wohin gehen diese Zahlungen?«

»An die Kanzlei, der die Honorare zustehen, Malloy & Malloy. Sobald die aktuelle Lage geklärt ist, werden wir sämtliche Einnahmen angeben und ordnungsgemäß versteuern.«

»Schön und gut, aber die Kanzlei scheint aktuell ernste Probleme zu haben, wenn ich das so sagen darf. Ich habe gerade die Zeitungen gelesen. Darf ich fragen, wie lange die Kanzlei noch überleben wird?«

»Dürfen Sie. Ich kann Ihnen versichern, dass die Kanzlei weiterbestehen wird, bis das gesamte Tabakgeld eingegangen ist.«

»Elf Jahre?«

»Elf, zwölf, dreizehn. Das spielt keine Rolle.«

»Und Sie geben zu, von dieser Steuerhinterziehung gewusst zu haben?«

»Ich kannte keine Einzelheiten und habe kein Geld gesehen, bis zu diesem Jahr. Darf ich Sie an die Immunitätsvereinbarung erinnern?«

»Nicht nötig.« Ms. Mozeby atmete tief durch und lächelte gequält. Sie warf einen Blick nach links, dann nach rechts. »Von mir aus. Wann bekommen wir die Unterlagen?«

Old Stu hielt einen USB-Stick in die Höhe. »Ich habe alles da. Wir können das gemeinsam durchgehen. Es dürfte etwa eine Stunde in Anspruch nehmen.«

»Perfekt. Gehen wir an die Arbeit.«

48

Die folgenden Wochen entwickelten sich für Diantha zu einem Albtraum. Sechzehn Stunden am Tag verließ sie kaum jemals das fensterlose Büro im Keller ihres Hauses. Den Zusammenbruch einer sechzig Jahre alten Kanzlei zu managen war eine unmögliche Aufgabe, der sie nicht gewachsen war. Wer war das schon? Wo war das Handbuch für den Umgang mit unzufriedenen Mandanten, verzweifelten Angestellten, anspruchsvollen Richtern, verpassten Terminen, schrumpfenden Honoraren, Liquiditätsengpässen, Bankern, die nicht mit sich reden ließen, verängstigten Bürokräften und Anwaltsassistenten, einem verheerenden Echo in den sozialen Medien, boshaften Presseberichten und Anwälten, die wie die Geier kreisten? Zu allem Überfluss wurde sie ständig von den strafrechtlichen Ermittlungen gegen die Malloys und der Prüfung der Steuerbehörde wegen Boltons Machenschaften abgelenkt. Sie blieb zu Hause, weil sie sich dort sicher fühlte und weder Rusty noch Kirk noch ihren Anwälten begegnen wollte. Die Kanzleien von F. Ray Zalinski und Nick Dalmore wollten dringend mit ihr sprechen und schickten sogar Ermittler zu ihr nach Hause. Ein Wachmann, den Jonathan engagiert hatte, jagte sie weg.

Dafür sprach sie mit der Bundesanwaltschaft. Houston Doyle rief jeden zweiten Tag an, um sie auf dem Laufenden zu halten. Kirk und Rusty würden sich hinter ihren Anwälten verschanzen, und es werde Wochen oder Monate dauern, bis ein Gerichtstermin angesetzt sei. Doyle ging nicht davon aus, dass es tatsächlich zu einer Verhandlung kommen würde, aber bis zu ernsthaften Gesprächen über einen Deal würden Monate vergehen, in denen sich die Anwälte ordentlich bereichern würden. Sie konnte sich nicht vorstellen, in einem vollen Gerichtssaal gegen ihre beiden langjährigen Arbeitskollegen auszusagen, und Doyle versicherte ihr wiederholt, dass es nicht dazu kommen werde. Er war zuversichtlich, dass sie sich letztendlich mit dreißig Monaten einverstanden erklären und die Zeit in einem netten Bundesgefängnis absitzen würden.

Das war ihr Traumszenario. Je länger sie ohne Zulassung waren, desto länger gingen die Honorare bei der Kanzlei ein.

Und die Kanzlei war sie, Diantha Bradshaw.

Sie sprach mit den Anwälten des Justizministeriums, die die Steuerbehörde vertraten, und war erfreut über den Fortschritt der Ermittlungen. Dank Stus akribischer Aufzeichnungen war das Geld nicht schwer zu finden. Anfang Dezember erhielt sie die vertrauliche Information, dass Bolton Malloy demnächst der Steuerhinterziehung in fünf Fällen angeklagt werde.

Sie sprach mit Dutzenden von Rechtsanwälten, die die Kanzlei Malloy & Malloy verklagt hatten, und bat um mehr Zeit. Sie redete, bis sie ihre eigene Stimme nicht mehr hören konnte.

Sie schlief unruhig und immer viel zu kurz. Sie hatte keinen Appetit, obwohl Jonathan weiterhin für sie kochte. Ihre Tochter Phoebe überredete sie, wenigstens Yoga zu machen und sich auf den Heimtrainer zu schwingen.

Sie musste weg. Als Phoebes Schulferien begannen, flüchtete die Familie nach New York und von dort nach Paris, wo sie die Weihnachtstage in ihrem Lieblingshotel verbrachten. Dann reisten sie gemütlich mit dem Zug ins malerisch verschneite Zürich. Diantha traf sich mit einigen Bankern. Zu Hause verschob Old Stu wieder einmal Gelder. Sie traf sich mit einem Rechtsanwalt und gründete eine private Schweizer Niederlassung von Malloy & Malloy im Herzen von Zürichs Finanzzentrum.

Sie fuhren mit dem Zug in die Berge, suchten sich ein idyllisch gelegenes Hotel in Zermatt und fuhren eine Woche lang Ski. Als sie genug von den Pisten hatten, kehrten sie nach Zürich zurück und beschlossen, vorerst dort zu bleiben. Die Familie hatte einstimmig entschieden, sich in Europa niederzulassen.

Sie fanden eine großzügige Wohnung im vierten Stock eines Neubaus am Ufer der Limmat. Dort mieteten sie sich für ein Jahr ein und meldeten Phoebe an der internationalen Schule an.

Von ihrem schmalen Balkon aus hatte Diantha freie Sicht auf den glitzernden Büroturm der Schweizer Föderationsbank, der neuen Heimat ihres Tabakgeldes.

Sie wollte ganz in seiner Nähe sein.

Lust auf mehr von John Grisham?

Dann lesen Sie weiter:
Ein tödliches internationales Katz-und-Maus-Spiel
mit Mitch McDeere aus »Die Firma«

ISBN 978-3-453-27429-7
Auch als E-Book: ISBN 978-3-641-30681-6
Überall, wo es Bücher gibt

DAS BUCH

Mitch McDeere arbeitet in der größten Anwaltskanzlei der Welt in Manhattan. Fünfzehn Jahre ist es her, dass er gemeinsam mit dem FBI seine kriminelle alte Firma hat hochgehen lassen. Doch nun holt ihn das Verbrechen wieder ein: Als ihn ein Mentor in Rom um einen Gefallen bittet, findet sich Mitch schnell im Zentrum eines mörderischen Konflikts wieder. Er soll durch eine immense Lösegeldzahlung eine Geiselnahme beenden, doch die Umstände sind dramatisch. Schon bald ist nicht nur er selbst in Gefahr, sondern auch die, die ihm nahestehen.

1

Im siebenundvierzigsten Stock eines in der Sonne funkelnden Hochhausturms an der Südspitze von Manhattan stand Mitch McDeere allein in seinem Büro am Fenster und sah hinab auf den Battery Park und den lebhaften Verkehr auf dem Fluss. Boote jeder Art kreuzten im Hafen. Riesige, mit Containern beladene Frachtschiffe warteten nahezu bewegungslos. Die Fähre nach Staten Island schob sich an Ellis Island vorbei. Ein mit Touristen vollgepacktes Kreuzfahrtschiff nahm Kurs auf das Meer. Dazwischen flitzte irgendwer todesmutig mit einem fünf Meter langen Katamaran umher. Dreihundert Meter über dem Wasser schwirrten nicht weniger als fünf Hubschrauber wie wütende Hornissen. In der Ferne stauten sich auf der Verrazano Bridge die Lastwagen. Die Freiheitsstatue betrachtete das Bild aus majestätischer Höhe. Es war eine fantastische Aussicht, die Mitch zumindest einmal am Tag zu genießen versuchte. Manchmal gelang es ihm, aber die meisten Tage waren zu hektisch für Müßiggang. Die Uhr bestimmte sein Leben, wie das von Hunderten anderen Rechtsanwälten im Gebäude. Scully & Pershing beschäftigte zweitausend Juristen weltweit und hielt sich für die beste internationale Kanzlei überhaupt. In New York belohnten sich die Partner – und Mitch war einer – mit großzügigen Büros im Herzen des Financial District. Die Kanzlei war mittlerweile über hundert Jahre alt und verströmte die Aura von Prestige, Macht und Geld.

Mitch sah auf die Uhr, und die visuelle Besichtigungstour fand ein Ende. Zwei angestellte Anwälte klopften und kamen zu einer seiner vielen Besprechungen herein. Sie setzten sich an einen kleinen Tisch, eine Sekretärin bot Kaffee an. Als sie ablehnten, ging sie wieder. Ihre Mandantin war eine finnische Reederei, die Probleme in Südafrika hatte. Die dortigen Behörden hatten einen Frachter beschlagnahmt, der mit Elektronikgeräten aus Taiwan vollgepackt war. Leer war das Schiff um die hundert Millionen wert. Voll beladen doppelt so viel, und die Südafrikaner regten sich über irgendwelche Zollfragen auf. Mitch war im vergangenen Jahr zweimal in Kapstadt gewesen und hatte keine Lust auf einen erneuten Besuch dort. Nach etwa einer halben Stunde schickte er die Anwälte mit einer ganzen Liste von Anweisungen weg und begrüßte das nächste Gespann.

Um Punkt fünf Uhr verabschiedete er sich von seiner Sekretärin, die Feierabend machte, und ging an den Aufzügen vorbei zum Treppenhaus. Wenn er nur ein paar Stockwerke nach oben oder unten musste, vermied er die Aufzüge, um sich das sinnlose Geschwätz der Anwälte zu ersparen, von denen er noch nicht einmal alle kannte. Er hatte viele Freunde in der Kanzlei und, soweit er wusste, nur eine Handvoll Feinde, aber es schwappte immer wieder eine neue Welle angestellter Anwälte und Juniorpartner herein, deren Gesichter und Namen er eigentlich hätte kennen sollen. Das war aber oft nicht der Fall, und er hatte auch nicht die Zeit, das Mitarbeiterverzeichnis zu studieren und sie sich einzuprägen. Zu viele waren ohnehin schon wieder weg, bevor er sich ihre Namen gemerkt hatte.

Wenn er die Treppe nahm, trainierte er Beine und Lunge. Dabei wurde ihm immer wieder bewusst, wie lange seine Collegezeit zurücklag, in der er oft stundenlang Football und Basketball gespielt hatte. Trotzdem war er mit einundvierzig gut in Form, weil er auf seine Ernährung achtete und mindestens dreimal in der Woche das Mittagessen ausfallen ließ, um im Fitnessraum der Kanzlei zu trainieren. Ein weiteres Privileg, das den Partnern vorbehalten war.

Er verließ das Treppenhaus im einundvierzigsten Stock und steuerte das Büro von Willie Backstrom an, einem Partner, der den Luxus genoss, nicht nach Stunden abrechnen zu müssen. Willie hatte die beneidenswerte Aufgabe, die Pro-bono-Programme der Kanzlei zu managen, und führte zwar Buch über seine Stunden, stellte aber keine Rechnungen. Es hätte sie ohnehin niemand bezahlt. Anwälte verdienten bei Scully & Pershing hervorragend, besonders die Partner, und die Kanzlei war bekannt für ihr Engagement im ehrenamtlichen Bereich. Sie übernahm unentgeltlich schwierige Fälle überall auf der Welt. Jeder Anwalt war verpflichtet, mindestens zehn Prozent seiner Zeit in den Dienst einer guten Sache zu stellen, die von Willie abgesegnet war.

Die Kanzlei war beim Thema ehrenamtliche Arbeit tief gespalten. Die Hälfte der Anwälte freute sich, zur Abwechslung einmal nicht für Firmenmandanten schuften zu müssen, die enormen Druck ausübten. Ein paar Stunden pro Monat konnte ein Anwalt einen echten Menschen oder um ihr Überleben kämpfende gemeinnützige Organisationen vertreten, ohne sich Gedanken um Rechnungen und Honorare zu machen. Die andere Hälfte zeigte sich zwar überzeugt vom edlen Gedanken, etwas zurückzugeben, hielt das Programm aber für reine Verschwendung. Die zweihundertfünfzig Stunden im Jahr konnten sinnvoller genutzt werden, nämlich um Geld zu verdienen und die eigene Position bei den verschiedenen Ausschüssen zu sichern, die bestimmten, wer befördert oder gar Partner und wer vor die Tür gesetzt wurde.

Willie Backstrom sorgte für Frieden unter ihnen, was nicht schwer war, weil kein noch so ehrgeiziger Rechtsanwalt es gewagt hätte, die aggressive Pro-bono-Politik der Kanzlei zu kritisieren. Scully & Pershing zeichnete sogar jedes Jahr Anwälte aus, die im Dienste der Bedürftigen über ihre Pflicht hinausgingen.

Mitch arbeitete im Augenblick vier Stunden pro Woche zusammen mit einer Obdachlosenunterkunft in der Bronx für Mandanten, die sich gegen eine Zwangsräumung wehrten. Es war sichere, saubere Schreibtischarbeit, was genau seinen Vorstellungen entsprach. Sieben Monate zuvor war er dabei gewesen, als ein zum Tode Verurteilter in Alabama seine letzten Worte sprach, bevor er hingerichtet wurde. Er hatte sechs Jahre und achthundert Stunden lang vergeblich darum gekämpft, den Mann zu retten, und ihn sterben zu sehen war herzzerreißend, die bitterste aller Niederlagen.

Mitch wusste nicht genau, was Willie wollte, aber dass er ihn überhaupt zu sich gerufen hatte, verhieß nichts Gutes.

Willie war der einzige Anwalt bei Scully mit Pferdeschwanz, noch dazu einem sehr ungepflegten. Sein Haar war grau und passte damit zu seinem Bart. Wenige Jahre zuvor hätte ihn ein Vorgesetzter angewiesen, sich zu rasieren und zum Friseur zu gehen. Aber die Kanzlei arbeitete hart daran, ihr angestaubtes Image als Schreibtischtäterverein weißer Anzugträger loszuwerden. Eine der radikalen Veränderungen war die Abschaffung jeglicher Kleiderordnung. Willie ließ sich Haar und Schnurrbart wachsen und kam fortan in Jeans zur Arbeit.

Mitch, der zwar einen dunklen Anzug trug, aber keine Krawatte, setzte sich auf die andere Seite des Schreibtischs und wechselte ein paar belanglose Worte mit Willie. Endlich kam Willie zum Thema. »Mitch, ich möchte, dass du dir unten im Süden einen Fall ansiehst.«

»Sag bloß nicht, dass es um die Todesstrafe geht.«

»Es geht um die Todesstrafe.«

»Das kann ich nicht, Willie. Ich hatte in den letzten fünf Jahren zwei solche Fälle, und beide Männer sind hingerichtet worden. Meine Erfolgsquote ist bescheiden.«

»Du hast hervorragende Arbeit geleistet, Mitch. Niemand hätte die beiden retten können.«

»Ich kann so was nicht noch einmal übernehmen.«

»Hörst du's dir wenigstens an?«

Mitch zuckte resigniert mit den Schultern. Willies Engagement für Todeskandidaten war legendär, und nur wenige Anwälte in der Kanzlei schafften es, Nein zu sagen. »Okay, schieß los.«

»Sein Name ist Tad Kearny, und er hat noch neunzig Tage. Vor einem Monat hat er merkwürdigerweise seine Anwälte gefeuert, ausnahmslos alle, dabei war sein Team hochkompetent.«

»Klingt verrückt.«

»Das ist er auf jeden Fall. Völlig durchgeknallt, wahrscheinlich gar nicht schuldfähig, aber Tennessee macht trotzdem Druck. Vor zehn Jahren hat er drei verdeckt ermittelnde Drogenfahnder bei einer Razzia erschossen, die völlig aus dem Ruder gelaufen war. Überall Tote und Verletzte, insgesamt fünf Leute starben vor Ort. Tad wäre auch fast umgekommen, aber es gelang den Ärzten, ihn zu retten, damit man ihn später hinrichten konnte.«

Mitch lachte frustriert. »Und ich soll mich als edler Ritter in die Schlacht werfen und den Mann retten? Also wirklich, Willie. Ich brauche schon Argumente.«

»Argumente gibt es praktisch keine, bis auf Schuldunfähigkeit. Das Problem ist, dass er sich wahrscheinlich weigern wird, dich zu sehen.«

»Und warum verschwenden wir dann unsere Zeit damit?«

»Weil wir es versuchen müssen, Mitch, und ich glaube, du bist der Beste dafür.«

»Das musst du mir erklären.«

»Er erinnert mich an dich.«

»Herzlichen Dank.«

»Nein, im Ernst. Er ist weiß, in deinem Alter und aus Dane County, Kentucky.«

Für einen Augenblick hatte es Mitch die Sprache verschlagen, dann fasste er sich wieder. »Na toll. Wahrscheinlich sind wir Cousins.«

»Das glaube ich nicht, aber sein Vater hat im Kohlebergbau gearbeitet, genau wie deiner. Und beide sind dort gestorben.«

»Meine Familie ist tabu.«

»Entschuldigung. Du hattest Glück und warst clever genug, um da nicht hängen zu bleiben. Tad war anders gestrickt und hatte bald mit Drogen zu tun, als Konsument und als Dealer. Er und ein paar Kumpel wurden bei einer Großlieferung in der Nähe von Memphis von den Drogenfahndern überrascht. Außer Tad kamen alle ums Leben. Jetzt hat ihn das Glück wohl verlassen.«

»Und er ist eindeutig schuldig?«

»Für die Geschworenen bestimmt. Die Frage ist nicht, ob er schuldig, sondern ob er schuldfähig ist. Ich stelle mir vor, dass wir ihn von Spezialisten, unseren eigenen Ärzten, begutachten lassen und in letzter Minute ein Gnadengesuch einreichen. Zuerst einmal muss aber jemand hinfahren und mit dem Mann reden. Im Augenblick lehnt er alle Besuche ab.«

»Und du meinst, wir sind auf einer Wellenlänge?«

»Unwahrscheinlich, aber einen Versuch ist es wert.«

Mitch holte tief Luft und überlegte, wie er sich aus der Affäre ziehen konnte. Er spielte auf Zeit. »Wer verteidigt ihn?«

»Streng genommen niemand. Tad hat sich umfassende Rechtskenntnisse angeeignet und die nötigen Anträge gestellt, um seinen Anwälten das Mandat zu entziehen. Amos Patrick hat ihn lange Zeit vertreten, einer der Besten da unten. Du kennst Amos?«

»Ich bin ihm einmal bei einer Konferenz begegnet. Ziemlich ungewöhnlicher Mann.«

»Die meisten Anwälte, die sich auf Todeskandidaten spezialisiert haben, sind ungewöhnlich.«

»Willie, ich habe nicht die geringste Lust, mir als Verteidiger von

Todeskandidaten einen Namen zu machen. Das habe ich zweimal erlebt, und mir reicht das. Solche Fälle fressen einen auf. Wie viele von deinen Mandanten hast du sterben sehen?«

Willie schloss die Augen und holte tief Luft. »Tut mir leid«, flüsterte Mitch.

»Zu viele, Mitch. Sagen wir, ich weiß, wie sich das anfühlt. Hör mal, ich habe mit Amos gesprochen, mehrfach, und er findet die Idee gut. Er fährt dich zum Gefängnis, und wer weiß, vielleicht findet Tad dich interessant genug, um mit dir zu reden.«

»Klingt aussichtslos.«

»In neunzig Tagen ist es mit Sicherheit aussichtslos, aber zumindest haben wir es dann versucht.«

Mitch stand auf und ging zu einem Fenster. Willie hatte Aussicht nach Westen, über den Hudson. »Amos praktiziert in Memphis, richtig?«

»Ja.«

»Ich will auf keinen Fall zurück nach Memphis. Da ist zu viel passiert.«

»Das ist schon lange her, Mitch. Fünfzehn Jahre. Du hast dir den falschen Arbeitgeber ausgesucht und musstest weg.«

»Ich musste weg? Soll das ein Witz sein? Sie haben versucht, mich umzubringen. Es sind Menschen gestorben, Willie, und die komplette Firma ist ins Gefängnis gewandert. Und die Mandanten gleich mit.«

»Sie hatten es alle verdient, oder etwa nicht?«

»Schon, aber sie haben mich dafür verantwortlich gemacht.«

»Von denen ist keiner mehr da, Mitch. Sie sind in alle Winde zerstreut.«

Mitch ging zu seinem Stuhl zurück und lächelte seinen Kollegen an. »Nur aus Neugier, Willie: Wird hier über mich und die Geschichte unten in Memphis geredet?«

»Nein, das wird nie erwähnt. Wir wissen, was passiert ist, aber keiner hat Zeit, darüber zu tratschen. Du hast das Richtige getan, bist davongekommen und hast neu angefangen. Du bist einer unserer Stars, und das ist alles, was bei Scully zählt.«

»Ich will nicht mehr nach Memphis.«

»Du brauchst die Stunden. Du hinkst in diesem Jahr hinterher.«

»Das hole ich schon noch auf. Warum kannst du nicht eine nette kleine Stiftung für mich finden, die einen ehrenamtlichen Rechtsanwalt braucht? Vielleicht eine Organisation, die sich um hungernde Kinder kümmert oder sauberes Wasser nach Haiti liefert?«

»Du wärst todunglücklich. Du magst Action, Drama, Zeitdruck.«

»Das habe ich alles schon gehabt.«

»Bitte. Tu mir den Gefallen. Es gibt sonst niemanden. Und die Chancen stehen gut, dass man dich gar nicht erst ins Gefängnis lässt.«

»Ich will wirklich nicht noch mal nach Memphis.«

»Stell dich nicht so an. Es gibt einen Direktflug morgen um 13.30 Uhr von LaGuardia aus. Amos erwartet dich. Wenn sonst nichts dabei herauskommt, wirst du zumindest eine gute Zeit mit ihm haben.«

Mitch gab sich lächelnd geschlagen. »Okay, von mir aus«, murmelte er, als er aufstand und zur Tür ging. »Weißt du, ich glaube, ich erinnere mich wirklich an eine Familie Kearny aus Dane County.«

»Wusste ich's doch. Besuch Tad, vielleicht ist er ja tatsächlich ein entfernter Cousin.«

»Nicht entfernt genug.«

2

Gegen achtzehn Uhr strömten viele der Partner von Scully, aber auch von deren Rivalen unter den großen Anwaltskanzleien und zahllose Finanzjongleure der Wall Street aus den Wolkenkratzern und nahmen in schwarzen Limousinen Platz, die von Chauffeuren gefahren wurden. Die großen Hedgefonds-Stars saßen auf dem komfortablen Rücksitz der Langversion eines europäischen Autos, das ihnen selbst gehörte, und wurden von Fahrern kutschiert, die auf ihrer Gehaltsliste standen. Die wirklichen Meister des Universums hatten die City allerdings schon hinter sich gelassen und lebten und arbeiteten in aller Diskretion in Connecticut.

Obwohl er sich einen Fahrdienst leisten konnte, nahm Mitch die Subway, eines seiner vielen Zugeständnisse an Sparsamkeit und seine einfache Herkunft. Er erwischte die U-Bahn um 18.10 Uhr an der Station South Ferry, fand auf einer überfüllten Bank einen Platz und vergrub sich wie immer in einer Zeitung. Blickkontakt war zu vermeiden. Der Waggon war voll mit anderen gut bezahlten Führungskräften, die in Richtung Norden fuhren und von denen niemand Lust hatte, sich zu unterhalten. Es war schon in Ordnung, die Subway zu nehmen. Sie war schnell, unkompliziert, billig und – meistens zumindest – sicher. Ihn störte nur, dass die anderen Fahrgäste an der Wall Street arbeiteten und entweder bestens verdienten oder bald bestens verdienen würden. Private Limousinen waren fast in Reichweite. Die Zeit, in der sie den öffentlichen Nahverkehr nutzten, war so gut wie vorbei.

Mitch hatte keine Geduld mit solchem Unfug. Er blätterte in der Zeitung, rutschte nachsichtig noch dichter an andere Fahrgäste heran, als sich der Waggon füllte, und ließ seine Gedanken schweifen. Er hatte nie gesagt, dass er nicht nach Memphis zurückkehren würde. Das war eine unausgesprochene Abmachung zwischen ihm und Abby. Ihre Flucht war damals so traumatisch gewesen, dass sie sich nicht vorstellen konnten, der Stadt jemals wieder einen Besuch abzustatten, egal, aus welchem Grund. Aber je länger er darüber nachdachte, desto interessanter erschien ihm die Sache. Es war ein Kurztrip, der wahrscheinlich ergebnislos verlaufen würde. Er tat Willie einen riesigen Gefallen, und der würde sich mit Sicherheit großzügig dafür revanchieren.

Nach zweiundzwanzig Minuten tauchte er an der Station Columbus Circle aus der Unterwelt auf und ging zu seiner Wohnung, wie jeden Tag. Es war ein herrlicher Aprilabend, mit wolkenlosem Himmel und angenehmen Temperaturen, ein Bilderbuchwetter, das die Hälfte der New Yorker im Freien zu genießen schienen. Mitch hatte es jedoch eilig, nach Hause zu kommen.

Sie wohnten in einem Gebäude an der Kreuzung Sixty-Ninth Street/Columbus Avenue im Herzen der Upper West Side. Mitch wechselte ein paar Worte mit dem Portier, nahm die Post an sich und fuhr mit dem Aufzug nach oben in den dreizehnten Stock. Clark öffnete die Tür und streckte ihm die Arme entgegen. Mit acht war er immer noch ein kleiner Junge, der sich nicht scheute, dem Vater seine Zuneigung durch eine Umarmung zu zeigen. Sein Zwillingsbruder Carter war schon weiter, ihm war es zunehmend peinlich, sich von seinem Vater knuddeln zu lassen. Normalerweise hätte Mitch Abby mit einem Kuss und einer Umarmung begrüßt und sich erkundigt, wie ihr Tag gewesen war, aber sie hatte Gäste in der Küche. In der Wohnung duftete es köstlich. Offenbar war ein Festmahl in Vorbereitung, und er freute sich schon auf das Abendessen.

Die Küchenchefs waren die Rosario-Brüder Marco und Marcello, ebenfalls Zwillinge. Sie stammten aus einem kleinen Dorf in der norditalienischen Lombardei und hatten vor zwei Jahren eine Trattoria in der Nähe des Lincoln Center eröffnet. Das Restaurant war vom ersten Tag an ein Erfolg und bekam von der *Times* sehr bald zwei Sterne verliehen. Einen Tisch zu bekommen war nicht leicht, die aktuelle Wartezeit betrug vier Monate. Mitch und Abby hatten das Restaurant entdeckt und aßen häufig dort, wann immer sie wollten. Abby bekam problemlos einen Tisch, weil sie das erste Kochbuch der Rosarios betreute. Außerdem durften sie in Abbys hochmoderner Küche neue Rezepte ausprobieren. Mindestens einmal pro Woche fielen sie mit Tüten voller Zutaten bei den McDeeres ein und stellten die Küche auf den Kopf. Abby war mittendrin und schnatterte in perfektem Italienisch, während Carter und Clark auf ihren Hockern an der Frühstückstheke saßen und aus sicherer Entfernung zusahen. Marco und Marcello hatten großen Spaß daran, für die Kinder eine Show abzuziehen, und erklärten die Vorbereitungen auf Englisch mit starkem Akzent. Nebenbei brachten sie den Jungen einzelne italienische Wörter und Ausdrücke bei.

Mitch lachte beim Anblick dieser Szenerie in sich hinein, stellte seinen Aktenkoffer irgendwo ab, zog sein Jackett aus und goss sich ein Glas Chianti ein. Er fragte die Jungen nach ihren Hausaufgaben und erhielt die übliche Antwort: alles erledigt. Marco stellte den Jungen eine kleine Platte mit Bruschetta auf die Theke und teilte Mitch mit, Hausaufgaben und dergleichen seien zweitrangig, die Kinder würden als Tester gebraucht. Mitch tat so, als hätte er dafür volles Verständnis. Die Hausaufgaben konnte er später noch kontrollieren.

Das Restaurant trug den wenig originellen Namen Rosario's, der in dicken Lettern auf die roten Schürzen der Köche gestickt war. Marcello bot Mitch eine Schürze an, die er wie immer ablehnte, weil er angeblich nicht kochen konnte. Wenn sie allein in der Küche waren, ließ Abby ihn Gemüse schälen und klein schneiden, Gewürze unter ihren wachsamen Blicken abmessen, den Tisch decken und den Müll wegbringen, alles niedere Arbeiten, die aus ihrer Sicht seinem Talent entsprachen. Einmal hatte er sich bis zur Position eines stellvertretenden Küchenchefs hochgearbeitet, war aber gnadenlos degradiert worden, als er ein Baguette verkokelte.

Abby ließ sich ein kleines Glas Wein einschenken. Marco und Marcello lehnten ab wie üblich. Mitch hatte schon vor Jahren gelernt, dass Italiener – obwohl ihre Heimat so viel Wein produzierte und er bei fast jeder Mahlzeit bereitstand – tatsächlich wenig tranken. Eine Karaffe des weißen oder roten Hausweins reichte einer großen Familie für ein ausgedehntes Abendessen.

Abby kannte sich mit italienischem Essen und Wein bestens aus, was ihr eine Stelle als leitende Lektorin bei Epicurean verschafft hatte, einem kleinen, aber sehr erfolgreichen New Yorker Verlag. Das Unternehmen hatte sich auf Kochbücher spezialisiert und brachte rund fünfzig davon im Jahr heraus. So gut wie immer handelte es sich um dicke, wunderbar gestaltete Sammlungen von Rezepten aus aller Welt. Weil sie viele Köche und Restaurantbesitzer kannte, aßen sie und Mitch oft auswärts und mussten nur selten reservieren. Ihre Wohnung war ein beliebtes Versuchslabor für junge Küchenchefs, die vom Durchbruch in dieser Stadt mit ihren vielen Sternelokalen und anspruchsvollen Feinschmeckern träumten. Die meisten der zubereiteten Mahlzeiten waren köstlich, aber da die Köche beim Experimentieren freie Hand hatten, ging gelegentlich etwas daneben. Carter und Clark stellten sich gern als Versuchskaninchen zur Verfügung und wuchsen in einer Welt avantgardistischer Rezepte auf. Wenn es ihnen nicht schmeckte, war das Gericht höchstwahrscheinlich misslungen. Die Jungen wurden ermutigt, offen zu sagen, wenn sie etwas nicht mochten. Untereinander scherzten ihre Eltern oft, dass den Kindern ein verwöhnter Gaumen antrainiert werde.

Heute Abend würde es keine Klagen geben. Auf die Bruschetta folgte eine kleine Trüffelpizza. Damit waren die Vorspeisen abgehakt, und Abby bugsierte ihre Familie zum Esstisch. Marco servierte den ersten Gang, der aus Cacciucco, einer würzigen Fischsuppe, bestand. Marcello setzte sich mit an den Tisch. Alle sechs kosteten von der Suppe und überlegten, was sie davon hielten. Beim Essen ließen sie sich Zeit, was den Kindern nicht immer gefiel. Als Pasta gab es Cappelletti, kleine Ravioli in Rinderbrühe. Vor allem Carter liebte Pasta und fand sie köstlich. Abby war nicht überzeugt. Marco servierte einen zweiten Gang: Safranrisotto. Da es sich um ein Experiment handelte, gab es danach mit Spaghetti Vongole noch einmal Pasta. Die Portionen waren klein, nur ein paar Bissen, und sie witzelten darüber, dass sie wohl nicht satt werden würden. Die Rosarios debattierten leidenschaftlich über die Zutaten, die Variationen der Rezepte und so fort. Mitch und Abby mischten sich ein, sodass häufig alle Erwachsenen gleichzeitig redeten. Nach dem Fischgang fingen die Jungen an, sich zu langweilen. Sie durften aufstehen und gingen nach oben, um fernzusehen. Deshalb verpassten sie den Fleischgang, geschmortes Kaninchen, und das Dessert, das aus Panforte bestand, einem massiven Schokoladenkuchen mit Mandeln.

Beim Kaffee debattierten die McDeeres und die Rosarios darüber, welche Rezepte in das Kochbuch aufgenommen werden sollten und welche verfeinert werden mussten. Es würde Monate dauern, bis das Buch fertig war, und es würden noch viele Abendessen folgen.

Kurz nach acht packten die Brüder ihre Sachen. Sie mussten im Restaurant nach dem Rechten sehen. Nach einer kurzen

Reinigungsaktion und der üblichen Runde Umarmungen gingen sie, versprachen aber fest, nächste Woche wiederzukommen.

Als es in der Wohnung still geworden war, inspizierten Mitch und Abby erneut die Küche. Wie immer hatten die Brüder ein Chaos hinterlassen. Sie räumten die Geschirrspülmaschine ein, stapelten ein paar Töpfe und Pfannen neben der Spüle und schalteten das Licht aus. Die Haushälterin würde sich am nächsten Morgen darum kümmern.

Als sie die Jungen ins Bett gebracht hatten, zogen sie sich mit einem Glas Barolo ins Arbeitszimmer zurück. Sie besprachen das Abendessen in allen Einzelheiten, unterhielten sich über ihre Arbeit und ließen den Tag ausklingen.

Mitch brannte darauf, seine Neuigkeiten loszuwerden. »Ich bin morgen Nacht nicht zu Hause«, sagte er. Das war nicht ungewöhnlich. Er war bestimmt zehn Tage im Monat geschäftlich unterwegs, und Abby hatte sich längst mit den Anforderungen abgefunden, die seine Arbeit an ihn stellte.

»Das steht aber nicht im Kalender«, sagte sie. Uhr und Kalender bestimmten ihren eng getakteten Alltag. »Was Interessantes?«

»Memphis.«

Sie nickte und versuchte vergeblich, ihre Überraschung zu verbergen. »Raus mit der Sprache. Du hast hoffentlich eine überzeugende Erklärung.«

Er lächelte und fasste kurz sein Gespräch mit Willie Backstrom zusammen.

»Bitte, Mitch, nicht schon wieder ein Todeskandidat. Du hast es versprochen.«

»Ich weiß, ich weiß, aber ich konnte es Willie nicht abschlagen. Die Lage ist verzweifelt, und vermutlich ist die Reise völlig umsonst. Aber ich habe ihm versprochen, dass ich es versuche.«

»Ich dachte, wir würden uns da nie wieder blicken lassen.«

»Dachte ich auch. Es sind ja nur vierundzwanzig Stunden.«

Sie nippte an ihrem Wein und schloss die Augen. »Wir haben lange nicht mehr über Memphis gesprochen«, stellte sie fest, als sie sie wieder öffnete.

»Stimmt. Es gab keinen Grund dafür. Aber die Geschichte ist jetzt fünfzehn Jahre her, und alles ist anders.«

»Es gefällt mir trotzdem nicht.«

»Mir passiert schon nichts, Abby. Mich erkennt niemand. Von den Gangstern von damals ist keiner mehr da.«

»Das denkst du. Wenn ich mich recht erinnere, Mitch, mussten wir mitten in der Nacht die Flucht ergreifen, weil sie uns auf den Fersen waren.«

»Richtig. Aber diese Leute sind weg. Die Firma existiert nicht mehr, einige von damals sind tot, andere sitzen irgendwo im Gefängnis.«

»Sie gehören auch ins Gefängnis.«

»Klar. Auf jeden Fall sind die Leute von damals nicht mehr in Memphis. Und ich bin so schnell wieder weg, dass niemand etwas mitbekommt.«

»Ich habe keine guten Erinnerungen an die Stadt.«

»Abby, wir haben uns vor Jahren entschieden, ein normales Leben zu führen, ohne ständige Angst. Was damals passiert ist, ist lange vorbei.«

»Wenn du den Fall übernimmst, wird dein Name in den Nachrichten erwähnt, oder?«

»Wenn ich den Fall übernehme, und das ist noch längst nicht sicher, bleibe ich nicht in Memphis. Das Gefängnis ist in Nashville.«

»Was willst du dann in Memphis?«

»Der Anwalt, vielmehr der frühere Anwalt arbeitet da. Ich besuche ihn in seiner Kanzlei, lasse mich auf den aktuellen Stand bringen, und dann fahren wir zum Gefängnis.«

»Bei Scully gibt es eine Million Anwälte. Wieso finden sie nicht jemand anderen?«

»Die Zeit ist knapp. Wenn sich der Mandant weigert, mit mir zu sprechen, bin ich aus dem Schneider und wieder zu Hause, bevor du mich überhaupt vermisst.«

»Wer sagt, dass ich dich vermissen werde? Du bist doch ständig weg.«

»Ja, und ich weiß, wie sehr du darunter leidest.«

»Du denkst, wir kommen nicht ohne dich zurecht?« Sie lächelte, schüttelte den Kopf und rief sich ins Gedächtnis, dass jeder Streit mit Mitch Zeitverschwendung war. »Bitte sei vorsichtig.«

»Versprochen.«

Ende der Leseprobe